KU-594-228

COUP DE BLUES

T. Jefferson Parker

COUP DE BLUES

Traduction de Dominique Wattwiller

Roman

Titre original : *The Blue Hour*

Edition originale : Hyperion, New York

ISBN 2-258-05330-7

REMERCIEMENTS

J'aimerais remercier ici Robert Boettger, directeur du département des Sciences mortuaires du Cypress College, et Franklin Barr de l'entreprise de pompes funèbres Pacific View Memorial Park pour les renseignements qu'ils m'ont communiqués sur la pratique d'un métier que certains hommes de l'art n'hésitent pas à qualifier de lugubre. Merci également à la psychothérapeute Betsy Squires qui m'a fait bénéficier de ses lumières concernant la castration chimique des délinquants sexuels. Et à Sherry Merryman pour son aide précieuse quant aux techniques actuelles de vol de voitures et aux systèmes destinés à sécuriser les véhicules. Un merci tout particulier à Pam Berkson du UC Irvine Medical Center, pour les données qu'elle m'a fournies sur la chimiothérapie. Enfin, merci à Larry Ragle, ancien directeur du laboratoire de police technique et scientifique du comté d'Orange, qui a bien voulu répondre à mes questions.

T.J.P.

Pour Robert et Claudia Parker,
qui me montrent le chemin.

La meilleure façon de chasser, c'est de chasser
toute sa vie tel ou tel animal
aussi longtemps qu'il existe.

Ernest Hemingway
Les Vertes Collines d'Afrique

1

Dimanche soir. Tim Hess se traînait le long du trottoir, direction le petit snack en plein air de la 15e Rue. Les types en rollers s'écartaient machinalement sur son chemin. Le temps était frais pour un mois d'août et le drapeau rouge du poste de surveillance de la plage pointait vers l'est. L'air sentait le Pacifique et le ketchup.

Hess, muni d'un café, s'avança dans le sable. Il se laissa tomber sur un banc de pique-nique, loucha en direction des vagues. Une forte houle du sud s'amorçait. Sous ses airs paresseux, la mer était dangereuse.

Quelques minutes plus tard, Chuck Brighton le rejoignait, cravate au vent, ses cheveux blancs virevoltant au gré de la brise. Il posa une serviette sur le banc et s'assit, face à Hess. D'un coup d'ongle, il éventra un sachet de sucre.

— Salut, patron, fit Hess.

— Salut, Tim. Comment ça va ?

— Pas mal. Pas mal du tout, même, tout bien considéré.

Brighton lui jeta un coup d'œil et ne souffla mot. Puis il se pencha en avant, les coudes en appui sur la table. C'était un homme corpulent et le mouvement se propagea jusque sous les fesses de Hess, car bancs et table étaient solidaires, reliés par des tubulures métalliques. Hess observa de nouveau les vagues en colère. Il avait passé toute son enfance à Newport Beach. Une enfance qui remontait à plus d'un demi-siècle.

— Il me faut quelqu'un de drôlement en forme pour ce truc-là. Jamais rien vu de semblable depuis Kraft. C'est bien ma veine : il a fallu que ça se produise maintenant. Six mois après le départ en retraite de mon meilleur inspecteur, soupira Brighton.

Hess ne releva pas le compliment. Brighton n'avait jamais été avare de compliments. Il n'avait jamais non plus mégoté sur les réprimandes. Les deux hommes avaient travaillé ensemble pendant quarante ans, et ils étaient un peu comme des amis.

— On peut vous faire émarger en qualité de consultant. A plein temps. Comme ça, vous bénéficierez de la couverture médicale maximale...

— Exactement ce que je cherche.

Brighton eut un petit sourire.

— Je suis sûr que non, Tim. Ce que vous cherchez, c'est un moyen de rester dans la course. Histoire de pas perdre la main.

— C'est pas faux, en effet.

— Ça doit être un psychopathe. On n'a pour ainsi dire rien à se mettre sous la dent. Ce genre de mec me donne envie de gerber.

Hess se doutait bien un peu de ce dont il s'agissait.

— Vous parlez des « dépôts » de National Forest...

— « Dépôts », c'est pas vraiment le mot. Mais vous avez sûrement vu les infos. Elles ont toutes les deux disparu d'un centre commercial en pleine nuit. Les flics ont attendu les quarante-huit heures de rigueur avant de mettre en branle la procédure standard et de signaler leur disparition. La première, ça remonte à six mois. A Newport. On a retrouvé son sac à main. Et du sang. Un mois après une séance de shopping chez Neiman-Marcus. Où elle s'était acheté des bas...

Brighton rectifia la position de son attaché-case, tripota

les fermoirs puis, avec un soupir, posa les mains à plat dessus.

— Et puis hier, tard dans la soirée, rebelote. A Laguna, cette fois. Une semaine plus tôt, elle s'était rendue au Laguna Hills Mall. On l'a jamais revue. Des randonneurs ont retrouvé son sac à main. La terre tout autour était imbibée de sang. Même scénario que la première fois. Ça va faire la une de tous les journaux demain. « Encore des meurtres sur l'Ortega Highway »... Les deux victimes étaient des femmes bien, Tim. Jeunes, jolies, intelligentes. Pas des laissées-pour-compte. L'une mariée. L'autre non.

Hess se souvenait de la photo publiée dans les quotidiens. Une de ces femmes qui semblent tout avoir. Et à l'arrivée...

Balayant du regard le trottoir noir de monde, contemplant la façade de l'immeuble où se trouvait son appartement, il avala une nouvelle gorgée de café. Boire lui donnait mal aux dents. A vrai dire, il avait mal aux dents tout le temps, maintenant.

— Ça nous fait deux scènes de crime à deux pas de l'Ortega Highway. Dans la Cleveland National Forest, à quelque cent mètres de distance. De ce côté-ci de l'autoroute. Dans le comté d'Orange. Deux petits carrés de terre tachés de sang. Ou plutôt gorgés de sang, selon le technicien qui s'est rendu sur les lieux. Des lambeaux de viscères humains ont été retrouvés sur la seconde scène. Le labo planche dessus. Pas de corps. Pas de vêtements. Pas d'os. Rien. Juste les sacs à main avec les cartes de crédit. Mais pas d'espèces, ni de permis de conduire. Une sorte de signature, j'imagine. Ça s'est passé à six mois d'intervalle, mais c'est sûrement le même type qui a fait le coup.

— Des sacs de femme ordinaires ?

— Si tant est qu'on puisse qualifier d'ordinaires des sacs pleins de sang et mâchouillés par des animaux.

— Quels animaux ?

— Bon Dieu, Tim, j'en sais rien !

Hess hocha la tête. Ce n'était pas le genre de question à laquelle le shérif d'un comté de plus de deux millions et demi d'habitants pouvait répondre. S'il l'avait posée, c'était parce que les charognards n'ont pas tous les mêmes goûts et mœurs, et que savoir qui avait mangé quoi pouvait aider à dater le « repas ». Le genre de connaissances qu'on acquiert en quarante-deux ans de métier. Dont trente à la criminelle.

On est des vieux, songea Hess. Les années sont devenues des heures, et voilà à quoi on occupe son temps...

Il examina le shérif. Brighton portait la veste sport de confection en laine mélangée marron fauve qu'on s'attend immanquablement à trouver sur le dos d'un flic. Hess en portait une, lui aussi. Alors qu'il y avait presque un an qu'il avait quitté la police.

— Qui va suivre l'affaire ? demanda Hess.

— Phil Kemp et Merci Rayborn. C'est eux qui ont reçu l'appel concernant la disparue de Newport Beach. Une certaine Lael Jillson. En février dernier. C'est donc eux qui vont s'occuper de celle-là. Seulement, c'est pas simple...

Hess s'en doutait.

— Kemp et Rayborn. Drôle d'idée de les faire bosser ensemble...

— Je sais. On s'était dit qu'ils se compléteraient. Et on s'est trompés. Je les ai séparés il y a deux mois. Phil n'y a rien trouvé à redire. Je savais pas trop avec qui mettre Merci, du coup. Jusqu'à maintenant.

Merci Rayborn n'était pas franchement une inconnue pour Hess. Son père avait longtemps travaillé au département du shérif. Un temps, il s'était occupé de vols et de cambriolages avant de bifurquer vers l'administration et une carrière de gratte-papier. Hess ne le connaissait que superficiellement. Il lui avait offert un cigare bagué de rose pour marquer le coup quand sa fille Merci était née. Hess avait suivi les progrès de la petite au fil des brèves conversations qu'il avait eues avec son paternel. Pour lui, Merci était plus un sujet de conversation qu'une personne en chair et en os. Comme c'est souvent le cas avec les enfants des collègues.

Au début, elle avait été un peu le chouchou du département. Mais l'attrait de la nouveauté s'était vite estompé. Et puis elle n'était pas la seule à avoir embrassé la même carrière que son père. Les gens dans son cas, il y en avait une bonne demi-douzaine. Hess l'avait trouvée fonceuse, intelligente et un peu arrogante. Elle lui avait déclaré sans ambages qu'elle comptait bien diriger la criminelle à cinquante ans et être élue au poste de shérif à cinquante-huit. Elle n'avait que vingt-quatre ans, à l'époque, et elle était affectée à la prison, comme tous les bleus du département. Elle ne s'était pas vraiment fait des amis au cours des dix années qui avaient suivi. Car c'était tout le contraire de son père — un type modeste, lui, et qui n'élevait jamais le ton.

Hess trouvait ça marrant, ces différences de caractère d'une génération à l'autre. Il avait plus d'une fois observé le phénomène chez ses neveux et nièces.

— Elle a déposé une plainte au tribunal vendredi après-midi, Tim. Elle intente une action en justice contre Kemp. Pour harcèlement sexuel. Gestes déplacés, tentatives d'attouchements. Des faits remontant à dix ans. Tenez-vous bien, la journée n'était pas finie que deux autres filles du département étaient allées raconter aux journaux qu'elles allaient l'imiter. Conclusion, des clans se sont formés. Dans le service, c'est la zizanie. J'ai été désolé d'apprendre que Rayborn avait fait ça. Elle a beau être jeune, c'est un bon élément. Je ne sais pas quoi penser. Personne ne s'était jamais plaint de Phil, auparavant. Si ce n'est pour lui reprocher d'être ce qu'il est. Mais peut-être que c'est un motif suffisant aujourd'hui pour poursuivre quelqu'un.

Hess voyait bien qu'il était déçu. Brighton avait beau être un personnage public, il prenait très à cœur les affaires du département. Il réagissait au quart de tour. Il avait toujours été homme à éviter les conflits et il tenait à ce qu'on l'aime.

— J'essaierai de passer à travers tout ça en douceur.

— Bonne chance.

— Et les chiens, ils ont trouvé quelque chose ?

— Ils ont suivi une ou deux pistes entre les sites où ont eu lieu les « dépôts » et un sentier coupe-feu à cent mètres au sud de l'autoroute. Les deux pistes étaient vraiment proches l'une de l'autre. Cent mètres, environ. Il s'est garé et il les a transportées à travers les buissons. Là, il s'est livré à son manège habituel. Puis apparemment, il les a retrimballées. A part ça, rien.

— Le sang, il y en avait beaucoup ?

— On va procéder à des tests d'imprégnation et de saturation sur le sol de la nouvelle scène. A propos, la fille s'appelait Janet Kane. En ce qui concerne la première, tout est desséché et décomposé. Le labo trouvera peut-être des empreintes génétiques exploitables. Les gars bossent dessus en ce moment.

— Je pensais que vous les auriez retrouvées enterrées là-bas.

— Moi aussi. Un coin de ma cervelle me dit que si ça se trouve, elles sont encore en vie.

Hess marqua une pause sans faire de commentaire à propos de cet espoir.

— Faudrait peut-être agrandir le cercle, dit-il ensuite.

— C'est à vous et à Merci de voir. A Merci et à vous, plus exactement. C'est *son* affaire.

Hess se détourna pour jeter un coup d'œil aux turbulences qui agitaient l'océan d'un vert très pâle. Il sentit que Brighton l'observait.

— Vous avez l'air bien, déclara finalement le shérif.

— Je me sens bien, oui.

— Vous êtes un sacré coriace, Tim.

Il y avait de la sympathie dans la voix de Brighton. Hess savait que ce dernier l'avait à la bonne, mais il avait du mal à supporter le ton sur lequel il lui parlait. Son amour-propre se rebiffait.

Les deux hommes se levèrent et échangèrent une poignée de main.

— Merci, Bright.

Le shérif ouvrit sa serviette et tendit à Hess deux dossiers cartonnés verts retenus par un gros élastique. Sur la couverture du premier on pouvait lire en rouge COPIE.

— On a affaire à un vrai monstre cette fois, Tim.

— Aucun doute là-dessus.

— Passez au service du personnel le plus vite possible. Marge vous préparera les papiers.

2

Le soleil venait de se lever au-dessus des collines d'Ortega et des oiseaux invisibles chantaient dans les buissons en touffes de la garrigue californienne.

Hess se tenait sous un grand chêne, près de l'endroit où avait été retrouvé le sac à main de Janet Kane. Baissant les yeux, il examina les taches de sang sur le sol. Le technicien de scène de crime avait creusé sur une superficie que Hess se mit en devoir de mesurer avec son mètre-ruban. Profond de sept centimètres, le trou en faisait cinquante de côté. Repoussant le substrat de feuilles mortes, il approcha sa paume de la terre. Puis il la tendit vers le soleil afin de voir si le sang avait pénétré si profond. Non. Ses doigts sentaient le chêne et l'humus.

L'arbre marquait, à l'ouest, l'endroit jusqu'où le sang avait coulé. Hess ne s'était pas rendu compte que la surface imbibée était si importante. Elle formait en gros un triangle dont le sommet était distant du tronc de l'arbre de un mètre quatre-vingts et dont les côtés faisaient près de un mètre cinquante de long et la base un mètre quatre-vingt-cinq — la taille de Hess. Le technicien avait prélevé son échantillon de terre de la grosseur d'un moule à tarte à la base. Là où le sol était plus meuble, moins encombré de racines.

Feuilletant lentement les pages du dossier, Hess examina le rapport de l'adjoint du shérif et les dessins. Il les compara avec les photos prises par le technicien de scène de crime puis, à l'aide de cailloux de la grosseur d'un poing, il reconstitua le tracé de la tache de sang au sein de laquelle avaient été retrouvés les « débris non identifiés » et le sac. Les morceaux de viscères humains avaient été dispersés autour de l'arbre dans un rayon de neuf mètres. Des coyotes, songea-t-il. Des ratons-laveurs, des sconses, vingt espèces d'oiseaux, un millier d'insectes étaient passés par là. Hess n'arrivait pas à se faire à l'idée qu'un être humain de taille adulte s'était trouvé là une semaine plus tôt et qu'il n'en restait plus ni os, ni dent, ni chair, ni vêtement. Le contenu du sac de la victime avait été dispersé ici et là, et les objets ramassés figuraient sur les divers croquis réalisés par le technicien.

La scène lui rappelait quelque chose. Il savait quoi mais préférait ne pas s'appesantir pour le moment.

Il se mit en devoir de suivre la piste que les chiens policiers avaient flairée. Celle-ci conduisait à un coteau émaillé de jeunes chênes et de queues-de-renard jaunies, puis, de l'autre côté d'un chemin de terre, à des empreintes de pneus. Passé le chemin, le terrain était en pente douce, et le sol moins dur hérissé de joncs et d'herbe de la pampa. Baissant la tête, il écarta les tiges pour se frayer un passage. Quelques instants plus tard, il aperçut devant lui le lagon, ovale sombre cerné de feuillage à la surface mouchetée par les ronds des pucerons d'eau. L'air embaumait le sucre. Il resta là un moment, respirant avec peine, la sueur ruisselant sur son visage. Les plongeurs vont pouvoir s'en donner à cœur joie, songea-t-il. Trois mètres de boue à franchir avant d'atteindre l'eau puis, à condition d'avoir du pot, soixante centimètres de visibilité. Il y avait trente ans qu'il n'avait pas plongé. Il avait toujours aimé ça.

De retour près de l'arbre, il s'agenouilla. Il avait du mal à respirer. La fatigue physique, les faiblesses, on l'avait prévenu, ça n'était pas une plaisanterie. On lui avait retiré les deux lobes supérieurs du poumon gauche deux mois plus tôt.

Il se redressa. Un vieux chêne s'élançait, son tronc formant fourche, comme tous les chênes. Hess posa les dossiers sous le caillou figurant le sac à main.

Hess agrippa l'arbre et de nouveau marqua une pause, le temps de reprendre haleine, un pied contre le tronc principal, l'autre contre le tronc secondaire. Il se hissa lentement, se retenant aux branches pour ne pas perdre l'équilibre. Lorsqu'il fut au-dessus de l'endroit où apparemment Janet Kane avait été vidée de son sang, il s'immobilisa et tâta délicatement la branche au-dessus de sa tête. Sous ses doigts, il lui sembla rencontrer une sorte d'encoche dans l'écorce. Difficile d'être affirmatif sans avoir vu de quoi il s'agissait. Dans le temps, il lui aurait suffi d'une traction pour passer le menton par-dessus la branche et s'en assurer.

Une malheureuse traction, songea-t-il. Il arrivait à en faire une bonne centaine lorsqu'il était à l'école des shérifs à Los Angeles. Après la série de tractions, un petit grimper de corde. Sept mètres. Les doigts dans le nez. Mais si. Hess se demanda si la mémoire était vraiment une si bonne chose que ça après tout.

Il rassembla toutes ses forces. Peinant, éructant, il réussit à apercevoir l'encoche. Son hypothèse se trouvait confirmée. Exactement ce à quoi il s'attendait. L'écorce était entaillée sur deux centimètres et demi de profondeur, jusqu'à la moelle. Sous l'effort, ses bras tremblaient, son épaule se mit à le lancer.

Puis soudain la branche disparut et il se retrouva par terre, sans savoir comment. Il avait atterri, les quatre fers en l'air, au beau milieu de la tache de sang.

Dix minutes plus tard, il était debout sous le second arbre, à l'endroit où — six mois plus tôt — avait été retrouvé le sac à main de Lael Jillson. Le grand chêne appartenait à un bouquet plus dense qui bloquait le passage de la lumière et laissait le sol dans une ombre perpétuelle. Le tronc noueux lançait ses branches arthritiques vers le ciel.

Il prit son temps pour grimper. Se servant du feuillage élastique pour s'agripper, il parvint jusqu'à une branche épaisse et découvrit ce qu'il espérait trouver : une écorchure de deux centimètres et demi de large dans l'écorce. Au cours des six derniers mois, la branche avait cicatrisé et il s'était formé une sorte de pellicule grise sur l'entaille.

Alors il la vit : chevilles ligotées, tête en bas, la corde passée par-dessus la branche. Chevelure flottant, l'extrémité des doigts à quelques centimètres du sol.

Hess regagna sa voiture pour prendre sa pelle pliante et deux seaux dans le coffre. Il lui fallut dix minutes et deux pauses pour remplir l'un des seaux de terre non souillée, près de l'arbre de Kane. Il était indispensable de prélever un échantillon témoin si l'on voulait obtenir un test de saturation valable. Lorsqu'il arriva au bout de sa tâche, il avait la respiration hachée. Les paumes le brûlaient tels des charbons ardents. Pourtant, lorsqu'il y jeta un coup d'œil, il constata qu'elles étaient seulement un peu rouges.

Il s'assit pour s'octroyer une petite sieste. Ce fut tout juste s'il ne s'affala pas. Après quoi, il remplit l'autre seau avec de la terre non souillée prélevée près de l'arbre de Lael Jillson.

Lorsqu'il revint à sa voiture, la pelle en équilibre sur l'un des seaux, il se demanda si ses doigts n'allaient pas se briser comme du bois sec. Le docteur Cho avait beau ne pas avoir évoqué cette éventualité, c'était pourtant ce qu'il ressentait. Lorsqu'il regarda ses doigts, il vit que les anses y avaient creusé un sillon mais qu'à part ça ils étaient parfaitement normaux.

Le soleil lui brûlait les yeux, ses rotules lui semblaient rouillées. Il fit un second petit somme de deux minutes avant de reprendre l'Ortega Highway.

C'était bon de retravailler.

3

Hess emporta le dossier à l'hôpital où il avait rendez-vous à quinze heures. Le traitement du mois précédent n'avait pas été si terrible. Mais, d'après le docteur Cho, il y avait des chances pour que les effets cumulés des produits se fassent cruellement sentir au quatrième mois.

Il s'installa dans le fauteuil inclinable, posa le dossier sur ses genoux et laissa l'infirmière, Liz, lui parler de sa voiture neuve. Elle fit pénétrer la grosse aiguille dans la face interne de son poignet et Hess sentit la présence de l'acier dans sa veine. Liz y fixa la perfusion.

— Vous sentez quoi, Tim ?

— J'ai l'impression d'avoir un corps étranger dans le bras.

— Vous avez de la lecture ? Parfait. Si vous en avez besoin, je le mets là.

Elle fit rouler la table près de lui et souleva le petit récipient bleu dans lequel il pouvait vomir si besoin était. Le bassin était incurvé de façon qu'on puisse se le coincer sous le menton. Il ne semblait pas assez grand ni assez profond pour être vraiment utile en cas de gros problèmes digestifs.

— Vous n'en avez pas eu besoin la dernière fois, si ?

— Non.

— Bravo.

— Couverture ?

— Volontiers.

Elle la lui étala sur les jambes et les pieds.

— Essayez de vous détendre et de penser à des choses agréables. Je suis dans la pièce à côté.

Hess s'installa confortablement. Il regarda la couverture. Cela lui rappela l'époque où il était gamin dans le chalet de son oncle à Spirit Lake, dans l'Idaho, au retour de la chasse. Il était éreinté, et la seule chose à faire pendant la longue nuit, c'était lire et dormir. Le feu dans l'âtre ronflait tellement qu'il fallait déplacer son sac de couchage et se mettre à l'autre bout de la pièce pour réussir à fermer l'œil. En fait, ici ça n'avait rien à voir avec le chalet.

Une bonne cinquantaine d'années plus tard, il sentait la cisplatine se frayer un chemin brûlant dans sa veine tandis que, glissant sa main libre sous l'élastique, il ouvrait le dossier posé sur ses genoux. *Affaire N° 99063375. Jillson, Lael.*

Kemp et Rayborn avaient joint aux documents deux photos de Lael Jillson : un instantané pris en plein air et une photocopie d'une photo de mariage. Sur l'instantané, elle était debout sur un rocher plat, bras croisés, en short, chaussures de randonnée et chemisier en chambray sans manches. Elle souriait. Ses cheveux blonds étaient tirés en une queue de cheval qui brillait au soleil. Pour son mariage, elle avait relevé ses cheveux et les avait parsemés de petites fleurs blanches pareilles à des étoiles. Hess cligna des paupières et braqua de nouveau les yeux sur elle. Visage fin, mâchoire ferme, dents blanches et régulières, yeux marron. Elle rayonnait. La photo était un cliché noir et blanc avec un reflet sépia. Cela lui rappela les photos de mariage de sa mère, qui avaient été prises en 1928.

Suivaient les précisions habituelles : Lael Genevieve Jillson, trente et un ans, un mètre soixante-treize, soixante-cinq kilos, race blanche, cheveux blonds, yeux bruns, mariée, née dans le comté d'Orange, CA. Nom de jeune fille : Lawrence. Signes distinctifs : néant.

Néant, songea Hess. Comme si le fait d'être jolie ne constituait pas déjà un signe distinctif. Une autre femme mâchonnée et recrachée dans la poussière, comme un morceau de cartilage.

C'était le plus vraisemblable, se dit-il. Presque certain, malgré l'espoir de la taille d'un petit pois qui habitait le cerveau de Chuck Brighton.

Hess regarda la glace au-dessus du comptoir devant lui. La salle de chimiothérapie ressemblait à un salon de beauté avec ses quatre fauteuils inclinables disposés devant le miroir, et le comptoir jonché de pots et de flacons. Dans deux des angles de la pièce, des téléviseurs. Les potences étaient repoussées contre les murs. Les rideaux en plastique accrochés au plafond coulissaient sur des rails. Ces rideaux ne servaient à rien aujourd'hui, car Hess était le seul patient présent.

Dans la glace, un type blême le dévisageait avec des yeux bleus et la physionomie de quelqu'un qui en a vu de dures au fil des années. Les cheveux gris étaient coiffés en arrière, comme ceux d'un général de la Seconde Guerre mondiale, et dessinaient une pointe devant. La pointe avait blanchi la première. Hess, qui éprouvait un sentiment de vertige, vit la tête vaciller. Avec un soupir, il ferma les yeux. Il se dit qu'il était trop vieux pour tout ce cirque, un truc que les hommes se racontent quand ils ne croient pas ce qu'ils disent.

La jeune femme de Laguna Beach avait disparu six jours plus tôt, un mardi, d'un centre commercial de Laguna Hills.

Affaire N° 99075545. Kane, Janet.

Trente-deux ans, un mètre soixante-neuf, soixante kilos, cheveux châtains, yeux bruns, race blanche, célibataire, née à Syracuse, New York, cicatrice sur le genou droit suite à une opération par endoscopie.

Hess prit la photocopie de sa photo. C'était un portrait réalisé en studio, le genre de tirage qu'on commande pour l'offrir à son petit ami ou à sa famille. La mention

Sanderville Studios figurait d'ailleurs en bas à droite. Janet Kane était elle aussi une vraie beauté : sourire avenant, longs cheveux bruns et frange ombrageant un front haut, yeux rieurs et pleins d'assurance. Son chemisier noir sans manches révélait des bras gracieux.

De belles filles, toutes les deux, songea Hess.

Lael Jillson avait été vue pour la dernière fois chez Neiman-Marcus, à vingt heures dix, d'après le ticket de caisse. Elle avait acheté des bas.

Janet Kane avait été aperçue pour la dernière fois dans un centre commercial de banlieue, vers vingt heures quarante-cinq, selon le vendeur de chaussures de Macy's, qui l'avait regardée sortir.

Et leurs sacs à main avaient été retrouvés dans Cleveland National Forest, sur des sites où l'on ne pouvait accéder que par l'Ortega Highway, ou par un réseau de chemins de terre qui quadrillaient cette vaste région accidentée. Les pastilles à la menthe et les pilules contraceptives de Lael Jillson avaient été en partie avalées par les charognards. Sa carte de crédit et sa carte d'assurance étaient restées intactes. On n'avait récupéré ni permis de conduire ni argent liquide.

Les permis, qui les prend d'habitude ?

Un employé. Un flic.

Quel meilleur moyen pour mémoriser les traits de quelqu'un que de faire main basse sur son permis de conduire ?

Hess feuilleta les dossiers avec soin. Les policiers avaient joint aux documents les portions de la carte d'état-major sur lesquelles figuraient les sites où avaient été retrouvés sacs et débris. Kemp et Rayborn en avaient indiqué les emplacements à l'aide d'une étoile rouge. Hess examina la carte. Il y avait un lagon d'eau douce, le Laguna Mosquitoes, à quatre cents mètres à l'ouest. Il était allé là-bas vingt-deux ans plus tôt pour enquêter sur le meurtre d'un dealer de seconde zone du nom d'Eddie Fowler, à qui on avait injecté une dose fatale d'une variété mexicaine de coke et qu'on avait abandonné en bordure de l'autoroute. Pendant le temps — cinq décennies — que Hess avait passé comme adjoint au shérif, l'Ortega Highway (la 74) avait été le lieu choisi entre tous par les meurtriers pour se débarrasser des corps de leurs victimes. Seize corps, songea-t-il. Oui, seize en comptant Fowler. Kraft s'en était servi. Suff aussi. Et la plupart de ces affaires étaient restées sans solution.

Hess avait une mémoire infaillible pour ce genre de détails même si, ces derniers temps, il commençait à se demander si ce n'était pas du gâchis de s'encombrer le cerveau avec ça. Plus il vieillissait, plus il prenait conscience du caractère futile des choses.

Une vague de nausée le submergea. Il se força à respirer bien à fond. Fermant un instant les yeux, il imagina le travail du poison détruisant les cellules. Les mauvaises, seulement. Bien qu'il sût parfaitement que le poison tuait également les bonnes. Tel un tireur fou dans un fast-food. Avant la première séance, Liz lui avait conseillé de faire de la « visualisation positive » tandis que, non loin de là, le docteur Cho souriait d'un sourire énigmatique.

Il rouvrit les yeux et remit de l'ordre dans ses pensées.

Il consulta la carte. L'Ortega Highway était une longue route sinueuse qui traversait les Santa Ana Mountains et deux comtés, reliant San Juan Capistrano à Lake Elsinore. Dans les virages, la visibilité était quasi nulle. Pourtant, les gens y conduisaient vite. Les accidents de la circulation étaient courants. A un bout se dressait Capistrano, curieuse petite agglomération léthargique qui s'enorgueillissait d'une mission franciscaine et de propriétés cossues. Le pays du cheval et des femmes en jodhpur conduisant des Chevy Suburban. A l'autre bout de l'Ortega se trouvait Lake Elsinore — petite ville pauvre, voire sordide, bâtie autour du lac éponyme. Le niveau de l'eau montait et décroissait avec les pluies, et parfois les maisons se retrouvaient comme échouées dans la boue. Les corbeaux. C'était à ça que Hess pensait en priorité lorsqu'il évoquait Lake Elsinore. Puis aux putes arpentant Main. Aux motards qui revendaient de la méthadone et aux dealers de coke.

L'autoroute assurait la liaison entre les deux villes, reliant le soleil à l'ombre, l'opulence au labeur, franchissant d'épais bouquets de chênes, serpentant à travers des kilomètres d'armoise et de chaparral[1], longeant de profonds canyons et des ruisseaux paresseux propices à l'éclosion de la végétation qui, chaque année en avril, émaillait de fleurs sauvages les vallées environnantes. Gamin, Hess venait là chasser et faire de la randonnée. Il avait toujours trouvé à l'Ortega Highway quelque chose de mystérieux, comme hanté, ce qui d'ailleurs n'était pas pour lui déplaire. Au contraire.

Posant la carte, il feuilleta les dossiers. Ce peu de renseignements, c'était frustrant. Jamais il n'avait vu de dossiers plus minces pour des enlèvements ou des homicides dont la victime avait été identifiée si rapidement. Certes, il faudrait un certain temps pour que le labo exploite toutes les données concernant Janet Kane. Ce qui leur permettrait d'ajouter des feuillets au dossier.

Les voitures, c'était là la clé de l'énigme. S'ils devaient récupérer des éléments utiles à l'enquête, ce serait dans les voitures. Les deux véhicules avaient été retrouvés garés et non verrouillés à des kilomètres des magasins où les deux femmes avaient fait leurs emplettes et absolument pas sur leur trajet de retour. Les clés sur le contact.

Les deux femmes étaient donc montées dans d'autres véhicules.

Cela n'avait pas échappé à Kemp et Rayborn. Hess lut les notes de Kemp. Puis il passa à la liste établie par le technicien de scène de crime des éléments retrouvés dans la voiture de Lael Jillson, une Infiniti Q45, faisant courir son doigt le long de la page. Les techniciens avaient

---

1. Paysage de maquis buissonnant typique du sud de la Californie. *(N.d.T.)*

recueilli des cheveux et des fibres, évidemment. En quantité. Des cheveux humains appartenant vraisemblablement à quatre ou cinq personnes différentes. A partir de spécimens fournis par le mari de la victime, le labo avait réussi à établir des correspondances possibles avec deux des membres de la famille — le mari et le fils de Lael. Le quatrième cheveu, brun foncé, appartenait à un individu de race blanche. Le cinquième spécimen était un poil pubien roux qui ne correspondait à aucun des échantillons recueillis. Intéressant, songea Hess.

Mais Hess savait quels problèmes posait l'identification des cheveux. Elle faisait, contrairement à celles qui étaient effectuées en sciences légales, appel à une technique qui n'avait pratiquement pas évolué au cours de la seconde moitié du siècle. L'identification s'effectuait en effet à l'œil nu et elle était souvent peu concluante. Le problème, c'est qu'on pouvait prélever sur un même donneur des cheveux de couleur et de texture différentes. Et qu'un cheveu pouvait être apporté par le vent aussi facilement qu'un grain de poussière. Parfois, on avait de la chance quand les cheveux avaient été décolorés ou qu'on y décelait des résidus de produits pharmaceutiques qui permettaient d'éliminer certains donneurs au profit d'autres. Mais c'était rare.

Hess lut, de l'écriture de Merci Rayborn, que Robbie Jillson avait « pris soin de ne pas faire laver la voiture » lorsque sa femme avait été portée disparue parce qu'il avait immédiatement eu la « certitude » que quelque chose de pas catholique s'était produit. Intelligent, ce garçon, songea Hess. Grâce à sa présence d'esprit, le labo avait récupéré le véhicule en l'état. L'intérieur, en tout cas.

On avait relevé des empreintes sur la carrosserie et dans l'habitacle des deux automobiles. Le labo avait eu vite fait de reconnaître celles de la victime et des membres de sa famille, mais il restait une empreinte de pouce dans l'Infiniti de Jillson qui n'avait pas encore été identifiée. Pas moyen de trouver trace de cette empreinte dans le fichier CAL-ID, pas plus que dans le fichier du FBI ou dans celui de Tucson. Les résultats de l'analyse des traces papillaires relevées sur la BMW de Janet Kane n'étaient pas encore prêts.

Des échantillons avaient été prélevés à l'intérieur, sur les tapis de sol. Une bonne chose, ça.

Par contre, à l'extérieur, aucun prélèvement n'avait été effectué. Dommage.

Hess avait un jour réussi à coincer un dingue grâce aux gravillons décoratifs restés prisonniers de la bande de roulement d'un pneu. Ça remontait à trente ans. Depuis, il examinait systématiquement avec le plus grand soin la surface des pneus. Quand un truc marchait, fallait pas hésiter à l'utiliser. Et puis Lael et Janet étaient bien allées quelque part entre le moment où elles étaient sorties des magasins et celui où elles — ou quelqu'un d'autre — avaient immobilisé leur voiture pour la dernière fois. Les sculptures de pneu, ça avait parfois bonne mémoire.

Hess fut déçu de constater que ni Kemp ni Rayborn n'avait fait vérifier l'état des véhicules. Un des trucs préférés des violeurs consistait à dégonfler légèrement un pneu, à suivre la conductrice et à attendre qu'elle soit obligée de se ranger sur le bas-côté.

Et pas un mot sur les alarmes des voitures. Ces dernières étaient-elles opérationnelles ? Hors d'état de marche ? Question pertinente qu'on omettait trop souvent de poser.

Toujours vérifier l'alarme.

Nulle part dans les notes il n'était fait mention de traces de lutte.

Au dos du formulaire de demande de mise à la fourrière de la voiture de Kane, Hess écrivit : *Aller sur les lieux des « dépôts », rencontrer le vendeur de chez Macy's qui a vu Janet, voir si les vitres des véhicules ne portent pas des marques ou traces quelconques, vérifier alarmes, demander au labo et aux techniciens de scène de crime d'activer le mouvement sur la voiture de Kane, voir du côté des distributeurs automatiques s'il n'y a pas eu de retraits d'espèces postérieurs aux enlèvements, achats Kane/mode de paiement ; lieu du premier contact — magasin, parking ? Moyens utilisés pour mettre la victime en confiance et/ou la forcer à obéir : présentation d'un badge, recours à la force, arme, menace de représailles, déguisement de policier ? Choix des victimes : aléatoire ou répondant à des critères spécifiques ? A-t-on procédé à des analyses de sang pour détecter la présence de substances toxiques chez la victime ? Quelle quantité de sang a-t-on retrouvée sur les sites des « dépôts » ? Type de terre utilisé pour les tests de saturation et d'imprégnation : échantillon prélevé sur le site même ou échantillon « neutre » obtenu au labo ? Quels viscères ? Le(s) détraqué(s) : des gens organisés, efficaces ? Qu'ont-ils fait entre le rapt et le moment où ils ont abandonné les victimes ? Elargir le rayon de recherche des chiens policiers, draguer l'étang, convoquer l'équipe de plongée...*

Ce soir-là, Hess contempla, de sa terrasse, le coucher de soleil. Puis il piqua un petit roupillon, se laissant bercer par le grondement des vagues et les voix des passants et des gamins sur le trottoir en bas de chez lui. Il se remémora son enfance. Une période heureuse, qu'il avait passée à filer comme le vent sur sa bicyclette au long des ruelles de la péninsule de Newport et à chevaucher la crête des vagues avec des palmes trop grandes pour lui qui lui permettaient de se propulser sur l'eau tel un dauphin.

Son appartement était au-dessus du garage. Il était spacieux et meublé comme une location d'été — canapés en skaï turquoise posés sur un sol de grands carreaux noirs et blancs, table en chrome au plateau maculé de taches laissées par un demi-siècle de gobelets de café. L'aspect toc de l'endroit lui plaisait. Lorsqu'il rentrait le soir et qu'il allumait, il avait l'impression que ça lui sautait à la figure. C'était sur le front de mer et ça ne coûtait pratiquement rien à Hess, car il le louait à un type friqué auquel il avait jadis rendu un grand service.

Une assiette de spaghettis congelés traînait sur la table près de sa chaise longue, ainsi qu'un gobelet de scotch auquel il n'avait pas touché, et des glaçons qui avaient fondu. Ils l'avaient prévenu : il perdrait l'appétit pendant les séances. Et c'était effectivement ce qui s'était produit. Ils lui avaient également prédit qu'il perdrait ses cheveux. Mais là, en revanche, ils s'étaient gourés. Hess était très fier de les avoir conservés. Les séances s'étalaient sur trois jours consécutifs à raison d'une séance par mois. Le traitement durait quatre mois pour ceux qui pouvaient le supporter. Si les produits tuaient trop de bonnes cellules, il fallait l'interrompre. Il en avait eu deux. Il lui en restait encore deux autres.

Il laissa un message sur le répondeur professionnel de Merci Rayborn. Il lui dit qu'il avait commencé par le site Kane, qu'il lui était venu quelques idées, qu'il espérait pouvoir lui être utile. Il voulait partir du bon pied. Il se demanda si Merci avait toujours en tête de devenir chef de la criminelle à quarante ans.

Puis il passa un coup de fil à Robbie Jillson, qui accepta de conduire la voiture de sa femme à la fourrière du comté le lendemain matin à huit heures. Jillson avait la voix d'un homme qui a bu.

A neuf heures, il se fourra au lit, tout content de mettre le réveil à sonner à cinq heures, de se dire qu'il avait une raison de se lever. Hess ne désirait qu'une chose au monde : se sentir utile. Il éteignit.

Il songea à ses femmes, comme cela lui arrivait souvent, réfléchissant une fois de plus à toutes les choses qu'il avait négligé de leur dire. Il écouta l'océan par-delà le sable de la plage et se demanda pourquoi le bruit des vagues évoquait celui des voitures alors que ces dernières n'évoquaient jamais le fracas du ressac.

Sa dernière pensée fut pour le vendeur de chaussures de chez Macy's : à quoi le type pensait-il lorsqu'il avait regardé Janet Kane sortir de son magasin ?

4

— Faut qu'on se mette d'accord sur un certain nombre de points, fit Merci Rayborn.

Elle précédait Hess d'un pas, mains sur les hanches, lunettes d'aviateur sur le nez. C'était la première fois qu'ils se retrouvaient dehors et hors de portée des oreilles des autres adjoints.

Ils traversaient la fourrière, longeant des voitures qui avaient été pilotées par des chauffards, des voleurs, des tabasseurs de femmes, des tueurs, ou plus prosaïquement par des citoyens ordinaires qui avaient oublié de payer leurs contraventions. Le soleil de la fin de matinée était chaud et le ciel voilé de smog. La lumière du soleil tapait sur les pare-brise sales.

— Pour commencer, c'est mon enquête, poursuivit Merci d'une voix claire et pleine d'assurance sans pour autant hausser le ton.

Grande, bien charpentée, elle portait un pantalon de toile, une chemise de sport et le traditionnel blouson noir de la police du shérif barré dans le dos des lettres orange *OCSD*, pour Orange County Sheriff Department. Grosses bottes noires. Ses cheveux foncés étaient peignés en arrière.

Elle ralentit et fixa Hess.

— C'est moi qui commande. Si ça vous pose un problème, mieux vaut reprendre vos billes tout de suite.

— Peux pas. J'ai besoin de la couverture médicale.
— Y paraît, oui.

Elle reprit de l'avance et ils continuèrent à marcher. Merci tourna la tête pour dévisager son nouvel équipier. Hess se demanda si c'était lui qui était lent ou si elle marchait particulièrement vite. Il avait le cou encore raide de sa chute.

— Voilà comment ça fonctionne avec moi, dit-elle, c'est pas compliqué. Primo, interdiction de fumer dans ma voiture. J'ai arrêté de nouveau la cigarette il y a deux mois et je ne demande qu'à replonger. Alors, pitié. Secundo, vous fatiguez pas à m'inviter à bouffer. Je fais pas de vraie pause au déjeuner. Je me contente de grignoter dans ma bagnole. Ou de manger sur le pouce à mon bureau. Tertio, ne parlez pas aux médias de Jillson ou de Kane. Les médias, c'est moi qui m'en occupe. Et quand ça n'est pas moi, c'est Wally la Fouine, des relations presse, qui s'en charge. On fait de la corde raide sur ce coup-là. Vous avez vu le *Journal* ce matin. Vous avez donc une idée de ce qui nous attend. « Le Tireur de sacs. » Elle est bonne, celle-là. Les journalistes se sont emparés de cette affaire et ils ne la lâcheront que lorsqu'ils auront quelque chose de plus pimenté à se mettre sous la dent. Cette histoire, c'est un truc à foutre la trouille aux membres de la classe moyenne. Si les femmes de ce comté cessent de fréquenter les centres commerciaux, c'est la ruine assurée pour l'économie locale. Alors laissez-moi contrôler les opérations, okay ?

— D'ac.

— Si vous avez des choses à dire, dites-les-moi. Je suis une grande fille. Mais ne vous attendez pas à ce que je vous fasse des fleurs sous prétexte que vous avez résolu des affaires tordues avec mon père. Et surtout ne faites rien dans mon dos.

— C'est clair.

Elle s'arrêta et, une main sur l'épaule de Hess, le fit s'immobiliser.

— Enfin, pas de main baladeuse ou je vous fais couper les couilles. Et séance tenante. Voilà, c'est comme ça que ça marche avec moi. Alors, on s'y colle ?

Hess vit des rides se former aux coins de la bouche de la jeune femme. Comme ses yeux étaient dissimulés derrière ses lunettes, impossible de dire si c'était un sourire qui lui étirait les lèvres. Ou autre chose. Et c'était la seconde éventualité qui l'inquiétait.

Hess comprit pourquoi le shérif l'avait laissée sur l'affaire — une affaire qui, en termes de métier, promettait d'être une « belle » affaire. Brighton essayait de la pousser dans ses retranchements, histoire de voir si elle allait s'en sortir ou se planter. Et lui, Hess, serait aux premières loges dans un cas comme dans l'autre pour jouer le rôle de témoin privilégié. Le petit rapporteur.

Elle le savait, forcément. Elle devait s'en douter. Il hocha la tête et serra la main qu'elle lui tendait. Une main bien sèche, ferme et douce.

— C'est pas si pénible que ça en a l'air de bosser avec moi, fit-elle du ton de quelqu'un qui essaie de se convaincre soi-même.

Ils atteignirent l'endroit où les voitures étaient traitées. Une vieille Toyota en cours d'examen portait une trace sanglante de la taille d'un crâne sur le toit, et deux plus petites sur le capot. Empreintes de rotules sur le capot, devina Hess, calculant mentalement la vitesse de l'impact. Un technicien indifférent se tourna vers eux, brandissant au bout d'une pince une dent humaine.

La BMW de Janet Kane était garée à l'autre bout de l'atelier. Elle était encore partiellement désossée — portières démontées, vitres latérales retirées de leur logement, sièges sortis de l'habitacle et posés contre le mur du garage. Un plastique transparent formant tente avait été posé dessus et fixé avec du ruban adhésif.

A côté se trouvait l'Infiniti de Lael Jillson, ainsi que Robbie Jillson l'avait promis. Sa carrosserie noire luisait sous la lumière fluorescente. La portière du conducteur était ouverte et l'un des techniciens en déposait la vitre.

— Qu'est-ce qu'elle fait là, cette bagnole ? On l'a déjà décortiquée il y a des mois...

— J'ai contacté le mari hier soir et...

Merci se plaça entre Hess et les voitures, et pivota pour lui faire face. Elle ôta ses lunettes. Pas la moindre once de patience ou d'indulgence dans son regard.

— Non, Hess, non. Pas question d'interroger qui que ce soit sans avoir mon feu vert. Pas question de faire mettre des voitures à la fourrière, de demander des examens complémentaires au labo ou quoi que ce soit d'autre sans m'en avoir référé au préalable. Je mène l'enquête, c'est clair ? Vous n'êtes qu'un consultant à mi-temps. Vos intuitions, vous les gardez pour vous. On forme un *team*, nous deux. On travaille en équipe. Compris ?

— Vous aviez oublié de vérifier quelque chose.

— Non.

— Sur les voitures. Faut examiner la partie inférieure de la vitre. Des *quatre* vitres. Sur les *deux* véhicules.

Elle était toujours devant lui, tête légèrement inclinée vers la droite. Elle était étonnamment grande. Hess vit de la colère dans ses yeux et du soupçon.

— C'est Kemp qui avait fait la demande, pour les voitures, ajouta-t-il.

On aurait dit que Hess lui décernait un blâme.

Il la regarda refouler ses émotions pour laisser parler la raison :

— Pourquoi passer de la poudre de carbone sur le bas de la vitre ? Qui voulez-vous qui laisse des traces de doigts à cet endroit-là ?

— C'est pas à des empreintes que je pense. Mais à des marques.

— Des marques de quoi ?

— De Slim Jim[1].

---

1. Sorte de pince. *(N.d.T.)*

— Vous rigolez. Les voleurs de voitures, ça fait bien vingt ans qu'ils se servent plus de Slim Jim.

— Précisément : ça n'est pas à un braqueur de bagnoles qu'on a affaire.

Se retournant, elle se dirigea vers la BMW. Ecarta la housse de plastique. Hess l'aida à soulever l'une des lourdes vitres qui avaient été démontées et extraites de leur logement et à l'orienter vers la lumière. Les deux premières glaces étaient vierges de toute trace.

C'est sur la troisième — la glace arrière, côté conducteur — que Hess trouva ce qu'il cherchait. La pince — un genre de pince à levier — avait laissé une trace longue de sept centimètres près du bord inférieur arrondi de la vitre. C'était une éraflure d'aspect terne causée par un outil en acier que l'auteur de l'effraction avait enfoncé puis fait glisser de haut en bas et de bas en haut dans le logement de la glace dans le but de débloquer la porte. Impossible de la distinguer, cette trace, lorsque la vitre était solidaire de la portière. Manifestement, le loquet avait donné du fil à retordre à celui qui s'était employé à le forcer. Hess savait que des voleurs de voitures expérimentés pouvaient crocheter une serrure en moins de cinq secondes, selon la marque et le modèle du véhicule. Le hic, c'était l'alarme.

Quelques minutes plus tard, Ike, l'un des techniciens du labo, retirait de l'Infiniti noire de Lael Jillson la glace arrière côté conducteur. Noirceur de l'infini, songea Hess, se penchant pour tenter d'apercevoir des traces de pince au bas de la vitre. Bingo !

Rayborn effleura du doigt les traces de l'instrument et se redressa.

— Il force la serrure avec la pince, et après il neutralise les alarmes antivol...

— Il commence par là. Si elles sont mises, bien sûr.

— Je vais demander à Ike de désosser les dispositifs fil par fil. Faut trouver comment il procède.

Hess se dit que ce n'était pas un bon plan, de bousculer

Ike comme ça. Cela ne le regardait pas vu que ce n'était pas *son* enquête. Mais si le style de Merci avait un impact négatif sur le boulot, alors là, oui, il était concerné. Merci Rayborn avait beau être son supérieur hiérarchique direct, n'empêche que pour l'instant celui qui menait le jeu, c'était le Tireur de sacs. Il décida de chasser cette pensée de son esprit. Il était temps qu'il apprenne à laisser glisser, au bout de soixante-sept ans passés à traîner ses guêtres sur la planète.

— C'est entièrement électronique maintenant, dit-il. Sur les derniers modèles.

Alors Merci dit quelque chose qui surprit Hess. Lui-même avait flairé cette hypothèse, mais Rayborn l'avait formulée avant lui :

— S'il ne les force pas à déverrouiller la voiture, fit-elle, peut-être qu'il est déjà là à les attendre lorsqu'elles montent dans leur véhicule. A l'arrière, derrière le siège du conducteur. C'est pourquoi il a opéré de nuit dans des parkings en plein air.

Hess baissa les yeux sur la vitre éraflée, puis regarda Rayborn en opinant du chef.

— Il me fait horreur, ce salopard, dit-elle tranquillement ; puis, par-dessus son épaule, en haussant le ton : Ike !

5

Merci prit Ike à part, le chargeant de découvrir comment le dispositif antivol avait été court-circuité. Ajoutant que c'était une priorité. Ike, elle l'avait à la bonne. Tous deux étaient à peu près du même âge — une petite trentaine —, et il incarnait l'avenir du département. Comme elle-même, d'ailleurs. C'était sympa d'appartenir au club des moins de quarante ans, de savoir qu'un jour on dirigerait la boîte. Enfin, que certains d'entre eux du moins la dirigeraient. Ike semblait décidé à se décarcasser pour elle. Quand elle serait aux commandes, elle s'arrangerait pour qu'il touche une augmentation digne de ce nom.

Ike sourit lorsqu'elle s'en alla. Merci le gratifia d'un petit salut sans façon. En passant devant la voiture de Lael Jillson, elle vit en pensée un homme recroquevillé par terre dans l'obscurité, derrière le siège arrière. Elle s'imagina montant dans son véhicule, la nuit, avec un sentiment de sécurité, juste un peu fatiguée de sa longue journée, prenant place sur le siège de cuir souple, plafonnier allumé, glissant la clé dans le contact. Et ensuite ? Ses cheveux se dressèrent sur sa nuque.

Une fois dehors, elle ralentit l'allure pour permettre à Tim Hess de rester à sa hauteur. Merci marchait vite généralement, et ça l'agaçait de devoir régler son pas sur celui d'un autre. Le fait qu'il fût en train de se battre contre le cancer compliquait tout, rendait les choses deux fois plus difficiles. Dans une enquête pour meurtre, il n'y avait pas de place pour la compassion. Elle lui jeta un regard de biais, se demandant comment faire sentir à son nouvel équipier un embryon de complicité professionnelle. Elle considéra ses yeux d'un bleu très pâle, la ligne bien dessinée de sa mâchoire, ses cheveux épais coupés court d'où jaillissait telle une vague, sur le devant, une petite crête blanche. Dans sa jeunesse, il avait dû être plutôt bel homme.

— Je déjeune dans la voiture, dit-elle, étonnée elle-même de la brutalité de l'énoncé.

Elle se rendit compte que la formulation n'était guère aimable. Ce qu'elle avait voulu dire, c'est qu'elle avait reçu la veille, au bureau, cinq appels de journalistes désireux de la cuisiner sur le procès. Et cinq autres dans la soirée, à son domicile. Elle se demanda si elle n'aurait pas mieux fait de dire tout bêtement la vérité.

Elle le regarda. Il avait l'air deux fois plus baraqué et vigoureux que son père, mais on lisait de la fatigue dans ses yeux.

— Voilà à quoi vous allez occuper les quatre heures qui viennent, poursuivit-elle. On devrait avoir reçu les documents des RTM. S'il a pris de l'argent avec la carte de la fille, j'aimerais savoir à quel distributeur. Et puis renseignez-vous sur elles. S'il les choisissait selon des critères précis, vous découvrirez peut-être quelque chose. J'ai appelé le service relations publiques des centres commerciaux. Peut-être que ce type se manifeste de préférence à l'occasion de telle ou telle opération de promotion, semaine du blanc, prix cassés après les fêtes ou je ne sais quelle connerie que les gens du marketing organisent pour rameuter les foules. Quand le labo en aura fini avec la BMW, on comparera avec l'Infiniti et on verra ce qu'on en tire. Gilliam pense avoir terminé à midi. C'est-à-dire dans une demi-heure. Si tel est le cas, mettez-vous dessus sans m'attendre. Il m'a dit qu'il saurait en début d'après-midi quelle quantité de sang s'est répandue sur chaque site grâce à vos échantillons. Ça, ça va être un élément important. Enfin, l'un de nous devrait s'occuper de faire ratisser par les chiens un périmètre nettement plus vaste que la première fois. Si ça ne donne rien, faudra convoquer les plongeurs ou draguer le lagon. Je sais que dans le temps vous plongiez pour nous. Ce sera à vous de décider s'il faut faire appel aux plongeurs ou aux dragueurs. Je veux également que vous voyiez où les voitures ont été retrouvées. Ça peut attendre, mais pas indéfiniment. Bon, qu'est-ce que vous en pensez ?

— Ça m'a l'air bien.

Merci réfléchissait tout en marchant.

— Vous êtes sûr qu'il les a tuées, n'est-ce pas ?

— Oui.

— A l'endroit où on a retrouvé le sang ?

— Je crois, oui.

— Pourquoi ?

— A cause de la quantité de sang retrouvée. Il a fallu que je le voie pour le croire.

— Mais aucune trace de vêtements. Pas de chair, de fibres ou d'os. Rien que du sang et des sacs à main. Les sacs pour nous. Les permis de conduire pour lui.

— Et les viscères, aussi.

— Mais vous avez vu la quantité ? Moins d'un tiers de gramme. Et Gilliam n'est même pas en mesure d'affirmer que c'est du tissu humain...

— Qu'est-ce que ça pourrait être d'autre ?

— Des restes d'animaux ?

Il ne souffla mot, ne la regarda pas davantage.

— Qu'est-ce qu'il en fait, de ces femmes ? reprit-elle.

— Il les apprête.

Comme elle lui demandait ce que ça voulait dire, il lui expliqua. A nouveau ses cheveux se hérissèrent sur sa nuque. Elle se représenta le corps en train de se vider de son sang d'une jeune femme suspendue à la branche d'un chêne, non loin de l'Ortega Highway. Elle songea aux carcasses des cerfs, à leurs extrémités sectionnées.

— S'il les vide, pourquoi n'a-t-on pas retrouvé davantage de viscères ?

— Les animaux les auront dévorés. L'été est torride, ils sont affamés.

— Dans ce cas, on n'a aucune chance de retrouver quoi que ce soit dans le lagon ou les bois alentour. Parce que, s'il se donne tout ce mal, c'est sûrement pas pour prendre bêtement des risques en laissant traîner des trucs...

— En effet, n'empêche que vous avez raison — va falloir que les chiens réexaminent le secteur, que les plongeurs fouillent le lagon.

— Vous êtes en bons termes avec McNally ? fit Merci.

Hess dit qu'ils avaient travaillé ensemble.

— Voyez ça avec lui, alors, fit-elle, soulagée de ne pas avoir à s'entretenir avec Mike pour le moment.

— Bien.

Elle vit se dessiner un petit froncement sur le visage de Hess et un mouvement de colère la prit. La colère était une pulsion redoutable, et elle n'avait pas encore appris à la contrôler suffisamment bien.

— C'est déjà fait, c'est ça ?

— C'était avant que vous ne me fassiez votre topo sur la règle du jeu. De toute façon, il se tient prêt à intervenir. Il attend votre feu vert.

— Je ne plaisantais pas, pour les règles du jeu.

— Sacrée perte de temps s'il faut que je vous demande l'autorisation de lever le petit doigt chaque fois que j'ai une idée...

— Hess, « toutes les décisions sont prises par l'enquêteur principal de concert avec sa hiérarchie et conformément aux procédures en vigueur dans ce département... » Ça vous rappelle quelque chose ?

— Je suis au courant. C'est moi qui ai rédigé ce texte avec Brighton, il y a un million d'années.

— En effet, ça ne date pas d'hier, fit-elle, enfonçant le clou.

— Bon, fit Hess. Il me faut les deux branches. L'endroit où la corde a frotté et usé l'écorce. Peut-être que des fibres y sont restées collées. Je les aurais coupées moi-même, mais je n'avais pas de scie.

— Bien, parfait.

Elle lui indiqua son numéro de portable, qu'il ne devait utiliser qu'en cas de nécessité.

— Les appels, c'est moi qui les paie. Le département est trop radin pour nous équiper de portables. J'ai fait installer un fax dans la voiture, à mes frais également. Je m'occupe du lagon. Et des branches. Faut aussi que je me remette les sites en mémoire. Que je retourne examiner les lieux.

Il la regarda avec son visage de faucon, ses yeux perçants. C'était un Hess qu'elle ne connaissait pas encore.

— McNally et les chiens, vous voulez ça pour quand ?

— Tout de suite. Je passerai là-bas plus tard.

— Encore un détail. Pour les branches. Commencez par l'extérieur quand vous scierez.

— Je sais.

Elle engagea la grosse Impala dans Costa Mesa. Elle posa son 9 mm Heckler & Koch près d'elle sur la banquette parce qu'il la gênait pour conduire. Elle aimait avoir le bras gauche sur l'accoudoir et le droit à douze heures pour manœuvrer d'une main le volant. Son père conduisait comme ça. Seule différence avec lui, elle n'hésitait pas à appuyer sur le champignon.

La fille habitait une jolie petite maison côté ouest, près de Newport Beach. Quartier encore abordable pour des petits salaires. Elle s'appelait Kamala Petersen. Elle partageait la villa avec deux autres nanas, conseils en parfumerie dans le même magasin qu'elle. Elle s'était trouvée au centre commercial la nuit où Janet Kane avait disparu, et elle avait croisé quelqu'un qui l'avait troublée. Elle s'était présentée spontanément lorsque la disparition de Janet Kane avait été rendue publique. Merci l'avait interrogée brièvement, deux jours plus tôt, et l'avait trouvée influençable, agitée, incapable de se concentrer. Pourtant, il y avait quelque chose que Kamala n'avait pas réussi à sortir. Merci croyait savoir quoi, et elle était bien décidée à lui faire cracher le morceau.

L'hypnose était une arme à double tranchant. D'un côté, on pouvait obtenir des résultats satisfaisants. De l'autre, les sujets hypnotisés n'étaient pas autorisés à témoigner dans des enquêtes criminelles en Californie. Deux des district attorneys et le shérif adjoint lui avaient conseillé de recourir à cette technique. Merci avait pesé les risques et décidé qu'un signalement de suspect valait le coup de perdre un témoin potentiel. Des témoins, elle en trouverait d'autres. Elle les assignerait à comparaître. C'était son enquête, c'était sa décision qui l'emportait, après tout.

Kamala était une fille assez costaud et quelconque, nantie de cheveux bruns frisés et d'un fort beau teint. Rayborn songea qu'elle aurait bien aimé avoir une peau comme ça, mais pas au prix que devaient coûter les soins nécessaires pour l'entretenir. En outre, elle avait une cicatrice sur le front, résultat d'une rencontre avec un coin de table quand elle avait trois ans, et une autre récoltée à la suite d'une chute du haut d'une barrière à six. Ce n'était pas si terrible mais quand elle essayait de les camoufler avec du maquillage, c'était pire.

Kamala ne put lui serrer la main car son vernis à ongles était en train de sécher. Merci lui dit qu'elle n'entrait pas, qu'elles feraient mieux d'y aller tout de suite.

— Je suis un peu nerveuse, dit la fille, agitant les mains comme si elle jouait de l'accordéon.

— Y en a pour une minute.

— La dernière fois qu'on m'a hypnotisée, c'était sur la Montagne Magique. Moi, idiote, je me suis prise pour

Michael Jackson. Le type nous avait endormis en nous certifiant qu'on se souviendrait de rien, et effectivement, je me suis souvenue de rien. C'est ma mère qui m'a raconté que je m'étais couverte de ridicule.

— Pas question de danser, aujourd'hui, à moins que vous n'en ayez envie. Et puis n'y pensez pas. Dites-vous qu'on va à la plage, un truc dans ce goût-là. Je veux que vous ayez l'esprit frais et clair pour voir Joan. Allez, en route.

Les tours de l'hôpital jouxtaient un cinéma géant. Les places de parking ne manquaient pas. Merci guida la Chevy sous un magnolia, prenant la place de deux voitures.

Le docteur Joan Cash les fit entrer dans sa salle de consultation — après une bise à Merci et une poignée de main à Kamala. Merci connaissait Joan depuis le collège de Fullerton et la considérait comme une amie. C'était une rouquine menue, au nez et aux joues piqués de taches de rousseur. Cinq ans plus tôt, Merci avait recommandé au département de travailler avec elle au coup par coup, et les deux parties s'étaient trouvées bien de cet arrangement : Joan mettait du beurre dans ses épinards et le comté travaillait avec une psychiatre de talent.

Joan présenta Kamala à Danielle Ruger, la dessinatrice. Merci avait fait appel à elle précédemment et la trouvait excellente. Merci serra la petite main douce de Danielle et sourit. C'était agréable de travailler dans une pièce où il n'y avait que des femmes.

Merci songea brièvement aux remarques déplacées et incessantes de Phil Kemp, aux tentatives d'attouchement, aux plaisanteries grasses. On ne pouvait pas dire qu'elle ne l'avait pas prévenu. Simplement, il avait refusé d'écouter et elle en avait eu marre de supporter ses obscénités. Marre qu'il s'en sorte indemne. C'était écrit dans le règlement, bon sang, que ce genre de comportement était répréhensible. Inacceptable. Et maintenant deux autres assistantes — des filles qu'elle connaissait à peine — étaient elles aussi venues se plaindre. Est-ce qu'elle aurait déclenché quelque horrible mouvement ? Mais qu'est-ce qui était pire ? Supporter Kemp en silence ou lui tenir tête ? Merci s'obligea à chasser ces pensées de sa tête. Ça ne l'avançait à rien et ça la perturbait inutilement dans son travail. Elle était contente d'être dans cette pièce où ce genre de problème ne risquait pas de se poser.

Le médecin expliqua la procédure. Merci et Danielle resteraient dans la salle d'attente tandis que Kamala serait plongée dans un profond sommeil hypnotique. Ensuite elles reviendraient et Merci pourrait participer à la conversation, prendre des notes ou enregistrer les propos de Kamala. Danielle garderait le silence : un interlocuteur, ça suffisait. Deux risquaient de faire perdre le fil à Kamala ou même de la réveiller. Kamala sortirait de la séance détendue, elle se souviendrait de ce qui avait été fait et dit pendant qu'elle dormait. Cela prendrait en tout vingt, trente minutes maximum.

Merci s'installa dans la salle d'attente où après avoir papoté avec Danielle elle relut les notes inscrites dans son petit journal de bord. Bon nombre des prises de contact qu'elle effectuait en début d'enquête étaient consignées dans des petits carnets à couverture souple bleue. Lorsqu'elle avait un peu de temps pour souffler, elle les passait en revue, histoire de voir si elle n'avait rien oublié. Si rien ne lui avait échappé. Un détail. Un aspect. Le carnet, c'était elle qui l'avait acheté avec ses deniers. Il n'était pas fourni par l'administration. Chez elle, elle en avait vingt-six comme ça, tous couverts de son écriture serrée. Elle en trimballait toujours un dans la poche droite de son manteau, de sa chemise ou même de son pantalon, un pendant, en quelque sorte, du Heckler accroché sous son épaule gauche.

Elle prit des notes sur la conversation qu'elle avait eue avec Hess dans la cour de la fourrière, ajouta une phrase qu'elle souligna : *C'est un vieux type têtu qui se meurt d'un cancer*. Elle la relut et la barra d'un coup de stylo noir. Ce n'était pas à elle de décider s'il était en train de mourir ou non. Et penser qu'il pouvait passer l'arme à gauche à tout moment n'était pas de bonne politique.

Par le téléphone arabe, elle avait appris qu'il était en chimio et se faisait faire des rayons. Qu'on lui avait retiré presque tout un poumon. Le pauvre homme était assez mal barré comme ça, il n'avait pas besoin en plus que son équipière le considère comme foutu. En outre, si Brighton avait confié cette mission à son vieux pote, c'était autant pour la surveiller que pour lui donner un coup de main. Fallait pas être bien malin pour s'en rendre compte. Hess était les yeux et les oreilles de Brighton, alors pas la peine de se le mettre à dos plus qu'il n'était nécessaire.

Joan apparut sur le seuil et leur fit signe d'entrer.

— Venez, elle dort comme un bébé.

Merci la suivit à l'intérieur du cabinet. Les lumières étaient éteintes, les stores tirés et presque entièrement fermés. Dans un angle, le bureau. Des étagères garnissaient deux des murs. Au milieu de la pièce, un canapé et, face au canapé, de l'autre côté d'une table basse, trois fauteuils inclinables. Kamala Petersen était assise dans le fauteuil du milieu, penchée en arrière comme un client qui s'apprête à se faire raser, mains jointes sur l'estomac, ongles impeccables, yeux fermés. Avec son maquillage soigné et dans cette attitude, elle ressemblait à une défunte de fraîche date.

— Kamala, Merci et Danielle nous ont rejointes, annonça Joan Cash.

— Salut, fit Kamala d'une voix faible mais nette.

— Kamala et moi, on parlait vagues. On n'a pas mis longtemps à comprendre qu'on aimait les vagues du Pacifique... On pratique le surf toutes les deux.

— J'en ai une trouille pas possible, reconnut Merci.

— Je les trouve géniales, remarqua la dessinatrice.

— Ça peut être très détendant à regarder, fit Joan. Ah,

Merci... Vous voulez bien nous parler de ce qui s'est passé il y a une semaine ? Mardi dernier dans la soirée. Le 3 août, je crois, Kamala, je ne bouge pas. Allez-y, vous parlez à Merci comme vous me parleriez à moi. D'accord ?

— Bien.

Merci sortit son carnet et son stylo.

— Kamala, vous m'avez dit vendredi dernier que vous travailliez au centre commercial de Laguna Hills la semaine d'avant. Pourquoi m'avez-vous téléphoné ?

— A la télé, ils ont annoncé qu'une femme avait disparu du centre. La nuit où j'y travaillais. Ça m'a... comment dire... embêtée. Et je me suis souvenue que j'avais aperçu un type... le genre de mec qu'on n'oublie pas... la nuit où elle s'est évaporée. C'est pour ça que je vous ai appelée.

Merci regarda Joan, qui lui fit signe d'y aller doucement.

— Bon, alors vous avez vu cet homme mardi soir de la semaine dernière. Pourquoi avoir pensé à lui lorsque vous avez appris que Janet Kane avait disparu ?

Quelques secondes s'écoulèrent avant que Kamala ne reprenne la parole :

— Il avait l'air... bizarre. Je dirais qu'il avait quelque chose de pas banal. Il était dans le parking quand je suis partie. Il faisait noir mais je l'ai vu à la lumière des phares. Il regardait sa voiture d'une drôle de façon. Je l'ai juste entrevu, deux, trois secondes. Pris dans le pinceau des phares. Et de nouveau lorsque je suis passée devant lui. C'est resté gravé dans ma tête quelque part. Même si ça m'est revenu que lorsque j'ai appris ce qui était arrivé à la femme.

— Quelle heure était-il lorsque vous l'avez vu ?

— Près de vingt et une heures.

— Très bien. Donc il avait l'air bizarre. Voire pas banal. Pouvez-vous me le décrire ?

Kamala poussa un soupir.

— Blond. Avec des cheveux longs. Dorés. Comme Boucles d'Or. Yeux foncés. Moustache. Ni grand ni petit. Corpulence moyenne. Il portait une sorte de cache-poussière en coton. Style cow-boy.

Merci se représenta l'homme au long manteau et aux longs cheveux.

— Quel âge ?

— Vingt, trente. Et ses yeux quand je me suis rapprochée. Je les voyais à la lueur des phares. Humides, tristes. On aurait dit un mannequin. Un mannequin homme, bien sûr. C'est la première chose que je me suis dite. Dans mon métier, on remarque les visages. Ça m'a semblé bizarre, d'arriver à noter tout ça alors que je faisais que le dépasser. Mais je crois que si je l'ai remarqué, c'est qu'il y avait une raison. Les choses comme ça ne se produisent pas sans raison.

Merci s'abstint de faire des commentaires sur la vision cosmique de Kamala. Elle ne manqua pas de noter dans son carnet que Kamala s'était apparemment contredite : comment avait-elle pu distinguer ses yeux « humides et tristes » alors qu'elle le dépassait, de nuit, et qu'il ne la regardait même pas ?

— Ce qu'il y avait de bizarre, c'était davantage dans votre réaction que dans son regard ?

— Peut-être. Y a du vrai dans ce que vous dites.

— Qu'avait-il de si étonnant ?

— Son apparence, mais pas seulement. Il y avait autre chose, dit Kamala, plongeant une longue minute dans le silence. (Puis, avec un soupir prononcé, elle ajouta :) C'est incroyable. Vous n'allez pas croire ce qui vient de me traverser l'esprit. Oh, ben ça alors...

Je crois que si, songea Merci. Parce que je crois qu'il ne vous a pas déplu, et ça ne m'étonnerait pas que vous ayez échangé... un regard... un mot peut-être...

Elle jeta un coup d'œil à Joan. Mais le médecin n'avait d'yeux que pour son sujet.

— Eh bien... ça me revient à l'instant, la raison pour

laquelle je l'ai trouvé bizarre et même étonnant, c'est parce que c'était pas la première fois que je le voyais.

Bordel de Dieu, songea Merci, regardant Joan. Sourcils haussés, la psychiatre esquissa un sourire.

— Je crois bien que la première fois c'était un mois plus tôt, dans un centre commercial à Brea. Il passait devant l'animalerie. Les copines et moi, on allait prendre notre service. Il était là, seul, comme la semaine dernière. Il portait le même pardessus. Seigneur, c'est pas croyable... c'est seulement maintenant que ça me revient. Eh ben, c'est quelque chose, l'hypnose.

Merci sentit son cœur s'emballer en entendant « centre commercial » et braqua les yeux sur Joan. Le médecin qui contemplait Kamala par-dessus ses doigts réunis en clocher lui rendit son regard, assorti d'un *youpi !* de triomphe muet.

— Vous venez de ramener en pleine conscience un souvenir que vous aviez refoulé, dit le médecin d'un ton neutre tout en prenant des notes dans son propre carnet. Ce souvenir vous tracassait et c'est en partie pour ça que vous avez téléphoné à Merci.

— Je m'en rends compte, maintenant. Vous avez raison, c'est dingue.

— Donc vous l'aviez déjà vu, Kamala, reprit Merci en s'efforçant de ne pas manifester d'enthousiasme. (En bonne professionnelle, elle savait dissimuler ses sentiments quand il le fallait.) Voyons, la première fois que vous l'avez vu, à Brea, il passait... ?

— Devant l'animalerie. Il marchait lentement et il m'a reluquée.

Evidemment, songea Merci. Et vous lui avez rendu son regard.

— Il vous a adressé la parole ?

— Non.

— Quel genre d'expression avait-il ?

— L'air de trouver drôle quelque chose. Ou quelqu'un. Moi, je crois.

La psychiatre fit signe à Merci de se taire et prit la parole :

— Parce que vous le fixiez d'une certaine façon ?

— C'est exact.

Joan regarda Merci et lui fit signe d'y aller.

— Comment est-ce que vous le regardiez ? questionna Merci.

Pause.

— Je sais pas trop. Mais comme je le trouvais beau mec, je crois qu'il s'en est rendu compte. Et c'est ça qu'il a dû trouver marrant.

— Vous vous êtes retournée sur lui après l'avoir dépassé ?

— Oui, et lui aussi, il s'est retourné. Et il avait le même regard.

— Mais vous ne vous êtes pas approchée ?

— Non.

Merci insista :

— Vos amies non plus ?

— Non.

— Vous en êtes sûre ?

— Absolument.

— Kamala, qu'est-ce qu'il faisait la seconde fois où vous l'avez vu, mardi soir ? Il regardait sa voiture d'une façon... comment avez-vous dit déjà... *pas banale.* Comment ça, pas banale ?

— Il avait les mains sur les hanches et il la zyeutait comme si elle s'était mal conduite. Comme s'il avait une dent contre elle.

— Elle avait un problème ? Un pneu crevé ? Le capot était relevé ?

— Non.

— C'était quoi, comme marque ?

— Une Mercedes ou une BMW, mais j'en suis pas sûre. Blanche, il me semble. Carrée de l'arrière.

— Comment saviez-vous que c'était *sa* voiture ?

— J'ignorais si c'était la sienne. Je l'ai supposé, c'est

tout. Maintenant, j'avoue que je me demande... Ç'aurait pu être celle de quelqu'un d'autre. Il l'examinait comme s'il y avait un problème et qu'il essayait de le tirer au clair.

Peut-être se demandait-il si le véhicule était équipé d'une alarme.

— Si on retournait au centre commercial de Laguna Hills ensemble, vous pourriez me montrer où il se tenait et où se trouvait la voiture blanche ?

— Au milieu du parking, devant les restos. Mais je peux vous montrer, pas de problème.

Merci griffonna dans son carnet tout en réfléchissant.

— Kamala, est-ce que cet homme vous a vue à Laguna Hills, la seconde fois que vous l'avez aperçu ?

— Non.

— Vous n'avez pas ralenti, baissé votre vitre pour lui proposer un coup de main...

— Non.

Le docteur Cash secoua la tête.

— C'est bon, Kamala. Et maintenant vous voulez bien aider notre dessinatrice à faire le portrait de cet homme ?

— Oui. Son visage, je m'en souviens bien, maintenant. Quand vous voudrez.

6

Matamoros Colesceau pilotait son pick-up à travers les rues étroites d'Irvine. Bientôt, il atteignit Quail Creek Apartment Homes. Les petits bâtiments de stuc fauve se dressaient autour de monticules herbeux. Sur les buttes, des rochers décoratifs, qui avaient sûrement été placés là pour évoquer la nature, son équilibre, son harmonie. Les immeubles n'étaient pas disposés en rangs serrés mais rassemblés en grappes pour donner à leurs habitants l'illusion de l'intimité. La résidence ressemblait à une gigantesque ruche.

Tout au début de son séjour ici, trois ans plus tôt, Colesceau s'était perdu à quatre reprises. Les petites artères, fort nombreuses, se ressemblaient toutes. Il y avait quatre piscines rigoureusement identiques. Même les monticules herbeux étaient semblables, avec leurs pierres soigneusement alignées. Aujourd'hui, il pouvait se promener à travers la résidence les yeux fermés sans pour autant se perdre. Il habitait au 12 Meadowlark, un appartement en duplex dans le bâtiment B, dans la partie ouest des Quail Creek Apartment Homes.

Son responsable de liberté conditionnelle avait garé sa voiture dans l'allée. Aussi Colesceau se rangea-t-il sur une place de parking réservée aux visiteurs. Il lui faudrait gagner sa porte d'entrée en pleine lumière. Aux yeux de Colesceau, le responsable — un certain Al Holtz — était un type totalement dépourvu de tact mais plutôt bon bougre dans l'ensemble. Il ne portait pas d'arme, bien qu'il en eût une en permanence dans la boîte à gants de son véhicule.

Il resta un instant au volant, moteur tournant. Le pick-up n'était pas de la première jeunesse mais la climatisation fonctionnait bien. Il savait que ce qui se préparait était important et, du coup, il transpirait à grosses gouttes. Il voulait réussir l'épreuve. Fermant les yeux, il orienta la ventilation de façon à l'avoir en plein sur le visage.

Sans avoir vraiment le choix, Colesceau avait accepté de rencontrer le responsable de l'application des peines, le psychologue et peut-être même un flic chez lui, à l'heure de sa pause déjeuner. C'était plus qu'agaçant. Seulement en sa qualité d'inculpé et condamné bénéficiant de la liberté conditionnelle, il était mal placé pour exiger qu'on respecte son intimité. En outre, les ronds-de-cuir semblaient tenir pour primordial de le rencontrer dans ce qu'ils nommaient son « cadre de vie » et le responsable son « gourbi ». La raison officielle de ce rendez-vous était la venue à terme de son temps de liberté conditionnelle. Il ne lui restait plus que huit jours à faire. Il avait tiré deux ans à la prison d'Etat de Pelican Bay, deux à l'hôpital d'Atascadero et trois en conditionnelle — lesquels prendraient fin mercredi prochain. Mais ce n'était pas le seul objet de cette petite réunion.

Il coupa le moteur, mit le frein à main et descendit de son véhicule. Le soleil de ce début d'août tapait dur. S'abritant les yeux de la main, Colesceau se pencha pour trotter jusqu'au 12 Meadowlark. Il était conscient jusqu'au malaise de l'adhésif qui lui emprisonnait le torse mais se disait que nul ne pouvait le détecter sous la chemise Pratt Automobile qui portait sur la poche le nom *Moros*. Il n'avait pas été question de ruban adhésif quand on l'avait mis en conditionnelle.

Il lisait les journaux et savait qu'aux termes de la loi

Megan les flics prévenaient les gens lorsque des délinquants « à haut risque » habitaient dans leur quartier. Dans le comté d'Orange, c'était dans le cadre du programme SONAR (Sexual Offenders Notification and Registration) que les autorités prenaient ces mesures. Résultat, un type « tombé » pour affaire de mœurs et considéré de ce fait comme « à haut risque » au lieu de simplement « à risque » risquait de se voir chassé de chez lui. Le but du petit pince-fesses d'aujourd'hui était de déterminer si les voisins devaient être ou non tenus au courant de son passé chargé.

Holtz était debout dans la cuisine, à siroter un soda. Du genre gras, il avait l'œil vif et la manie de sourire quand il vous balançait une mauvaise nouvelle. Colesceau ne l'avait jamais vu nettoyer les verres de ses lunettes. Holtz se comportait parfois en ami. Mais ça n'en était pas un.

— Moros ! Comment va, mon vieux ?

— Bien, Al.

— Ça tape dur, aujourd'hui !

— Pour sûr.

— Carla ne va plus tarder.

Quand il était en compagnie, Colesceau se voyait toujours de l'extérieur. Petit garçon déjà, il se voyait comme ça. De loin. Les personnages parlaient, lui aussi. Et il était à la fois acteur et spectateur. Il avait essayé de se dire que c'était parce qu'il était mal à l'aise avec son entourage. Mais on ne choisissait pas vraiment son entourage : pas plus en famille qu'en prison ou à l'hôpital.

Ainsi, l'espace d'un instant, Colesceau se vit planté là, parlant à ce gros type dans sa cuisine. Oui, c'est moi, songea-t-il, petit, grassouillet, en chemise bleue à manches courtes avec un nom sur la poche. Petite vingtaine d'années. Cheveux mi-longs, noirs, ondulés, teint pâlichon, épaisses lèvres roses. Et des seins qui avaient pris du volume grâce au Depo-Provera qu'on lui avait injecté à la suite de sa condamnation. Ton traitement, corrigea-t-il in petto. La castration chimique faisait partie de son « traitement ». Et dans huit jours, j'en aurai fini avec cette saloperie.

— J'ai un nouvel œuf, Al.

— Montrez-moi ça.

Colesceau sortit de la cuisine et passa dans son living sombre. Il laissait les stores baissés, car l'été, dans le sud de la Californie, la lumière est infernale. De l'autre côté de la pièce, il y avait des vitrines munies d'étagères contre le mur et des rampes lumineuses pour éclairer les rayonnages.

Il alluma la vitrine du milieu.

— Encore un œuf d'émeu. Le bleu.

Il le montra du doigt et Holtz se pencha, collant le nez contre la vitre.

— Joli.

— Elle n'arrête pas, en ce moment. Elle en fabrique à tour de bras.

L'artisan, c'était Helena, la mère de Colesceau. Les œufs peints, c'est une spécialité de l'artisanat roumain et Helena en avait réalisé des centaines dans sa vie. La plupart atterrissaient sur les étagères de ses meubles de rangement. Ils étaient de toutes les couleurs de l'arc-en-ciel, chargés de dessins et de motifs variés. Les plus anciens étaient assez simples. Les plus récents, surchargés de dentelles, de guirlandes, de trucs et de machins, de bouts de ficelle, de tissu et même d'yeux en plastique dont les pupilles roulaient dans leurs orbites.

— Très joli.

— C'est l'un de mes préférés.

Colesceau s'efforçait toujours de se faire bien voir de Holtz, grand défenseur de ce qu'il appelait les « valeurs traditionnelles ». Aussi Colesceau lui disait-il du bien de sa mère chaque fois qu'il en avait l'occasion. En réalité, Colesceau n'aimait guère les œufs que sa mère s'acharnait à décorer. Il les trouvait consternants de banalité, morbides même. Si elle ne lui avait pas offert les trois vitrines qui meublaient son séjour, il les aurait enfouis dans des cartons et relégués dans la chambre d'amis en haut. Mais l'exposition des œufs et les compliments dont il se fendait les concernant étaient un bien faible prix à payer pour s'attirer les bonnes grâces des personnes qui comptaient le plus dans sa vie. Comme l'un de ses infirmiers le lui avait dit, à Atascadero, ce n'est pas avec du vinaigre qu'on attrape les mouches. La sonnerie de la porte d'entrée retentit.

— Ah, c'est sûrement Carla !

Colesceau alla ouvrir la porte. C'était bien Carla, blonde et bronzée, sourire jusqu'aux oreilles comme d'habitude, avec son visage précocement ridé et ses dents étincelantes. Colesceau s'était toujours demandé pourquoi les Californiennes s'exposaient aussi inconsidérément au soleil.

— Bonjour, Moros.

— Bonjour, docteur Fontana, entrez donc.

Avec un petit signe de tête, elle pénétra chez lui et le suivit dans le living. Il la sentait derrière lui telle une ombre. Il la regarda serrer la main de Holtz. Le responsable la mangeait des yeux derrière ses carreaux poisseux.

Puis, avec de nouveau la sensation de jouer un rôle dans une pièce, il s'approcha du canapé tandis que le docteur Fontana et Holtz prenaient place dans des fauteuils placés à équidistance de son siège. Il se recroquevilla sur le canapé. Colesceau se trouvait des allures de chat. Il retira ses chaussures et ramena ses pieds sous lui.

Holtz tenait ouvert sur ses genoux un cahier où il n'avait jamais écrit une ligne en présence de Colesceau. Dans sa main droite boudinée, un stylo.

Le docteur Fontana sortit de son sac un magnéto et le posa sur la table basse. Elle braqua vers lui le faisceau halogène de sa rutilante dentition.

Holtz le regarda.

Attention. Colesceau songea au brouillard qui enveloppe la rivière Olt — lequel cachait vos pensées.

Ce fut Fontana qui ouvrit le feu :

— Nous devrions peut-être commencer par le commencement, monsieur Colesceau... Moros. Pouvez-vous nous dire comment ça se passe dans le boulot et avec votre famille, par exemple ?

— Bien sûr, fit Colesceau, se regardant et s'écoutant répondre. Dans l'ensemble, ça se passe plutôt bien. Je travaille dans une entreprise de pièces détachées et fournitures pour automobiles. Je passe beaucoup de temps sur l'ordinateur, pour les commandes et l'état des stocks. C'est pas difficile, comme travail. Et je vois pas les heures passer.

— C'est pratiquement lui qui fait tourner la boîte, Carla, intervint Holtz.

Carla Fontana écoutait parler Colesceau. Ce dernier avait un léger accent. Sa diction et sa syntaxe étaient parfois hésitantes. Il était roumain, elle le savait. Colesceau avait trouvé l'asile politique aux Etats-Unis avec sa mère alors qu'il avait huit ans. A l'âge de dix ans, il avait déjà six chiens à son tableau de chasse dans son quartier d'Anaheim. On le soupçonnait même d'en avoir tué davantage. Il leur offrait des croquettes au foie pour les obliger à lever la tête puis il leur transperçait le cœur d'un coup de pic à glace. Sa mère avait retrouvé les queues des animaux dans une boîte scotchée au cadre de sa bicyclette.

Carla écoutait, interrogeait, écoutait de nouveau, tâchant de faire son boulot.

Son instinct lui disait de le prendre en pitié, mais son métier était de protéger les citoyens du comté d'Orange des petits monstres pathétiques de son acabit. Son cœur lui disait qu'il était inoffensif désormais, prêt à entamer une nouvelle existence. Mais dans son cerveau un signal lui soufflait qu'il pouvait être dangereux... qu'il fallait avertir le voisinage...

Holtz s'efforçait de ne pas manifester d'émotion, mais tout ce qu'il ressentait pour ce type, c'était de la pitié. Seigneur, il avait rencontré sa mère, Helena, et cette femme était une vieille toupie infernale. Pas étonnant que Matamoros soit contrefait. Mais ce qui touchait le plus Holtz, ce qui lui faisait le plus mal au ventre, c'est que le mari d'Helena avait été descendu à la mitraillette par la police du gouvernement de Ceauşescu sous ses yeux et ceux de Matamoros alors âgé de six ans. Lorsque le petit garçon s'était jeté sur le corps de son père, les chiens l'avaient mordu à belles dents. C'est à la suite de cela que l'asile politique avait été accordé à Helena et à son traumatisé de fils.

Holtz écoutait et questionnait, écoutait et tâchait de faire lui aussi son boulot.

Son instinct lui disait que Colesceau était aussi inoffensif qu'un champignon vénéneux qu'on laisse dans son coin de forêt. Son cerveau lui disait que ce champignon-là avait tiré son temps et payé le prix. Dans une semaine ce serait un homme libre, et il convenait de le traiter comme tel. Peut-être qu'en Roumanie ils laissaient les chiens vous croquer mais ici, en Amérique, quand on avait purgé sa peine on tournait la page, et c'était tout.

Colesceau lisait en eux à livre ouvert — Fontana prête à le condamner, Holtz à l'acquitter.

Holtz se remit à bavasser :

— Vous voyez toujours votre mère une fois par semaine, Moros ?

Et Colesceau de s'entendre répondre :

— Oui. Je n'y manque pas. Elle voudrait venir vivre

ici avec moi, mais je ne suis pas sûr que ce soit très sain, comme plan.

Au tour de Fontana :

— Qu'est-ce que vous en pensez, de cette cohabitation éventuelle ?

Colesceau haussa les épaules et poussa un soupir. Puis, de nouveau, un haussement d'épaules. Il repoussa une mèche tombée sur son front.

— On doit le respect à ses parents.

— C'est à vous-même que vous devez le respect, rétorqua Holtz. C'est de vous que vous devez vous soucier en priorité, Moros. On a déjà abordé le sujet ensemble. Ce n'est pas votre mère qui doit vous dicter votre conduite.

Colesceau se lova plus profondément dans le canapé tel un gros chat. Doux et souple. Sans os.

Fontana :

— Vous n'avez pas besoin de stress supplémentaire alors que vous arrivez au terme de votre conditionnelle.

— Sans blague, fit Colesceau.

Il y avait des moments où il ne fallait pas hésiter à parler franchement.

Il jeta un coup d'œil à Fontana. Si elle avait pu le faire griller sur la chaise électrique, elle ne se serait pas gênée. Ou plutôt non, elle lui aurait fait injecter une dose d'un produit mortel — c'était plus propre, plus moderne, ça évitait de gaspiller de l'énergie. Tout ça après avoir essayé de lui bousiller sa virilité avec ses traitements barbares.

Fontana, justement :

— Et votre libido, Moros, comment se porte-t-elle ?

Colesceau se vit rougir. Dans les minutes qui allaient suivre, il allait pouvoir dire adieu à sa dignité.

— Elle est très aplatie par les médicaments...

— Aplatie comment ?

— De façon drastique.

Holtz d'intervenir :

— Carla, on sait que le Depo-Provera est efficace sur quatre-vingt-douze pour cent des sujets et entraîne une baisse de quatre-vingt-dix pour cent de l'appétence sexuelle. L'éradication intégrale des pulsions libidinales est impossible. Même avec une castration chirurgicale radicale, les pulsions sexuelles...

— Je sais, fit Fontana. Même la castration ne peut avoir raison des pulsions. Les hommes castrés qui violent, ça existe.

— Absolument, enchérit Holtz.

— Parce que le viol, c'est pas seulement une histoire de sexe, c'est une histoire de colère.

— Difficile à concevoir, fit Colesceau.

Il y eut un curieux silence, comme si Colesceau venait de jeter un peu de lumière sur la discussion alors qu'on ne lui demandait rien.

— Pourquoi ? fit Fontana.

— A cause de la chute de la libido.

— Monsieur Colesceau, cette... décrue de votre libido, elle est grande comment ?

L'espace d'un instant, il songea à lui en indiquer la taille à l'aide de ses deux mains. Un centimètre, à peine. Mais ce genre d'humour n'était pas du goût des administratifs, même dans une démocratie.

— Plus grande que vous ne pouvez l'imaginer.

Fontana de poursuivre :

— Ça vous arrive souvent de bander, Moros ?

— Ça m'est arrivé une fois, une nuit, je rêvais.

— Vous avez eu une érection suivie d'une éjaculation ?

Hochement de tête affirmatif. Il devint cramoisi. Holtz :

— Quand ça ?

— L'an dernier, en février.

— Ça ne s'est produit qu'une seule fois en trois ans de traitement ?

— Exact.

— Ça colle avec les statistiques, pontifia Holtz.

Fontana, sèchement :

— Les statistiques, je les connais.

Colesceau songea que leur rivalité était une torture, que c'était pire que le traitement hormonal. Enfin, pas tout à fait. Leur rivalité ne l'obligeait pas à s'écraser les seins avec de l'adhésif.

Fontana, bien sûr :

— Mais c'était quand, la dernière fois que vous avez vu une vieille dame et que vous avez eu envie de l'agresser sexuellement avec une bouteille de Coca ou le poing ?

— Ce genre de truc ne m'intéresse plus.

Silence aussi profond qu'artificiellement prolongé. Pour lui laisser le temps de changer d'avis ? Ces gens-là étaient aussi subtils que des éléphants s'ébrouant dans un magasin de porcelaine.

— Et vos voisins doivent se sentir réconfortés par vos déclarations ?

— Je ne leur ai jamais fait de mal. En sept ans, je n'ai pas commis la moindre infraction. Je suis un bon voisin. Un mec calme. Un mec à tétons. C'est bien comme ça que vous vouliez que je sois, non ?

Il vit de nouveau son visage. Rouge de colère et de honte. Il y avait des moments où il n'en pouvait plus de faire semblant.

— Ça vous fout en boule, Moros, le fait d'avoir des nibards ?

— Evidemment, Al.

— Merci de votre franchise.

— Comment pouvez-vous savoir s'il parle franchement ? fit Fontana.

Holtz secoua tristement la tête.

— Encore un peu de soda, Moros, s'il vous plaît.

Colesceau se déplia du canapé, prit le verre de Holtz et sortit de la pièce. Le bruit de leurs voix assourdies lui parvint de la cuisine. Il songea au brouillard le long de l'Olt qui cachait vos pensées et empêchait les autres voix de vous atteindre. Il remplit le gobelet de Holtz et regagna le living. D'un geste presque élégant, il tendit la boisson au responsable et reprit place sur le canapé.

C'était fini, apparemment.

— C'est tout, fit Holtz.

— Moi aussi, j'en ai terminé, fit Fontana. Encore une question, toutefois. Monsieur Colesceau, pouvez-vous me donner une bonne raison de ne pas révéler aux voisins que vous avez été condamné à deux reprises pour agression sexuelle ?

La fixant, il renvoya sa mèche en arrière.

— Je peux même vous en donner deux. Primo, je suis sincèrement désolé de ce que j'ai pu faire par le passé. Secundo, je ne recommencerai plus. Je suis un autre homme aujourd'hui.

7

Le lendemain en début de matinée, la recherche sur les ATM n'avait toujours rien donné. Hess n'en fut pas surpris : l'argent semblait être le cadet des soucis de leur client. Il s'était contenté d'étouffer ce qu'il avait récupéré dans les sacs à main, et c'était tout.

Le test d'imprégnation du sol était terminé, aussi Hess donna-t-il un coup de main à Ike pour examiner les dispositifs antivol des voitures de Kane et Jillson. Le véhicule de Janet Kane n'en comportait pas. Un autocollant sur les vitres arrière gauche et droite proclamait que la voiture était protégée par un système de verrouillage électronique, un couplé moteur/radio. Tout ce que ça signifiait, c'est qu'on ne pouvait faire démarrer la voiture sans la clé de contact ou que, si on retirait la radio de son logement, on ne pouvait la remettre sans avoir entré le code au préalable. On pouvait donc briser une vitre et grimper à l'intérieur sans déclencher quoi que ce soit.

L'Infiniti de Jillson, c'était une tout autre paire de manches. Il fallait une télécommande pour s'y introduire, et un avertisseur bruyant se déclenchait quand on tripotait les poignées des portières. L'alarme fonctionnait à merveille et on n'avait pas essayé de la trafiquer, à moins que le cambrioleur n'ait pris le temps de remplacer les fils sectionnés. Aucune raison de s'amuser à ça pour abandonner ensuite la voiture en pleine nature.

Ike tenait à la main un petit dispositif hérissé de fiches. L'œil brillant, il avait une mèche de fins cheveux blonds qui lui tombait sur le sourcil. Hess aurait bien aimé avoir son âge.

— Ça, c'est le cœur du module, monsieur. Il y a un interrupteur de désactivation de la télécommande — fil jaune, fiche cinq. La fiche brune correspond à la portière conducteur, la grise à celle des passagers.

— Et alors ?

— Tout fonctionne au poil. Tous les éléments du dispositif sont en parfait état. Ce qui signifie au moins deux choses. Primo, il se peut qu'il se soit procuré la clé de la fille, qu'il ait déverrouillé les portières et qu'il la lui ait rendue avant qu'elle ne monte dans sa bagnole. Pour un voiturier, c'est un jeu d'enfant. Mais comme il n'aurait pas eu besoin d'un Slim Jim dans ce cas, je vois mal par quoi ont été causées les éraflures qu'on a repérées sur les vitres... Bien vu, les éraflures, au fait. D'autres les auraient laissées passer. Comme c'est *low tech*, on y pense de moins en moins, ça échappe.

— J'appartiens à la génération *low tech*, moi.

— J'en suis ravi. Bon, je disais que c'était du gâteau pour un voiturier, mais pas si fastoche que ça pour quelqu'un d'autre. Ou alors peut-être qu'il s'était procuré une télécommande correspondant au type de véhicule piloté par la fille — mais dans ce cas ça signifie qu'il avait jeté son dévolu sur elle depuis un bout de temps, qu'il l'avait repérée. Vous voyez, ce système n'est pas commode à forcer. S'il avait sa propre télécommande, je vois pas pourquoi il a désactivé l'alarme et pas déverrouillé les portières. Pourquoi faire l'un et pas l'autre ? Ça me dépasse.

Hess hocha la tête. Il ne comprenait pas davantage.

— C'est qu'il ne devait pas avoir de télécommande, alors. Pas de télécommande qui marche, je veux dire.

Ike haussa les épaules.

— En tout cas, il ne s'y est pas pris manuellement pour

forcer l'alarme — les voleurs de bagnoles expérimentés réussissent à soulever le capot et coupent le système, et l'alarme résonne une fois, deux fois grand maximum. Ils travaillent en duo, généralement. Mais ça laisse des traces, et ça fait du bruit, cette façon de procéder. Or là, il n'y a aucune trace d'effraction. En dehors des éraflures causées par le Slim Jim. Le mec a court-circuité l'alarme électroniquement, puis il s'est servi de la pince. Dans un parking en plein air, c'était sa seule chance. Y a du monde, les types de la sécurité rôdent. Evidemment, y a deux choses qui peuvent faire qu'on met à côté de la plaque en raisonnant comme ça : primo, la fille n'a pas mis l'alarme avant de quitter son véhicule. Secundo, elle le connaissait.

Hess poussa un soupir. L'espace d'une seconde sa vue se brouilla, puis redevint nette.

— C'est dingue ce que les gens oublient de faire.

— Ça, c'est bien vrai.

Hess avait déjà « croisé » les listes des connaissances et relations de Jillson et Kane. Les deux listes continuaient de s'allonger mais, jusqu'à présent, il ne leur avait pas trouvé d'amis communs. Pas de fournisseurs communs non plus, en dehors de la compagnie du gaz et de l'électricité. Elles n'appartenaient pas davantage aux mêmes organisations, à moins de ranger parmi celles-ci l'Automobile Club — lequel comptait des millions de membres dans l'Etat. Il lui fallait pénétrer au cœur de la vie de Lael Jillson et de Janet Kane afin d'essayer de résoudre le problème de l'intérieur.

— Bien, dit-il. Se pourrait-il qu'il fabrique le sien ? Un dispositif capable de court-circuiter tous les systèmes ? Un gadget qui serait opérationnel sur tout un tas de marques et de modèles ?

Ike haussa les sourcils et les épaules.

— Ces tordus trouvent toujours le moyen de parvenir à leurs fins, c'est certain. C'est leur boulot. Faudrait qu'ils soient drôlement costauds pour fabriquer un truc comme ça, quand même.

Ike reposa le module par terre, se redressa et rejeta la tête sur le côté pour dégager les cheveux qui lui cachaient le visage.

— Je vais repasser les habitacles au peigne fin, des fois que je trouverais du nouveau, lieutenant.

— Examinez très soigneusement l'arrière du siège du conducteur.

— Bien, monsieur.

Hess considéra la BMW démontée de Janet Kane.

— Lieutenant Hess ? Je voudrais vous souhaiter bonne chance. Je sais ce que vous vivez en ce moment. Quelle vacherie, cette maladie ! Je suis bien content d'avoir quelqu'un de *low tech* à portée de main.

Hess sourit. Ça devait être la chimio, mais il avait l'impression que ses lèvres étaient trop petites et ses dents énormes.

— Merci, Ike. Je suis content d'être là.

Il se gara devant le cottage de Janet Kane, à Laguna Beach. C'était un édifice de bois datant des années trente, peint en blanc avec des filets gris. Le cottage était doté d'un porche — lequel s'ornait d'un parterre de fleurs. Près de la porte, deux chaises des Adirondacks. Du rustique, du confortable. Le tuyau d'arrosage du jardin autour de l'enrouleur. L'allée qui traversait la pelouse était bordée de galets entre lesquels jaillissaient alysses et lobélies.

Hess s'empara des dossiers des deux personnes disparues et sortit. L'air embaumait. Alors qu'il gagnait les marches du perron, il s'arrêta pour jeter un coup d'œil aux massifs de fleurs. Desséchés, flétris, ils rendaient doucement l'âme au chaud soleil d'août. Il ramassa le courrier avant de pénétrer dans la maison.

Une fois à l'intérieur, il examina le cadre dans lequel

Janet Kane avait vécu. Parquet, murs vert pâle. Mobilier français à pieds galbés en merisier, d'aspect cossu. Tableaux, sculptures, livres d'art sur les étagères. Téléviseur en plastique rouge, écran de quinze centimètres. La cuisine était petite mais claire, dotée d'un sol carrelé blanc et noir exactement semblable au sien. Hess remarqua qu'il y avait un tableau dans la cuisine représentant le living, et dans le séjour un tableau représentant la cuisine. D'après son dossier, Janet Kane travaillait pour un éditeur new-yorkais spécialisé dans les beaux livres.

Il appuya sur la touche *messages* de son répondeur et monta le son au maximum :

« Janet, c'est Dave. On vient de recevoir à l'instant une commande de mille cinq cents exemplaires de la maison Borders pour le Cézanne ; et cette commande, c'est grâce à vous qu'on l'a décrochée. Je voulais que vous soyez la première informée. Rendez-vous à la réunion. »

Hess éprouvait de la colère en songeant que celui qui avait embarqué Janet Kane sur l'Ortega Highway était loin de se douter qu'elle avait des goûts artistiques, qu'elle était gaie et du genre non-conformiste. Son agresseur ignorait probablement tout d'elle, à l'exception de son physique. Il ne connaissait probablement même pas son nom ou du moins il lui avait fallu un bon bout de temps avant de le savoir. Hess contempla sa photo dans un cadre sur une étagère : Janet Kane et deux amis de son âge à une soirée. Un vernissage, songea Hess, une réception. Elle était au milieu. C'était sûrement la plus courageuse du trio. Celle qui était toujours prête à rire, à prendre des risques, à s'engager en somme.

« Bonjour Jane, c'est Pete de nouveau. Je te passais un coup de fil, comme ça. J'espère que ça tient toujours, notre dîner de vendredi. Je m'en fais une joie. Appelle-moi. »

Dans la chambre, à l'arrière de la maison, comme les stores étaient tirés, la température était fraîche, agréable. Le lit n'était pas fait ; une tasse à café traînait encore sur la table de nuit près du réveil. Au plafond quelque chose accrocha le regard du policier. Hess alluma, éteignit. Janet Kane y avait collé des étoiles en plastique phosphorescent, du genre de celles qu'on trouve dans les chambres d'enfants. Des enfants, songea-t-il, ou un adulte qui a gardé son sens de l'humour.

« Salut, Candy, c'est Sue. T'es chez toi ? Décroche, mais décroche ! Ecoute, pourquoi on irait pas s'en jeter un au Zoulou Café ce soir ? Faut absolument que je te raconte mon dimanche et je veux tout savoir sur Pete. Salut... »

« Bonjour, Jan, c'est Pete. On est jeudi et je sais que tu es débordée, mais appelle-moi quand même. Je veux être sûr pour vendredi. Y a des trucs dont il faut que je te parle. Au revoir. »

« Jan, c'est encore Pete. Je suis au 555 44 59 aujourd'hui. A bientôt. »

Rayborn avait interrogé Pete Carter. Hess relut ses notes : le jeune homme était triste, manifestement choqué, et en aucun cas il ne pouvait être soupçonné. Il avait déclaré avoir fait la tournée des bars du coin la nuit où Janet était morte et Rayborn avait vérifié. C'était un garçon très populaire, les gens le connaissaient bien. Hess reconnaissait qu'il y avait de la sincérité dans sa voix. Un peu trop, peut-être. Peut-être était-ce pour cela qu'elle ne l'avait pas rappelé.

Hess ralluma puis, assis sur le lit, passa en revue le courrier de Janet Kane. Factures. Prospectus. Dépliants publicitaires. Invitations à des vernissages. Une enveloppe format carte avec l'adresse de l'expéditeur, *P. Carter*, griffonnée au dos. Il se souvint, toujours d'après les notes de Rayborn, que le père et la mère de Kane étaient arrivés le lendemain du jour où Sue Herlihy, une amie de leur fille, avait signalé sa disparition. Janet Kane était propriétaire de sa maison. Hess se demanda vaguement si elle était morte intestat ; il se dit que ses parents devaient sûrement passer quelques jours dans le coin. Il se rappela les mots de Brighton : « Dans un recoin de ma cervelle, quelque chose me dit qu'elles ont encore une chance d'être vivantes... »

Hess se demanda comment c'était possible. Il n'arrivait pas à associer la quantité de sang qu'il avait vue sous le chêne à la possibilité qu'un être humain pût encore vivre après avoir saigné aussi abondamment. Mais peut-être que le laboratoire de la police scientifique aboutirait à des résultats différents, une fois le test d'imprégnation effectué. La scène de crime Jillson était trop ancienne pour qu'on pût procéder à des estimations valables. C'était la scène Kane qui leur permettrait de trouver des éléments pertinents.

« Janet, ici Sandy, de chez Prima, l'imprimeur. Vos cartes sont prêtes, vous pouvez passer les prendre, au revoir. »

« Janet Kane ? Ici Brian, de Len's Wine Cite. Votre brunello est arrivé aujourd'hui. D'après Steve, c'est le meilleur qu'il ait jamais réceptionné. On vous en met une caisse de côté au cas où vous seriez toujours intéressée. »

Hess ouvrit la penderie. Bouffées de parfum, effluves de cuir. Près de la moitié des vêtements étaient encore dans leur housse plastique de teinturerie. Des tailleurs, des chemisiers élégants, d'autres plus sport. Beaucoup de jeans. Au fond, un haut de cuir noir bardé de fermetures Eclair. Il y avait un meuble de rangement pour les chaussures dont tous les compartiments étaient pleins. Dans un panier en osier, le linge sale à laver à la maison. Dans la salle de bains, sa pharmacie : un antibiotique périmé prescrit pour une rhinite et de la pommade contre l'urticaire. Il jeta un coup d'œil dans la douche au savon et aux produits de soin pour les cheveux. Sous l'évier, il tomba sur des bouteilles d'un litre de shampooing et de lotion traitante. Organisée, cette fille, économe, efficace, sachant mener sa barque.

« Fin des messages. »

Il découvrit ses relevés bancaires et passa en revue les

chèques qui se trouvaient dans une boîte en carton dans la chambre d'amis. Cette pièce lui servait de bureau, avec un lit pour les invités. Il examina l'état de ses comptes. Les dépenses. Le poste épargne. Ses produits financiers. Financièrement, elle se débrouillait très bien, surtout pour une fille de trente-deux ans. Elle vivait bien, elle buvait du brunello, elle mettait de l'argent de côté, elle avait des amis, un bon boulot, elle allait au centre commercial le soir s'acheter un CD et du démaquillant.

Il examina les chèques et nota le nom du garagiste qui s'occupait de sa voiture, le nom de tous les gens auxquels elle avait affaire — coiffeuse, paysagiste, plombier —, ainsi qu'un certain nombre d'autres qui avaient attiré son attention pour des raisons qu'il aurait été bien en peine de s'expliquer.

Hess relut le signalement de Janet Kane tel qu'il avait été fourni par le vendeur de chaussures de chez Macy's. Le vendeur était la dernière personne à l'avoir vue vivante : « Taille et poids moyens, cheveux bruns relevés, jupe noire, chemisier blanc, talons de cinq centimètres. » Pas étonnant, compte tenu de son métier, qu'il ait remarqué la hauteur des talons. Elle était joliment habillée, elle était seule, l'employé avait vu passer une bonne centaine de femmes dans le magasin ce soir-là, mais il l'avait reconnue d'après une photo. Il trouva un signalement de Lael Jillson, fourni par son mari, lequel se trouvait au domicile conjugal avec les enfants lorsque Lael s'était rendue au South Coast Plaza pour y acheter des collants. Elle portait une robe de laine bleue de chez Nordstrom. Des chaussures blanches et un sac blanc. Ses cheveux étaient relevés et maintenus à l'aide d'une barrette en plastique blanc, elle avait pris une veste de laine blanche mais ne la portait pas lorsqu'elle était montée dans sa voiture. Elle aussi, songea Hess, avait les cheveux relevés.

Il rangea les factures et les chèques, et remit le classeur accordéon où il l'avait trouvé. Il posa le courrier sur la table de la cuisine à côté d'une pile de *Publishers Weekly* et d'un pot en céramique en forme de vache, d'un sucrier, d'un poivrier et d'une salière également en forme de vache.

Très kitsch, tout ça.

Un intérêt pour l'art.

Des talons hauts et les cheveux relevés.

Hess pénétra dans le living et se laissa tomber sur le gros canapé rouge. Les mains derrière la tête, il songea à Janet Kane, puis s'assoupit un moment puis de nouveau repensa à Janet Kane. Le fait qu'elle eût elle aussi un carrelage noir et blanc le mettait bizarrement mal à l'aise.

L'espace d'un moment, il songea à lui-même, se représentant les cellules qui se mouraient dans son organisme, les bonnes qui se multipliaient par millions. Le médecin lui avait expliqué qu'il était entré dans un processus de lutte pour sa survie, et c'était exactement ce qu'il ressentait.

Quelques minutes plus tard, il se leva et ferma la porte à clé derrière lui. Longeant les massifs, il regagna sa voiture.

— On allait fermer, expliquait le vendeur de chaussures de chez Macy's.

Il s'appelait Drew Allen, il avait vingt-deux ans et était étudiant dans une petite université du coin.

— J'avais presque fini, il me restait plus qu'à passer l'aspirateur. Je l'ai vue passer parce que je suis près de la sortie. Elle était magnifique. Un beau visage. Elle s'est aperçue que je la regardais et elle a souri. Ce n'est pas fréquent. La plupart des femmes qui vous surprennent en train de les reluquer n'aiment pas trop ça. De toute façon, quand quelqu'un d'aussi séduisant vous sourit, vous risquez pas d'oublier. En tout cas, moi, je m'en souviens. J'ai consulté ma montre, il était exactement vingt heures quarante-trois. Mardi. Il y a des choses qui vous marquent. Surtout quand on fait un boulot comme le mien. Je me suis dit que désormais j'allais regarder l'allée à partir de vingt heures trente tous les soirs. J'ai commencé à me demander comment je pourrais faire pour savoir si elle était mariée. Peut-être que la meilleure formule serait encore de le lui demander carrément, mais j'avais pas réussi à trouver une ouverture valable. Maintenant, évidemment, c'est trop tard.

Pas d'hommes louches.

Rien d'inhabituel.

Janet Kane exceptée, cette soirée n'avait été qu'une autre soirée ennuyeuse de plus.

Robbie Jillson vint ouvrit la porte en short et tee-shirt et adressa un signe de tête las à Hess. C'était un jeune homme séduisant, la coupe au bol et des cheveux blancs qui commençaient à apparaître au-dessus des pattes. Hess remarqua les callosités sur le dessus de ses pieds, résultat d'années de surf. Il était propriétaire d'une société vendant du matériel de plage. Pure Risk, ou Risk All, quelque chose dans ce goût-là. Il avait eu la présence d'esprit de ne pas toucher à la voiture de sa femme car il avait compris qu'on l'avait enlevée.

— Les gamins sont au camp de vacances jusqu'à six heures, dit-il.

Hess fut content mais pas surpris de constater que Robbie Jillson avait rassemblé les choses qu'il lui avait réclamées. Robbie le fit entrer dans la bibliothèque, qui donnait à l'est, sur les collines. Il y avait des étagères très hautes avec des échelles pour y accéder et un immense bureau ciré. Sur le bureau, des photos de Robbie, Lael et les enfants. C'était la plus jolie famille que Hess eût jamais vue. Exactement le genre de gens qu'on s'attendait à trouver dans ce type de maison. Une famille heureuse jusqu'à ce que la mère, prenant des risques inutiles, sorte faire des courses toute seule.

Robbie apporta à boire à Hess et referma la porte derrière lui. Hess sentit le courant d'air de la climatisation lui frôler le crâne. La boisson aux fruits lui donna envie de grincer des dents. Il passa en revue les chèques et dressa une liste des prestataires de services et fournisseurs auxquels Lael avait eu affaire tout comme il l'avait fait chez Janet Kane. Il espérait qu'il y aurait un lien entre les deux voitures, mais il ne put en trouver aucun. Rien, les comparaisons ne donnaient rien. Il y avait juste un détail qui collait : les eaux minérales. Les deux jeunes femmes se fournissaient chez Mountain High Springs mais un coup de fil à la société lui apprit que les trajets de livraison étaient différents. Oui, finit par dire le responsable des livraisons, il était possible qu'un chauffeur ait livré les deux résidences. Mais il ajouta qu'il était impossible de vérifier sur un an, voire sur six mois, parce que, tous les trimestres, les listings des trajets hebdomadaires étaient acheminés jusqu'au siège de la compagnie. Il faudrait que Hess voie ça avec eux. Le responsable lui donna leur numéro. Il le remercia de sa patience.

Il fut étonné de découvrir le journal intime de Lael Jillson dans le carton où se trouvaient les papiers personnels ainsi que les ordonnances qu'il avait demandé à son mari de rassembler. Une étiquette jaune collée sur le journal indiquait : *Je n'y ai jamais jeté le moindre coup d'œil, mais vous pouvez le faire si ça peut vous aider — RJ.*

Hess ouvrit le journal à la dernière page et lut de l'écriture élégante de Lael ce qui suit :

2 juin — Après-midi seule à la maison, c'est rare. Robbie et les enfants sont allés faire du surf du côté d'Old Man. Pas envie d'y aller cette fois-ci. Trop de soleil ces jours-ci, j'ai l'impression de sécher sur pied. Parfois ça me plaît d'être seule à la maison, d'arrêter la climatisation, d'ouvrir les fenêtres, de boire un bon gin-tonic ou deux et de rester en tête à tête avec moi-même. Pas de bavardage, pas de bruit, rien. Ça dure une heure. C'est le pied. Au bout d'une heure, ils commencent à me manquer. Parfois, j'ai l'impression que je n'ai plus assez de ressources personnelles, de personnalité pour me distraire moi-même. C'est un problème, je sais, mais j'ai choisi d'élever des enfants au lieu de me cultiver. Robbie me dit que les enfants ne doivent pas être une excuse. Mais Robbie ne s'est jamais plaint de mon manque de substance. Il m'arrive de me demander pourquoi il m'aime. Parfois, comme aujourd'hui, quand je regarde autour de moi et que je vois tous ces trésors que je ne mérite pas, je me demande si un jour tout ce qu'on ne mérite pas ne va pas vous être retiré. Oh, j'ai sûrement dû boire trop de gin-tonic et fumer trop de hasch. Je tire encore une bouffée et j'arrête. En attendant la prochaine fois. Merci, mon Dieu, pour cette accumulation de richesses qui constitue ma vie. J'adore ça !

Hess ferma le journal et tambourina avec ses gros doigts sur la couverture de cuir. Une envie de cigarette le prit, mais il avait dû y renoncer lorsqu'ils lui avaient retiré les deux tiers supérieurs de son poumon. Les deux premières semaines sans tabac avaient été presque intolérables ; mais comme il était seul, personne n'avait eu à souffrir de sa mauvaise humeur. Chaque fois qu'il avait envie d'en griller une, il effleurait du doigt la cicatrice qui courait de son épaule au bas de ses côtes. Cinquante ans de cigarettes, ça suffisait : Hess avait commencé à quinze ans parce que ses frères aînés fumaient. Il savait que s'il s'était arrêté trente ans plus tôt ça aurait pu lui épargner bien des ennuis et lui donner quelques années de plus à vivre mais le fait de le savoir ne lui était d'aucune utilité car il n'avait personne à qui transmettre cette certitude.

Hess tâta sa cicatrice à travers sa chemise et considéra la photo de Lael Jillson en face de lui. Il se la représenta suspendue tête en bas au bout d'une corde passée autour de la branche du chêne d'Ortega. Il vit tournoyer lentement son corps. D'abord bras ballants. Puis bras attachés derrière le dos. Il vit le sang couler le long de son cou, former une flaque sur le sol. Hess se demanda si c'était pour s'éviter de le faire qu'il les avait choisies avec les cheveux relevés. Non, ces femmes-là, il les voulait, et il les voulait à tout prix. Les cheveux relevés, c'était autre chose. Hess imagina une scène semblable avec Janet Kane. Puis il revit les deux scènes de nouveau.

Spectacles terribles. Hess avait appris à se pardonner de voir certaines choses. Ça le rendait triste parfois de savoir qu'il était comme ça. C'était grâce à ça qu'il était doué dans son métier. Grâce à cette faculté qu'il avait de visualiser les événements à la manière d'un athlète qui arrive à se voir réussissant une passe, un saut ou tout autre exploit sportif. A cette différence que lui, ce n'étaient pas des phases heureuses d'un match de baseball ou de foot qu'il voyait. Et qu'il ne parvenait jamais à chasser tout à fait de son esprit ce qu'il imaginait. Le souvenir était une partie du prix à payer pour une faculté qu'il avait volontairement développée comme faisant partie de son bagage obligé et indispensable d'enquêteur.

Au sens large du terme, Hess était persuadé que la plupart des données dans la vie n'étaient que cela, des données.

Robbie fit entrer Hess dans sa chambre. Celle-ci occupait la moitié de l'étage. On y jouissait d'une vue somptueuse sur l'ouest et le sud. La paroi faisant face aux fenêtres était recouverte de glaces dans lesquelles se reflétait le paysage mais à l'envers. Hess vit l'île de Catalina sur le mur près de Robbie Jillson.

— Vous aimeriez la connaître ? fit Robbie. Mais je ne peux pas la résumer pour vous. Je peux difficilement vous la présenter en deux mots, en deux photos, vous donner une idée de ce qu'elle est.

Ce qu'elle *est*, songea Hess : son mari n'a toujours pas accepté. Il se dit qu'à la place de Robbie Jillson il n'aurait pas accepté non plus. Il aurait bien aimé avoir tort, concernant Lael Jillson et Janet Kane.

Ils sortirent sur le balcon qui prolongeait la chambre. Hess sentait la brise de l'après-midi dans ses os.

— J'essaie de voir comment la vie de votre femme

pourrait avoir croisé celle de Janet Kane, la jeune femme disparue à Laguna. Pourquoi c'est sur elles que c'est tombé.

— Parce qu'elles sont belles.

— Belles comment ?

— De visage, d'attitude.

— Et intérieurement ?

— Elle... était heureuse et ça se voyait. C'était une femme heureuse, lieutenant. Je veux dire que j'avais vraiment de la chance. Elle était comme ça déjà quand je l'ai rencontrée. C'était sa façon d'être, son tempérament. Elle aimait la vie, sa vie, et elle savait faire apprécier à son entourage sa présence. Mais elle a toujours su que ça se terminerait un jour. Elle n'était pas stupide, ce n'était pas une tête de linotte. Elle n'était pas morbide non plus, ni cynique, elle ne cherchait pas non plus à contempler la face obscure des choses. S'il y avait quelque chose de bon ou de gai à découvrir quelque part, on pouvait lui faire confiance. Elle le découvrait.

Hess réfléchit. Il regarda Robbie qui regardait par la fenêtre. Six mois s'étaient écoulés et cet homme n'arrivait toujours pas à savoir s'il devait parler de sa femme au passé ou au présent. C'était l'incertitude qui brisait les gens, il avait vu ça maintes et maintes fois. Lorsqu'on était en présence du corps, on était physiquement en présence de la fin ; et la fin, les gens pouvaient l'affronter. Mais sans cadavre, tout ce que l'on a en face de soi, c'est un mystère qui vous ronge l'âme comme un acide.

Jillson pivota et considéra Hess. L'expression qu'on pouvait lire sur son visage le frappa par son incongruité : on aurait dit un type sur sa planche de surf qui est prêt à tirer sur quelqu'un.

— Je l'ai senti.

Le cœur de Hess fit un bond.

— Je l'ai pas dit aux autres policiers parce qu'ils ne m'ont pas posé la question. Y avait parmi eux un nommé Kemp. C'est à cause de mecs comme lui que les gens peuvent pas blairer les flics. Quoi qu'il en soit, Lael a disparu un jeudi soir. C'est le vendredi matin que sa voiture a été retrouvée et remorquée et qu'on m'a appelé. Quand je me suis mis au volant pour la ramener, j'ai senti son odeur.

— Et alors ?

— C'était une odeur d'eau de Cologne ou d'after-shave, presque imperceptible, mais je l'ai sentie. Si je le vois, je le tue.

Hess hocha la tête. Pas grand-chose à répondre à ça. Un peu d'humour, peut-être :

— J'aimerais bien moi aussi le descendre ; mais ne le faites pas, la prison ne vous plairait guère.

— Ça vaudrait le coup, j'aimerais bien lui cribler la gueule de balles avec mon Magnum.

— Mieux vaut en rêver que le faire.

Hess regarda du côté de l'ouest. Il y avait d'autres villas immenses, des collines jaunies sous le soleil, des routes d'asphalte immaculées, et le bleu du Pacifique qui grimpait jusqu'au ciel. Robbie était toujours au Paradis, mais son Eve l'avait abandonné.

Hess pouvait toujours lui dire que ce n'était pas juste, mais il avait prononcé ces paroles un bon millier de fois dans sa vie. Ça avait beau être vrai, ce n'était guère réconfortant.

8

Colesceau était assis sur son tabouret derrière le comptoir et regardait par la fenêtre crasseuse où s'étalaient les mots *Pratt Automobile.* Il consulta sa montre. Vingt minutes. Il entendait Pratt et Garry au fond avec la Shelby Cobra, et les gloussements sporadiques de Lydia, la femme de Pratt. Tous les jours, une demi-heure avant la fermeture, ils se mettaient à boire de la bière et Colesceau entendait le ton monter tandis que résonnaient les *plop* sourds des canettes qu'on ouvrait. Pratt et Garry n'avaient que deux sujets de conversation : les voitures et les femmes.

Son boulot consistait à compter et ranger l'argent à la fermeture, ce qu'il faisait scrupuleusement. Quatorze dollars en liquide et deux cent vingt en chèques. Il nota les montants et les numéros des chèques, et additionna deux fois les sous-totaux avant d'inscrire le total.

— Coucou, Matty.

C'était Lydia, qui s'était glissée derrière lui et lui posait une main sur l'épaule. A croire qu'ils faisaient partie de la même équipe de football. Elle prenait des libertés avec son prénom ; pourtant il lui avait expliqué cent fois qu'il s'appelait Matamoros — Moros en abrégé. Mais Lydia aimait jouer avec les mots. Pendant un temps elle l'avait surnommé Matamata. Selon une encyclopédie que Colesceau avait consultée à la bibliothèque, la matamata était une tortue « grotesque » d'Amérique du Sud qui, pour attraper ses proies, ouvrait démesurément la mâchoire inférieure, se la déboîtant presque, avalant les animaux sans méfiance avec l'eau de la rivière, qui était son milieu naturel. Il lui avait demandé de cesser de le baptiser comme ça, ce qu'elle avait fait.

— Alors, l'entretien, ça s'est bien passé ?

— Très bien.

— Ils vont pas vous balancer aux voisins, si ?

— Je crois pas.

— Bien, fit-elle en lui reposant la main sur l'épaule. J'espère que non. C'est suffisamment duraille, la vie, sans que les flics viennent encore vous la compliquer en faisant des vagues.

Il se demanda si cette métaphore liquide était une allusion voilée à la ridicule tortue matamata. Avec Lydia, il fallait s'attendre à tout.

— Je croise les doigts.

— Vous êtes un optimiste. Je vous admire. Vous portez votre fardeau comme un grand. Vous êtes le seul ici à pas vous plaindre.

— Vous non plus, vous vous plaignez pas.

Roulant les yeux, elle secoua la tête.

— Je suis discrète.

Lydia ne répétait rien. En l'espace d'une minute, elle pouvait, de vague et enjouée, devenir curieuse comme une pie. Mais jamais elle n'avait trahi les confidences qu'on avait pu lui faire. Pas plus à son mari qu'à Garry. Du moins Colesceau ne l'avait-il pas encore surprise à jouer à ça. Elle avait un don pour vous faire croire que c'était uniquement entre elle et vous que ça se passait, pour établir une sorte de complicité avec son interlocuteur, pour lui faire croire qu'elle marchait à fond dans son histoire.

Elle était plantée près de lui, maintenant. Comme il était juché sur son tabouret, ils étaient à la même hauteur. Ses seins lourds semblaient flasques sous les débardeurs qu'elle affectionnait et elle avait la manie de lui en frôler le dos quand elle s'approchait pour lui faire le coup du copain-copain, on joue dans le même club. Elle effleura du doigt l'adhésif avec lequel il se comprimait le torse, le grattant de l'ongle à travers sa chemise comme si ça pouvait la démanger autant que lui.

Des mois plus tôt, elle lui avait fait avouer qu'il utilisait du ruban autocollant pour s'écraser la poitrine. Qu'il posait des feuilles de papier toilette sur ses tétons de façon à ne pas en arracher la pointe lorsqu'il retirait l'adhésif.

Il était devenu blanc, ce jour-là, furieux aussi bien de son manque de discrétion à elle que de sa propre faiblesse. Holtz et Pratt ne savaient pas tenir leur langue, ils avaient dû baver sur son compte. Mais, à sa grande surprise, Lydia n'avait jamais fait allusion à ses seins ni à l'autocollant. Tout juste si elle le gratifiait d'un grattement du bout du doigt chaque fois qu'elle lui mettait la main sur la poitrine ou le dos.

— Dites-moi si on peut témoigner, Pratt et moi, lui proposa-t-elle.

Elle appelait toujours son mari par son nom de famille. Jamais par son prénom, Marvis. Et toujours elle lui proposait son aide. Comme si un soiffard, ex-braqueur de bagnoles reconverti dans la mécanique, ou sa femme pouvaient changer votre image de marque auprès d'un responsable de l'application des peines, songea-t-il, amer. Elle avait un corps mince et brun, des cheveux foncés laissant voir ses oreilles et un petit bout de nez retroussé.

— On verra.

— Alors, combien on a fait aujourd'hui, Matty ?

Il lui annonça le chiffre. C'était étonnant qu'un commerce aussi paumé, crade et mal approvisionné que Pratt Automobile réussisse à rapporter près de deux mille tickets par semaine. Et il fallait ajouter à cela les travaux que réalisaient Pratt et Garry au fond. Ça, ça rapportait bien davantage, et il n'en voyait jamais la couleur. Tout était payé en cash entre fondus de la mécanique. Dès le début on l'avait prévenu, Pratt avait deux casquettes : la boutique et l'atelier. Et lui, Colesceau, était là pour s'occuper du magasin. Et uniquement du magasin. Il savait que Pratt était dans les petits papiers de Holtz — c'était même pour ça qu'on lui avait filé le job. Et Pratt était également du dernier bien avec un tas de motards fanas de vitesse et autres fêlés passionnés de voitures de collection.

— Pourquoi vous rentrez pas ? dit-elle. Je vais porter le sac à la banque.

Rien de surprenant à ça. Bien qu'on lui confiât les manipulations d'argent et de chèques dans la journée, Colesceau n'allait jamais porter la recette à la banque le soir. Sans doute son employeur suivait-il une consigne édictée par son responsable de conditionnelle. Colesceau avait cessé depuis longtemps de trouver rigolo que Holtz, qui lui demandait de lui faire confiance, s'ingénie à ne pas lui rendre la pareille.

L'ayant remerciée, il alla au fond dire au revoir à son patron. Pratt était dans l'atelier derrière le bureau, bras croisés, contemplant la Cobra d'un jaune pétant, son capot noir et ses chromes rutilants. Ça valait quatre-vingt mille dollars, une caisse comme ça. Quatre cent cinquante chevaux, pouvant taper un bon deux cent cinquante kilomètres à l'heure. Fallait se faire immatriculer dans le Nevada. Parce que, en Californie, c'était pas vraiment légal. Colesceau s'imagina trente secondes au volant avec sa bien-aimée près de lui, traversant tel l'éclair le désert américain, semant tout le monde après lui. Garry s'approcha, revenant du réfrigérateur avec deux nouvelles canettes de bière. *Plop, plop.*

— La semaine prochaine, on s'en tapera une à ta santé, fit Pratt.

— Ça fait sept ans que j'ai pas touché à une goutte d'alcool.

— C'est bien la semaine prochaine que t'en finis avec

tout ça ? fit Garry, qui connaissait manifestement la réponse.

Garry faisait semblant d'être bête. Il était persuadé que ça lui permettait d'apprendre des trucs qu'on lui aurait cachés autrement. Mais Colesceau l'avait suffisamment pratiqué pour savoir que ce n'était qu'une apparence, qu'il était en fait vif comme l'éclair.

— Ouais, la semaine prochaine.

— A ta santé, mon vieux.

Garry leva sa bière en direction de Colesceau et but une gorgée.

— Cinq cent quatre dollars, aujourd'hui, monsieur Pratt. Et demain on va recevoir la pièce pour la Bronco. Le gars de chez Ford a téléphoné.

— Merci, mon gars.

De retour dans le magasin, il vit que Lydia était sortie en griller une. Malgré l'épaisse odeur de carrosserie, d'huile de moteur et de solvant, Marvis Pratt interdisait à son épouse de fumer à l'intérieur de l'établissement. Elle avait installé une table et deux chaises de jardin dehors et c'était là qu'elle s'adonnait à son vice. Pratt lui avait généreusement fait cadeau d'un cendrier. Pour l'heure, ce dernier était plein et des mégots jonchaient le sol.

Colesceau chercha sa boîte à casse-croûte sous le comptoir mais se souvint qu'il l'avait laissée au fond. Il longeait le couloir qui menait de la boutique à l'atelier lorsqu'il entendit Garry prononcer le mot « tétons », suivi bientôt de rires gras encore qu'étouffés.

Colesceau fit mine de n'avoir rien remarqué, il prit sa boîte sur le comptoir au-dessus duquel étaient punaisées des photos de pin-up topless. Aujourd'hui, il avait posé son en-cas sous la photo d'une brune au sourire glamour. Son cœur battait à grands coups contre l'adhésif. Un silence lourd et gêné plana tandis qu'après un signe de tête aux deux hommes il repartait vers la sortie.

Il s'arrêta dans l'allée devant le 12 Meadowlark et à l'aide de sa télécommande ouvrit la porte du garage. La petite camionnette à plateau déglinguée s'engagea dans la fraîcheur du garage et la porte rebascula.

Une fois dans l'appartement, Colesceau se déplaça dans la pénombre. Lumières éteintes, rideaux tirés. Cet homme pâlichon n'aimait le soleil qu'accompagné de zones d'ombre.

Le soleil californien ne supportait pas les secrets ni l'ombre : il n'y avait qu'à voir la façon dont s'étaient conduits ses visiteurs, la veille. *Et votre libido, ça va comment... érection et éjaculation... pulsions sexuelles... vous vous l'êtes faite avec une bouteille de Coca ou avec le poing ?*

Incroyable, ce que les gens de l'administration pouvaient faire subir à un homme. Humiliation. Manipulation. Castration chimique. Pas mieux que la police qui avait exécuté son père, en fait ; seules les méthodes changeaient. L'extermination ici était plus lente. Et jusqu'à présent ils n'avaient pas encore lâché les chiens.

En passant devant les vitrines, il jeta un coup d'œil aux dizaines d'œufs — les trésors de sa mère. La plupart étaient dans des tons pastel — bleu, rose et jaune layette. Des teintes fades et niaises, à vomir. Les pires, c'étaient les œufs décorés de jupettes de dentelle. Tel qu'il était pratiqué par sa mère, l'art de la peinture sur œuf était moins un estimable artisanat roumain que la manifestation criante d'un déséquilibre si profond que Colesceau avait du mal à se le représenter.

Il ne s'attarda pas dans leur contemplation. Il savait qu'un homme de vingt-six ans a mieux à faire que de penser à sa mère. Il aurait bien aimé qu'elle habite plus loin. L'idée qu'elle pût venir s'installer chez lui lui filait le bourdon.

Il gagna la cuisine. Colesceau savait pertinemment que si la police le dénonçait et que les voisins faisaient bloc pour le faire déguerpir, sa mère viendrait habiter chez lui pour le protéger. Ce serait son devoir. Elle se battrait contre eux avec l'énergie d'un dogue. Frissonnant, il sentit l'adhésif qui lui comprimait les seins. Dieu merci, il avait prévu le coup, compris ce qui lui pendait au nez, pris ses dispositions.

Il se confectionna un bloody mary bien tassé. La vodka était au freezer et le mélange dans le frigo. Il aimait boire glacé. Mais il aimait que ça ait du goût, aussi. Il donna un bon tour de moulin de poivre noir, versa deux traits de Tabasco et trois de sauce Worcestershire dans le bocal, cassa une tige de céleri en deux et s'en servit pour remuer la boisson. Les épices et la glace vous brûlaient le palais. Délicieux.

Deux autres bloody mary et son dîner plus tard, Colesceau composa le numéro du bureau d'Al Holtz. Il savait que le gros type serait chez lui et pensait qu'il parviendrait mieux à plaider sa cause dans un bref message sur son répondeur professionnel :

« Bonjour, monsieur Holtz, Matamoros Colesceau à l'appareil. Moros. Merci pour l'entretien d'hier. Je devrais arriver au bout de mon temps de conditionnelle sans problème. J'espère que vous voudrez bien me laisser continuer à vivre discrètement ici à Meadowlark. Je vous promets de tenir mes engagements ainsi que je l'ai fait par le passé. Jamais plus je ne m'attaquerai à qui que ce soit. Merci infiniment de votre compréhension. J'ai hâte de vous entendre. Au revoir. »

Lorsque Colesceau raccrocha, il pensait déjà vaguement aux femmes et à ses capacités sexuelles, et sentit un embryon de remue-ménage pointer dans son caleçon. Pas facile à vivre, le fait que dans sa tête pulsions sexuelles et castration fussent intimement mêlées. Pourtant, les deux étaient aussi indissociables que des jumeaux dont l'un aurait été beau et l'autre laid. Castration. Le mot lui glaçait le système nerveux. C'était même l'un des rares termes de vocabulaire à avoir le pouvoir de produire sur lui cet effet-là.

Colesceau s'était documenté sur la castration chimique. Il aimait s'imaginer dans la peau d'un détective fouineur qui découvrait effectivement des choses. Le Depo-Provera, c'était le nom sous lequel était commercialisé l'acétate de médroxyprogestérone, reproduction chimique de la progestérone, hormone féminine. Injectée chez des individus de sexe masculin, cette substance jouait le rôle d'un inhibiteur d'hormone dont les effets variaient d'un sujet à l'autre. Chez certains, elle éliminait pratiquement complètement les pulsions sexuelles ; chez d'autres, elle les réduisait ; chez d'autres encore, elle n'avait pour ainsi dire aucun impact. Les taux de récidive étaient de l'ordre de trois à huit pour cent, selon les auteurs des études. Les injections provoquaient poussée des seins, chute de cheveux, perte d'énergie et de vigueur.

Une partie seulement de ces données avait été communiquée par le département de la santé de l'Etat de Californie et l'hôpital d'Atascadero au patient Matamoros Colesceau.

Depuis sa sortie de l'hôpital psychiatrique, trois ans plus tôt, ils lui avaient injecté le produit toutes les semaines, au terme de son rendez-vous hebdomadaire avec le psychologue conseil. Quelle drôle de sensation que d'être assis à regarder la musculeuse infirmière lui planter l'aiguille dans le bras et lui faire la conversation sur le sport ou la météo tandis qu'elle poussait le piston. Tout ça pour tuer chez Matamoros la rage insensée qui lui donnait tellement de plaisir et causait aux femmes tant de souffrance.

Il se rendit compte peu à peu que les gens qui lui faisaient ces piqûres n'avaient pas vraiment idée du résultat qu'elles pouvaient avoir. C'était même pour ça qu'il avait fait un marché avec eux — une sortie légèrement anticipée d'Atascadero et des conditions de libération conditionnelle plutôt « coulantes » pour un prédateur sexuel ayant fait l'objet de deux condamnations. Des privilèges de rat de laboratoire.

Mais la raison essentielle pour laquelle il avait été châtré chimiquement, c'est qu'on manquait de place dans les hôpitaux psychiatriques, qu'il avait purgé sa peine de prison, qu'il fallait le « réintégrer dans le circuit », vu les restrictions budgétaires en vigueur. Alors on lui avait donné le choix : castration chirurgicale ou castration chimique. La chimique était temporaire. La chirurgicale définitive, irréversible.

Dans la chambre d'amis du premier, il retira sa chemise. Cette saleté d'adhésif lui dessinait des sillons rouges sur la peau, il détestait ça. Et l'odeur était immonde. Il avait essayé de porter un corset, mais il se sentait encore plus femme dans cet accoutrement et il avait renoncé.

Mais ce qui l'horripilait le plus, c'était la façon dont ses seins pointaient après six mois de Depo-Provera, et ses joues qui devenaient imberbes. Le système pileux, il n'y pouvait pas grand-chose. Mais les tétons, c'était une autre histoire.

Trois tours, il lui fallait faire trois tours autour de son torse avec le ruban. Il était sûr que ça ne se voyait pas sous ses chemises.

Mais là, ça se voyait. Surtout lorsqu'il eut tiré sur la bande autocollante et qu'il vit la peau toute rougie. Tandis que les Kleenex se faisaient la malle, ses seins de fillette pubère pointèrent. Il savait qu'il y avait quelque chose de pas normal chez l'être hybride qu'il était devenu.

En fait il y avait quelque chose qui ne tournait pas rond du tout.

Il songea à ce qu'on lui avait fait endurer, ce qui ne fit que le rendre encore plus furieux.

Colesceau avait appris encore une chose concernant le Depo-Provera. Le produit n'était jamais complètement efficace tout le temps. Et cela parce que parfois, rarement il est vrai mais quand même, sa rage et son désir se liguaient comme au bon vieux temps. Une fois tous les deux mois, environ.

Parfois cela ne durait que dix secondes. Parfois quelques minutes. Rien à voir avec ce qu'il connaissait auparavant, où il pouvait rester dans cet état pendant des heures d'affilée et repartir de plus belle après une courte pause.

Mercredi, il en aurait terminé avec cet enfer et il pourrait se remettre en route. Vers quelle destination ? Ça, il l'ignorait encore.

9

Merci entendait les chiens japper au loin, dans les broussailles d'Ortega. Elle imagina Mike McNally dans le feu de la poursuite, tel un jockey drivant trois chevaux d'un coup. D'après les aboiements, ils devaient être à quelque huit cents mètres du lieu où avait été abandonnée Janet Kane.

Baissant la tête, elle considéra le trou d'où Hess avait retiré la valeur d'un seau de terre. Elle se représenta Janet Kane suspendue à la branche du chêne d'après la description donnée par Hess.

Comment avait-il réussi à « voir » ça avant même d'avoir découvert la présence des encoches sur la branche ? Elle avait bien l'intention de l'apprendre et d'en faire son miel pour la prochaine fois. On ne négligeait pas une occasion de s'instruire.

Il lui fallut quelques minutes pour se positionner de façon à voir correctement la branche et en plus elle faillit tomber. Mais elle trouva ce dont le vieil homme lui avait parlé : le sillon creusé dans l'écorce, et la pulpe du bois mise à nu du fait du frottement de la corde — ou, qui sait, de la chaîne. Elle n'avait pas fait de tractions depuis l'école de police.

Elle avait également oublié à quel point c'était crevant de manier une scie. Debout sur la pointe des pieds, elle s'attaqua à la première branche, se rendant compte qu'elle n'avait peut-être pas apporté le bon outil. Ce grand truc plat, ce n'était pas plutôt destiné à scier des planches ? Elle en avait eu pour dix-huit dollars au drugstore — encore un truc qu'il lui faudrait batailler pour arriver à se faire rembourser, pas commode de faire intégrer des dépenses comme ça dans sa note de frais. Elle avait déjà investi dans le fax. Le gilet pare-balles haut de gamme. Et le stylet « italien » *made in China* qu'elle trimballait dans son sac à main. Sans compter les billets d'entrée dans les diverses foires au troc où elle traînait le samedi et le dimanche matin dans l'espoir de dénicher des trésors bon marché au lieu de s'occuper de sa vie privée comme le lui conseillait Joan Cash.

La scie entamait le bois mais avec une consternante lenteur. Millième de centimètre après millième de centimètre. Cinq minutes plus tard, elle s'était débarrassée de son manteau, elle avait roulé ses manches de chemisier qui se couvraient de sciure, ses cheveux étaient collés de sueur sur son visage et il lui restait encore plus de la moitié du travail à effectuer.

Lorsque le bois se fendilla, craqua et dégringola finalement par terre, Merci se dit qu'elle était maintenant incapable de tenir correctement son Heckler & Koch, et incapable a fortiori d'atteindre une cible et de réussir un tir groupé à cinquante mètres en moins de dix secondes.

Elle considéra la branche et, furieuse, constata qu'elle l'avait entaillée près du tronc pour commencer, au lieu de faire le contraire. Pour pouvoir couper le reste, elle allait devoir redescendre et essayer de maintenir la branche d'une main, ou se tenir sur ce maudit machin tout en sciant de l'autre main. Sauf si elle voulait emporter toute la branche, soit six mètres, au labo.

C'est de ça que parlait Hess, idiote.

Ce genre de détail vous éclairait sur vous-même. Espèce d'abrutie, se répéta-t-elle. Avec ta connerie, on pourrait en écrire, des bouquins. C'était au point qu'elle aurait voulu tout changer chez elle. Personnalité, QI, physique, voix, nom. Tout. Seule consolation ? Personne n'était là — pas plus ce gros malin de McNally que ce vieux con de Hess ou que son père — pour être témoin de sa désolante, de son affligeante, de sa profonde bêtise.

Des bêtises encore plus grosses que celle-là, avec un peu de chance, c'est pas les occasions d'en faire qui te manqueront.

Elle se laissa tomber par terre, ses bottes s'enfonçant dans le tapis élastique de feuilles.

Et c'est alors que le soleil frappa un objet à ses pieds. Faisant un pas en avant, elle se baissa et aperçut un disque brillant délogé du tapis végétal par la chute intempestive de la branche.

Pas de quoi fouetter un chat, en fait. Juste un couvercle métallique de bocal réalisé dans un alliage quelconque, doré, du genre de ceux qui comportent un joint en caoutchouc à l'intérieur.

Et qui s'utilisent pour faire les conserves. Mettre des aliments sous verre et les garder.

Perdu au milieu des feuilles de chêne ; découvert grâce à une fausse manœuvre.

Elle se mit à genoux en appui sur les avant-bras et l'examina tel un entomologiste un insecte. Elle renvoya d'un geste brusque ses cheveux derrière les oreilles. Les feuilles de chêne sèches craquaient sous ses genoux et ses avant-bras. Le métal ne s'était pas oxydé. Le caoutchouc n'était pas fendillé.

La vue de cet objet lui fit passer des frissons de plaisir dans le dos. Pour Merci, il n'y avait rien de plus gratifiant que de dénicher des indices exploitables. Façon de se prouver qu'elle avait du pot, qu'elle était douée pour ce boulot. Qu'elle n'était pas si bête que ça, finalement.

Elle revint vers sa veste et en sortit un sac en papier. S'étant remise à genoux, elle fit glisser le couvercle à l'intérieur du pochon à l'aide de son stylo.

Elle se mit au travail, décrivant des cercles concentriques à partir de la branche, sac en papier à la main, décochant des coups de pied méthodiques dans les débris, la terre et les racines desséchées.

Fourmis. Glands. Des frelons bourdonnaient non loin de là et le soleil était suffisamment bas pour briller à travers les branches des chênes et former sur le sol des taches d'ombre et de lumière. Elle guettait le moment où elle heurterait du bout de la chaussure quelque chose de dur et de creux, où un rayon de soleil frapperait le verre et attirerait son attention.

Elle ne découvrit pas le bocal correspondant au couvercle et elle ne s'était pas attendue à le trouver. On pouvait fort bien perdre un couvercle au milieu des feuilles, la nuit, pour peu qu'on fût sous pression. Pas un bocal. Mais ce bocal, au fait, à quoi avait-il servi ? Au beau milieu des bois ? Tandis qu'une belle jeune femme était suspendue, nue comme un ver, à un arbre et que son sang coulait de ses flancs comme d'une digue ?

Elle s'était représenté la gorge de Janet Kane fendue d'une oreille à l'autre lorsque Hess lui avait expliqué ce qu'était la préparation. Ça l'avait dégoûtée et fichue en rogne. Cela lui filait la frousse, aussi, d'être si près de l'endroit où s'était tenu le tueur. Où il avait procédé à son rituel infernal. Parce qu'elle ressemblait comme deux gouttes d'eau — physiquement, en tout cas — à quelqu'un qu'il aurait pu ficeler et suspendre à une branche comme Janet Kane. A condition de réussir à l'attraper, évidemment.

C'était ça, l'avantage d'être munie d'un 9 mm, d'un derringer calibre 40 et d'un faux stylet italien. Du moment qu'on avait le courage et les connaissances nécessaires pour les manipuler.

Cela s'apprenait — la technique, du moins. Et c'est ce qu'elle avait fait.

Cela dit, elle se glisserait sur le siège comme n'importe qui...

Elle ne songerait pas à regarder sur le siège arrière, à vérifier l'espace derrière son siège. Elle n'aurait pas la crosse de son H & K à portée de main — en fait, elle tiendrait probablement les clés dans la main droite. Vérifier si Kane et Jillson étaient gauchères ou droitières. Elle se serait déjà débarrassée de son sac, qu'elle aurait posé sur le siège du passager. Donc, le derringer et le couteau ne lui auraient été d'aucune utilité. Elle aurait peut-être même jeté un coup d'œil au miroir de courtoisie pour s'assurer que rien ne clochait dans son apparence — non qu'elle fût une maniaque du miroir, mais des tas de femmes avaient cette manie : elle en avait été témoin plus d'une fois. Et d'ailleurs, oui, elle-même, ça lui était arrivé de vérifier son maquillage.

Alors ? Comment s'y prenait-il pour les neutraliser ? Est-ce qu'il les étranglait ? Leur frappait-il sur le crâne ? Utilisait-il une drogue quelconque ?

Un frisson la parcourut tandis qu'elle songeait à la facilité avec laquelle il les avait embarquées. Debout sous l'arbre maintenant, elle leva les yeux vers les branches que fouettait le soleil. Elle finit par se dire que, si cela se trouvait, leur homme ne s'était jamais trimballé avec un couvercle de bocal.

Mais si c'est lui qui l'a égaré, il n'a pas essuyé ses empreintes, si ?

Prie pour qu'il y ait des empreintes.

Toujours priant, Merci Rayborn parvint vingt minutes plus tard à l'endroit où avait été déposé le corps de Lael Jillson. Elle grimpa à l'arbre, scia la branche — dans le bon sens, cette fois — et chargea les deux morceaux de bois dans le coffre de sa voiture. A l'aide d'une loupe, elle examina les entailles, traces d'abrasion laissées par les cordages. Elle distinguait les fibres orange et noires qui pendaient sur l'écorce et, dessous, la fibre souple. Avec un journal, elle tapota les sillons provoqués par les cordes. Gilliam, songea-t-elle, je vous apporte du solide, mon vieux. A vous de l'exploiter.

Le soleil avait presque basculé derrière les collines, la soirée était fraîche, le ciel rose au-dessus de l'eau. Debout au bord du lagon, elle observait les bulles qui accompagnaient la lente progression des plongeurs au fond. Un à un les hommes remontèrent à la surface de l'autre côté et se hissèrent tant bien que mal sur la berge boueuse et noire. Vêtus de leurs absurdes combinaisons, ils lui firent des signes, négatifs, secouant la tête, avançant d'un pas hésitant, gênés par leurs palmes.

Elle vit l'un des plongeurs partir à la renverse dans l'eau, poussé par un copain chahuteur. En se redressant, il entraîna un autre gars dans sa chute. Leurs rires et leurs jurons claquaient sur l'eau. Elle se demanda pourquoi les hommes arrivaient si facilement à devenir copains alors qu'ils avaient une telle méfiance des femmes — qu'ils ne songeaient par ailleurs qu'à tringler.

Je vous comprends pas, les mecs. Mais, des fois, on voit bien que vous vous en payez une tranche.

Elle agita la main dans leur direction et pivota vers le chemin de terre. A mi-chemin de sa voiture, elle aperçut McNally qui se dirigeait vers elle, un sac à la main. Les maîtres-chiens étaient rassemblés autour de lui, les chiens haletaient, langue pendante, allongés dans la poussière. L'espace d'un court moment de mesquinerie, elle se prit à espérer que McNally n'ait rien trouvé, de façon à ne pas avoir à le remercier ou à paraître impressionnée par son efficacité. Puis elle espéra qu'il avait mis la main sur le pénis et les testicules du Tireur de sacs et qu'il les lui apportait dans un sac plastique.

Elle leur emboîta le pas car il était clair que cette armée d'hommes épuisés et de chiens pantelants n'allait pas s'arrêter sous prétexte qu'elle était leur supérieure hiérarchique. McNally était un grand gaillard à mâchoire carrée avec la belle gueule du surfeur mais sans son culot un peu niais.

— Même résultat que la dernière fois, dit-il.

— Fallait vérifier, fit-elle.

— Trois fois, on a fait chou blanc... Sur les deux scènes de crime et sur la route, à l'endroit où ils ont perdu sa trace. C'est sûrement là que sa voiture se trouvait. Forcément.

Merci savait que le Tireur de sacs ne se donnait pas tout ce mal pour laisser ses proies dans des tombes peu profondes.

— Dommage qu'ils puissent pas suivre la piste d'une voiture.

Elle n'avait pas voulu se montrer blessante, mais c'était plus fort qu'elle, chaque fois qu'elle essayait de plaisanter, elle mettait à côté de la plaque. Sa voix la trahissait.

Elle vit de la colère sur son visage.

— C'est pas qu'ils peuvent pas. Mais les routes sont beaucoup trop poussiéreuses par ici.

L'an dernier, un de ses chiens avait suivi la piste d'un enfant enlevé dans un parc et transporté en voiture de là dans un autre endroit où on lui avait fait subir des sévices sexuels avant de le relâcher dans la nature. Son chien avait suivi la piste de la voiture sur cinq kilomètres. Au procès, le district attorney avait démoli le témoignage de McNally parce que ce dernier n'avait pas réussi à expliquer comment l'animal s'y était pris. Ils avaient réussi à appréhender le pervers sans ça, heureusement, mais McNally en avait conçu de l'amertume. Il n'était pas efficace quand il témoignait, car ce n'était pas un type qui raffolait des êtres humains. Ce qu'il aimait, lui, c'étaient les chiens.

Un mois plus tard, un juge avait rejeté les indices obtenus par McNally grâce à une « boîte à odeurs » inventée par un de ses profs. Ils avaient eu recours à la boîte pour capter l'odeur d'un suspect à partir d'une chemise restée au réfrigérateur pendant trois ans. Le chien était remonté, grâce à la boîte, jusqu'au suspect, et cette fois le jury avait marché à fond — malgré l'absence d'explications. Mais là c'était le juge, pas le DA, qui avait refusé de prendre en compte le témoignage de McNally et le travail de ses chiens.

Tout ça à un moment où Mike McNally essayait de faire débloquer des fonds pour ses limiers à quatre pattes — dont il s'occupait en sus de ses fonctions habituelles au sein de la Criminelle. Deux condamnations l'auraient aidé à obtenir des crédits, d'autant que ces affaires avaient fait du bruit, mais malheureusement il n'avait pas été exaucé.

Elle se disait qu'il aurait dû avoir digéré la pilule depuis le temps, mais elle savait que McNally n'était pas de ceux qui tournent facilement la page. Si tant est qu'ils arrivent à la tourner. Il était têtu et susceptible, doté d'un ego à la fois surdimensionné et vulnérable, caractéristique fréquente chez les messieurs, d'après Merci. Il exerçait le métier de son père par ailleurs, et Merci se demandait si l'énergie qu'il déployait dans le travail ne venait pas de son désir de surpasser ce dernier dans l'exercice de cette difficile profession.

— Merci, Mike.

— De rien, sergent.

— C'est quoi, dans le sac ?

Sans ralentir l'allure, il défit le sac et le tendit dans sa direction. Le petit serpent à bandes brunes et blanches était recroquevillé au fond du sachet, vibrant à chaque pas que faisait McNally.

— C'est pour Danny.

— Ça va lui plaire, Mike.

— A moins que ça ne lui foute les jetons.

Danny, fils de Mike, avait cinq ans. Il était lunatique, tristounet et d'un sérieux insensé à propos de tout. Merci l'avait toujours secrètement bien aimé. Elle l'aimait comme on aime un petit animal de compagnie, peut-être, ou comme une automobile de collection. Le problème n'était pas de le trouver sympa. Le problème, c'était de lui montrer ce qu'on ressentait pour lui. Comment l'approcher, un petit être comme ça, si petit, si fragile, si immensément important ? Que lui dire ?

L'enfant s'était montré violemment hostile à son égard, ce qu'elle comprenait parfaitement mais qui ne facilitait pas les choses. « T'es pas ma mère, t'es pas ma mère ! » D'accord, bon, okay.

Quelques mois plus tard, elle avait cessé de coucher avec Mike, mais elle aurait bien aimé continuer à le voir encore un peu. Elle voulait distendre les liens, mettre un peu de champ entre eux. « Pas question, avait-il dit. C'est tout ou rien. » Il lui avait lancé un ultimatum. Elle avait déjà couché avec un mec parce qu'elle s'y sentait obligée mais ça remontait à l'époque où elle était étudiante, et le monde était plus simple alors, moins permanent. Elle avait perdu un ami sans rien gagner en échange.

Mike avait joué les caustiques, fait de la dérision. Il lui avait balancé une remarque en vache, la traitant de manipulatrice. Cela ne l'avait pas étonnée, cette façon de réagir. Puis, un jour, elle avait entendu une vanne la concernant à la cafétéria — on la traitait de gouine — et ça l'avait complètement désarçonnée. Elle avait été sidérée qu'on lui fasse une réputation de gougnote. Cela l'amena à se poser des questions sur les hommes, à se demander ce qui les poussait à jouer le jeu de la cruauté — un stade qu'ils auraient dû avoir dépassé depuis longtemps et qui était normalement l'apanage des petits branleurs du lycée.

Elle avait demandé une trêve et n'avait obtenu qu'un résultat mitigé et pas de réponse nette. Mais du moins elle n'avait plus surpris de remarques désobligeantes à son sujet pendant un certain temps. Il ne lui avait parlé de ses sentiments, ne s'était « lâché » qu'une seule fois. De l'humiliation de se faire plaquer devant tous ses collègues. Du fait qu'il fallait traiter les gens comme on voulait qu'ils vous traitent. Bizarrement aussi, du fait qu'elle avait pris sa place dans le cœur de Danny. Ç'avait été une scène terrible. Au cours de laquelle la vérité avait éclaté en milliers de fragments telles des munitions qui vous explosent à la figure. Lorsqu'ils avaient eu fini, rien n'avait été résolu ; ils n'avaient pas réussi à clarifier la situation. Ils s'étaient seulement retrouvés l'un et l'autre avec le visage criblé d'éclats de shrapnell.

Et maintenant, l'affaire Kemp. Elle y survivrait ou elle n'y survivrait pas. On verrait bien. Elle la chassa de son esprit.

— Qu'est-ce qu'il y a dans ton sac ?

Elle lui montra le couvercle et lui expliqua comment elle l'avait trouvé. Il hocha la tête sans dire un mot.

Merci se détourna pour contempler Daisy, une femelle de cinquante kilos qui était sa favorite. La grosse chienne avançait avec ses congénères, oreilles et langue pendantes, mâchoires détendues, salive dégoulinante. Merci avait suffisamment d'expérience de ces animaux pour ne pas essayer de la toucher — avec ces chiens-là, on ne savait jamais sur quel pied danser. Encore moins quand ils étaient éreintés, fourbus.

Les compagnons de Mike s'immobilisèrent pour regarder un faucon qui mangeait un lapin perché sur un érable imposant.

— Tu fais équipe avec Hess, à ce qu'on dit.

— C'est juste en attendant d'en avoir un autre.

— De tous les vieux cons, c'est encore lui que je préfère. Phil Kemp ne te méritait pas.

— Pour l'instant, ça va.

— Vous avez passé presque huit bonnes heures ensemble.

— Environ, oui.

— Fais gaffe, il va essayer de te fourrer dans son pieu. Il a été marié au moins quatre fois.

Levant les yeux, elle le vit qui souriait. Difficile de dire si ce sourire était franc ou non. En tout cas, un truc qu'elle appréciait chez McNally, c'est qu'il marchait aussi vite qu'elle. Elle n'avait pas besoin de régler son allure sur la sienne.

— Je trafiquerai son pacemaker, fit-elle.

— C'est ça, bonne idée.

Elle hocha la tête, gênée quand même de dénigrer Hess derrière son dos, ne sachant jusqu'où pousser la plaisanterie avec McNally. Parce que s'il s'avisait de révéler que Merci parlait du pacemaker de son nouvel équipier, cela risquait de mal tourner avec Hess. D'un autre côté, une plaisanterie, c'est une plaisanterie, pas vrai ? Hess était un grand garçon. Elle n'était pas sûre de pouvoir en dire autant de Mike.

McNally la regarda puis détourna la tête.

— Qu'est-ce que tu penses de ces bonnes femmes qui attaquent Kemp devant les tribunaux ? Il se retrouve avec quatre procès sur les bras, maintenant.

— Quatre ?

— Ben oui, Stratmeyer, des archives, causait avec des journalistes ce matin. Paraît qu'elle a accusé Kemp de l'avoir violée. Chez lui.

— Seigneur, c'est nouveau, ça, ça vient de sortir...

— Moche, cette histoire. J'étais loin de me douter que Kemp était un aussi sale con.

Merci continua de marcher à la même vitesse que Mike. Secouant la tête, elle éprouvait une sensation d'oppression dans la poitrine. Elle s'efforça de l'ignorer, de chasser de son esprit Kemp et Stratmeyer.

Mike parut s'en rendre compte car il donna un nouveau tour à la conversation :

— Bon, il a saigné au moins deux femmes dans le coin. Et ensuite ? Comment se fait-il qu'on n'ait rien retrouvé d'autre ?

— On pense que les bêtes ont... fait le ménage.

— Peut-être qu'elles sont encore vivantes.

— Si Gilliam vient à bout du test d'imprégnation, on aura une idée là-dessus.

— Eh bien en tout cas, une chose est sûre : elles ne sont pas dans le secteur. Et le lagon, qu'est-ce que ça a donné ?

— L'équipe de plongée a fini. On les retrouvera pas dans le lagon.

Ils continuèrent à descendre la route poussiéreuse. Elle entendait les autres qui les rattrapaient.

— On devrait essayer de se voir un de ces jours pour parler, Merci.

— Vaudrait mieux pas.

— Comme tu voudras. Pourquoi faut-il que tu aies la tête aussi dure ?

— Arrête, s'il te plaît. Ça n'est bon ni pour l'un ni pour l'autre.

— Bon, d'accord. A un de ces jours, alors.

Il accéléra. Merci s'écarta pour laisser passer les maîtres-chiens et leurs animaux essoufflés.

10

— Premièrement, le couvercle du bocal ne portait pas d'empreintes. On a relevé des taches pouvant correspondre à des traces laissées par des doigts gantés de latex, par exemple. Mais pas de traces digitales.

Jeudi matin, deux jours après que Hess eut trouvé les marques de Slim Jim sur les vitres de la voiture, il se tenait dans le labo de police scientifique et avait l'impression que le bout de ses doigts le brûlait. Près de lui se tenait Merci Rayborn, les cheveux attachés en queue de cheval, des rides au coin de la bouche.

Le directeur des services de la police technique et scientifique, James Gilliam, la regarda, puis considéra Hess. Il semblait perplexe.

— Maintenant en ce qui concerne la tache de sang et les tests effectués dessus, je peux vous dire que deux litres de sang au moins se sont répandus dans le sol. Or le corps d'une femme adulte en contient juste un peu plus de quatre. Il y a donc de fortes chances pour que celle qui a perdu tout ce sang soit morte. Etant donné les circonstances, c'est plus que probable. Je doute que la victime ait été en présence d'une infirmière des urgences ou d'une bonne âme.

Ils considéraient une paillasse sur laquelle étaient posés des bacs pour chat et des plats en plastique remplis de terre. Gilliam avait creusé des trous d'aération dans les parois de plastique à l'aide d'une perceuse à mèche fine pour simuler la porosité naturelle du sol avant de verser la terre dans les récipients. Les bacs contenaient la terre prélevée sur les scènes de crime par les techniciens. Il avait récupéré auprès du centre médical des flacons de sang afin de voir comment celui-ci se comportait dans la terre.

— Vous avez répondu à nos questions, dit Merci.

Hess observa Gilliam qui la scrutait de derrière ses lunettes de presbyte. Le directeur du labo était un homme qui avait le verbe tranquille, prenait son temps et n'oubliait pas qu'il y avait un monde entre le scientifique et le flic. Impossible de lui faire prendre des vessies pour des lanternes. Il faisait presque une tête de moins que Merci.

— J'ai découvert autre chose, dit-il à Merci. Assez intéressant, d'ailleurs.

Le pouls de Hess s'accéléra : il connaissait suffisamment son homme pour savoir que ce qui pour lui était « assez intéressant » méritait qu'on se penchât sérieusement dessus.

Merci le savait également.

— Les échantillons de sol que vous m'avez apportés dans les seaux, Tim, c'est une bonne chose. C'était la seule façon de reproduire à peu près les conditions qui prévalaient à Ortega. Mais vous m'avez apporté plus que des échantillons de terre. Je parie que vous ne vous en doutiez pas.

Hess fit signe que non, en effet, il ne se doutait de rien de ce genre.

— J'avais mis de côté un peu de terre prélevée dans chacun des seaux, au cas où. Une fois les tests d'imprégnation terminés, je me suis dit que j'allais passer le reste de la terre au spectromètre de masse, histoire de voir. J'ai commencé par le sol recueilli sur la scène de crime Kane et j'ai obtenu après analyse des quantités anormalement élevées de substances inhabituelles — trioxane, acide formique, méthanol, et CH_2O. Quand j'ai étudié la terre de la scène Jillson, en revanche, je n'ai rien trouvé de semblable.

Gilliam s'en tint là, ce qui ne surprit pas Hess. L'homme de science ne voyait pas toujours la nécessité d'expliquer ses trouvailles.

— Eh bien, Jim, de quoi s'agit-il ? le relança Hess.

— Désolé... Le CH_2O, c'est du formaldéhyde — le plus simple des aldéhydes à fort taux de réaction. Dans les échantillons de terre, il s'était déshydraté pour former du trioxane, oxydé pour faire de l'acide formique, et avait fini sous forme de simple méthanol. Mais au départ, c'était du formaldéhyde. En fait, ce devait exactement être de la formaline, qui est un formaldéhyde en solution aqueuse à trente-sept pour cent, le formaldéhyde pur étant un gaz.

— Comment ce produit est-il arrivé là ? s'enquit Merci.

Les yeux sur Hess, il répondit à Merci :

— Quelqu'un l'y aura mis. Ou plus exactement renversé.

— Uniquement sur la scène de crime Kane ?

— Oui. Mais n'oubliez pas que six mois d'intempéries diverses et de pluies ont pu débarrasser le site Jillson de toute trace de ce genre.

Hess avait déjà sorti de l'étagère adéquate le *Précis de pharmacie* de Remington. C'était un énorme bouquin horriblement lourd, volumineux et difficile à manier. C'était toujours l'édition de 1961, à vingt-deux dollars et quatre-vingt-quinze cents. Hess l'avait consulté une bonne centaine de fois au cours des années pour éclairer plus avant les propos de Gilliam. James Gilliam avait un peu une mentalité d'enseignant et Hess celle d'un étudiant réceptif.

Il jeta un coup d'œil à Merci. Qui décocha un regard irrité au directeur. Gilliam ne s'en aperçut pas car il était tout entier absorbé par son spectromètre de masse.

Il était penché au-dessus de la machine, mains derrière le dos, tel un domestique prévenant.

— Euh, James ? fit-elle. Vous nous éviteriez de charrier des kilos de papier en nous disant à quoi sert la formaline. Mes souvenirs du cours de biologie sont vagues. Tout ce que je sais, c'est qu'on faisait tremper les grenouilles dedans. A part ça...

Gilliam était toujours penché sur la machine.

— Utilisation : agent de conservation. Solvant. Agent de tannage pour les cuirs. Mélangé à de l'ammoniaque, c'est un puissant antiseptique des voies urinaires. Entre dans la composition de deux explosifs mixtes : le cyclonite et le PETN. Sa facilité de combinaison lui vaut d'être mis un peu à toutes les sauces : résines, désinfectants, produits d'embaumement, plastiques, polyvinyles... Il sert également à stériliser le sol. Ce qui est intéressant, puisque c'est là que Tim l'a trouvé.

— Un agent de conservation, fit Merci. Et le couvercle d'un bocal de conserve. Est-ce que ça va ensemble, le bocal et la formaline ?

Gilliam se redressa et se frotta le menton. Il poussa un soupir. Ses yeux pâles étaient tournés vers Merci, mais c'était Hess qu'il regardait. Bizarre, songea Hess : voilà que Gilliam est distrait, nerveux, qu'il ne regarde pas la jeune femme en face. Il mit un moment à comprendre ce qui se passait : Gilliam la trouvait séduisante et ça le perturbait.

— Ils ne vont pas obligatoirement ensemble, mais je vois où vous voulez en venir, dit Gilliam tranquillement. La formaline s'évapore rapidement mais on peut toujours la transporter dans un bocal. Peut-être qu'il n'a pas apporté le bocal. Après tout, on n'a retrouvé que le couvercle. La question ce serait plutôt de savoir...

— ... ce qu'il trafique avec cette formaline, et pourquoi on en a retrouvé dans le sol...

— Oui, évidemment.

— ... pendant que le corps d'une femme éviscérée se vide de son sang.

Tous trois laissèrent un instant la bride sur le cou à leur imagination.

Puis Gilliam s'éclaircit la gorge.

— J'ai eu un cas où un tueur doublé d'un violeur lavait ses victimes à l'alcool isopropyle avant de s'accoupler avec elles. Une histoire de microbes et de religion qui avait viré au pathologique, c'est ce qu'a dit l'accusation. Il lui fallait sa victime immaculée, impeccablement propre, digne de le recevoir.

Rayborn hocha la tête.

— Et moi j'ai eu un cas où le pervers lui passait le vagin à l'eau de Javel après l'avoir violée. Le but de la manœuvre, c'était de détruire son propre sperme.

— Peut-être qu'il conserve des parties anatomiques de ses victimes, suggéra le directeur.

— En guise de souvenir ? fit Merci. Des yeux, des cœurs ou je ne sais quoi qui le branche ?

— Et la chair en pénétrant dans le bocal fait déborder la formaline...

Silence de nouveau.

Nouvelle pause songeuse.

Merci, de nouveau :

— Si la formaline est utilisée dans le tannage du cuir, on peut également s'en servir pour tanner de la peau humaine, non ?

— Je crois que oui. Mais si tout ce qu'il veut, c'est la peau, où est le reste ? Même les coyotes et les vautours ne peuvent venir à bout d'un squelette humain en l'espace d'une semaine.

Hess revint sur terre après une brève absence.

— Peut-être qu'il conserve les corps, dit-il en rangeant le Remington sur une étagère. Peut-être qu'il emporte la femme tout entière.

Merci et Gilliam le regardèrent bouche ouverte, yeux écarquillés.

Hess poursuivit :

— Ça expliquerait qu'on n'ait rien trouvé à part une grosse quantité de sang, des lambeaux de viscères et l'agent qui a servi à embaumer les chairs. Il emporte tout avec lui, à l'exception des fluides et des viscères.

— Très bien, fit Merci.

— Et le bocal, alors ?

— Peut-être qu'il s'en servait pour une raison parfaitement anodine.

— Laquelle, Tim ? demanda Gilliam.

— Pour trimballer de quoi casser la croûte. Tout ce travail, ça doit creuser.

— Il devrait postuler à un job ici, chez le légiste, dit Merci avec un petit sourire à Gilliam, s'il réussit à manger tout en dépeçant des cadavres...

Gilliam lui rendit son sourire mais détourna les yeux. Puis il s'approcha de la porte.

— J'ai trouvé autre chose dans les voitures. Extrêmement intéressant.

Merci lui ouvrit la porte et par-dessus sa tête regarda Hess.

— J'adore cet aspect du boulot, dit-elle.

Les microscopes de comparaison étaient prêts. La voix de Gilliam résonnait dans le silence du laboratoire des fibres et cheveux, tandis que Hess et Rayborn examinaient deux cheveux grossis mille fois au microscope.

— C'est grâce à son mari que nous avons pu récupérer le cheveu de la voiture Jillson, expliqua le directeur. Quand Robbie Jillson est allé chercher la voiture de son épouse Lael à la fourrière, il l'a laissée exactement dans l'état où elle était. Elle est restée sous une housse chez lui, au garage, pendant un mois avant que nous l'examinions. Il ne l'a ni lavée ni passée à l'aspirateur. Un malin, ce Jillson. Il a été suffisamment tenace pour laisser la voiture intacte après que nous l'ayons examinée, au cas où nous voudrions y jeter un coup d'œil de nouveau. Ce que nous avons fait. Et ce dont je me félicite...

« Le cheveu de gauche provient vraisemblablement d'une personne de race blanche. Il est long, blond et pas complètement raide. Nous l'avons trouvé hier dans la voiture Jillson. Il était resté coincé sur la boucle de la ceinture. Je ne sais pas pourquoi ils ne l'ont pas repéré la première fois. Enfin, ça m'est égal, du moment que cette négligence n'est imputable ni à Ike ni à l'un de ses collègues, ce qui semble être le cas. En tout cas, ce cheveu, on ne risque pas d'en trouver l'équivalent chez la victime ou qui que ce soit de sa famille. Nous les avons éliminés comme donneurs en nous basant sur le nombre d'écailles et la pigmentation. Ils utilisaient tous le même produit après-shampooing que la victime. Et ce cheveu-là n'a été ni lavé ni traité avec le même produit. Nous avons mis en évidence dessus des traces de produits pharmaceutiques totalement différents. Rien encore que l'on puisse identifier. Et le nombre d'écailles de ce spécimen est plus élevé que chez ceux des membres du clan Jillson que nous avons testés. J'ai bien envie de dire qu'il est très possible que ce cheveu appartienne à l'homme que vous cherchez.

— Sur quel siège l'a-t-on retrouvé ? demanda Merci.

— Le siège qui est derrière celui du conducteur.

— C'est là qu'il planque, je crois.

— Très intéressant. Maintenant, sur le microscope de droite, vous allez voir un cheveu qui appartient vraisemblablement à la même personne que celui que je viens de vous montrer. Nous l'avons retrouvé dans la voiture Kane hier matin. Il est resté prisonnier des mailles d'un filet fixé au dossier du siège du conducteur. Vous savez, ces accessoires de rangement, en Nylon généralement, dans lesquels on case les objets personnels quand on fait un long trajet : cartes, Kleenex, lampe de poche, magazines, ce genre de choses. Ça laisse supposer que le propriétaire du cheveu se trouvait derrière le siège du conducteur. Peut-être accroupi, la tête plaquée contre le dossier du siège et le filet. Attendant sa victime ? Qui sait ? Vous savez tous deux qu'une compatibilité totale n'est guère possible en matière d'analyse de cheveux. Tout ce que je peux vous dire, c'est qu'on est, dans le cas qui nous intéresse, le plus près possible d'une compatibilité totale.

— Je le sens, ce tordu, dit Merci. Je renifle sa trace.

— Mais ce n'est pas tout... poursuivit Gilliam.

Contournant les microscopes, il s'approcha d'une paillasse qui courait tout le long du mur. Hess le suivit. Le soleil filtrait à travers les fentes verticales des fenêtres. Ces fentes lui avaient toujours rappelé les meurtrières des archers.

Gilliam sortit une petite boîte de plastique d'un tiroir d'une vieille armoire à outils posée sur le comptoir. Il ouvrit la boîte et la tendit à Hess.

Le vieil homme y jeta un coup d'œil puis du bout du doigt tripota l'objet qui s'y trouvait. C'était un fusible standard de vingt ampères, le genre qu'on trouvait à la douzaine sous le moindre tableau de bord. La couleur du verre était bonne et le filament semblait intact.

— J'ai vérifié, il est bon, confirma Gilliam. Ce qui est plus intéressant, c'est qu'il n'y a pas de fusibles de ce type sur la BMW de Janet Kane. Sa voiture n'a que sept mois, autrement dit tous les fusibles d'origine, fabriqués en Allemagne, sont encore dessus. Ils sont d'une conception et d'un dessin différents. Celui-ci doit venir d'ailleurs. Il est destiné à être utilisé ailleurs, sur une autre voiture, ou sur un autre type de matériel, je ne sais pas. Mais ce que j'aimerais bien savoir, c'est ce qu'il fabriquait dans la voiture de Janet Kane.

Rayborn lui demanda où exactement il l'avait retrouvé, et Hess s'il y avait relevé des empreintes. Gilliam regarda à tour de rôle les deux policiers.

— Derrière le siège du conducteur. Sur le tapis de sol juste au milieu. Et effectivement, Tim, on a relevé une empreinte sur le verre. Une empreinte partielle mais qui comporte suffisamment d'éléments et de bifurcations pour qu'on puisse l'exploiter. J'ai éliminé Janet Kane moi-même. J'ai préparé une fiche AFIS pour Cal-ID et WIN. Mais les paramètres, ce sera à vous de les spécifier. Si cet homme est fiché, qu'on a ses empreintes quelque part, on a une chance de le coincer.

— Vous vous occuperez de rédiger les paramètres, Tim, dit Merci.

— Faut d'abord que je voie Dalton Page. Et que je parle à un vieux violeur que j'ai arrêté dans le temps. Ils savent ce qu'on cherche.

Merci l'ignora, regardant Gilliam de son air soupçonneux habituel.

— Vous avez autre chose, monsieur Gilliam ?

— C'est tout.

— Bon travail.

Puis elle tourna les yeux vers Hess.

— Tim, allez voir votre profileur et votre violeur. Je veux ces paramètres d'ici la fin de la journée. Et je veux que ces empreintes soient envoyées à qui de droit.

— Vous les aurez. Je peux m'entretenir avec Dalton seul à seul, mais je crois que vous devriez m'accompagner chez le pervers.

— Je vais y réfléchir.

Hess pivota et commença à traverser la pièce.

— Et mes branches de chêne, Mr Gilliam ? fit Merci. J'ai eu un mal de chien avec la scie pour les couper...

Elle lui jeta un petit coup d'œil amusé et Hess comprit qu'elle s'y était prise à l'envers pour scier la branche.

— Oh, la corde, c'est du Nylon standard, sergent, orange. Le genre d'article qu'on trouve dans un magasin de camping, de chasse ou dans un surplus. A en juger par la profondeur des entailles et par les torons qui ont tenu le coup, cette corde était enroulée autour d'un sacré poids. C'est la même corde, ou en tout cas une corde très voisine, qui a été utilisée sur les deux sites.

11

Le docteur Dalton Page demanda à Hess de le rejoindre chez lui. Au fil des années, les deux hommes s'étaient retrouvés à maintes reprises sur sa terrasse. La maison était située sur Harbor Bridge, à Newport — où les villas de style ranch qui occupaient les terrasses à flanc de colline jouissaient d'une vue somptueuse et imprenable sur l'océan. Lorsque au coucher du soleil on les contemplait de la plage, on avait l'impression que la colline rutilait de mille tons orangés.

Tout en conduisant, Hess se rappela que Page avait acheté la propriété vingt ans plus tôt en prévision du jour où il prendrait sa retraite de la faculté de médecine John Hopkins. Hess lui avait demandé de lui prêter son concours le premier été que Page avait passé en Californie, et après ça ils étaient restés en contact. Des amis du FBI lui avaient recommandé Page, précisant qu'il était l'un des meilleurs psychiatres légistes du pays. Il donnait régulièrement des conférences au FBI et avait témoigné en qualité d'expert devant les tribunaux en de nombreuses occasions.

Hess avait participé à la mise sur pied d'une petite fête à laquelle étaient conviés pour l'essentiel des représentants des forces de l'ordre et des membres du bureau du district attorney afin de souhaiter la bienvenue à Dalton et Wynn Page dans le comté d'Orange. Leur installation remontait maintenant à une dizaine d'années, lorsque le médecin avait pris sa retraite et qu'ils s'étaient installés là définitivement. Wynn avait grandi à Newport et Hess se souvenait de l'avoir vue tout heureuse de retrouver sa région natale. Page lui-même avait manifesté quelques réticences à l'idée de se fixer dans cette région, mais il avait fini par acquérir un bronzage impressionnant. Après ça, les Page n'avaient pas fait beaucoup d'efforts pour fréquenter Hess, ce qui n'était finalement pas très étonnant car ils étaient extrêmement occupés à donner des conférences sur les côtes Est et Ouest. Page avait écrit un best-seller sur les personnalités pathologiques criminelles.

La terrasse était baignée de soleil et donnait sur le Pacifique, d'un bleu étincelant. Le docteur Page était assis à une table de verre, à l'ombre d'une treille envahie par les plantes grimpantes.

Il portait des tennis et une veste blanches qui faisaient ressortir son bronzage. Il avait la peau du visage tendue, suite à une opération. Des poids et une corde à sauter étaient posés sous un pin de Norfolk. Hess lui serra la main. Le praticien avait une poigne ferme et la paume sèche.

Wynn leur apporta du thé glacé et posa la main sur l'épaule de Hess tout en le servant.

— Continuez à poursuivre le crime, lui dit-elle avant de disparaître dans l'obscurité de la maison.

Hess se prit à souhaiter être toujours le mari de sa première femme, Barbara. Ce n'était pas la première fois que ça lui arrivait de regretter Barbara. Ce regret lui venait en présence de certains couples et du climat affectif dans lequel ils baignaient : confiance, confort, respect mutuel. Deux cœurs battaient moins vite qu'un seul. Des couples comme les Page en tout cas lui donnaient cette impression. Il se dit que s'il était resté l'époux de Barbara il aurait moins de souci à se faire. Pour commencer, il ne serait pas fauché. Des enfants lui auraient permis d'avoir davantage de prise sur l'avenir.

Si tu réussis à faire la nique à cette saleté de tumeur, tu peux encore avoir dix ans de bon, songea-t-il. Peut-être même quinze, qui sait... Bien des choses peuvent changer en quinze ans.

— C'est au sujet de ces affaires de l'Ortega Highway, Tim ?

— J'ai apporté les dossiers. On n'a pas grand-chose à se mettre sous la dent, mais on a relevé une empreinte partielle. Si on arrive à définir correctement les paramètres ensemble, on a peut-être une chance. Sinon, il faut attendre qu'il récidive et espérer que, cette fois, il commettra une imprudence.

— Ah ah, fit Page.

Grognements pensifs.

Hess comprit que Page n'était déjà plus d'accord avec lui, ce qui ne le gênait nullement : c'était même pour ça qu'il était là.

Page passa en revue les photos des sites où avaient eu lieu les « dépôts ». Il portait des lunettes de presbyte noires.

Tandis qu'il feuilletait les documents sur papier glacé, Hess écoutait un oiseau moqueur chanter dans le pin.

— Tim, dites-moi ce que vous savez des victimes pendant que je parcours tout ça...

Hess parla de Janet Kane. Belle, pleine de confiance en soi, mais parfois solitaire. Puis il parla de Lael Jillson. Jeune femme chouchoutée par la vie, mais néanmoins sympathique.

— Les photos que vous avez sous les yeux ne rendent pas justice à leur beauté, dit-il.

Le docteur Page, avec un petit sourire curieux :

— Et qu'avez-vous vu, de votre côté, qui rende réellement hommage à leur beauté ?

— D'autres clichés. Des photos de famille. Qui donnent une idée de leur façon de vivre.

— Mais encore ?

Il raconta au médecin la façon dont Janet Kane

l'économe achetait ses produits pour les cheveux, et l'enthousiasme de Lael Jillson pour les heures qu'elle passait seule, sans mari ni enfants. Il lui fit part de l'intérêt que Kane portait à l'art et mentionna le journal fort intéressant de Jillson. Il ne souffla mot des joujoux en cuir découverts dans le placard de Janet Kane, pas plus que du faible de Lael Jillson pour la marijuana et le gin. Hess, parlant de ces deux femmes qu'il n'avait jamais vues, éprouvait le besoin de les protéger. Comme s'il leur devait bien ça.

— Cette empreinte sur le fusible, c'est peut-être un miracle pour vous, dit le médecin. Parce que vous avez raison, Tim, si tant est que ce soit à ça que vous ayez pensé. On a déjà pris ses empreintes auparavant, à ce type ; il a un casier. Il a les jetons et il sait ce que c'est que d'avoir la pression. Je suis sûr que vos chemins se sont déjà croisés quelque part. En amont, au tribunal des mineurs, peut-être. Mais, à un moment donné, il a eu affaire à la justice, c'est sûr.

— C'est pour ça qu'il est si prudent...

— Et comment, qu'il est prudent ! Mais quel ego... Quelle arrogance dans l'abandon de ces sacs à main...

— A votre avis, s'il les laisse sur place, c'est pour nous ou pour le public ?

— Pour vous. C'est marrant que les médias l'aient affublé du surnom de Tireur de sacs. Parce que c'est exactement le contraire d'un voleur de sacs. Il abandonne sa prise et il emporte tout le reste. C'est tout ce qu'il laisse après lui. Ça, et le sang.

Page regarda le ciel comme si ce dernier avait quelque chose à lui dire. Hess trouvait ça génial, la façon dont Page réussissait à donner un sens au mal. Hess rassembla les pièces et se mit à construire son propre puzzle.

— Ça serait un jeu d'enfant pour lui d'embarquer les sacs, dit Hess. Mais s'il le faisait, on serait obligés de laisser les femmes dans le fichier des personnes disparues *ad vitam aeternam*. Au sens technique du terme, il n'y aurait pas de meurtre.

— Or il a besoin que quelqu'un entende le couperet tomber. Vous.

— Il a de l'expérience, n'est-ce pas ?

— De la pratique, je dirais, mais pas nécessairement de l'expérience. Etant donné le temps et la distance qui séparent les deux disparitions, je dirais que Jillson et Kane sont ses premiers homicides véritables. Il a laissé suffisamment de temps au premier pour que ça se tasse, mais il n'a pas assez confiance en lui pour modifier sensiblement sa routine. Personne ne commence par un acte de cette envergure. On s'y prépare par degrés. Et puis il y a l'aspect logistique. La mise en œuvre. Et comme la plupart de ces maniaques-là, il n'est jamais pleinement satisfait du résultat. Il lui faut toujours faire plus, faire mieux. Plus sophistiqué, plus risqué, plus complexe. Bon, pour l'instant, donc, vous avez deux sacs entre les mains. Mais quand il recommencera, il n'est pas exclu qu'il vous fasse cadeau d'autres éléments sur lesquels vous appuyer. C'est fatal, c'est l'escalade : il lui faut prendre de plus en plus de risques. Or le risque est un stimulant majeur pour lui.

— Il va récidiver.

— Absolument. Il a kidnappé et assassiné deux femmes. Et c'est un meurtre à caractère sexuel, bien sûr. Désormais, il n'y aura pas de demi-mesure pour votre Tireur de sacs. Finis les scénarios qu'il échafaudait afin de se mettre en condition. Il est passé à la vitesse supérieure. Maintenant, il évolue dans la cour des grands. Il se peut qu'il déménage à l'autre bout du pays. Il se peut qu'il gagne à la loterie. Mais ce qui est certain, c'est qu'il n'est pas près de s'arrêter.

— Y a-t-il une chance pour qu'il les garde en vie ?

— Absolument aucune.

— Pourquoi ?

— Pour commencer, pour des raisons pratiques. Mais surtout parce qu'il les préfère mortes, Tim.

— Comment le savez-vous ?

Le docteur Page sourit, un peu honteux, sembla-t-il à Hess.

— Tim, *il les emmène avec lui*. Son fantasme n'atteint pas son apogée au cours du scénario préliminaire à base de viol et de meurtre. Il *commence* par là. Ce qui est intéressant pour cet homme, essentiel, c'est ce qui se passe après le meurtre et le viol. Dans cet ordre. Le meurtre précède le viol, j'insiste. Et pas le contraire.

Hess réfléchit.

— Vous lui donnez quel âge ?

— Vingt-cinq, trente ans. Ça laisse suffisamment de temps à sa vision pour se développer dans toute son ampleur. Et à lui le temps de mettre au point son *modus operandi*. Mais pas suffisamment pour qu'il ait à son tableau de chasse vingt ou trente cadavres de femmes. Parce que, croyez-moi, c'est vingt ou trente cadavres que vous aurez d'ici dix ans si vous ne le poissez pas vite fait. Cela dit, je pense qu'il aura quitté la région avant d'atteindre ce chiffre. Vous avez eu des éléments intéressants par l'intermédiaire de VICAP ?

— Rien d'extraordinaire. J'ai eu Lyle Hazlitt, à Washington, en début de matinée. Il y a une enquête en cours dans le Michigan. Deux femmes qu'on a retrouvées assassinées dans un chalet. Epouse et belle-mère. Ils sont à la poursuite du mari dans le sud de la Floride, pour l'instant.

— Non, non, dit Page.

— Ils ont aussi un type qui s'introduit par effraction dans les entreprises de pompes funèbres à La Nouvelle-Orléans et qui repart en emmenant des cadavres. Ils ne savent ni où ni pourquoi.

— Non, encore que ce soit un cas intéressant. Ce type de nécrophilie est extrêmement rare. La littérature est pratiquement inexistante sur le sujet.

— Peut-être qu'il kidnappe les cadavres dans l'espoir d'obtenir une rançon. Peut-être qu'il attend que les esprits soient calmés avant d'appeler les familles.

Page sourit.

— Vous avez vraiment des idées alambiquées, parfois.

Ils éclatèrent de rire.

— J'aimerais bien m'entretenir avec ce type, Tim.

— Et moi, je donnerais cher pour le coincer.

Avec un hochement de tête, Page se remit à examiner les photos.

— Il est persuadé que les femmes le trouvent repoussant, immonde ; c'est pour ça qu'il les agresse. Mais s'il était vraiment si hideux que ça, quelqu'un l'aurait remarqué et se souviendrait de l'avoir vu traîner ses guêtres dans les centres commerciaux. Non, il se considère comme indigne d'attirer l'attention d'une femme vivante. Il embarque la femme. Un cadavre, ça peut se réutiliser, Tim. Il faut vous mettre en quête d'un congélateur à proximité de l'endroit où il habite. Il n'est pas impossible qu'il les ait découpées en morceaux pour les mettre au frigo, mais rien n'est moins sûr. Après tout, on n'a retrouvé aucun lambeau de chair, aucun fragment d'os. Et dans les bois, je vois mal comment il peut se servir d'une scie électrique. Non, je crois que les cadavres sont restés entiers. La formaline qu'on a retrouvée dans le sol me fait penser à un embaumement ou à des soins de conservation. Je vois d'ailleurs d'après vos notes que vous avez vous-même envisagé cette hypothèse. La question est de savoir pourquoi il se trimballe avec du liquide d'embaumement, des aiguilles, etc., s'il peut faire tout ça chez lui plus tard. Il prend des risques énormes, à faire ça près de l'Ortega...

— Pour des raisons d'efficacité, peut-être. Il les vide de leur sang, il les emplit de liquide, et voilà, le tour est joué.

— Possible. Comme ça, il n'a rien à nettoyer au jet. C'est intéressant, ce souci de la propreté. Il les suspend tête en bas, il les saigne comme des cerfs. Ça, c'est une piste que vous pouvez exploiter, si vous voulez.

— Bien sûr, que je le veux !

— Elle est trop évidente pour qu'on l'ignore. Votre homme pourrait être un chasseur. Quelqu'un qui sait comment dépouiller, préparer les animaux sur place après les avoir tirés. Un homme de plein air. Peut-être un boucher ou un employé travaillant à l'abattoir. En tout cas quelqu'un qui a des rudiments de biologie, et un don pour la mécanique. N'oubliez pas qu'il s'introduit dans les voitures sans déclencher les alarmes, ce n'est pas évident. Il vous faudra préciser dans son profil qu'il a des connaissances en électronique. Il faut également qu'il soit drôlement costaud pour les hisser comme ça avec la corde. Je dirais qu'il est blanc, bien sûr. Mais ça, inutile de le préciser. Comment croyez-vous qu'il neutralise ses victimes ?

— Aucune idée.

— Peut-être qu'il les étrangle comme ça, tout de suite, dans la voiture. Les parkings sont sombres. S'il est baraqué, ça ne doit pas prendre longtemps.

— Exact. Mais vous ne pensez pas qu'il chercherait à éviter de les marquer autant que possible ?

— Très juste. Il faut qu'elles soient aussi impeccables que des primeurs de chez Whole Foods...

— Et s'il peut les entraîner dans les bois de leur plein gré, tant mieux, ça lui épargne bien des efforts, fit Hess.

Ces derniers temps, il avait une conscience aiguë de ce que c'était que d'être fatigué et de devoir s'économiser. Il avait du mal à s'imaginer transportant un corps, ne serait-ce que sur cent mètres de distance, du chemin de terre au bouquet de chênes. Et plus de mal encore à s'imaginer le hissant à l'aide d'une corde.

Tâche donc d'enquêter auprès des magasins de fournitures pour la chasse et le camping, se dit-il, essaie de voir quels nouveaux gadgets on peut trouver pour suspendre une carcasse de grand gibier.

— Evidemment, ajouta le docteur Page, il lui faut conduire un véhicule suffisamment vaste pour transporter un corps. Dans le coffre, vraisemblablement. Je le verrais bien au volant d'une fourgonnette, d'un van ou d'un pick-up avec un camping-car.

— Physiquement, il est comment, à votre avis ?

— Musclé, mais plutôt compact. Pas question pour lui de planquer derrière le siège du conducteur s'il est trop costaud. Notez toutefois qu'il a choisi de s'attaquer à des voitures extrêmement spacieuses.

— Qu'est-ce que je peux utiliser d'autre dans les paramètres ? L'empreinte partielle, c'est tout ce que nous avons, en vérité. Je vais l'envoyer à CAL-ID.

Page hocha brièvement la tête, croisa les doigts sous le menton et ferma les yeux. Le soleil, à travers la treille, dessinait des petits rectangles sur son visage. Hess vit les feuilles se balancer doucement sous la brise, comme opinant du chef. Entre les coudes du médecin, on distinguait des clichés — terre imprégnée du sang d'une femme — et les mots prononcés par un jeune homme qui travaillait au rayon chaussures d'un grand magasin. « Quand quelqu'un d'aussi beau vous sourit, vous vous en souvenez. En tout cas, moi, ça m'a marqué... »

— Tim, un homme qui a atteint un tel niveau de spécialisation doit avoir un long parcours derrière lui. Essayez de voir s'il n'y a pas trace d'échec scolaire, d'école buissonnière, d'exhibitionnisme, de voyeurisme, de vol avec effraction de sous-vêtements ou d'autres articles susceptibles d'intéresser des fétichistes. Tâchez de voir si nous n'avons pas affaire à un masturbateur, un urineur ou un défécateur sur la voie publique. Vérifiez s'il ne serait pas pyromane. S'il a le casier que je le soupçonne d'avoir, tâchez de voir s'il n'y a pas d'antécédents de délits ou de crimes à connotation sexuelle. Aussi éloignés soient-ils de ceux que nous avons à traiter aujourd'hui. Car n'oubliez pas qu'il a grandi, qu'il a changé. Cherchez tous azimuts, ne négligez aucune piste. Faites l'économie de la pédophilie, toutefois. La pédophilie, ça n'est pas son truc. Je suis sûr que vous l'avez déjà croisé sur votre route. Quand je dis « vous », je veux dire la police. Son goût du risque finira par le perdre. Il se sentira obligé de vous donner toujours davantage d'éléments. Et n'imaginez surtout pas que vos indices et vos ex-taulards vont pouvoir vous aider sur ce coup-là. Le Tireur de sacs n'a parlé à personne de ses exploits. C'est pour ça qu'il lui faut vous en parler à vous. C'est pour ça qu'il a laissé les sacs sur place.

Le docteur Page posa ses mains sur la table. Ses doigts le trahissaient, révélant ses soixante-dix ans, tandis que son visage n'accusait pas plus d'une petite cinquantaine. Il contemplait les photos toujours posées devant lui.

— Personne n'a aperçu ce type, vous dites ? Pas un seul témoin oculaire dans les centres commerciaux ? Personne n'a été remarqué rôdant autour des voitures, les examinant, bref ayant un comportement suspect ?

— Nous avons peut-être un témoin, dit Hess après réflexion. Rayborn l'a fait hypnotiser en présence de la dessinatrice de la police, mais je n'ai pas encore vu les résultats.

— Si ç'a été fait sous hypnose, considérez que vous n'avez pas de témoin au tribunal.

— Je sais. Dalton, vous pensez que le Tireur de sacs va essayer de s'approcher des enquêteurs ?

— J'en doute. Il n'est pas naïf à ce point-là. Je le vois plutôt vous envoyant un fragment de corps par express ou par UPS.

— Un fragment qu'il aurait prélevé à l'intérieur du corps de sa victime ?

— C'est exact. A l'intérieur. Pas question pour lui de l'esquinter.

12

Elle était furieuse à l'idée de devoir jouer les potiches aguicheuses devant un violeur mais elle savait que Hess avait raison : si Izma la trouvait à son goût, il y avait une chance qu'il parle, histoire de lui en mettre plein la vue.

Hess s'en alla trouver le directeur de l'établissement tandis que dans le hall Merci lisait le règlement intérieur de l'hôtel La Paloma.

Premièrement : pas de chèques.
Deuxièmement : pas de visites nocturnes.
Troisièmement : pas de musique bruyante après dix heures du soir.
Quatrièmement : pas de plaque chauffante.
Cinquièmement : pas de démarcheurs.
Sixièmement : ne croyez pas qu'on plaisante !

— 307, fit Hess.

— Comment se fait-il que je n'aie pas vu son nom sur les listes SONAR ?

— Il n'est pas considéré comme un délinquant à haut risque.

— Ah bon, c'est un violeur, un kidnappeur de femmes, mais il ne leur fait pas courir de « hauts » risques ? !

— C'est ce qu'ils disent.

Ils prirent l'escalier jusqu'au troisième étage et

longèrent le couloir. Merci effleura de la main le revolver plaqué contre sa cage thoracique, tel un catholique touchant sa médaille de saint Christophe. C'était pour se porter chance, mais pas seulement. Ses derniers résultats étaient les meilleurs qu'elle ait obtenus en quinze ans et elle se classait quinzième du département, un département qui comptait un nombre impressionnant de tireurs d'élite.

Merci n'avait dégainé qu'une fois dans sa vie et elle n'avait pas eu à tirer ; mais elle s'était tenue prête et si elle avait tiré, elle n'aurait certainement pas raté sa cible. Elle avait bien aimé ce qu'elle avait dit au tordu qui l'avait obligée à défourailler, un truc spontané qui lui était sorti comme ça et qui avait vachement bien marché sur ce gars-là : « Eh Jack, ça te dirait d'être un autre connard mort ? »

Ouais, ça avait marché. Elle avait eu de la chance, elle avait eu la paix.

Avant qu'ils atteignent la porte, Hess fit :

— Laissez-moi manœuvrer. Je connais un peu ce spécimen.

— Moi je reste plantée là, et je fais la belle, c'est ça ?

Hess s'arrêta devant le 307 et pivota vers elle.

— Vaudrait mieux que vous vous asseyiez. Les femmes, il les aime petites et sans défense.

— Je mesure un mètre quatre-vingts...

— Et lui deux mètres.

Lorsque Ed Izma ouvrit la porte, le cœur de Merci se mit à battre plus fort avant de retrouver son rythme normal. C'était en partie à cause de la taille de cet homme dont la tête touchait presque le chambranle. Elle se pencha en arrière pensivement pour l'examiner. Elle sentait sa main droite qui bougeait sous sa veste contre son gré, elle s'efforça de se contrôler, de ne pas remuer. Il n'était pas laid du tout, cet homme. En fait, son visage avait des lignes intéressantes et ses yeux étaient d'un gris placide, absolument pas menaçants. Il souriait, découvrant des dents grandes et régulières. Merci trouva sa tête petite.

— Désolé de vous surprendre, dit-il. C'est sympa d'être venue jusqu'ici. Je m'appelle Ed.

Il lui tendit la main. Merci la prit et comprit instantanément qu'il la tenait maintenant, qu'il pourrait sans peine la forcer à aller dans la direction qu'il souhaitait, l'entraîner d'un coup sec dans la chambre, la balancer par la fenêtre du troisième étage si l'envie lui en prenait. Ses yeux, ses couilles étaient vraiment hors de portée. Elle se dit qu'elle n'aurait certainement ni le temps ni la force de les lui esquinter.

— Sergent Rayborn, département du shérif du comté d'Orange.

Il lui sourit de toute sa hauteur et lui relâcha la main. Ses yeux pétillaient.

— Vous savez, Hess, j'ai pas commis un seul crime grave au cours des trente-cinq dernières années. En fait, je n'ai commis qu'un seul crime grave dans toute ma vie.

— Mais là, vous aviez mis le paquet.

Merci, qui était maintenant au centre de la pièce, se tourna vers la gauche et vit qu'Ed Izma la dévisageait sans vergogne. Hess lui avait expliqué qu'Izma avait violé sa victime une bonne douzaine de fois au cours des vingt-quatre heures pendant lesquelles il l'avait séquestrée. C'était le froid du congélateur qui avait permis à la kidnappée de rester en vie, le froid et le fait qu'Izma ne cessait de l'y faire entrer et de l'en faire sortir... Heureusement, il l'avait mise dans un appareil défectueux dont le couvercle fermait mal. On avait dû lui faire une transfusion lorsqu'on l'avait emmenée en urgence à l'hôpital.

— D'après les critères d'aujourd'hui ? Je ne pense pas. De toute façon, je n'ai jamais recommencé.

— Pas à notre connaissance du moins, rectifia Hess.

Merci prit soudain conscience de toutes sortes de choses : chaleur de la pièce, touffeur de l'air, ventilateur ronflant sur sa droite ; Hess et Izma à sa gauche, deux cents kilos et plus de chair mâle antagoniste. Un grand lit occupait presque toute la pièce. Ce lit était fait. Elle eut l'impression de regarder les choses à travers un voile de brouillard. Ça lui faisait tourner la tête. Derrière, une autre pièce : une salle de bains ou une chambre. Trop petite pour un lit ? Elle sentait qu'on la fixait. Est-ce que dans la pièce ça ne sentait pas le parfum d'ambiance et le sperme ? Et l'air, y en avait-il seulement ici ?

— Je vous offre à boire, Merci ?

— De l'eau. De la glace, si vous en avez.

— Désolé, je n'ai ni l'un ni l'autre.

— Qu'est-ce que vous avez ?

— En fait, rien.

— Merci, sac à merde.

— Je n'aime vraiment pas les femmes qui parlent de façon ordurière.

— Elle se fiche pas mal de ce que vous aimez ou non, Ed. Elle n'a pas l'intention de sortir avec vous, sachez-le.

Merci, qui respirait bien à fond, surprit un éclair de méchanceté et d'orgueil dans les yeux d'Ed Izma.

— Pourtant, quelque chose me dit que vous êtes venu avec elle pour m'appâter, non ?

— C'est ma coéquipière.

— Dans ce cas, vous êtes verni, mon vieux. Asseyez-vous, je vous en prie. J'ai essuyé les chaises exprès pour vous.

Des sièges de jardin en plastique blanc. Merci les fixa, se demandant ce que le géant avait cru bon de faire disparaître.

Izma se rendit d'un pas lourd dans l'autre pièce, elle entendit l'air siffler puis de l'eau qui coulait. Un retors, ce gaillard, songea-t-elle. Il portait un maillot de corps blanc et un short très moulant, vraisemblablement un maillot de bain, qui le faisaient paraître encore plus grand qu'il n'était. Le maillot de bain était jaune avec des bandes blanches. Il avait des jambes comme des troncs, pâles et lisses, avec çà et là une touffe de poils noirs. Ses pieds paraissaient énormes, il portait des tongs en caoutchouc bon marché, de celles qui font *clic clac* quand on marche.

Merci sentit se hérisser ses cheveux sur sa nuque.

Chance, paix.

Elle prit une profonde inspiration, suivie d'une autre.

Hess était assis loin d'elle, près du vaste lit qui était poussé contre le mur. Il regardait le lit. Il avait les jambes croisées et les mains nouées autour d'un genou. Pour la première fois, Merci vit en lui un homme calme et fort, un homme avec lequel il ne devait pas faire bon plaisanter, et elle fut très heureuse de le voir sous cet angle. Il la fixait sans mot dire.

Elle se sentait prise au piège dans cette pièce glauque. Ses paumes étaient encore moites, mais elle sentait sa raison lui revenir. Le regard rectiligne de Hess, un regard qui ne flanchait pas, l'aidait. Elle hocha la tête, observa ce qui l'entourait. Des marques sur la moquette. Sans doute y avait-il eu là un téléviseur ou alors une petite table de nuit, ou encore un meuble. Les traces étaient plus jaunes que la moquette car le soleil ne les avait pas décolorées.

Qu'y avait-il avant à cet endroit-là ? Pourquoi Izma avait-il déplacé le meuble ?

La lumière s'assombrit tandis qu'un corps apparaissait dans l'encadrement de la porte et s'avançait vers elle avec un verre d'eau glacée.

— Je plaisantais, dit-il. Pour l'eau.

— Je suis morte de rire, fit-elle en prenant le verre.

Gloussant tout doucement, il s'éloigna et s'assit au pied du lit.

Puis, rejetant la tête en arrière et creusant le dos, il posa ses mains sur le lit et se mit à avancer sur le couvre-pied à reculons en marchant sur les mains et les pieds, jambes largement écartées, bassin haut levé. Ses couilles jaillirent de la doublure réticulée de son caleçon de bain et il lui sourit par-dessus son entrejambe, telle une monstrueuse araignée qui serait tombée, les pattes en l'air.

La manœuvre ne lui prit pas trois secondes. En trente-quatre ans, Merci Rayborn n'avait jamais rien vu d'aussi dégoûtant. Impossible de savoir si Hess avait eu droit au spectacle, lui aussi, car elle refusa de regarder ailleurs que dans les yeux gris d'Ed Izma.

— Et maintenant, qu'est-ce que je peux faire pour les forces de l'ordre ?

Il s'était assis contre le mur, jambes croisées sur le matelas, dos calé par les oreillers. Ses mains reposaient mollement sur ses genoux et Merci constata qu'il pouvait écarter l'élastique de son maillot et s'exhiber devant elle comme ça lui chantait.

Elle jeta un coup d'œil à Hess comme pour lui demander d'intervenir. Mais il la regardait déjà, avec sur le visage un air d'avertissement.

Allez vous faire mettre tous les deux, songea-t-elle.

— Voilà le topo, Ed. On a affaire à un type qui a déjà embarqué deux femmes. Il les planque quelque part chez lui sur de la glace ou alors il les conserve dans une chambre froide, on sait pas très bien.

— Comment ça ? fit Izma en inclinant la tête vers Hess.

— On sait pas encore. Mais on a retrouvé des produits chimiques.

— Ah, il s'agit des femmes de l'Ortega Highway. Des jolies petites poulettes, d'après la télé.

— Des femmes bien, Ed.

Izma ne souffla mot. Merci considéra sa petite tête immobile et se demanda ce qui se passait entre ses deux oreilles. Puis il la fixa. Elle se rendit compte qu'il faisait quelque chose avec ses mains mais ne voulut pas lui donner la satisfaction de découvrir quoi.

— Ed, laissez vos mains tranquilles à côté de vous.

Première fois qu'elle entendait Hess parler sur ce ton. Menaçant. Une menace qu'elle aurait prise au sérieux. Mais proférée d'une voix calme. Izma le fixa.

— Mais je...

— Laissez vos mains tranquilles ou vous allez le regretter.

Les grands bras retombèrent sur le lit.

— Voilà, voilà...

Le géant poussa un soupir. Sa tête pivota, il décocha à Merci un regard de mépris.

— Laissez-les où elles sont, Izma, dit Hess d'une voix pleine de violence contenue.

Merci aurait bien aimé pouvoir s'exprimer de cette façon sur ce ton, même si sa réplique, le « Hé, Jack », avait marché à la perfection.

— Donc, Ed, poursuivit Hess, on s'est mis à cogiter à propos de ce gars qui sévit près d'Ortega. Il a l'air d'aimer les femmes. Comme vous. Il les garde près de lui. Comme vous. Il fait le maximum pour qu'elles restent présentables. Comme vous. Alors je me suis dit que vous devriez pouvoir nous apprendre des choses à son sujet. Ed est un type intelligent, je me suis dit. Peut-être qu'il comprend ce mec-là, et qu'il peut nous aider à le comprendre.

Izma soupira et parut se détendre. Du matelas, ses mains revinrent se poser sur ses genoux. Il les regarda puis les reposa sur le couvre-lit. Il dévisagea Merci puis Hess.

— La différence entre nous, c'est que lui, il est pas assez couillu pour s'occuper d'elles de leur vivant. C'est pas comme moi. Moi, j'ai toujours voulu que Lorraine soit vivante. Vivante et heureuse. Mais j'avais besoin d'elle, sexuellement, en permanence. J'étais un mec plutôt viril à l'époque.

— Elle était venue frapper à votre porte pour vendre quoi, Lorraine, déjà ?

— Des couteaux Trimco. « Je m'appelle Lorraine Dulak et je travaille chez Trimco », c'est comme ça qu'elle s'est présentée. Parfois, allez savoir pourquoi, un mec entend un truc et il se dit que ça y est, que c'est la bonne. Je suis sûr que vous voyez ce que je veux dire. J'ai pas pu faire autrement que de l'inviter à entrer. Le district attorney n'a pas cru un instant que je pouvais aimer une femme que je ne connaissais que depuis deux minutes. Je suis pas d'accord, je veux dire, regardez ce qui s'est passé. On fait pas un truc comme ça à une femme qu'on n'aime pas.

Merci baissa la tête et de nouveau se demanda ce qui avait laissé ces marques sur la moquette, et pourquoi Ed Izma avait retiré le meuble de là où il était précédemment. Tout en regardant par terre, elle avait conscience qu'Izma ne la perdait pas de vue. Elle détestait se sentir prisonnière des pensées de quelqu'un d'autre, surtout de quelqu'un qui était aussi ignoble et aussi près d'elle. C'était comme s'il la tringlait en imagination.

La voix de Hess vint à sa rescousse :

— Très bien, ce mec n'est pas assez viril pour s'occuper d'elles de leur vivant. Je crois que vous avez raison. Mais ensuite ?

— Il veut qu'elles aient l'apparence de la vie. Alors peut-être qu'il les met au congélateur. Pas en petits morceaux. Entières. Un mec qui découperait une femme en morceaux pour la congeler n'est pas un homme.

— Pourquoi les garder ? Pourquoi ne pas s'en servir et s'en débarrasser ensuite ?

— Parce que ce serait exactement comme les laisser s'enfuir. Il s'agit d'amour, là, Hess, pas seulement de sexe. Il les aime vraiment. C'est pour ça qu'il veut être avec elles. Son truc, c'est de garder la femme qu'il aime, de l'empêcher de se sauver. Parce que, faut être clair, les mecs comme nous, c'est avant tout des grands sentimentaux.

Merci sentit sa gorge se serrer, son estomac se soulever.

— Un dégueulasse, c'est ça que vous êtes, oui, dit-elle.

De nouveau, la voix dure de Hess :

— Regardez-moi, Izma, pas elle. Qu'est-ce qui l'intéresse, chez elles ? Pourquoi embarquer celle-ci plutôt que celle-là ?

— Ce qui l'intéresse ? C'est ce à quoi il aspire. Les aspirations sont différentes selon les individus. J'ai remarqué leurs visages à la télé. C'étaient toutes deux de très jolies femmes.

— Mais quoi d'autre ? Qu'est-ce qui fait qu'il a envie de jeter son dévolu sur telle ou telle ?

— Elles étaient toutes les deux extrêmement sophistiquées. Elles avaient des visages intelligents. Moi, quand je vois une femme intelligente, qui a de l'éducation, avec ce genre de regard, j'ai envie de lui défoncer la tronche. Je préfère les femmes modestes. Qui travaillent de leurs mains. Les femmes nature, à condition qu'elles aient une jolie petite gueule. Les femmes d'ouvriers, les femmes de paysans, comme Lorraine ou Merci...

Elle rendit son regard à Ed Izma.

Merci vit le bas-ventre du géant osciller. Ses mains étaient toujours sur le lit. Sa tête petite et distante ressemblait à une télécommande abandonnée sur un dessus de téléviseur.

Hess se leva.

— Je vais lui montrer ce qu'il y a dans votre placard, Ed.

— N'y touchez pas, s'il vous plaît.

Merci sentit le sang lui refluer de la tête tandis qu'elle se levait.

— Garde tes mains dans ton calecif, fumier, je reviens tout de suite.

Elle suivit Hess dans la pièce du fond.

Hess lui désigna le placard ouvert. Dans un premier temps, Merci sursauta puis elle devint glacée. Elles étaient cinq, à l'intérieur, appuyées debout contre le mur du placard, qui la regardaient.

— C'est ça, les marques sur la moquette. Les marques que vous examiniez tout à l'heure. Il avait un certain nombre de ces dulcinées chez lui lorsqu'il a embarqué Lorraine Dulak.

Quatre des mannequins étaient habillés, l'un comme

une ouvrière du bâtiment, l'un comme une préposée de la poste, l'autre comme un mécanicien ou un plombier, l'autre encore comme une fliquesse. Le cinquième mannequin portait une jolie petite jupe et avait une abondante crinière noire qui rappela à Merci la sienne. Il tenait un bristol à la main. Merci se pencha et lut : *Lorraine Dulak, Trimco*. Les socles sur lesquels reposaient les mannequins étaient carrés.

— J'aurais dû lui dégueuler dessus quand je suis entrée...

— Je suis sûr que c'est lui qui les coiffe et les maquille. Il doit les changer, leur acheter des vêtements de rechange. Je ne sais pas pourquoi il a voulu nous les cacher. Il croyait peut-être que je l'envierais ou que vous seriez jalouse...

Elle vit le petit sourire sans joie de Hess et secoua la tête.

— Barrons-nous d'ici, Hess. Qu'est-ce qu'il nous a appris, en fin de compte ?

— Il ne comprend pas suffisamment lui-même ce qui se passe pour nous aider. Enfin... Je croyais qu'on réussirait à détecter quelque chose chez lui qui nous mettrait sur une piste.

— Et alors, le résultat ?

— Je crois que le Tireur de sacs aimait Janet Kane et Lael Jillson de la même façon qu'Ed Izma aimait Lorraine. Je crois que le Tireur de sacs est un collectionneur. Il les collectionne comme Izma les mannequins et les photos de mannequins. Son truc, c'est qu'il veut empêcher celles qu'il aime de s'enfuir.

— Ça me donne envie de vomir.

— Pourquoi ?

— Parce que c'est un mensonge, bon Dieu ! Et que j'en ai par-dessus la tête des tordus qui essaient de justifier ce qu'ils font au nom de l'amour.

— Peu importe le nom qu'ils donnent à leurs actes.

Pour nous, c'est un mensonge. Mais pour des mecs comme Izma et le Tireur de sacs, c'est la vérité.

— Qu'ils aillent se faire foutre, les mecs comme Izma et le Tireur de sacs. Vous avez passé une heure avec ce dingo pour trouver quoi ? pour trouver ça ?

— Ça en valait la peine. Et puis c'est pas une heure qu'on est restés chez lui, mais trente-deux minutes. J'ai appris quelque chose concernant notre homme et vous, vous avez eu l'occasion de comprendre un truc que vous ne pigez pas encore.

— Ah ouais, et quoi ?

— Que les autres ne pensent pas nécessairement comme vous. Il vous faut donc apprendre à penser comme eux. Ils ne sentent pas les choses comme vous. C'est pourquoi vous devez faire preuve d'empathie à leur égard. Ils ne se comportent pas comme vous, c'est pourquoi vous devez essayer de vous faire une idée de ce qu'ils vont faire. C'est valable aussi bien pour les dingos, parce que ça vous permet de les serrer, que pour le reste de l'humanité...

— Et si je décide de ne pas m'y mettre, à l'empathie ?

— Dans ce cas, vous n'avez aucune chance de devenir shérif avant soixante ans...

Une sorte de rage la prit.

— Cinquante-huit ans. C'est à cinquante-huit ans que je veux être shérif et j'ai pas envie de plaisanter avec ça.

— Je ne plaisante pas. Vous pourriez très bien vous en sortir à condition de savoir que la seule personne au monde qui pense comme vous, c'est vous. Pour être un bon chasseur, il faut savoir se mettre au diapason de sa proie. C'est comme ça qu'on trouve les gens dont on a besoin. Les tordus ou les maris, c'est comme ça qu'on les trouve.

— Je veux pas de mari ! Et vous avez mal choisi le moment pour me faire un sermon sur les sentiments.

— C'était important.

— J'en suis pas convaincue. Et maintenant, bordel, on

peut sortir d'ici ? J'en ai ma claque. Si je reste encore deux minutes avec ce monsieur qui pense et se conduit différemment de moi, je vais dégainer mon stylet chinois, lui trancher sa petite tête de nœud et la balancer dans les chiottes. Vous me comprenez ? Vous comprenez ce que je ressens, moi, là ?

Il referma la porte du placard.

— Je vous avoue que je ne me sens pas au mieux moi-même.

13

Cet après-midi-là, après le boulot, Tim Hess eut droit à sa première séance de radiothérapie. L'atmosphère étouffante de l'appartement d'Ed Izma lui pesait encore tandis qu'il était allongé sur la table pour permettre au technicien d'orienter l'appareil vers sa cage thoracique. Hess se demanda si les rayons étaient capables de tuer la maladie qui rongeait l'âme d'Izma. Les médecins avaient expliqué à Hess que le traitement devait « nettoyer » les petits carcinomes qui risquaient de se trouver dans son système lymphatique. S'ils en avaient découvert pendant l'opération, ils l'auraient recousu et ils lui auraient donné six mois à vivre. Ils n'avaient rien découvert de tel. Mais les rayons restaient néanmoins très conseillés dans son cas.

Le traitement — indolore — devait prendre environ trente secondes. Toutefois, le manipulateur radio expliqua à Hess que les effets secondaires — grande fatigue, chute de cheveux, perte de l'appétit, insomnie, désordres gastro-intestinaux — iraient en s'intensifiant avec le temps, et qu'il se sentirait nettement plus mal en point au bout de six semaines de traitement que maintenant.

— Si vous ne me tuez pas, plaisanta Hess, je vois mal comment un petit cancer de rien du tout réussirait à avoir ma peau.

Le radiologue sourit avec sérénité.

— On fait tout ce qu'on peut, inspecteur.

Pour me tuer ou pour me sauver ? songea Hess tandis qu'il retraversait la salle d'attente.

De retour chez lui, il appela Barbara, certain d'avoir des choses à lui dire mais ne sachant trop quoi.

— Comment ça va, Tim ?

— Je me sens fort.

— Vraiment ? Ou est-ce que tu fais semblant ?

— Ça ne s'est pas trop mal passé. Merci pour ton mot et les fleurs.

— Je me sentais tellement démunie, je ne savais que faire.

— Ne va pas t'imaginer que je t'ai appelée parce que je me sentais patraque.

Une vie passée à picoler et fumer : ça avait fait des dégâts sur Hess après l'intervention chirurgicale. Crise de delirium tremens, symptômes de manque consécutifs à l'arrêt du tabac et à la privation de nicotine. Au total, trois jours de paranoïa dont il n'avait pas gardé souvenance mais qu'il avait reconstitués après coup grâce au récit des médecins, des infirmières et de ses amis. A un moment donné, il s'était même sauvé du service, arrachant intraveineuses et cathéters dans sa course folle vers la liberté. Il n'avait pas fallu moins de trois aides-soignants pour le ramener de force sur son lit.

A l'autre bout du fil, il l'entendit reprendre son souffle, non sans difficulté.

— J'étais tellement inquiète...

— Voyons Barb, arrête, fit-il gentiment.

— C'est plus fort que moi, Tim, je suis sentimentale en ce qui te concerne. Je sais que c'est ridicule, mais je peux pas te parler sans avoir l'impression d'avoir de nouveau seize ans. C'est peut-être idiot, mais n'empêche que c'est vrai. Tu sais ce qu'on dit au sujet du premier amour et tout ça. J'ai l'impression de l'avoir laissé s'envoler.

— On avait à suivre des chemins différents, Barbara. Chacun de nous a suivi le sien.

— Oui, sans doute.

Il se la représentait telle qu'elle était lorsqu'ils s'étaient rencontrés. Pétillante et jolie, avec un sourire capable de durer des décennies. Et les pieds bien sur terre.

— Je voulais juste te dire que j'allais bien. Qu'il fallait pas que tu te fasses de la bile. Parce que, tu sais, tu entends des bruits, les rumeurs commencent à circuler...

Il y eut un long silence que Hess se sentit obligé de rompre :

— A dire vrai, j'ai pensé à des trucs auxquels j'avais jamais réfléchi auparavant. Tu vois, par exemple, j'ai déjà quarante ans d'ancienneté dans la police, et jamais j'ai pensé à la mort. Jamais vraiment. Pourtant, Dieu sait qu'on m'a pointé des armes dessus, qu'on a essayé de me planter et que des menaces j'en ai reçu en veux-tu en voilà de tous les tordus que j'ai pu arrêter. Et puis un beau jour je passe un scanner de routine lors d'une visite médicale et voilà qu'on me découvre une tache sur le poumon de la taille d'une pièce de monnaie. Alors là, ça m'a foutu les jetons. J'ai balisé, crois-moi. J'ai beau avoir autant de chance qu'un autre, Barb, je peux me retrouver dans le trou du jour au lendemain. Enfin, si jamais ça arrive, je voudrais que tu saches un truc : de tous les gens que j'ai connus, eh ben, c'est toi la meilleure. Tu es le meilleur être humain que j'aie rencontré sur cette terre. Note bien que dans le business que je fais, je risque pas d'en rencontrer beaucoup de sympas. Enfin, tu comprends ce que je veux dire.

— Oh Tim...

Il eut l'impression de voir, tels des diamants, les larmes briller dans les yeux sombres de Barbara.

— Si tu as besoin de réconfort, d'un peu de tendresse, Tim, n'hésite pas, viens. Tu me connais, j'ai toujours adoré cuisiner. Je consacre beaucoup de temps à mes enfants et petits-enfants, c'est vrai. Mais il m'arrive aussi d'être seule. Je ne serais pas fâchée d'avoir de la compagnie.

— T'inquiète pas, un de ces jours je te prendrai au mot.

— Oh non, tu ne le feras pas. J'ai beaucoup réfléchi à tout ça, Tim, après notre divorce, à la raison pour laquelle c'était arrivé, et tu veux savoir la réponse ? Je crois que tu as toujours eu peur de mettre la pédale douce. Au lycée déjà, t'avais peur de pas prendre assez de cours. Dans ton boulot, peur de pas faire assez d'heures et de te retrouver en tête à tête avec toi-même ou avec moi. Et t'es encore comme ça, maintenant. T'as encore la trouille de rater quelque chose en ralentissant la cadence.

— J'ai peur, si je ralentis, de mourir.

— C'est pas comme ça que je l'entendais.

— Mais tu as parfaitement raison.

— Tu sais, Tim, si tu ralentis, tu seras plus heureux. Tu comprendras mieux ce qui se passe. Les gens compteront davantage pour toi, et toi pour eux. C'est pas si difficile, il s'agit juste de se poser, de rester un peu tranquille. D'être soi. D'*être*, tout simplement.

— C'est un défaut de mon caractère, Barb.

— Tu sais ce qu'on dit à propos de l'odeur des roses, de celle du café ? Si j'étais toi, j'en ferais moins et je humerais le parfum de l'océan sur ma peau quand je chevauche ces vagues effrayantes, près du Wedge. Tu joues encore à ça ?

— L'été dernier, ça m'est arrivé. Mais pas depuis que j'ai été opéré.

— Je me souviens de l'époque où tu aimais ces vagues presque autant que moi. Et aussi de celle où tu me les préférais.

Malgré son optimisme et son refus de considérer certaines zones d'ombre, Barbara ne manquait pas de lucidité.

— Peut-être que ça te donnerait envie de dételer un peu, de reprendre quelques vagues.

Elle souffla dans son mouchoir. Hess se souvint qu'il la taquinait à propos de sa manie de pleurer pour un oui ou pour un non. Rediffusion de classiques à la télé, spots publicitaires, articles de journaux. Il avait même un jour trouvé agaçant que Barbara ait le cœur de pleurer à propos de choses que lui-même tournait en dérision. Lui, le flicard coriace, l'homme qui faisait respecter la loi, le prince des banlieues, le policier au revolver d'acier. Quel imbécile j'ai été, songea-t-il, et combien de fois... Et que suis-je maintenant, si ce n'est un vieil homme creux que l'on emplit de poison dans l'espoir insensé que ce dernier va pouvoir lui sauver la vie...

— Si tu as besoin de moi, Tim, je suis là.

Il eut l'impression que son cœur était secoué par une énorme tempête. Il ne réussit qu'à lui dire merci.

Il s'efforça de croire ce qu'elle lui avait dit. Ce soir-là, planté sur le sable près du Wedge, il regardait ses vagues aux allures de montagnes se masser sur les rochers, se précipiter vers le rivage et se fracasser dans un bouillonnement d'écume semblable au souffle d'un dragon. Çà et là autour de lui, Hess reconnut des visages au milieu de la foule. Des gosses pour la plupart, des gens qui avaient aujourd'hui l'âge que lui-même avait lorsqu'il avait pour la première fois bravé le ressac imprévisible.

Le soir était tombé et avec lui l'humidité ; la brise était faible, la surface de l'eau, lisse. Les curieux s'étaient attroupés sur le sable. Beaucoup d'appareils photo sur des trépieds, d'énormes téléobjectifs. Quand l'océan était gros comme ça, les vagues vomissaient suffisamment d'écume pour qu'une brume salée se forme au-dessus de l'eau et de la plage. L'embarcation des sauveteurs et maîtres nageurs oscillait à l'orée des brisants. Hess aperçut une nouvelle série de vagues qui se formaient sur les rochers distants et songea que le bateau était ancré dans un endroit relativement dangereux. Ils faisaient gaffe avec le Wedge, c'était un coin où un accident était vite arrivé. Hess se demanda ce qui les avait conduits là ce soir.

L'eau étonnamment tiède lui léchait les chevilles alors qu'il attendait une accalmie dans les vagues. Il avait conscience que les gens le regardaient parce qu'il était vieux. Ou peut-être aussi à cause de sa cicatrice. Lorsque la dernière vague se fut brisée, Hess entra dans l'eau à reculons, jusqu'aux genoux, puis plongea et se laissa porter.

C'était tellement impressionnant — alors qu'on était si près de la plage — de sentir des vagues de trois mètres de haut vous happer et vous précipiter vers la côte. Se trouver au sommet de l'une des vagues, c'était dangereux, ça foutait les jetons, jusqu'au moment où la vitesse prenait le relais de la peur. On était vite recouvert par des tonnes d'eau et le but, le seul, c'était de sortir du bouillon avant de se faire fracasser la nuque sur le fond. Hess ignorait combien de cous, de dos et d'épaules le Wedge avait brisés, mais il savait que le chiffre était loin d'être négligeable.

Il y avait cinq personnes dans l'eau autour de Hess. Toutes prirent en même temps la direction du large à la nage. Un flot d'adrénaline le traversa tandis qu'il les suivait. Il sentit ses jambes se tendre, s'allonger, le poids des grosses palmes sur ses pieds, les mouvements de battement de ses bras. Un an, déjà.

La première vague s'éleva, dessinant un pic, et Hess vit un gamin efflanqué se précipiter telle une puce d'eau pour la prendre. Hess plongea sous le rouleau et sentit la traction frénétique sur ses palmes.

Un jeune homme bien découplé que Hess connaissait de vue attrapa le second rouleau, mais une fraction de seconde trop tard, trop près du sommet. Le « tube » s'effondra sur lui tel un immeuble soufflé par une charge de dynamite. Hess se demanda si son poumon intact et son autre tiers de poumon lui permettraient de tenter la manœuvre. Il se dit qu'il faudrait bien qu'ils tiennent le choc.

Lorsque la vague suivante s'éleva, Hess s'aperçut qu'il était exactement à l'endroit voulu pour la saisir. Deux autres bodysurfers firent mine de se diriger dans la même direction puis lui laissèrent le champ libre, en signe de respect. Hess laissa l'eau l'emporter et ses palmes flotter par-dessus sa tête. A la dernière seconde, il se tourna vers le rivage, décocha un coup de pied violent et, creusant le dos, épousa au plus près le rouleau qui l'emportait. Ascension vertigineuse. Vitesse ahurissante. Tout en bas, les spectateurs, semblables à des fourmis. Les serviettes de plage grandes comme des timbres-poste. Au loin, les toits. Le rouleau l'avait happé tout entier, avec ses tonnes d'eau déferlante, d'eau impatiente de le posséder. Il laissa pendre sa main gauche, paume vers le bas, et se mit à naviguer sur la crête. Un moment magique pour un homme de cent kilos qui, chevauchant la crête de la vague, sentait l'eau lui résister, se ruer entre ses doigts, sous ses paumes.

Quelques instants plus tard, il se retrouva au milieu de l'écume, déposé sur le rivage. Il resta assis un instant dans le sable, comme un nouveau-né, tandis que l'eau reculait derrière lui. Sur la plage, des spectateurs applaudirent. Il se débarrassa de ses palmes et se mit debout. Il sourit à la foule. Ça faisait drôle de sourire. Et il sut alors qu'il pouvait y arriver, qu'il pouvait faire la nique à cette saloperie qui le rongeait. Qu'il lui suffirait d'un peu de chance, de quelques applaudissements, d'un petit signe d'encouragement de Dieu.

Son cœur battait à grands coups. Et ses poumons, ou plutôt ce qui en restait, s'ouvrirent à l'air salé venu de la mer.

14

Du haut du siège conducteur de la grande fourgonnette de livraison, Big Bill Wayne traversait Irvine, direction l'Interstate 5.

Au passage, il examina les maisons rigoureusement identiques, les rues immaculées, les réverbères qui luisaient dans le soir estival. Comté d'Orange, Californie, songea-t-il, l'endroit sur terre où il fait le meilleur vivre. L'endroit qui abrite une équipe de base-ball baptisée les Anges, un océan qui a nom Pacifique et plus de deux millions et demi d'habitants — dont un certain nombre de très belles femmes, lesquelles ont besoin de compagnie masculine.

Et je fais partie de cet endroit.

Moi, Big Bill Wayne — beau gosse, blond, célibataire, amoureux des femmes.

Il commença par explorer le parking d'un complexe de cinémas géant. Le Big One. Vingt et une salles, une kyrielle de restaurants. Le parking en plein air, immense, n'était pas bien éclairé. Il se gara, suivit deux jolies femmes qui se dirigeaient vers les salles de cinéma, se glissant dans le sillage de leur parfum, frissonnant au cliquetis de leurs escarpins sur l'asphalte. Comme la plupart des femmes lorsqu'elles sont ensemble, elles n'arrêtaient pas de tchatcher sans lui prêter la moindre attention. Il se faufila à leur suite dans l'une des longues files d'attente et s'approcha.

Il avait les jambes qui flageolaient et le cœur qui battait à grands coups lorsqu'il s'efforça d'engager la conversation. L'une des filles avait des yeux marron qui brillaient comme des bougies. Tout semblait bien se goupiller. Jusqu'au moment où l'une d'elles fit une plaisanterie qu'il n'entendit pas. Elles pouffèrent de concert et lui tournèrent le dos. Ça, songea-t-il, c'est ce que je déteste le plus chez les femmes, cette façon qu'elles ont de changer d'avis en deux temps trois mouvements. Il sentit une rage folle l'envahir. Il savait que ça viendrait, c'était toujours comme ça. Cette rage lui empoignait le cœur, il sentait ses muscles se raidir et un sourire rusé apparaître sur son visage.

Bill s'éloigna le long d'une allée bourrée de monde, vers un bistrot à l'enseigne du Sloppy Joe, réplique prétendument fidèle de l'établissement que fréquentait Hemingway à Key West. L'hôtesse était ravissante.

Il se mit à faire les cent pas le long du bar, les mains derrière le dos, la tête légèrement baissée, comme un homme qui rumine de lourdes pensées. Dans la glace derrière le bar, il admira son long manteau et son gilet, ses cheveux dorés et sa grosse moustache.

Il observait par la même occasion les visages des femmes. Provocantes, hautaines. Il fit le tour de l'endroit, examinant des photos de l'écrivain tout en se demandant si écrire ne l'aiderait pas à se faire des relations.

Toutefois, un détail gênait Bill. C'est que les écrivains ont besoin d'avoir une conscience pour écrire de bons livres. Lui-même en était dénué. La conscience, toute sa vie il en avait entendu parler. On était censé éprouver des sentiments pour qu'ils vous guident et vous aident à distinguer le bien du mal.

C'était facile de comprendre ce qu'on était censé éprouver. Les parents et les enseignants, les prêtres et les flics, les médecins et les juges, la télé et le cinéma passaient leur temps à vous souffler ce que vous deviez ressentir. Mais si vous ne ressentiez rien, si vos actes n'engendraient en vous absolument aucun sens du bien et du mal, si ces concepts n'existaient tout bonnement pas en vous, de même que certaines personnes naissent privées de tel ou tel organe, tout ce que vous pouviez faire, c'était feindre. Mais parfois ça n'était pas facile de faire semblant, de plaquer sur son visage telle ou telle émotion pour que votre interlocuteur l'y lise. Enfin, inutile de s'apitoyer sur soi.

Quelques minutes plus tard, il coinça l'hôtesse contre l'une des tables libres et essaya de lui poser des questions sur Ernest, mais elle réussit à lui échapper et à filer par une porte réservée au personnel. Quelques secondes après, un costaud franchit cette même porte, le fusillant du regard. Mains de nouveau derrière le dos, tête penchée, Bill se glissa hors de la salle, se demandant quel effet ça lui ferait de mettre une raclée au baraqué et de regarder se peindre sur son visage imbécile une expression de profonde incrédulité. De regarder ses yeux rouler dans leurs orbites, telles deux olives esseulées au fond de leur bocal.

Il reprit l'autoroute. Il était en terrain de connaissance. Rien de tel pour la chasse que les centres commerciaux où les femmes errent sans crainte, seules, toujours distraites par la marchandise proposée à leur curiosité, laquelle vous permet de rôder autour d'elles sans vous faire remarquer. Son attirail, son shopping bag, son drap, son Deer Sleigh'R, sa boîte de Pandore et trois sacs à main, tout était là. Tout — à l'exception du Deer Sleigh'R — tenait dans deux grandes boîtes à outils métalliques soigneusement fermées. Plus d'une fois, il avait imaginé ce qu'un policier penserait en voyant ces objets. Mais aucun officier de police ne pouvait perquisitionner dans sa fourgonnette sans raison, et Bill n'allait pas leur fournir un motif de le fouiller. Il était clean. On ne pouvait rien lui reprocher. S'il se faisait arrêter par la police lors d'un contrôle de routine, avec le permis de conduire de première qualité qu'il s'était fait fabriquer à Little Saïgon, pas de danger qu'on lui cherche des noises. Tant mieux, car le faux document lui avait coûté suffisamment cher.

Mais heureusement, songea Bill, qu'existaient les droits de l'homme tels que précisés dans la Constitution américaine, parce que sans eux son Deer Sleigh'R — présenté dans la pub comme un « système particulièrement performant pour traîner le grand gibier qu'on vient de tirer et mettre la viande et la peau de son trophée à l'abri de la saleté et des dégâts occasionnés par un sol rugueux » — avait de quoi éveiller les soupçons d'un flic, fût-il de base. Les sacs à main le couleraient. Et la boîte de Pandore ? Qu'est-ce qu'ils en penseraient, de la boîte de Pandore ? C'était un prototype, un gadget absolument unique, le genre d'objet susceptible d'inquiéter même un flic doté d'un QI au ras du plancher. Il lui faudrait en fournir, des explications, à ces messieurs...

Il se souvint qu'il devait aller trouver l'inventeur de la boîte afin de la faire réparer. Elle n'avait pas fonctionné, la dernière fois qu'il avait essayé de s'en servir. Sans doute que la batterie était morte ou qu'il y avait un fusible de pété ou un truc dans ce goût-là. Heureusement, il n'en avait pas eu besoin. L'inventeur verrait ce qui clochait et il s'occuperait de réparer. Après tout, c'est de ses mains qu'était sorti cet engin.

Traversant la nuit au milieu des vapeurs d'essence, il se dirigea vers un centre commercial récemment réaménagé, Main Place. Il fit un premier tour de parking, histoire de se faire une idée, de savoir s'il brûlait ou non. Il aimait Main Place parce que l'endroit était plutôt petit et familial pour un centre commercial. S'il voulait que la chasse soit fructueuse, il lui faudrait se garer suffisamment loin. Sur un chantier qu'il avait repéré des mois auparavant et où il pourrait effectuer le transfert de la voiture à sa fourgonnette. L'endroit où il parquait la camionnette était très important, parce qu'il fallait qu'il y soit en sécurité pour effectuer le transfert et que ça ne soit pas trop loin à pied ou en bus du parking du centre commercial.

Mais ce soir, il n'était pas en assez bonne forme pour chasser. Non. Ce soir, c'était une nuit qu'il allait consacrer à goûter, préparer, lâcher la bride à son inspiration. Une nuit de traqueur. Comme le grand Kit Carson.

Bill repéra une femme très séduisante qui se dirigeait vers l'entrée de Nordstrom. Mais son short et son tee-shirt le déçurent. Les femmes avaient tendance à s'habiller moins élégamment quand il faisait doux. L'été, il était difficile d'en trouver une ayant des vêtements de bonne coupe et de belle allure.

D'un autre côté, par temps chaud, beaucoup de femmes relevaient leurs cheveux. Et les cheveux relevés, pour Bill, avaient toujours été une marque de bonne éducation, de classe, de sophistication et d'appétit charnel insatiable. Celle-là, toutefois, avait les cheveux qui flottaient sur les épaules, elle portait des sandales plates, peu flatteuses à l'œil, et elle n'avait même pas roulé les manches de son tee-shirt pour mettre en évidence la chair délicieuse entre toutes du bras féminin.

Commune, songea-t-il. Le genre de petite Blanche qu'on trouve partout, sans aucun intérêt.

Il aperçut une blonde en robe et chaussures rouges : trop flasque.

Une Noire dégingandée : trop jeune.

Une femme d'Amérique centrale : la peau couleur café, mais que lui dire ?

Une employée de bureau courte sur pattes, démarche dansante, visage de grenouille.

Et tout d'un coup, comme surgie de nulle part, une cible possible : une femme qui montait dans une vieille conduite intérieure déglinguée. Bill immobilisa sa camionnette derrière elle comme s'il voulait prendre la place de parking qu'elle allait laisser libre. Elle était grande, des cheveux foncés bouclés, un front intelligent, des jambes bien galbées. Sa jupe se releva lorsqu'elle se baissa pour monter dans la voiture, elle portait des chaussures à talons, un chemisier violet sans manches. A la bonne heure, celle-là savait qu'elle avait de jolis bras. Il imagina sa photo sur son permis de conduire, ses caractéristiques indiquées sous la photo noir et blanc. C'était fou, tous ces détails sur un document aussi compact. On ne pouvait pas oublier un anniversaire. Et les permis mentaient certainement moins que leurs détentrices.

Il baissa sa vitre pour s'en mettre plein les yeux, l'admirer dans toute sa beauté. Il lui fit un signe lorsqu'elle se retourna et le regarda par sa fenêtre. Elle lui sourit, dévoilant des dents ravissantes, et lui adressa un signe en retour.

Elle fit reculer sa voiture — une longue américaine aux allures de paquebot — et Big Bill attendit, se disant qu'il n'aurait aucun mal à se caser derrière le siège de la jeune femme. Elle fit sa manœuvre. Mais au lieu de se faufiler dans la place qu'elle venait de libérer, Bill recula et lui barra la route. Elle ne pouvait qu'attendre, lever la tête vers lui, impérial sur son siège haut perché. Il était fier de la peinture gris métallisé dont il avait fait recouvrir son véhicule. Il lui sourit du haut de son perchoir et sentit la colère froide bouillonner en lui.

Elle baissa sa vitre au niveau de ses lèvres.

— Merci d'avoir attendu, dit-elle.

— Je vous en prie.

— Merci, mais là, vous me bloquez le passage.

— Je me demandais si vous aimeriez prendre un verre.

Elle souriait toujours. Lui n'arrivait pas à le croire. En fait, s'il n'y croyait pas, c'était parce qu'il savait avec quelle rapidité les choses pouvaient changer dès lors qu'on avait affaire à une femme. A la seconde où elle le jaugeait, elle devait prendre des décisions à la vitesse d'un ordinateur. Il lui fallait évaluer la menace qu'éventuellement il représentait pour elle, son pouvoir de séduction, ses qualités éventuelles. Apprécier le danger potentiel qu'il recelait et l'intérêt que sa compagnie pouvait présenter pour elle.

— Ecoutez, dit-elle, je travaille chez Goldsmith, la bijouterie, passez donc me faire un petit coucou, un soir. On pourra peut-être prendre un café. Je m'appelle Ronnie.

— Et moi Bill.

— Super ! Ravie de vous avoir rencontré.

— Bonne soirée, Ronnie.

Il inclina la tête, très élégamment, lui sembla-t-il, puis se gara sur l'emplacement qu'elle avait laissé vacant.

Quelques instants plus tard, il vit le tas de ferraille qui tenait lieu de véhicule à Ronnie tourner le coin avec son feu arrière cassé et quitter l'aire de stationnement. Il nota le numéro de la plaque d'immatriculation au cas où elle lui aurait raconté des craques et ne travaillerait pas chez Goldsmith. Les recherches, ça ne déplaisait pas à Bill. Les recherches, ça faisait partie de la traque. Mais rien ne l'insupportait davantage que les mensonges d'une femme à qui il avait fait confiance.

Cette place de parking était vraiment idéale : juste en face d'une des entrées principales. Pas de voiture devant pour lui boucher la vue. Il coupa le moteur et se carra dans son siège. La voiture de Ronnie disparut, avalée par le boulevard. Seule raison pour laquelle il savait que c'était la sienne ? Le feu arrière cassé, bien sûr. Quel sourire ! Bill sentit comme un frémissement quelque part au-dessous de sa ceinture.

Il suivit des yeux deux adolescentes qui se dirigeaient vers l'entrée, mais elles ne l'intéressaient pas. Il était un homme mûr, avec des goûts d'homme mûr. Les jeunes méritaient une chance et, qui sait, peut-être que l'une d'entre elles en grandissant deviendrait une femme dont il pourrait un jour apprécier la compagnie. Bill se berça alors de son rêve éveillé préféré : il file le long de l'autoroute dans une voiture hyper-puissante avec deux femmes à l'arrière, leurs cheveux flottant au vent, et une autre à l'avant, à côté de lui, la main sur sa braguette. Il a mis la zique à fond, Springsteen chante, c'est l'histoire d'un mec qui veut passer sur la chaise électrique avec sa nana sur les genoux. En route pour Vegas. Il tape le deux cents à l'heure, et il a un Luger 9 mm de collection planqué sous la cuisse. *Oh vraiment, monsieur l'agent ?* Blaoum !

C'était agréable de gamberger comme ça, mais un peu absurde. Il n'aimait pas le jeu ni le hasard, il n'avait pas envie de trouver la mort de la main d'un représentant des forces de l'ordre. Le martyre ne l'avait jamais attiré. Le martyre, ça n'était pas glamour.

Faisant pivoter son siège, il se leva et se dirigea vers l'arrière du van. Il se ganta de latex neuf et, prenant les sacs à main par les anses, il les planqua derrière son siège.

Il remit le contact et sortit de sa place de parking. Il quitta le parc de stationnement, prit le boulevard que Ronnie avait emprunté — elle mentait certainement, cette petite garce — et reprit l'autoroute en direction d'Irvine et de son domicile, qui était aussi son sanctuaire.

Tâtonnant de la main derrière lui, il s'empara des sacs et les posa sur la console près de lui. Chacun d'eux avait son odeur. Il les souleva l'un après l'autre pour les renifler et se pénétrer de leur parfum. Pour les trois premières, il avait tâtonné, ne sachant comment faire, ni comment s'y prendre. Il savait seulement qu'il lui fallait conserver un souvenir de chacune des femmes qu'il aimait.

Il se mit à taper en rythme sur le volant, se demandant ce qu'il ferait s'il avait le loisir de faire tout ce qui lui chantait dans la vie.

Une chose, tiens : se doter d'une conscience. La vie serait plus simple avec ce machin-là. Il serait capable de faire la différence entre le bien et le mal.

Et il lui serait plus facile de choisir celle qui lui conviendrait le mieux.

Il prendrait également ce boulot chez Saddleback, celui pour lequel il avait vu une annonce dans la vitrine du magasin, la semaine dernière. Le salaire était correct et il pourrait évoluer entouré de bottes, de chapeaux, d'imperméables, d'épaisses ceintures à grosse boucle. L'endroit sentait le foin et le cuir. C'était ou ça, ou se dégoter un job de bandit de grand chemin à Knott's Berry Farm, un boulot qui lui permettrait de tirer sur tout ce qui bougeait tandis que des femmes à bonnet admireraient son adresse.

Big Bill se rappela la fois où il avait vu la baraque de John Wayne, son ancienne maison pour être exact. De l'autre côté des collines, sur une île, non loin de Newport Harbor. Il était resté planté des heures à la contempler. Il y était retourné au moins une douzaine de fois. Ensuite, tout naturellement, il avait dîné à bord de l'ancien bateau du Duke, *Wild Goose*. La croisière lui avait coûté la bagatelle de cinquante dollars, mais Bill n'oublierait jamais la majesté de l'immense bar où John Wayne avait bu et joué aux cartes, la cabine du capitaine, ni les petites couchettes qu'il avait fait installer pour ses enfants. Debout sur ce bateau qui faisait lentement le tour du port, Bill avait eu l'impression de se tenir au cœur même de l'Ouest américain.

Maintenant l'Ouest, c'était essentiellement des banlieues — et ça ne le dérangeait pas. Parce que les banlieues vivaient sur l'illusion de la tranquillité.

Bill jeta un coup d'œil au compteur et songea au vieux policier à qui on avait fait appel pour coincer le Tireur de sacs. Hess. Il s'appelait Hess. Il avait vu sa photo dans les journaux du matin. Il ressemblait à un shérif du vieil Ouest, avec son visage ridé et ses yeux glacés. Manifestement, cet homme-là était doté d'une conscience.

Naturellement, le flic chargé d'enquêter sur son affaire était une femme. Dans l'article, elle avait raconté que c'était un privilège de travailler avec le vieil enquêteur. Sur la photo qu'on reproduisait d'elle dans le canard, elle semblait moitié plus jeune que son nouvel équipier. Ça lui plaisait, ça, à Bill : un type aux allures de cadavre et une femme merveilleusement conservée, fraîche, dans la fleur de l'âge, essayant main dans la main de serrer un génie du crime.

Je vais leur donner matière à réflexion, moi, à ces deux-là. Plongeant la main dans la poche de sa chemise, il en sortit le journal plié en quatre et le fourra dans l'un des sacs à main : le premier, le marron et noir.

Il jeta un coup d'œil au rétro devant lui puis, tendant le bras, agita les trois sacs au-dessus de la vitre baissée. Le vent les lui arracha de la main. Il les suivit du regard dans son rétroviseur latéral et les vit qui rebondissaient, tels des crânes, sur l'asphalte.

15

— On a une réponse de CAL-ID, Hess, fit Merci Rayborn. Les paramètres que vous avez peaufinés avec le grand sorcier devaient être drôlement pointus...

Elle n'arrivait pas à maîtriser l'excitation qui perçait dans sa voix.

— Il s'agit d'un tordu du nom de Lee LaLonde, voleur de voitures, accro à la méthadone. Il a un joli petit casier, dans le comté de Riverside. Tenez-vous bien, il habite Elsinore, à deux pas de l'Ortega Highway. Le temps de dire à Riverside qu'on arrive et je passe vous prendre. Je suis chez vous dans une demi-heure maxi.

Elle entendit une lampe s'allumer puis la respiration du vieil homme. Sur la table de nuit le réveil indiquait quatre heures cinquante-six.

— Vous avez prévenu quelqu'un ? demanda-t-il d'une voix claire, calme.

— Non. Cette petite merde est encore en liberté conditionnelle. On peut en faire ce qu'on veut, ne vous inquiétez pas.

Elle avait le sentiment de se montrer un peu présomptueuse en disant à son aîné de ne pas s'inquiéter. Mais Hess n'était pas son supérieur hiérarchique. Elle contrôlait la situation, se sentait forte. Un flot d'adrénaline lui parcourut le sang, une vague qu'elle n'aurait pu endiguer même si elle l'avait voulu. D'ailleurs, elle n'en avait pas envie. Non.

C'était ça qui la faisait vibrer, c'était ça qui rendait sa vie passionnante. La proximité de la mort, aussi. C'était bien mieux que l'amour.

Il lui indiqua comment se rendre à son appartement, lui dit qu'il l'attendrait dehors et raccrocha.

Merci avait déjà mis sa cafetière en route. Tous les soirs, avant de se coucher, elle préparait son café en prévision de ce genre d'urgence. Sa tasse bouillante à la main, le cœur battant à grands coups bien frappés, elle retourna dans sa chambre, alluma la radio pour écouter les infos et, dans la salle de bains, régla sa seconde radio sur une station de rock.

Elle noua ses cheveux à l'aide d'un chouchou, enfila pantalon et boots, passa son gilet pare-balles SpectraFlex Point Blank par-dessus son tee-shirt et accrocha son holster. Le vieil étui-brassière lui allait à la perfection, lui épousant le torse comme de la soie. Mais parfois, le bouton-pression avait tendance à se détacher. C'était le moment d'aller voir le fournisseur ou peut-être de s'en acheter un neuf. Le Point Blank était réalisé dans un matériau composite susceptible d'absorber des projectiles multiples et des munitions haute vélocité. Deux kilos cinq cents. Noir. Il lui en avait coûté six cent cinquante dollars, sur catalogue et sur ses propres deniers, parce que le comté refusait de casquer pour autre chose qu'un vieux Kevlar II. Encore une engueulade en perspective avec la compta, songea-t-elle. Ces gens-là étaient assommants avec leur manie de mégoter sur tout. Dans la salle de bains, la radio jouait un truc rapide et invertébré. Son père avait toujours écouté du jazz. Elle jeta un chargeur sur le lit et fourra l'autre dans la poche de devant de son pantalon. Son étui et son badge trouvèrent place dans la poche arrière droite. La torche, les menottes, la bombe Mace furent accrochées à la ceinture. Pour finir, elle enfila le blouson au sigle du département du shérif. Elle prit le chargeur resté sur le lit et le mit dans la poche gauche de sa veste. Elle s'assura que le derringer calibre 40 à double canon qui était dans son sac à main était chargé, même si elle n'avait pas l'intention d'emporter son sac en entrant chez LaLonde. Elle s'aperçut qu'elle avait besoin d'un autre étui pour le petit calibre et se rappela qu'il lui faudrait se rendre dans un magasin où elle pourrait trouver du matériel de chasse, des cordes et des poulies. Elle vérifia que le stylet était bien lui aussi dans son sac à main. Simple mesure de prudence.

Tireur de sacs, ordure, connard, songea-t-elle, essaie un peu de me piquer mon matos.

Huit minutes et quinze secondes s'étaient écoulées depuis qu'elle avait reçu l'appel téléphonique. Quelques secondes de moins que ce qu'elle avait mis la dernière fois pour se préparer avant de filer pour une urgence.

Elle laissa les deux radios branchées, la lumière allumée dans le séjour, et claqua la porte derrière elle.

Elle ne pensa qu'une fois à Phil Kemp et repoussa cette idée de toutes ses forces comme on chasse un chien malade.

Hess s'installa avec deux mugs de café et ferma la portière sans rien renverser. A la lumière du plafonnier, elle vit que ses cheveux étaient ramenés en arrière comme d'habitude, formant une petite vague blanche sur le devant. Elle se demanda, l'espace d'un instant, si cette petite crête était naturelle, si c'était une question d'implantation qui faisait rebiquer ses cheveux comme ça. Il avait l'air vieux — visage ridé et fatigué. Mais ses yeux bleus étaient clairs et brillants comme la lune lorsqu'il les braqua vers elle en lui tendant un des gobelets de café.

— Ah, j'ai le cœur qui bat drôlement, fit-elle en portant le mug à ses lèvres.

— Moi aussi, c'est formidable.

Merci démarra, accéléra, pied au plancher, et la voiture s'élança le long de l'avenue déserte.

— C'est vrai, Hess ? Vous trouvez ça formidable ?

— Absolument.

Elle mit la gomme, cette fois elle tapait le cent. Elle jeta un coup d'œil alentour, cherchant les panneaux de limitation de vitesse : cinquante kilomètres à l'heure. Hess lui dit de tourner au prochain feu.

— Vous inquiétez pas, Hess, je vais mettre la pédale douce. Y a un type que je connais. Un certain Francisco. Il habite près de chez moi, il est pas tout jeune. Quand je le regarde, je me dis que je devrais pas m'énerver comme ça, que je devrais essayer de me calmer.

— Je prends le volant, si vous voulez.

Elle le regarda à la lueur des réverbères.

— Je conduis.

— Concentrez-vous, dit Hess.

— Comment ça ?

— Concentrez-vous, restez concentrée sur vous-même, fit Hess.

Elle le regarda, un peu vexée, mais il avait les yeux ailleurs et n'intercepta pas ce regard.

— Vos aphorismes, vos conseils, vous pouvez vous les garder, Hess. J'ai besoin de personne pour me dire comment conduire ma voiture ou comment deviner ce que ressent un fumier comme Ed Izma. C'est sympa de votre part, mais je n'ai plus douze ans.

— Faites pas attention à ce que je raconte.

— Je sais que ça part d'un bon sentiment.

— Oh, dites plutôt que c'est mon grand âge. Je peux pas m'empêcher de la ramener, de faire part de mon expérience à ceux dont je m'imagine qu'ils pourraient en avoir besoin. Ça vous arrivera à vous aussi, un jour, de tomber dans ce travers-là.

— Je l'espère, marmonna-t-elle, sentant le véhicule ralentir, comme malgré elle, tandis qu'elle se dirigeait vers la péninsule de Newport.

A la hauteur de l'hôtel de ville, elle plaqua le gyrophare sur le toit. Elle n'avait jamais songé à son espérance de vie — ou du moins n'y avait-elle songé qu'en passant —, et ce n'était pas maintenant qu'elle allait commencer.

Il était cinq heures et demie, et les premières lueurs brasillaient dans le ciel. Une fois sur l'autoroute, elle se mit sur la file rapide, à gauche, et se maintint à cent à l'heure. Ils dépassèrent en trombe l'aéroport puis les champs de fraises recouverts de plastique, puis les montagnes de Santa Ana, puis la base. Elle se sentait magnifiquement bien, fonçant à toute allure dans l'heure bleue, à côté d'un coéquipier compétent, à la rencontre d'un suspect qu'ils allaient interroger.

— Bon, bon, Hess, je vais me concentrer. Promis.

— Non, non, je vous ai dit de ne pas tenir compte de mes remarques.

— Je dis pas ça parce que je suis rancunière. Je vous remercie de votre conseil. Je suis peut-être un peu garce, mais je ne suis pas stupide. Et quand on me donne des conseils judicieux, je les mets à profit.

Elle sentit qu'il l'étudiait. Elle leva la tête vers le rétroviseur pour changer de file et aperçut son visage à la périphérie.

— Vous dites ce que vous avez sur le cœur, c'est pas une mauvaise chose, remarqua Hess.

— Mais... ?

— De temps en temps, c'est pas mal non plus de cacher son jeu.

— C'est plus astucieux, je sais.

— Ça donne le temps de réfléchir à la suite. Comme hier. Si vous aviez été plus cool avec Izma, lui se serait échauffé davantage, il nous aurait peut-être lâché un tuyau. Quelque chose à nous mettre sous la dent. Vous le saviez, mais vous êtes sortie de vos gonds trop vite.

— C'est pas dans mes principes de rester plantée comme un poireau quand un abruti s'amuse à me promener ses couilles surdimensionnées sous le nez et veut m'obliger à les mater...

— Laissez vos principes au vestiaire.

— Même avec des gars comme Kemp ?

— Je le fais bien, moi, et ça marche.

— Expliquez-moi ça.

— Laissez parler les gens. Puis, une fois que vous avez compris ce qu'ils ont dans le ventre, volez-leur dans les plumes.

— Merci... *Papa.*

— C'est comme si...

Hess leva ses mains en face de lui, doigts écartés, pour donner plus de poids à son discours. Merci le regarda. Elle ne l'avait jamais vu aussi animé. Son visage d'aigle avait quelque chose d'étrange.

— ... c'est comme si vous étiez un fort, poursuivit-il. Votre tête, c'est la tour, vos yeux les meurtrières ; vos oreilles, l'endroit où planquent les espions.

— Un fort ?

— Ouais. Vous restez concentrée comme si vous étiez à l'intérieur d'un fort et que vous regardiez ce qui se passe à l'extérieur.

— Ah je vois, mais à condition de m'en donner sérieusement la peine.

— Vous avez raison, ce n'est pas une très bonne image, oubliez ça.

Le café et l'adrénaline lui procuraient une joie intense.

— Si, je crois que je vois ce que vous voulez dire ; c'est pas vraiment évident, mais je crois que je vois.

— Je vais la boucler. Je me sens bien maintenant, malgré la chimio et les rayons.

Ayant bifurqué, elle prit la direction de l'intérieur. Elle jeta de nouveau un coup d'œil en biais et constata que Hess regardait par la vitre. Les lumières d'une station-service marbraient son visage.

Puis il se tourna vers elle et elle se demanda s'il avait remarqué qu'elle l'espionnait, mine de rien.

— Parlez-moi un peu de Lee LaLonde, dit-il.

— Accro aux amphets et voleur de voitures, dit-elle. Il est tombé deux fois pour vol de voiture qualifié, et deux fois pour vente de pièces détachées volées. Il a tiré quatre ans en tout. D'abord à Honor Farm, puis dans le comté de Riverside. Il a été relâché et mis en liberté conditionnelle il y a deux ans.

— C'est juste un voleur, pas un mec qui vole les bagnoles occupées ?

— Non, non, jusqu'à maintenant il s'est contenté de tirer des voitures inoccupées.

— Des crimes sexuels, il en a, à son actif ?

— Pas la queue d'un.

Hess ne moufta pas.

— C'est un petit gabarit, poursuivit-elle. La taille idéale pour se planquer derrière un siège de conducteur. Un mètre soixante-treize, soixante kilos, blond, les yeux bleus, il a vingt-cinq ans. Son dernier accrochage avec le shérif de Riverside remonte à un an, il a été interpellé et interrogé dans le cadre du cambriolage d'une usine où il bossait. On n'en a rien tiré. Il s'est fait virer.

— On fabrique quoi, dans cette usine ?

— Du matériel d'irrigation. Cloudburst, c'est le nom de la société. Il paraît qu'il a monté un business à lui, maintenant. Au bord du lac, à la foire au troc hebdomadaire.

— Qu'est-ce qu'il vend là-bas ?

— Aucune idée. Ça figure pas dans son dossier. Il a un tatouage autour du biceps gauche, une chaîne en fil de fer barbelé, et une cicatrice sur l'estomac, souvenir d'un coup de couteau. Il a grandi en Californie, au nord, à Oakland.

Ils avaient dépassé la ville et les maisons, maintenant. L'autoroute était sombre et commençait à monter. La circulation était clairsemée car il était encore trop tôt pour les banlieusards qui travaillaient dans le comté de Riverside.

— Qui est-ce qui l'a blessé ? demanda Hess.

— Son père.

Lorsqu'elle le regarda, elle le vit hocher la tête comme si cette réponse, loin de le surprendre, n'était pour lui qu'une confirmation. Peut-être qu'il s'en doutait dès le départ, songea Merci. Elle s'apprêtait à lui demander comment il faisait pour deviner ce genre de choses, mais elle s'abstint, sans trop savoir pourquoi.

Tendant le bras vers le dossier posé sur le siège arrière, elle attrapa le portrait-robot réalisé par le dessinateur de la police. Hess le prit et, après l'avoir allumée, orienta la lampe du tableau de bord vers le dessin.

— C'est vif, c'est bien enlevé. Y a de la vie, dans ce croquis, observa-t-il.

— La vie de qui ? Voilà la question.

— Comment se fait-il que vous ayez attendu si longtemps pour me le montrer ?

— Ben... je suis embêtée parce que je sais pas exactement ce que ça vaut. Le problème, vous voyez, c'est que Kamala Petersen se nourrit de feuilletons télé et de magazines de mode. Conclusion, tous les gens qu'elle croise, elle a l'impression de les avoir déjà vus ailleurs. Il a fallu que je la fasse hypnotiser pour en savoir un peu plus long. Et tenez-vous bien, elle a vu le mec *deux fois*. Une fois la nuit où Janet Kane a disparu, et une fois la semaine d'avant dans un centre commercial, en train de rôder et d'examiner les lieux.

— Il avait repéré Kamala ?

— En plein dans le mille. Seulement ça, elle l'avait enfoui dans son subconscient. Eh bien, figurez-vous que c'est remonté à la surface à la faveur de la séance d'hypnose...

— Très important, ce que vous me dites là. Très intéressant.

— Oui, malheureusement j'ai perdu un témoin : comme elle a été hypnotisée, son témoignage n'est plus recevable devant le tribunal. J'espère que ça valait le coup de faire le deuil d'un témoin. J'ai passé les deux derniers jours à me ronger les sangs à propos de ce portrait-robot. Est-ce qu'il est ressemblant ? Est-ce que Kamala est un témoin digne de foi ? Pas question que je mette dans le circuit un truc qui n'est pas ressemblant. Je ne veux pas induire les gens en erreur. Mais je vais le confier au service des relations avec la presse aujourd'hui. J'ai choisi de courir le risque, je m'en tiens à ma décision.

Hess continuait de considérer la feuille de papier. Puis :

— LaLonde ne correspond pas au profil. D'après Page, notre homme est un délinquant sexuel connu des services de police.

— Et alors ? Ça veut dire quoi, un profil, de toute façon ?

— Dalton est doué. Qu'est-ce que vous en pensez, vous, des profils ?

— Mon expérience est courte. Deux profils. L'un était génial, l'autre passablement à côté de la plaque. Or c'est Dalton qui avait établi le second. Et le FBI, le premier. En général, je préfère les indices tangibles. J'aime pas jouer aux devinettes.

— Il est certain que, tous autant que nous sommes, nous préférons un échantillon de sang ou une empreinte au résultat d'une séance de cogitation.

— Vous m'avez demandé mon avis, je vous le donne.

Pas de réponse. L'Impala attaqua la côte et s'engagea dans les virages en épingle à cheveux de l'Ortega Highway. Merci songeait à tous les accidents qui avaient eu lieu sur cette autoroute — tronçon sanglant si jamais il en fut. C'était également un endroit idéal pour abandonner une victime — et le Tireur de sacs n'était pas le premier à y avoir déposé les siennes.

Ils étaient près du sommet de la côte, maintenant. Merci voyait les chênes se dresser devant le ciel d'un bleu d'encre.

— J'ai toujours trouvé que cette autoroute n'était pas rassurante, dit-elle.

De nouveau, elle regarda son visage et le trouva pâlichon. Mais peut-être était-ce l'effet de la lumière parcimonieuse du matin. Il avait l'air vieux et fatigué ; mais après tout, c'était exactement ce qu'il était. Vieux et fatigué. Elle se demanda quel effet ça pouvait faire d'être assis avec un cancer au poumon à regarder le ciel lentement s'éclaircir. Elle n'en avait pas la moindre idée, parce qu'elle n'avait pas l'habitude de se mettre dans la peau des autres. Hess avait vu juste sur ce point. Aussi s'efforça-t-elle de deviner ce qu'il devait ressentir. Elle s'imagina atteinte d'un cancer, se rendant à Lake Elsinore pour y interroger un accro aux amphets qui pouvait être un meurtrier. Pas facile de « vivre » les choses comme Hess, de se glisser dans ses pompes, car elle était comme prisonnière de ses émotions — qui faisaient barrage. Alors elle se concentra carrément dessus.

Et tout bien considéré, elle finit par se dire qu'à sa place chaque instant de veille lui foutrait une trouille pas possible.

— Moi, c'est pareil, cette autoroute m'a toujours filé les jetons, dit Hess.

16

Le soleil était bas sur les collines lorsqu'ils piquèrent vers Lake Elsinore. L'eau avait l'allure d'une plaque de bronze. Merci donna à Hess le papier sur lequel était indiquée l'adresse et Hess prit la carte dans la boîte à gants.

— Prenez Main au sud jusqu'à Pine, et de là mettez le cap vers l'est et Lakeview.

Juste au coin se trouvait l'entrée du camping d'Elsinore Shore. Merci jaugea l'endroit d'un coup d'œil en prenant son virage : vieilles caravanes, rêves en lambeaux, vies en morceaux. Le genre d'endroit qui, quand elle était gamine, lui flanquait la frousse car elle avait peur d'y finir un jour.

Jusqu'à ce qu'elle comprenne, des années plus tard, combien elle était forte et qu'il ne tenait qu'à elle de plier les choses à sa volonté. La volonté. Cet outil, elle se l'était forgé. Petit à petit, avec l'aide du temps. Et elle n'en revenait toujours pas de voir combien il était performant. Une fois qu'elle avait compris l'étendue de sa volonté, elle avait eu la certitude que jamais elle ne finirait dans ce genre d'endroit. Toutefois, elle ne pouvait s'empêcher de penser aux gens qui n'avaient pas l'énergie d'arracher à l'univers ce qu'ils désiraient. Nombre d'entre eux finissaient par dérober à autrui ce dont ils avaient besoin pour subsister, et c'étaient ceux-là qu'on jetait en taule.

Hess tendit un doigt boudiné vers la droite.

— C'est ce bâtiment-là. Il doit habiter dans l'atelier.

Elle ralentit. De longs bâtiments de parpaings, de part et d'autre d'une allée de béton. Les édifices étaient divisés en ateliers. Les portes étaient toutes du même bleu aigue-marine, ce genre de portes qui coulissent vers le haut, juste assez larges et hautes pour permettre à un petit camion d'entrer ou de sortir. Après avoir fait le tour, elle se gara à cinquante mètres de l'entrée.

La porte, bleue, était fermée. Merci jeta un coup d'œil à Hess, puis du dos de la main elle tapa contre le métal. Elle attendit un moment et frappa de nouveau, plus fort cette fois.

— Une seconde, dit une voix fluette, j'arrive. Qui est-ce ?

— Inspecteurs Rayborn et Hess. Ouvrez la porte, Lee.

— Très bien.

— Vous êtes seul là-dedans ?

— Oui, une seconde.

Il n'avait nul endroit où aller. La seule issue était la fenêtre. Puis on entendit un bruit à l'intérieur. Métal contre métal. Un bruit de cadenas, sûrement. La porte se releva lentement en grinçant. Merci prit son étui avec son badge dans la main gauche et posa la droite à l'intérieur de sa veste, sur la crosse du 9 mm.

LaLonde apparut. Pieds nus. Jean crade pochant de partout, tombant bas sur les hanches. L'élastique de son slip dépassait de la ceinture du pantalon. Estomac plat, cicatrice due à un coup de couteau. Poitrine étroite, bras grêles. Visage sortant de l'ordinaire mais pas particulièrement déplaisant. Longs cheveux blonds bouclés.

Rapidement, elle brandit son badge.

— Recule, s'il te plaît. Plus vite que ça.

— Très bien, madame, je recule.

— Stop ! Tourne-toi.

Il obtempéra. Lorsqu'il se fut tourné, elle lui attrapa le poignet droit et lui releva le bras dans le dos, coude vers le bas. Il ne chercha pas à se débattre. Sans doute n'était-ce pas la première fois qu'on l'attrapait de cette façon, et il n'avait pas envie qu'on lui casse le coude.

— Alors Lee, t'as freiné sur le speed ?

Des doigts, elle lui effleura les veines de l'avant-bras, donna un coup d'ongle dessus, puis orienta son coude vers la lumière faiblarde afin d'examiner ses bras.

— Je me suis jamais shooté à la méthamphétamine, dit-il lentement.

— Tu te contentais de la fumer.

— Ouais.

— Ça se voit. Ça vous bousille les neurones, cette saloperie.

LaLonde recula. Il était plus petit et plus chétif qu'elle ne s'y attendait. Les accros au speed font rarement du gras et LaLonde n'échappait pas à cette règle. Ses longs cheveux blonds lui pendaient sur le front. Surdimensionnées, la bouche et les dents semblaient se disputer le bas d'un visage décidément trop étroit.

— Montre-nous le chemin.

L'atelier était vaste, dix-huit mètres de long, neuf de large, estima-t-elle. Des tubes fluorescents l'éclairaient, suspendus au plafond à l'aide de chaînes. Des établis couraient le long des murs latéraux. On distinguait çà et là des étaux. Des bobines de fil électrique. Des objets divers en cours de réparation. Des étaux d'établi. Une affûteuse/polisseuse électrique. Une perceuse. Des boîtes à outils. D'autres outils, soigneusement accrochés sur les murs au-dessus des établis.

Tout en avançant, Merci étudiait la configuration des lieux. A droite au fond, un coin chambre et, derrière, une salle de bains. Il y avait aussi un comptoir, un réchaud à deux brûleurs et un petit réfrigérateur. LaLonde, qui se tenait près d'un canapé déglingué recouvert de tissu écossais, fit signe à Merci d'y prendre place.

— Je reste debout, assieds-toi. Tim, mettez-vous à l'aise.

Hess attendit que LaLonde prenne un bout de canapé,

puis il s'installa au milieu. Merci croisa les bras et fixa LaLonde sans faire de commentaires. LaLonde examinait ses mains. Rayborn laissa passer un long moment.

— Lee, regarde-moi, dit-elle enfin.

Il ne se le fit pas dire deux fois. Il avait un air de poisson-perroquet. Elle resta à proximité, au cas où il tenterait de se relever brutalement.

— Janet Kane a été assassinée il y a quinze jours. On sait que tu la connaissais. On a relevé tes empreintes à l'arrière de la BMW. C'est pas une invention de notre part, tu peux me croire. Alors, on peut parler de tout ça ici, ou si tu préfères on peut t'emmener avec nous dans le comté d'Orange. Si on reste ici et que tu me racontes des craques, je te donne pas trente secondes pour te retrouver bâillonné et menotté.

Le regard de LaLonde navigua de Merci à Hess puis de nouveau vers Merci. Elle le fixa attentivement, guettant la fraction de seconde où il se trahirait. Ces petits branleurs ne pouvaient même pas mentir correctement. Ils riaient nerveusement, rougissaient ou se mettaient à chialer. Certains d'entre eux transpiraient ou bien tressaillaient, et si on s'en apercevait, alors on les tenait. Les autres — les plus redoutables — étaient capables de vous raconter un bobard auquel vous risquiez de croire le restant de vos jours si vous ne faisiez pas gaffe. Elle ne décelait encore aucune trace de culpabilité ou de malhonnêteté sur la physionomie de LaLonde.

— Je vois pas du tout de quoi vous parlez.

— Fais un petit effort.

— Si je connaissais une femme qui me laisse monter dans sa BMW, je l'épouserais, au lieu de la tuer.

Il grimaça un sourire, ses lèvres se retroussant sur ses dents de traviole.

— Qu'est-ce que tu fabriquais dans sa voiture ? demanda Merci.

— Puisque je vous dis que je la connais même pas, cette nana !

— Je me fous pas mal de savoir si tu la connaissais, ce qui m'intéresse, c'est de savoir si tu l'as tuée.

— Je l'ai pas tuée.

— Où t'étais, dans la soirée de mardi dernier ? Réfléchis pas cent sept ans, contente-toi de répondre, grouille.

— Ici. Avec ma copine.

— Qu'est-ce que vous avez fabriqué ?

— On a regardé la télé, on a mangé, elle a bu deux, trois bières.

— Son nom, son adresse.

LaLonde donna son nom, il ignorait son adresse.

— Et le fusible, comment t'expliques ça ? Le petit fusible d'automobile de vingt ampères avec tes empreintes de pouce et d'index ? Celui qu'on a récupéré dans la bagnole de Janet Kane...

Il la dévisagea d'un air profondément soupçonneux. Et ses yeux le trahirent. Il y avait quelque chose qui clochait. Il détourna le regard avec un haussement d'épaules qui se voulait nonchalant. Elle comprit qu'elle le tenait. Hess lui jeta un coup d'œil, l'air interrogateur. Ça lui a échappé, songea-t-elle. Mais pas à moi.

— Les fusibles, j'en ai manipulé quelques-uns dans ma vie, sergent. Je m'en sers pour bricoler mes inventions. J'ai fait des travaux d'électricité à la Marina, non loin d'ici. Ouais, ouais, des fusibles de vingt ampères, j'en ai eu entre les mains, c'est sûr, mais j'ai jamais tué qui que ce soit pour autant...

— C'était quand, la dernière fois que tu en as tripoté ?

— La *dernière* fois ? Je serais incapable de vous dire quand c'était, exactement.

— C'était quand, la dernière fois que tu as manipulé un fusible de bagnole ? répéta-t-elle. La dernière fois dont tu te souviens, Lee ?

— Je sais pas... euh... y a trois mois environ...

Il était en pleine impro maintenant, et elle le savait.

— Tu me racontes des conneries, Lee. Pense un peu à l'effet que ça va te faire de te retrouver au ballon encore un coup. Songe à tous les petits copains que tu vas pouvoir te faire en taule. Essaie de trouver un moyen d'éviter la zonzon. Pendant ce temps, je vais faire le tour de ce bordel qui te sert d'atelier.

Elle examina la cuisine et la salle d'eau, jetant un coup d'œil au porte-revues parce qu'il lui était arrivé une fois de découvrir un automatique planqué entre des journaux de cul tout écornés. *Hobby Magazine, Arts & Crafts, American Inventor.* Aucune trace de flingue. LaLonde ne lui semblait pas être un violent. Son casier n'était pas celui d'un violent ; mais ça ne voulait rien dire, parce qu'il y a un début à tout et qu'un tordu reste un tordu.

Elle fit le tour des établis. Plus elle examinait ce qu'ils contenaient, moins elle comprenait de quoi il s'agissait. Des parapluies au dôme inversé munis de tuyaux — lesquels étaient raccordés à des sacs en plastique amovibles. Une collection d'appareils dentaires pourvus de dents de caoutchouc. Un dispositif insolite comportant un gyroscope et une grosse lampe de jardin. Un jeu de disques en plastique concaves de fort diamètre semblables à des verres de contact géants, reliés à ce qui ressemblait à un serre-tête. Une collection de boîtes à cigares en bois dont le fond était hérissé d'antennes métalliques. Elle en ouvrit une et contempla les batteries, puces électroniques, soudures et circuits qui se trouvaient nichés à l'intérieur. Pas de fusible, apparemment.

— Ça sert à quoi ? fit-elle en brandissant l'une des boîtes à cigares.

— C'est pour brouiller l'écoute des indiscrets qui voudraient épier les conversations sur un téléphone cellulaire.

Se détournant, elle examina LaLonde. De loin, il ressemblait moins à un poisson qu'à un homme ordinaire qui aurait été doté d'une physionomie disgracieuse.

— Ces trucs-là, on peut se les procurer dans le commerce à l'état neuf pour cent dollars...

— Les miens, je les vends vingt-cinq. Je me fais du blé avec.

— Où ça ?

— A la foire au troc, ici, le dimanche. Au Marina Park.

— Où est-ce que t'as appris l'électronique ?

— Au lycée. Mon père était ingénieur. J'ai un don.

— T'as un don pour voler les voitures, aussi ?

— Les voitures, c'est facile.

— Et les systèmes d'alarme ?

LaLonde haussa les épaules. Elle reposa la boîte.

— Les systèmes d'alarme, moi, j'y touchais pas.

— A quoi ça sert, ces parapluies inversés ?

— C'est pour recueillir l'eau de pluie : elle s'écoule le long du tuyau et passe dans le plastique. On accroche le sac à la ceinture de son pantalon.

Merci s'empara d'un parapluie et examina la façon dont Lee LaLonde avait modifié les baleines et le nylon. De nouveau, elle le fixa.

— Parce qu'on vit dans un désert, c'est pour ça que t'as inventé ce machin ?

— Ouais, fit LaLonde. L'eau de la Colorado River n'est pas inépuisable. Ils disent qu'un de ces jours, y en aura plus assez pour nous alimenter.

— Tous les ans, c'est pareil, faut qu'on nous bassine avec les mêmes conneries !

Il haussa les épaules. Elle attrapa un appareil garni de dents. Les gencives étaient douces au toucher, les dents dures.

— Et tes prothèses, elles servent à quoi ?

— A protéger les dents pendant qu'on mange. La mastication, ça use l'émail. C'est encore plus mauvais que les caries.

— Et on mâche avec ces machins dans la bouche ?

— Au début, je pensais que ça pourrait être une façon de fabriquer ses propres dentiers. Bon marché. Styles différents. Comme ça on pouvait en changer comme de vêtements. A chaque occasion, sa dentition. J'avais baptisé ma trouvaille « Sourires de circonstance ». Une de ces idées de génie, qui s'avèrent pas si géniales que ça une fois qu'on s'attaque à la réalisation...

Elle jeta un coup d'œil à LaLonde, examina sa denture, laissa tomber les gencives de caoutchouc sur l'établi.

— T'es vraiment qu'une pauvre tache, Lee.

LaLonde ne souffla mot.

— Où est le corps de Janet Kane ?

— J'en sais rien, franchement j'en sais rien.

— On est également au courant pour Lael Jillson.

— Pas moi.

— Tim, soyez gentil, menottez-moi ce sac à merde.

Hess lui jeta un coup d'œil, se mit debout et aida LaLonde à se lever du canapé. Merci le regarda tandis qu'il attachait les poignets de LaLonde derrière son dos. Hess le fit se rasseoir, menotté, sur le canapé.

— Merci. Lieutenant Hess, pourquoi est-ce que vous n'allez pas faire un tour ? Et refermez donc la porte derrière vous, pendant que vous y êtes. Jetez un coup d'œil à l'extérieur.

Elle attendit près de l'établi que Hess traverse l'atelier. Il lui jeta un coup d'œil en passant mais elle ne put lire sur son visage. Il tira la porte derrière lui et Merci écouta l'écho métallique.

— C'est comme si t'étais en celloche, cette fois, fit-elle.

— Je suis pas au ballon, je peux ouvrir la porte à tout moment si je veux.

— Ils ont été salauds avec toi quand t'étais au trou ?

— Qu'est-ce que vous croyez, un gros gabarit comme moi ?

— Mouais, t'as pas dû rigoler beaucoup...

Il hocha la tête sans la regarder.

— T'es toujours à plancher sur un truc ou sur un autre, pas vrai ?

De nouveau, il hocha la tête. Elle sentait grandir sa

nervosité et c'était exactement le résultat qu'elle cherchait à obtenir.

— Je crois pas que tu l'aies tuée.

— Mais je l'ai pas tuée, c'est vrai !

— Lève-toi.

Il se mit debout, Merci le fit tourner en l'attrapant par une épaule. Elle fut étonnée de constater à quel point il était frêle. Bras tendu, l'index gauche pointé sur son omoplate, elle le guida vers la salle de bains.

— Mets-toi à genoux devant la cuvette. Exécution.

LaLonde s'agenouilla et, tournant la tête, leva les yeux vers elle. Merci jeta un coup d'œil dans la cuvette dont le couvercle était déjà relevé.

— Pas terrible. Mets la tête au-dessus, le cou appuyé sur le bord.

Il s'exécuta.

— Genoux serrés.

Il obtempéra de nouveau.

— Bon, alors voilà le deal, Lee. Tu m'as l'air d'être un gentil garçon. Ça me plairait pas des masses de t'arrêter pour le meurtre de Janet Kane. Mais compte tenu qu'on a relevé tes empreintes sur le fusible, j'ai guère le choix. Alors accouche. Explique-moi par quel hasard tes paluches ont atterri sur ce petit tube de verre et comment ce tube a pu se retrouver dans la BMW de Janet. Si je t'ai fait mettre devant les chiottes, c'est parce que je veux que tu penses à ce qui t'attend au cas où tu devrais passer le reste de ta vie aux gogues. Parce que c'est exactement là que tu vas te retrouver dans une heure si j'ai pas les réponses à mes questions.

Il secoua la tête d'avant en arrière.

— Je peux pas vous expliquer.

— Attends, je vais t'ouvrir des horizons...

Elle s'accroupit et, pesant de tout son poids, lui enfonça la tête dans l'eau. Il inspira vite fait avant d'entrer en contact avec le liquide nauséabond. Au bout d'une demi-minute, n'y tenant plus, il se mit à se débattre. Imaginant la tête de Kemp dans la cuvette, Merci fut à deux doigts de sourire. Elle le laissa reprendre son souffle puis lui replongea la tête dans la flotte.

— Lee, faut me dire ce que tu sais. Je sais que tu mens : je l'ai vu sur ton visage.

De nouveau, il secoua la tête puis essaya d'esquiver. Cette fois, elle l'empoigna fermement par les cheveux et s'assit sur lui. Lorsqu'elle sentit que la panique le gagnait, qu'il crevait de peur à l'idée de suffoquer, elle relâcha sa prise.

Il avala une grande goulée d'air, puis une autre. Toujours sans souffler mot.

Elle lui fit repiquer une tête. Elle avait les genoux pressés contre ses épaules, les bras tendus et les mains serrées autour de son cou. Pas bien difficile de peser de tout son poids sur lui.

Cette fois, elle le laissa un peu plus longtemps mariner dans son jus. Son cou rachitique était brûlant. Elle sentit combien il était paniqué à l'idée de se noyer. Elle le relâcha.

Il hoquetait, maintenant. Il n'arrivait pas à reprendre son souffle tant il haletait. Lorsque enfin il réussit à respirer à peu près normalement, elle attendit qu'il se décide à parler. Et comme rien ne venait, elle lui fourra de nouveau la tête dans la cuvette.

— Cette fois, t'es pas près de respirer, Lee, c'est moi qui te le dis.

Il se tortillait comme un ver, mais elle pesait de tout son poids sur ses épaules. Hors de question de lâcher sa prise sur le cou du maigrichon. Il essaya d'écarter les genoux et de lui échapper mais avec ses jambes elle lui maintenait fermement les bras. La voix de Lee résonna dans l'eau, sous forme de cri inarticulé. Jetant un coup d'œil derrière elle, elle le vit qui tendait désespérément les doigts. Des doigts raides comme des bouts de bois. Dignes d'un film d'horreur. Sensation de bien-être, pour

Merci : pas désagréable, de dominer complètement un petit voyou.

Lorsqu'elle le relâcha, il inspira à fond et se mit à tout lui déballer en courtes rafales :

— La foire au troc... Marina Park... Y a un mec qui m'a demandé si... si je pouvais lui fabriquer un truc... un truc pour neutraliser les alarmes de bagnole... C'est mes boîtes à cigares pour les téléphones portables qui lui avaient donné l'idée... que peut-être je saurais... Bref, il m'a demandé si je pouvais... mettre un bidule de ce genre au point... Je lui en ai bricolé un... Y m'a fallu deux fusibles de vingt ampères... Deux semaines plus tard... il est passé le prendre. Madame, madame... me recollez pas en taule... Je sais pas ce qu'il en a fait, moi... Trois, quatre mois après, il s'est repointé à la foire au troc... Je vais vous dire... quelle tronche il a... Je vais vous aider... à le coincer... Laissez-moi respirer, me renvoyez pas en prison...

Merci le lâcha et s'écarta. Lee LaLonde s'affaissa sur le carrelage crasseux.

Elle sortit et trouva Hess appuyé contre le mur.

— Intéressant, le bruitage, dit-il.

— Peut-être que j'ai de l'avenir là-dedans.

Dans sa voiture, elle récupéra le portrait-robot croqué par la dessinatrice de la police d'après la description du play-boy qu'avait aperçu Kamala Petersen au centre commercial.

Lorsqu'elle regagna la salle de bains de LaLonde, le jeune homme était assis par terre, l'air complètement dans le cirage. Hess se tenait un pied contre le mur, bras croisés, à l'observer.

Elle montra le dessin à LaLonde. Il le contempla un long moment. Hess jeta un coup d'œil au croquis, la regarda, et elle vit de la déception sur son visage.

— C'est lui, fit LaLonde avec un hochement de tête.

— *Son nom, Lee.*

— Bill quelque chose. Il m'a pas donné son nom de famille.

— Va te débarbouiller, tu pues, lui dit Merci. On dirait que tu sors d'un égout. Après ça, on aura une petite conversation, nous deux. Et ensuite, je retourne ton foutoir de fond en comble. Je veux mettre la main sur ton gadget. Parce qu'à mon avis, tu vois, c'est pas pour un dénommé Bill que tu l'as fabriqué. Mais pour toi.

Hess l'aida à se relever.

Trois heures plus tard, Merci abandonnait les recherches. Elle en savait plus qu'elle ne le souhaitait sur Lee LaLonde. Son boulot, son régime alimentaire, ses vieilles fringues, ses magazines techniques.

La mystérieuse copine se pointa comme une fleur à dix heures du matin et sans hésiter répéta la version de LaLonde : ils avaient passé la soirée ensemble ici même, la nuit où Janet Kane avait quitté le monde des vivants. Elle donna à Merci le numéro de téléphone de sa sœur, laquelle lui avait gardé sa môme pendant qu'elle s'était absentée pour rendre visite à Lee.

Hess fit sa petite enquête par téléphone sur la fille tandis que Merci l'interrogeait. Elle avait été chopée deux fois pour détention de drogue, appréhendée deux fois pour ivresse sur la voie publique, une autre fois pour racolage.

Il prit Merci à part.

— La jeune personne a un casier : stups et prostitution.

— Je vais leur mettre Riverside au train. Qu'ils me les surveillent.

— Si ce fusible est celui que notre homme a utilisé, qu'est-ce que ça nous apprend ?

— Que le gadget est nase, maintenant.

Merci retourna trouver l'inventeur et sa petite amie, assis côte à côte sur le vieux canapé.

— Je te laisse ici pour l'instant, dit Merci. Si tu vois Bill, tu m'appelles. Si tu te souviens de quoi que ce soit concernant Bill, pareil. Si tu rêves de Bill, tu me bigophones. Si jamais Bill se pointe en te demandant de lui réparer son joujou, alors là tu fonces sur le téléphone comme jamais de ta vie t'as foncé. Ce que je dis, c'est également valable pour toi, craquette.

Elle griffonna son numéro de téléphone personnel et celui de son portable au dos d'une carte de visite qu'elle posa sur l'un des établis.

— Je compte sur toi, Lee. J'attends de tes nouvelles.

17

Cet après-midi-là au commissariat central du département du shérif, Hess s'installa dans une salle de conférence vide munis des gros classeurs bleus afin de comparer les photos anthropométriques qu'ils contenaient avec le portrait-robot remis par Merci. Elle avait déjà examiné le registre des condamnés pour affaires de mœurs et elle avait demandé à Hess de s'y mettre à son tour. « Histoire de comparer... » Hess n'y voyait pas d'inconvénient. Il sentait son sang bouillonner bizarrement, il avait l'impression que ça faisait des bulles à l'intérieur.

Sur les 3 700 délinquants sexuels enregistrés dans le comté d'Orange, 335 vivaient dans des secteurs géographiques couverts par le département du shérif. 259 étaient considérés comme « sérieux », 11 autres comme « à haut risque ». Pour être comptabilisé dans la catégorie « haut risque », il fallait avoir à son actif trois agressions sexuelles violentes ou plus. La catégorie « sérieux » regroupait les criminels qui en avaient commis deux ou moins. Le programme SONAR d'enregistrement et de notification publique des condamnés pour atteinte aux mœurs avait été mis sur pied de façon à recenser ce type d'agresseurs et à pouvoir les localiser à tout moment.

Il avait déjà éliminé les onze contrevenants dits « à haut risque ».

Il en était maintenant arrivé à la lettre *D* de la catégorie

« sérieux ». Passablement surpris, il constata qu'un violeur ayant commis deux viols et qui avait récemment été relâché à l'âge de trente-six ans était considéré comme un délinquant sérieux et non à haut risque.

D'Amato, Darcet, Davis, Deckard...

Trop gros... Trop vieux...

Selon la fiche d'emprunt, quatre des trente-cinq classeurs étaient entre les mains de l'équipe SONAR qui transférait la plupart des infos sur CD-rom afin d'en rendre la diffusion publique. Une loi récente faisait obligation aux services de police de mettre leurs registres d'agresseurs sexuels à la disposition du public dans les zones géographiques fortement peuplées. SONAR effaçait les adresses (mais pas les codes postaux) des données avant de les rendre publiques, de façon à ne pas encourager les voisins à faire un esclandre. Les membres de l'équipe SONAR avaient atteint dans leur travail de saisie informatique les trois derniers classeurs, allant de la lettre *I* à la lettre *Z*, ainsi que celui consacré aux psychopathes et autres malades psychiatriques serrés pour affaires de mœurs.

Il étudia de nouveau le croquis de la dessinatrice de la police. Le type aperçu par Kamala Petersen avait une moustache. Des cheveux blonds bouclés. Hess n'avait jamais vu de portrait-robot portant manteau long et gilet. La dessinatrice avait mis comme de la tristesse dans les yeux de l'homme. Mais peut-être s'était-elle laissé influencer par l'hyper romantisme de Kamala.

Ce visage était intéressant, songea Hess, séduisant, soigné, peu ordinaire. Mais en quoi sortait-il de l'ordinaire ? Ce n'était pas le Californien du Sud typique. Les moustaches, c'était démodé. Les cheveux longs aussi. Son apparence n'était ni banale, ni décontractée ; elle avait quelque chose de travaillé, d'artificiel, qui faisait songer à une création. On aurait dit qu'il s'était fabriqué un look. Mais quel genre de look ? A quoi cherchais-tu à ressembler ? A un mannequin, comme se l'était imaginé

Kamala ? A un acteur ? A une vedette ? Voyons, maintenant, décris-le en un minimum de mots : intelligent, secret, l'air d'un homme qui a des regrets.

Des regrets ? En quarante ans de carrière dans la police, c'était bien la première fois que Hess utilisait ce mot pour décrire un suspect présumé. Des regrets, on en avait plus tard, au tribunal peut-être, mais avant...

Ça remonte peut-être à l'époque où il était adolescent, mais à un moment donné il a dû avoir maille à partir avec la justice, songea Hess.

Des regrets... Tu regrettes vraiment ce que tu as fait ? Ou est-ce que cette tristesse fait partie de ton look, des apparences ? Personnellement, si j'avais kidnappé deux femmes, que je les aie suspendues à une branche pour les éviscérer et les saigner, je ne me sentirais pas spécialement gai, ça c'est sûr. Mais tout le monde ne réagit pas de la même façon.

C'était d'ailleurs ce qui faisait la différence entre les pires crapules et le reste de l'humanité : les crapules n'éprouvent ni regret ni remords, pas le moindre sentiment pour quiconque excepté elles-mêmes, les crapules n'ont pas de conscience. Le hic, c'est que Hess connaissait des tas de gens qui fonctionnaient de cette façon et n'étaient pas pour autant des criminels. Certains d'entre eux étaient même flics, d'autres adjoints du shérif. D'autres, comptables et mécaniciens. D'autres encore, enseignants. Les femmes au foyer étaient rares dans ce cas, car ce type de population était essentiellement masculine.

Delano, Dickerson, Diderot...

Non, non, non.

Eichrod. Hess ouvrit les anneaux du classeur et sortit sa fiche signalétique. Eichrod, Kurt, trente-deux ans, un mètre soixante-dix-sept ; quatre-vingt-quinze kilos ; yeux marron. Cheveux longs, bouclés, châtains. Moustache. Trouvé en possession de publications obscènes ; racolage ; actes indécents ; voyeurisme ; voies de fait avec intention de violer. Deux de ses condamnations pour agression sexuelle lui avaient valu un total de quatre ans de prison. Il avait été libéré en conditionnelle en 1995, et il avait fini sa conditionnelle sans incident à la fin de l'année précédente.

Hess posa le portrait-robot près de la page du classeur et l'examina. Il y avait des similitudes, et des différences.

Ce qui troublait Hess, c'est qu'on remarquait dans les infractions commises par Eichrod une tendance certaine à l'escalade. Il était passé de la pornographie aux agressions sexuelles en l'espace de six ans.

On ne commence pas par un acte de cette ampleur. On s'y prépare. Il faut se préparer, se forger une méthode.

Le *comment*, songea Hess, voilà ce qu'il lui fallait découvrir. Leur homme avait-il un passé de chasseur, boucher, ouvrier dans une conserverie de viande ? Embaumeur ?

Le casier judiciaire d'Eichrod le renseignerait sur ce point. Il mit la fiche de côté afin d'en faire une photocopie ultérieurement.

Gilbert, Greers, Gustin, Gutierrez...

Non.

Dingue, le nombre de criminels sexuels qu'il pouvait y avoir de par le monde ! Et encore, ça c'était uniquement ceux qui avaient été appréhendés, condamnés et enregistrés. Les criminologues considéraient qu'en réalité ils étaient quatre fois plus nombreux. Hess se sentait honteux en pensant à ceux des représentants du sexe fort qui, incapables d'accouplements légitimes, avaient recours à la violence pour assouvir leurs pulsions. Les besoins sexuels, ça pouvait drôlement vous détraquer un mec. Ça, et le besoin de se procurer de l'argent.

Il parvint à la page consacrée à Ed Izma et étudia la photo du géant. Sur la petite photo au format identité, Izma perdait beaucoup de son air menaçant.

Jackson, James, Jerrol...

Mickler, Mondessa, Mumford...

Non, non, non.

Pule, Ronald E., kidnappeur, violeur, sadique confirmé. Jouet favori : les tenailles. Il avait « tiré » quatorze ans en Géorgie. Sa seule condamnation. Considéré comme à haut risque étant donné les circonstances particulières qui avaient entouré son acte : kidnapping et sodomie. Il avait quarante ans, ce qui ne collait pas avec le profil du docteur Page. Chez lui, pas d'escalade, apparemment. Pas de progression par paliers successifs. Il avait tout simplement « explosé » un beau jour, en pleine possession de ses moyens. C'était un grand type, probablement suffisamment costaud pour suspendre une femme adulte à la branche d'un arbre : il mesurait en effet un mètre quatre-vingt-dix pour cent dix kilos. Trop corpulent pour se glisser sur le siège arrière d'une voiture ? Peut-être. Il avait les cheveux longs, blond-châtain, et une moustache. Et il y avait quelque chose de spécial dans ses yeux. L'expression que la dessinatrice avait essayé de rendre sur le portrait-robot. Du remords ? De l'apitoiement sur soi ?

Hess, qui avait déjà mis de côté la fiche d'Eichrod, posa dessus celle de Pule et continua à feuilleter les registres.

Une heure plus tard, il était à son bureau, dans la salle des enquêteurs, avec les fiches d'Eichrod et de Pule. Il était presque sept heures, Hess était seul dans les locaux. Il consulta sa montre, vit qu'on était vendredi 13. Il avait déjà photocopié les fiches d'Eichrod et de Pule et il se promit de se procurer les registres manquants, ainsi que le volume consacré aux dingos, auprès de l'équipe SONAR, lorsque les gars débouleraient le lendemain matin à la première heure. Puis il se rendit compte qu'il lui faudrait attendre trois jours. Jeune enquêteur, ça le foutait en pétard de ne pas pouvoir contacter les gens le week-end. Il faillit se remettre en rogne, là maintenant. Puis, avec un soupir, il se dit que les registres T à Z et les malades psychiatriques condamnés pour affaires de mœurs devraient attendre. Il n'avait pas le choix.

Rien dans leur dossier n'indiquait qu'Eichrod ou Pule

aient eu la moindre expérience en tant que bouchers, ouvriers dans une conserverie de viande ou embaumeurs, et cela ne surprit Hess que modérément.

Il examina de nouveau la photo de Ronald Pule, la compara avec le dessin. C'était prometteur. Par contre, les photos anthropométriques prises lors de son arrestation ne ressemblaient absolument pas au portrait-robot : il avait le visage plus large, les yeux plus petits, et sa bouche étroite ne rappelait en rien la bouche charnue du type qui avait éveillé l'intérêt de la petite Petersen.

Mais Kamala avait pu exagérer ses qualités.

Hess regarda Rayborn qui s'avançait vers lui avec des gros classeurs bleus dans les bras et un journal coincé sous chaque aisselle. Ses cheveux, qu'elle avait laissés flotter sur ses épaules, encadraient son visage. Elle semblait concentrée. Comme d'habitude.

Elle posa sa pile de classeurs sur le bureau de Hess, gardant pour elle les journaux.

— Les T à Z et les dingos ? demanda-t-il.

— Je les ai récupérés auprès de Carla Fontana, la psy de l'équipe SONAR.

Elle laissa tomber les journaux sur le bureau voisin de celui de Hess et s'assit dans le fauteuil pivotant.

— Laissez-moi deviner. Vous avez flashé sur les fiches d'Eichrod et de Pule...

Il sourit et, de ses jointures, tapota les photocopies. La peau de sa main le brûlait. Hess l'examina.

Elle s'empara d'un des journaux, retira la bande de plastique et considéra la une.

Hess se mit au travail sur les T.

Tabling, Tanaha, Tenerife...

Non, non, non.

L'espace d'une seconde, il se retrouva à l'intérieur de l'immense cathédrale liquide et bouillonnante, au Wedge. Puis il prit Barbara sur le sèche-linge, sa jupe relevée, dans la buanderie de leur premier appartement, les fenêtres voilées d'humidité, tandis que dehors tombait une pluie battante à trois heures du matin. Instant délicieux, occasion qu'on ne peut laisser passer quand on est des jeunes mariés.

— Quoi ? fit Merci.

Il leva les yeux du registre des délinquants sexuels.

— J'ai entendu comme un grognement, fit-elle.

— Sans doute parce que je pensais au dîner.

— Je croyais que la chimio et les rayons vous tuaient l'appétit.

— Ils étaient également censés me faire perdre mes cheveux. Je suis pas si affamé que ça.

— Mais suffisamment pour grogner ? Peut-être que vous devriez manger.

Il ne lui fallut pas longtemps pour finir d'examiner les volumes, peu de noms en effet commencent par les six dernières lettres de l'alphabet. Quant au registre des malades psychiatriques et autres psychopathes récemment relâchés qui avaient commis des crimes sexuels, il était plutôt mince.

Aucun d'entre eux ne ressemblait — même de loin — au dessin de Merci. L'un des dingos avait les yeux foncés, humides, décrits par Kamala, cet air d'avoir des remords, mais, à part ça, aucune ressemblance.

— Colesceau, dit-il. Matamoros Colesceau.

Rayborn ne leva même pas le nez.

— Non. Son truc à lui, c'est les vieilles, celles qui sont sans défense. Les yeux sont intéressants, mais il n'y a pas d'autre ressemblance physique. En outre, on l'a castré.

— *Castré ?*

— Ouais, aux termes de la loi AB-33-39, chapitre 596. On n'aura pas de mal à le localiser.

Lorsque Hess leva la tête, elle se tenait près de son bureau, sourire aux lèvres. Elle posa un journal devant lui.

Et comme par hasard, Colesceau figurait à la une, ne

présentant qu'une lointaine ressemblance avec la photo anthropométrique prise lors de son arrestation : les cheveux plus courts, le visage épaissi, il était même un peu bouffi. Il portait une chemise à manches courtes avec son nom sur la poche. Il semblait descendre d'un véhicule, et le photographe, manifestement, l'avait pris au dépourvu. Il faisait mine de lever la main pour dissimuler son visage, et ça lui donnait l'air pathétique. Hess fut déçu parce qu'il ne ressemblait en rien à l'homme mystère de Kamala Petersen. Les yeux, peut-être. Mais avec une perruque et une moustache... Ouais, avec une perruque et une moustache, il y avait un tas de gars qui pouvaient ressembler au sémillant jeune homme aux yeux humides dépeint par la trop romanesque Kamala : des blonds, des roux, voire des carrément chauves.

— On va pouvoir suivre le moindre de ses faits et gestes maintenant, dit Merci. Pauvre dingo, on lui a coupé les roupettes. En fait, j'exagère, les roupettes, on les leur coupe pas. Et les effets du traitement hormonal s'atténuent lorsqu'on arrête les injections. La punition n'est que temporaire.

Hess prit connaissance du titre : *Un violeur castré provoque une levée de boucliers dans le comté d'Orange.*

Alors que Hess lisait l'article, il remarqua que Merci composait un numéro sur le téléphone du bureau. Il apprit que Colesceau arriverait au terme de sa conditionnelle le mercredi suivant, date à laquelle sa castration chimique prendrait fin. L'équipe SONAR avait décidé de mettre le voisinage au courant, d'où le brouhaha et l'article. Les voisins commençaient déjà à protester.

— Allô, Kamala ? Merci Rayborn à l'appareil...

Il lut la déclaration de Wallace Houston, porte-parole du département du shérif. « Notre préoccupation première est la sécurité du public. Nous voulons que les gens sachent qui est cet homme et ce qu'il a fait, mais aussi qu'ils le laissent tranquille. »

De ce côté-là, c'est réussi, Wally ! songea Hess. Wally

la Fouine. Il y avait une photo de Trudy Powers, la jeune femme qui avait organisé le mouvement de protestation. Blonde et belle. Elle brandissait une pancarte où on pouvait lire : LES VIOLEURS FONT DE MAUVAIS VOISINS.

— ... savoir si la photo qui est dans le *Times* d'aujourd'hui ressemble à l'homme que vous avez vu au centre commercial, disait Merci.

Continuant de lire, Hess apprit que Colesceau avait un job à plein temps à Costa Mesa et habitait un appartement au 12 Meadowlark depuis sa sortie, trois ans plus tôt, de l'hôpital psychiatrique d'Atascadero. Il s'était porté volontaire pour subir le traitement au Depo-Provera, rejoignant ainsi les onze autres psychopathes qui avaient été inclus dans le protocole. On lui faisait une injection et on l'interrogeait toutes les semaines. Le Depo-Provera est le nom commercial d'une hormone féminine, l'acétate de médroxyprogestérone, laquelle provoque — lorsqu'elle est absorbée par des sujets de sexe masculin — poussée des seins, chute des poils et atrophie des parties génitales.

Et voilà qu'une semaine avant la fin de sa conditionnelle, on ne trouve rien de mieux que de le balancer à ses voisins ! songea Hess. Et moi qui croyais que j'avais des problèmes...

— ... vous dites que ça pourrait être lui mais que c'est probablement pas ça ? C'est bien cela ?

Hess apprit également que Colesceau, né en Roumanie, avait été arrêté et jugé dans le comté de Los Angeles. Il nota mentalement qu'il lui fallait se procurer son casier judiciaire afin d'essayer de savoir si cet homme soufflé, castré chimiquement, n'avait pas dans ses antécédents une expérience de la chasse, du travail dans une conserverie de viande, ou de l'embaumement.

— ... rien n'empêche un type de se mettre une moustache postiche ou de changer de vêtements aussi souvent qu'il le souhaite, vous en êtes bien consciente...

En fait, il se serait bien rendu au fichier central pour

réclamer au responsable le casier de Colesceau s'il n'avait été fermé. Hess eut soudain l'impression de faire corps avec son fauteuil. Comme soudé, il ne pouvait plus en décoller. Il se carra dans son siège, croisa les mains derrière la nuque pour essayer de masquer son malaise. De nouveau, il lui sembla avoir les jointures en feu. A croire qu'on les lui avait trempées dans l'acide.

— ... l'intention de vous en montrer deux autres. Le samedi matin, ça m'arrange plutôt...

Hess se demanda si c'étaient les rayons qui lui faisaient cet effet-là. Il n'était censé éprouver des sensations bizarres que beaucoup plus tard.

— Kamala ne croit pas que ce soit lui, annonça Merci. Elle a vu le journal. Le look ne colle pas. Elle m'a fait remarquer que son lascar portait des fringues branchées. Intéressant, non ? De toute façon, pour elle, ce gars-là n'est pas le bon. Dimanche matin, on lui montrera les photos d'Eichrod et de Pule.

Il eut conscience qu'elle le regardait en reposant le combiné. Elle le reluquait même carrément, sans chercher à se cacher. Rien à voir avec les coups d'œil furtifs qu'elle lui avait lancés dans la voiture pendant qu'ils se rendaient à Elsinore.

— Hess, à quoi vous pensez quand vous avez les yeux dans le vague ?

Il haussa les épaules. Il se sentait mal en point, maintenant. Mal fichu jusqu'à la moelle des os, c'était là d'ailleurs, ainsi que les médecins le lui avaient dit, que la chimio faisait le plus de ravages. Parce que la moelle fabriquait les globules blancs. Et que, si on se mêlait de la production de ces globules blancs, leur nombre pouvait baisser de façon inquiétante. On pouvait s'anémier. On pouvait en crever. De ça ou du millier de maladies qu'on pouvait choper comme un rien quand le taux de globules blancs chutait. C'était pour ça qu'on lui faisait des analyses de sang une fois par semaine — pour empêcher les substances chimiques qu'on lui injectait de lui faire à coup sûr ce que le cancer risquait seulement d'accomplir.

— C'est à ce moment-là que vous voyez des trucs ? Comme les femmes suspendues à l'arbre, avant de repérer les traces de corde sur la branche ?

— Non.

— J'aimerais bien savoir comment vous...

Elle ne finit pas sa phrase ou alors il ne l'entendit pas. Un grand train de voyageurs gris métallisé lui traversa en grondant les tympans, il sentit vibrer les rails dans les os de ses jambes. Puis il reçut comme une bouffée de vapeur brûlante sur le visage. Le bruit était atrocement fort.

Puis le calme.

Son cœur cognait, son visage était encore brûlant et, lorsqu'il regarda Merci, il vit que sa silhouette était soulignée d'un liseré d'un rouge tremblotant.

— Faut commencer par faire le vide dans sa tête.

— Vous êtes sûr que ça va, Hess ?

— Il faut oublier ce que vous croyez savoir. Toutes vos hypothèses. Elles ne font que vous encombrer.

— Ouais, je vois. Mais on discutera de ça un autre jour, d'accord ?

— Il faut commencer par ce que vous savez à coup sûr. Quand j'étais près de l'Ortega, que je regardais le sol, que j'ai vu le sang par terre, j'ai constaté qu'il n'y avait pas d'éclaboussures, comme on peut en trouver au terme d'une lutte. J'ai vu que ç'avait dû couler lentement, d'une source pratiquement immobile. Je me suis dit qu'elle était ligotée d'une façon ou d'une autre pendant qu'on la saignait. Vous voulez savoir ce que j'ai vu en premier ? Une femme dans un cocon. Puis une femme dans une toile d'araignée. Immobilité totale. Immobilisation. J'en suis toujours à me demander si par hasard il ne commence pas par empoisonner ses victimes. Bref, je sais que j'ai une femme — morte — qui se vide de son sang. Puis je vois ce qui en reste quand il a fini — rien. Parce qu'il l'a embarquée avec lui. C'est un sacré boulot, ça demande une drôle d'énergie et de la préparation. Je l'ai vu retourner à sa voiture, une valise dans chaque main. Des bagages costauds en plastique lavable, imperméable, à bords arrondis gris. Mais ça n'avait pas de sens parce qu'elle était trop grande et trop lourde. Et que, étant donné ce que nous avons trouvé, il ne l'a pas découpée en morceaux. Il l'a emportée intégralement. Faut bien voir une chose : pour lui, cette femme est d'une importance capitale. Depuis le début, il projette de la ramener chez lui et il n'a pas envie de l'esquinter. Il ne voulait pas l'endommager, mais il voulait la saigner et il voulait son corps. Pourquoi, alors qu'il y a des tas d'endroits le long de l'Ortega, l'a-t-il emmenée à cet endroit précis ? J'ai levé les yeux, j'ai vu la branche, basse mais suffisamment épaisse. Tout d'un coup, je me suis souvenu d'un cerf qu'on avait suspendu à un arbre pour le vider de son sang après que mon père l'eut tiré chez mon oncle, dans l'Idaho. Alors j'ai grimpé à l'arbre et j'ai trouvé les encoches.

Elle ne souffla mot. Hess ne savait même pas si elle avait entendu. Il avait l'impression que sa voix venait d'un canyon distant de quelque trente kilomètres.

Hess décroisa les doigts de derrière sa nuque et reprit le journal. Il voulait avoir l'air en forme, valide. Il rejeta le quotidien, comme agacé par ce dernier, et croisa les mains sur son ventre. Ses mains tremblaient mais son cœur se calmait et Merci n'était plus silhouettée en rouge. Il avait toujours le visage en feu, mais ses jointures avaient cessé de le brûler. Il prit une profonde inspiration et eut l'impression que ça allait, maintenant.

— C'est facile sur le papier, dit-elle. En théorie. Mais quand je suis allée là-bas et que j'ai essayé à mon tour de visualiser la scène, tout ce que j'ai vu, c'est ce que vous m'avez raconté.

— Faut avoir l'esprit libre pour se livrer à ce genre d'exercice.

— C'est difficile de faire table rase des suppositions. Il

faut bien en faire, des suppositions. Partir de quelque chose, d'une hypothèse quelconque. Avec l'arbre, par exemple, il fallait supposer que le corps était là. Alors qu'en fait il aurait très bien pu la saigner ailleurs, verser le sang dans un récipient et le répandre ensuite là où nous l'avons trouvé. Pas vrai ? Vous êtes parti du principe que le corps et le sang n'avaient pas été séparés.

— C'est vrai, oui.

Il sentit que les battements de son cœur ralentissaient et que sa vue redevenait nette. Mais il avait toujours l'impression d'être collé à son siège et n'arrivait pas à s'imaginer debout.

— Ça vous arrive de voir des trucs qui sont faux ?

— Pas aussi nettement que les vrais.

Il la regarda. Elle était assise à califourchon sur le fauteuil pivotant, penchée en avant, jambes écartées. Ses bras étaient contre le dossier et elle avait appuyé son menton sur son poignet.

— Le fait de voir des trucs moches, ça aide. Plus on avance en âge, plus on en voit.

Hess s'attendait à ce qu'elle lui balance une remarque du style « j'ai pas besoin de vos aphorismes à la noix », et franchement il n'aurait pu lui en vouloir de la formuler. Au lieu de quoi, elle garda le silence un long moment.

— J'ai travaillé sur trente-huit affaires d'homicide, et vous ?

— Moi, huit cent quatorze.

— Autant dire que vous avez une sacrée bibliothèque dans laquelle piocher...

— Quarante-trois ans dans la police. Plus la Corée.

— Comment se fait-il que les gens qui ont fait la guerre s'arrangent toujours pour le mentionner ?

— On en est fiers.

— Comment ça, fiers ?

— Ouais, fiers d'en être sortis vivants.

— Jamais je ne ferai la guerre.

— C'est pas une mauvaise chose.

— Ça dépend, ça m'aurait permis d'enrichir ma bibliothèque.

Hess réfléchit. C'était un vrai plaisir d'avoir l'esprit lucide, surtout après cette révolte de tout son corps.

— Vous savez, pour la bibliothèque, on est membre à vie. Les choses que vous voyez ne disparaissent pas comme ça de votre conscience. Les stéréotypes, les clichés, tout ce qu'on entend dire sur le *burn-out*[1], la boisson, la dépression, le suicide : tout ça, c'est vrai.

— Mais elles ne se produisent pas nécessairement.

Il la considéra avec un sourire, moitié parce qu'il appréciait son optimisme et moitié parce qu'il voulait se donner l'allure de quelqu'un qui a de l'entrain alors qu'il n'en avait guère. Elle se tut de nouveau. Elle avait toujours le menton appuyé sur le poignet et elle le dévisageait d'un air de franche curiosité comme un petit garçon qui examinerait un insecte découvert à la lumière du porche.

— Pas commode cette affaire, Hess.

— Je sais, ce sont les pires. Un mec qui regrette rien le lendemain matin. Et qui se met à planifier son prochain meurtre.

— Et vous trouvez pas ça bizarre, ce regard qu'il a sur le portrait-robot ? Comme s'il était triste ou quelque chose dans ce goût-là ?

Il hocha la tête en signe d'acquiescement. A cet instant il se sentit fier d'elle et il aurait voulu pouvoir le lui dire sans qu'elle prenne ça pour de la condescendance.

— Jamais vu un regard comme celui-là, dit-elle. Je me demande si Kamala Petersen ne l'a pas inventé.

Elle se leva, poussa la chaise du bout du pied. Les mains sur les hanches, elle l'examina d'un air incertain.

— On est vendredi soir, lieutenant. Ça vous dirait de casser une croûte ?

1. Syndrome assez répandu dans la police : épuisement nerveux causé par le stress. *(N.d.T.)*

Hess dit qu'il n'était pas contre puis il se rappela soudain qu'il allait lui falloir faire des efforts considérables pour se lever de son fauteuil.

Trop tard maintenant, songea-t-il. Les bras le long des accoudoirs, il se cala les pieds bien à plat par terre et fixa Merci, histoire de voir si elle se rendait compte de son état de faiblesse. Elle était près de lui, lui tendant une de ses grandes mains. Il la prit avant de comprendre la portée de son geste.

Il la laissa l'aider à se mettre debout, s'en remettant à sa force.

18

Assis dans la pénombre de son séjour du 12 Meadowlark, Colesceau écoutait gronder la foule dans la rue. Ses stores étaient baissés, les lumières éteintes. Il fixait obstinément les images qui défilaient sur l'écran de son téléviseur, tout en suivant avec attention ce qui se passait dehors. Il avait le cœur si lourd qu'il lui semblait qu'il allait s'arrêter de battre. Cinq jours avant la fin du cauchemar, voilà ce qu'ils trouvent le moyen de vous faire subir. La rage le prit, ses bras en tremblèrent. Il avait l'impression de sentir le poids d'un pic à glace entre ses mains.

Lorsque les psalmodies cessèrent, il s'approcha et releva imperceptiblement les stores de façon à distinguer ce qui se passait à l'extérieur. Mais à peine eurent-ils remarqué que les lamelles bougeaient qu'ils se remirent à hurler. Cela faisait deux bonnes heures que ça durait. Hier, ç'avait continué comme ça pendant les six heures qui avaient suivi son retour du boulot. Il n'en revenait pas de voir qu'un article paru dans le journal de la veille pût donner aussi rapidement naissance à une foule. Un jour, il jouissait de sa tranquillité ; le lendemain, les citoyens réclamaient sa tête. Et les photographes lui étaient tombés dessus à peine descendu de sa petite camionnette rouge.

Il regarda à travers l'interstice le visage outragé de la

belle Trudy Powers, crispé en un masque de haine à l'état pur. Elle agitait une pancarte au rythme de la litanie martelée par la foule : « Sécurité dans le quartier pour nos enfants ! Sécurité dans le quartier pour nos enfants ! »

Sur sa pancarte, cette phrase : LES VIOLEURS FONT DE MAUVAIS VOISINS. Trudy l'agitait de haut en bas comme une fan en folie à un match de foot.

Jésus, songea Colesceau, je ne suis pas exactement dingue des gosses, mais jamais il ne m'est venu à l'idée de leur faire du mal. Il se demanda ce que la police avait bien pu raconter à ces gens-là. Savaient-ils qu'il avait été condamné pour tentative de viol sur des vieilles d'une laideur pathétique et totalement sans défense, et non sur des enfants d'une santé éclatante comme ceux que pouvaient mettre au monde des gens du genre de Trudy Powers ? Savaient-ils qu'il était bourré à craquer d'hormones femelles et en conséquence aussi inoffensif que l'agneau ? Non, il n'en revenait pas. Il se toucha les parties — de pauvres petites boulettes de papier mâché.

Les reporters étaient toujours là, eux aussi. Pas les mêmes que précédemment, mais il n'était pas difficile de comprendre quel métier exerçaient ces gens-là : caméras, micros, visages affamés, mines sévères. Il y avait deux fourgonnettes des actualités garées de l'autre côté de la rue. Et l'une d'entre elles portait le logo de la chaîne qu'il regardait en ce moment même.

Plus que cinq jours à tirer, et maintenant, ça. Merci, Holtz. Merci, Carla. Merci à cette putain de police. Au moins, en Roumanie, ils vous fusillent et basta.

Il referma complètement les stores et gagna la cuisine. Il se prépara un grand bloody mary avec le mélange qu'il gardait au frigo et la vodka qui était au freezer, et il ajouta au cocktail une cuillerée de sauce pimentée.

Son téléphone sonna de nouveau. Holtz avait téléphoné une fois hier, une fois aujourd'hui. Kaufman, l'avocat de l'ACLU, avait appelé à deux reprises aujourd'hui et promis de rappeler. Effectivement :

« Monsieur Colesceau, Seth Kaufman à l'appareil, de l'American Civil Liberties Union. Je voulais vous dire que nous sommes inquiets concernant vos droits. Nous pensons pouvoir vous aider et sommes tout disposés à le faire. Je vais vous laisser mon numéro. Encore une fois, je vous encourage vivement à vous mettre en contact avec notre association. Nous ne pouvons pas vous aider si vous ne nous donnez pas un coup de main. Mon numéro personnel est le... »

Colesceau sentit un mouvement de colère le parcourir telle une décharge. Il empoigna le combiné.

— Matamoros à l'appareil !

— Bien, je suis heureux que vous ayez décroché. Comment vous vous en sortez, monsieur Colesceau ?

— Qu'est-ce que vous croyez ? J'ai l'impression d'être un animal...

— Le traitement qu'ils vous ont réservé, c'est pire que ce qu'ils auraient fait subir à un animal. Dites donc, j'entends comme un bruit de fond. Ce sont vos voisins ?

— Ils psalmodient comme des moines. Des heures durant. Si ça continue, je vais perdre la boule.

— Est-ce que je peux passer vous voir ? Tout de suite ? Je crois qu'on pourrait obtenir du tribunal qu'il les oblige à cesser leur manège ou du moins à s'installer plus loin. Vous habitez une résidence, je crois ?

— La Quail Creek Apartment Homes, à Irvine.

— C'est une propriété privée. Vous avez une entrée de service qui dessert votre appartement ?

— Non.

— Très bien. Ecoutez, y a un tas de gens qui sont de votre côté. Et nous nous faisons fort d'en rallier d'autres à votre cause à condition que vous vous battiez et que vous fassiez entendre votre point de vue. Ça vous ennuierait de faire une déclaration devant la caméra ? Vous pourriez gagner des téléspectateurs à votre cause.

— Je n'ai rien à cacher. Mais je n'aime pas les caméras.

— Bon, alors pas de caméra. En attendant qu'on se rencontre, pas un mot à quiconque. N'ouvrez surtout pas votre porte. Ne dites rien à ces gens-là. Je vous appelle de L.A. Donc il va me falloir environ une heure pour être chez vous. Je vous ferai sortir de votre appartement. On pourra aller boire un café, ou dîner si vous voulez. Ou alors je peux apporter de quoi manger...

— C'est pas une mauvaise idée, sortir me fera du bien.

— Est-ce que vous avez une copie du protocole médical que vous avez signé à votre sortie de l'hôpital ?

— Oui.

— C'est parfait. Donnez-moi votre adresse.

Kaufman avait apporté un manteau que Colesceau enfila par-dessus sa veste avant de franchir la porte d'entrée et de recevoir les injures et les lazzis de la foule. Même avec le visage dissimulé sous le manteau, il distinguait les flashes des photographes, il sentait la blancheur crue des projecteurs des cameramen. Les cris triplèrent de volume tandis qu'ils approchaient de l'allée et de la voiture de Kaufman.

« ... Barre-toi d'Irvine... Sale pourri... Fais tes malles... Fous le camp... Sac à merde... Violeur... Porc immonde... Ne reviens jamais dans le secteur... Fous le camp... Casse-toi, saloperie d'animal... T'amuse pas à fermer l'œil... On va faire cramer ta baraque... et toi avec... »

— La « middle class » en folie, chuchota Kaufman en ouvrant sa portière et en invitant Colesceau à monter. Pour les classes moyennes, vous êtes la distraction de la semaine...

Quelques instants plus tard, Kaufman taillait la route avec son passager.

Kaufman proposa un restaurant familial situé sur un boulevard bruyant de Costa Mesa. Il appelait les serveuses par leur prénom et semblait attendu. Colesceau fut sidéré qu'on le présente et qu'elles ne reculent pas, horrifiées. Pratt et son alter ego Garry avaient parlé de lui à tous leurs clients avant qu'il commence à travailler au garage, et il était rare qu'il rencontre des gens qui ne fassent pas preuve d'un intérêt morbide à son égard. Ça se lisait dans leurs yeux.

Ils s'installèrent dans un box du fond, non loin du couloir menant aux toilettes. Un grand box calme, recouvert de vinyle. Des fougères de plastique étaient suspendues au-dessus des banquettes par de fines chaînes. Le chariot pour débarrasser la vaisselle sale était plein à ras bord, de l'autre côté de l'allée. A part ça, la table était bien située.

Il examina l'avocat pour la première fois : beau gosse, la trentaine et la super forme, cheveux châtain doré, yeux très bleus. Bel homme parce que méticuleusement soigné : dents éblouissantes, ongles passés au vernis incolore, coiffure impeccable. Colesceau, qui aimait lécher les vitrines et s'y connaissait en prêt-à-porter masculin, se dit que Kaufman avait dû payer sa cravate quatre-vingts dollars au bas mot. Il ne trouva rien de surprenant à être représenté par un avocat qui manifestement réussissait dans son métier. Kaufman commença par lui expliquer ce qu'était l'ACLU. Une association qui protégeait les droits constitutionnels des individus, souvent contre les organismes mêmes qui étaient censés les garantir : gouvernement, police, tribunaux, etc. L'ACLU ne prenait pas d'honoraires à ses clients. Tous les avocats qui y travaillaient touchaient un salaire annuel modeste. C'était grâce à eux qu'avaient été prises certaines des décisions les plus importantes de ce pays, ils avaient défendu avec succès des hommes et des femmes aussi bien devant des petits tribunaux régionaux que devant la Cour suprême, à Washington DC. Kaufman voyait dans son organisation la meilleure arme qu'un citoyen pût brandir contre le pouvoir de l'Etat. Une arme contre le fascisme, le racisme, la privation de liberté personnelle. Une sorte de David devant le Goliath de l'Etat.

Kaufman lui cracha tout ça à la vitesse d'une mitraillette. Colesceau avait l'impression qu'il avait répété son topo au moins un million de fois. La serveuse prit leur commande.

— Etes-vous disposé à me parler à cœur ouvert ? questionna Kaufman lorsqu'elle eut le dos tourné.

— Je n'ai rien à cacher.

L'avocat le scruta de ses yeux bleu glacier.

— Vous avez apporté le protocole du traitement hormonal ?

Colesceau sortit le document de la poche de sa veste et le tendit à Kaufman.

Kaufman le déplia et le lissa contre le plateau de la table.

— On vous a piqué toutes les semaines ?

— J'ai eu une piqûre par semaine, oui.

— Quel effet ça fait de se retrouver avec ce type d'hormones dans l'organisme ?

Colesceau regarda l'avocat, le chariot surchargé de vaisselle sale qui traînait toujours dans l'allée, puis la robuste serveuse rousse qui s'activait sous la lumière fluo derrière le comptoir. Elle lui jeta un coup d'œil d'indifférence étudiée.

— Ne répondez pas si ça vous gêne, je me souviens d'avoir lu l'analyse de la loi sur la castration chimique, la loi AB 33 39. Quelle chose barbare...

Colesceau trouva cet homme presque sympathique.

— C'est horrible, ça vous transforme lentement en femme. Mais pas entièrement. J'ai gonflé, et mes testicules ont rapetissé. Ma poitrine s'est mise à pousser. Ma barbe s'est transformée en une sorte de fin duvet. Je suis irritable, émotif comme jamais. J'ai l'impression qu'on a demandé à mon âme de changer. Qu'on me force à devenir un être différent de celui que j'étais à la naissance.

Kaufman, qui avait sorti un petit carnet de sa poche, se mit à écrire.

— Et votre sexualité ? Votre libido ? Vous avez encore des érections ?

— Pratiquement jamais.

Colesceau regarda l'avocat. Finalement, il n'est pas si différent que ça des autres : fouineur, impudent, irrespectueux, maladivement titillé par le sort de mes testicules. Colesceau s'imagina faisant un mouvement brusque avec son bras droit et enfonçant un pic à glace dans la chemise luxueuse de l'avocat. Jusqu'au cœur.

Quel effet ça vous fait d'avoir un pic à glace dans le corps ?

— Est-ce que vous pouvez décrire ce que vous ressentez, ce qu'on ressent quand on est castré chimiquement et qu'on se trouve en présence de femmes séduisantes ?

A ce moment-là, les boissons arrivèrent et Colesceau se dédoubla, mi-observateur, mi-acteur. Il se regarda assis là, comme s'il était dans la rue de l'autre côté de la vitre. Il vit le haut du crâne de Kaufman comme s'il était un oiseau perché dans les fausses fougères. Il s'entendit tchatcher et en remettre une couche pour Kaufman, se montrer aussi humble, incompris et lésé que possible.

— ... vous imaginez la déception de ma mère. Sans son amour, les soins qu'elle me prodigue et son soutien, je crois bien que je serais mort...

Il avait pris grand soin d'utiliser le mot *soutien* car c'était un vocable que les Américains affectionnaient tout particulièrement. A croire que sans l'aide de leurs amis et de leur famille ils seraient incapables de tenir debout. A croire qu'ils étaient si faibles physiquement et mentalement qu'ils s'écrouleraient sans le secours de leur entourage.

— Nous sommes très proches, ma mère et moi, depuis que mon père a été assassiné par la police d'Etat fasciste en 1979.

— Vous avez vraiment été obligés de regarder tandis que des chiens d'attaque spécialement dressés à cet effet mettaient votre père en pièces, Moros ?

— Non. Il a été criblé de balles par la police fasciste.

Les chiens m'ont attaqué lorsque je me suis précipité sur son corps.

J'ai apprécié chaque seconde de la scène, Seth. Cet homme était un porc ignoble, un alcoolique, sauf quand il dormait. C'est moi qui ai provoqué sa fin. J'ai épié ses conversations. J'ai répété ses propos grâce à un téléphone secret installé dans la grange du directeur de la coopérative. J'ai enjolivé à la manière des enfants, j'ai rajouté des propos plus subversifs quand c'était nécessaire pour impressionner mon auditoire, je lui ai volé son courrier et je l'ai remis en place avant qu'il s'en rende compte. J'ai mis des fusils dans notre grange. Lorsqu'ils ont fini par l'assassiner, tout ce que ça a signifié pour moi, ç'a été un peu plus de café le matin et rien d'autre. C'était idiot de ma part de me précipiter vers lui comme si j'étais bouleversé. Mais c'était pour donner le change à ma mère, pour qu'elle ne se doute de rien. Elle savait qu'il ne cachait pas de fusils chez nous. Qu'est-ce que quelques centaines de points de suture comparés à la vie sans ce porc cruel et stupide ?

— Vous revivez encore cet instant ? Vous revoyez ce qu'ils lui ont fait ? les chiens vous agressant ?

— Oui, tous les matins dans la glace je vois ce que les chiens m'ont fait. Ce que la police a fait à mon père, je ne peux m'en souvenir sans me mettre à pleurer. J'étais un petit garçon, et il y a des horreurs qu'on n'oublie pas. Les cicatrices que j'ai sur le corps ne sont rien comparées à celles que j'ai dans le cœur.

— Incroyable.

L'avocat le dévisageait comme l'aurait fait l'un des amis de Pratt ou de Lydia, des gens qui essayaient de faire comme s'ils ignoraient tout de lui. Il avait vu cette expression sur des centaines de visages, pendant des débats à la télé qu'il regardait lorsqu'il avait un moment de creux chez Pratt. Lydia raffolait des talk-shows, évidemment. Ce regard était celui de bovins affamés. L'appétit de ces êtres-là pour les catastrophes, les malheurs, les décombres, les perversions, la violence et la mort était insatiable.

Pour eux, cela n'était que du divertissement.

— Est-il vrai que, comme on l'indique dans le protocole, vos seins ont gonflé ?

— C'est ce que je vous ai dit tout à l'heure.

Kaufman pinça les lèvres et secoua la tête, il griffonna dans son carnet, poussa un soupir.

— Ah, voilà le dîner. Une fois que nous aurons mangé, ça vous ennuie de me parler de vos condamnations pour viol ? J'aurais besoin d'en savoir un peu plus long à ce sujet. Je m'intéresse tout particulièrement à votre état d'esprit pendant le crime. Colère, libido, ce que vous ressentiez. Ce qui vous passait par la tête. Pourquoi vous avez choisi de vous attaquer à des vieilles femmes. Ça pourrait nous aider dans notre travail. J'envisage de faire appel devant le tribunal.

Colesceau considéra l'avocat puis lui expliqua brièvement qu'il avait besoin d'être aimé et pensait pouvoir forcer ses victimes à l'aimer. Il dit, et cet aveu le surprit, qu'il avait l'impression que son pénis était un prolongement de son cœur — ce qui était pour lui la stricte vérité.

Seth en resta comme deux ronds de flan, on aurait dit que sa mâchoire allait tomber.

— Mais tout ça, c'est le passé. Ma punition était censée prendre fin mercredi. Je me suis plié à toutes les exigences. Je me suis laissé empoisonner, polluer par des substances qui sont loin d'être naturelles. Semaine après semaine, on m'a planté des aiguilles dans les veines. Et maintenant la foule est massée devant ma porte. On m'a expulsé de mon logement. Je vais vraisemblablement perdre mon boulot. C'est une injustice flagrante qui a été commise à mon égard.

— C'est pour ça que je suis là. Mais je compte sur vous pour me fournir des munitions afin de contre-attaquer.

— Eh bien, je vous parlerai de tout ça si vous le jugez nécessaire, bien que ça me donne un sentiment de honte.

— Ça va nous aider, Moros, croyez-moi ; tout ce que vous me direz m'aidera.

19

Moins de vingt-quatre heures plus tard, on était alors samedi, Colesceau eut un choc en revoyant Seth Kaufman. Mais cette fois Seth était à la télé — que Colesceau regardait d'un œil vide tandis que la foule psalmodiait devant son appartement. Et cette fois, Kaufman s'appelait Grant Major, du County News Bureau.

Il était en studio, en train de raconter à un confrère journaliste l'interview exclusive que lui avait accordée Matamoros Colesceau, le violeur castré. Il avait l'air encore plus mignon qu'au restaurant. L'autre reporter — que Colesceau reconnut pour l'avoir vu sur l'écran à maintes reprises — annonça que l'émission spéciale de sept heures de « l'étoile montante » de CNB donnerait aux téléspectateurs « des frissons dans le dos »...

Il se vit lui-même sur l'écran, quittant son appartement, enveloppé dans le long manteau de Kaufman, le buste penché en avant pour fendre la foule des cameramen et des voisins.

Puis assis dans le restaurant, en train de parler à l'homme qu'il pensait être un avocat de l'ACLU.

Colesceau comprit que la caméra avait été planquée sur le chariot, au milieu des assiettes sales.

Il comprit pourquoi les serveuses les attendaient.

Il sentit son cœur se durcir.

Il se regarda expliquer au prétendu avocat ce qui lui

était passé par la tête quand il avait essayé de violer les deux vieilles : colère, confusion, sentiment d'impuissance particulièrement en présence de femmes de son âge.

Il s'écouta parler de son traitement hormonal, de ses seins hypertrophiés, de son appareil génital qui s'atrophiait. A la télé, on aurait dit qu'il geignait, qu'il était à deux doigts de fondre en larmes.

Il s'assit et se regarda expliquer la mort de son père tué par la police du pays. Impossible de comprendre pourquoi Grant avait coupé la séquence où il disait combien tout ça était encore pénible pour lui, comme il pensait encore à son père, comme les cicatrices qu'il portait dans le cœur étaient pires que celles qu'il avait sur le corps.

Il me fait passer pour un salaud, songea Colesceau. Emporté par sa rage, il se mit à songer à ce qu'il pourrait faire à Grant Major pour se venger.

Un chœur de huées et de sifflets jaillit à l'extérieur. Il s'approcha de la fenêtre, souleva imperceptiblement le store.

Trudy Powers s'était postée au premier rang de la populace. Ses cheveux voletaient sous la brise ; le front plissé, elle considérait le ciel. En cet instant, elle ressemble à une sainte de vitrail, songea Colesceau, ou d'une de ces toiles où l'on voit les agonies des saints, peut-être celui qu'on criblait de flèches.

Il lâcha la cordelette du store, s'approcha de sa porte d'entrée et l'ouvrit. Les voix le frappèrent telle une bouffée de vent. Maintenant qu'il n'était plus séparé d'eux par une vitre, Colesceau sentait le poids de leur présence et comprenait que leur poussée en avant n'était contenue que par la main de la loi humaine. Sans cela ils l'auraient pendu à la première branche venue, comme dans les westerns, et puis ils auraient traîné son corps à travers les rues d'Irvine derrière quelque Saab décapotable. La foule se tut. Il regarda Trudy Powers et ces banlieusards heureux et bien propres sur eux, et les hommes des médias qui se précipitaient vers lui avec leurs caméras et leurs gadgets obligés. Ils s'arrêtèrent à dix pas et mirent un genou à terre comme si c'était lui qui leur tirait dessus. Ce fut l'une des sensations les plus étranges qu'il éprouva dans une vie où pourtant il en avait connu tant d'autres : celle de voir le monde à ses pieds tandis qu'il se tenait, tel un pape, droit comme un *i* et examinait tout ça d'en haut. Il jeta un coup d'œil au verre de bloody mary qu'il tenait toujours à la main, puis de nouveau à la populace.

— Je ne suis pas un monstre, leur dit-il, j'ai essayé d'être un bon voisin. J'ai payé pour mes crimes et je veux qu'on me laisse en paix vivre ma vie...

— Va la vivre ailleurs ! hurla quelqu'un.

— J'ai reçu un mandat d'expulsion, il me reste vingt-neuf jours à passer ici...

— T'inquiète pas, ordure, on va pas te lâcher la grappe une seconde ! hurla une autre voix dans la foule.

Colesceau leva la main et fut estomaqué de constater que la foule se taisait aussitôt. Tout ce qu'il entendit alors, ce fut le ronronnement du matériel braqué sur lui de l'autre côté du trottoir à trois mètres de là.

— Je n'ai jamais fait de mal à un enfant de ma vie, jamais.

— Ouais, tu t'en prenais uniquement aux vieilles sans défense ! Rentre chez toi, connard, ou je t'arrache la tête et je l'enfonce dans ton putain de cou !

Il regarda l'homme qui venait de brailler, un costaud à cheveux longs qui tenait une canette de bière à la main.

— Carl, t'es pire que lui quand tu parles comme ça.

C'était la voix de Trudy Powers. Elle fit un pas en avant, se détachant de la foule.

— Nous comprenons vos problèmes, monsieur Colesceau. Mais nous avons des droits, nous aussi. Nous voulons que le quartier soit sûr, que nos enfants et nos seniors puissent y évoluer en toute sécurité. Nous ne voulons que la tranquillité...

— La tranquillité, mais alors pourquoi faites-vous ça ?

— Va te faire mettre !

Trudy tourna la tête puis s'adressa de nouveau à Colesceau :

— Nous pensons que vous pourriez trouver un autre quartier qui vous conviendrait mieux.

— Retourne chez les dingos, dans le putain d'asile d'où t'es sorti !

Trudy leva un bras sans même jeter un regard derrière elle.

— Sean, on est en train de dialoguer, je te signale. Ecoutez, monsieur Colesceau, on a l'intention de monter la garde devant chez vous jusqu'à ce que vous trouviez un autre logement. Nous sommes des citoyens respectueux de la loi, nous avons des droits et nous avons l'intention de les faire valoir. Notre manifestation restera pacifique, mais nous allons vous surveiller jusqu'à votre départ. Nous ne violerons pas votre domicile, nous n'endommagerons pas votre appartement, mais nous allons rester ici.

Colesceau restait planté là, sa boisson dans une main, la foule calmée en face de lui, les caméras l'exécutant, trois mètres plus loin.

— J'habite ici. Je bosse. Je ne fais rien de mal.

Il regarda les cheveux dorés de Trudy qui brillaient à la lumière et s'agitaient sous la brise. Elle portait un short en jean assez court qui mettait en valeur de longues jambes d'adolescente, des tennis, des chaussettes et un petit chemisier blancs, avec un col bordé d'un feston. Son mari, un longiligne genre chiffe molle, s'était approché entre-temps, et Colesceau vit le soleil se refléter dans ses lunettes. Il avait une barbe et un cou de poulet. Colesceau l'avait déjà vu passer dans le coin au volant d'un immense véhicule haut de gamme dont la lunette arrière était presque recouverte d'autocollants qui demandaient qu'on laisse la vie sauve à presque tous les animaux de la Création.

— On est sérieux, dit-il.

— Seigneur, Jonathan, fit Trudy.

— Oui, faut vous attendre à nous voir tous les jours ici devant votre porte jusqu'à ce que vous fassiez vos malles. On saura exactement où vous êtes à chaque minute, à chaque seconde.

— Je n'ai aucune objection, je suis innocent. Et pour vous le prouver, je vais vous faire un cadeau. Ne bougez pas, je reviens.

— Compte là-dessus, Ducon, pas de danger qu'on s'en aille !

Colesceau regagna son appartement et prit l'un des œufs les plus grotesques que sa mère avait peints. C'était un œuf d'autruche lavande avec des paillettes dorées et une petite jupe de dentelle.

Il sortit avec l'œuf et reprit sa place devant les cameramen de la télévision.

— Ceci représente ce que j'ai de mieux sur terre, la part de bien qui existe en moi. Je vous l'offre en gage de bonne conduite pour les vingt-neuf jours à venir.

Il tendit l'œuf à deux mains, en penchant légèrement la tête, comme si par son attitude humble il en augmentait la valeur.

— Pour vous, madame Powers. Pour vous tous.

Les cameramen se rapprochèrent, lentement. Ils savaient qu'on avait peur d'eux. Ils avaient l'habitude qu'on les haïsse.

Mais pas Trudy Powers. Trudy était habituée à ce qu'on l'adore, à ce qu'on l'aime, à ce qu'on la respecte. Elle était pleinement consciente de sa valeur en tant que partenaire sexuelle. Elle s'approcha d'un pas glissant, toisant Colesceau avec assurance. Manifestement, elle s'imaginait dans la peau d'un ambassadeur, jouant le rôle de passeur entre deux mondes, le monde des gens de bien et celui des damnés. Et l'empressement qu'elle mettait à s'approcher des damnés montrait qu'elle aimait ça. Elle allait accepter une poignée d'excréments du diable en personne, elle allait sourire et faire comme si de rien n'était.

Le mal qui est en moi l'émoustille, songea Colesceau, je la titille, je fortifie ce qu'elle nomme son âme.

Elle dépassa les gens de télévision, enjamba un rouleau de câble, ses yeux braqués sur ceux de Colesceau. Des yeux qui disaient la pompe et l'apparat.

Colesceau lui tendit l'œuf. Elle avança les deux mains, avec sur le visage une expression décidée mais également indulgente. On dirait Marie sur la fresque du Voronet, songea-t-il. Pieuse et vide, et en même temps inflexible. Du bout des doigts, il lui effleura les paumes lorsqu'il y déposa le présent.

Puis il recula et par-dessus son épaule contempla la foule. Il s'inclina très légèrement et s'engouffra à l'intérieur du 12 Meadowlark.

20

Liberté. Vitesse. Interstate 5. Vitres baissées, air s'engouffrant en tempête dans la fourgonnette. Bill sentait la rage l'envahir maintenant, s'emparer de tout son corps. Telle de l'eau bouillante qu'on retire de la plaque de la cuisinière. Bill Wayne, songea-t-il. Vase du châtiment, seau de haine. Regarde ça.

La quatre portes déglinguée de Ronnie était garée dans le parking de Main Place, près de l'entrée la plus proche de chez Goldsmith. Ainsi, elle ne lui avait pas menti. Raison de plus pour essayer de faire sa connaissance. Les boutiques du centre commercial fermaient à vingt et une heures, ce qui lui laissait près d'une heure. Parfait.

Il s'éloigna et pénétra sur le chantier plus qu'encombré qu'il avait repéré au préalable — à un kilomètre du centre commercial d'après le compteur de la fourgonnette. Un chantier pour les travaux qui concernaient Cal Trans et l'Interstate 5. Arrivé au virage, il continua le long de la vieille clôture métallique, dépassa les échafaudages et les camions-citernes. La grille était fermée mais seulement poussée, pas verrouillée. Il la franchit tous phares éteints et se gara, invisible, entre deux gros bulldozers. Il coupa le moteur et resta assis un moment au volant. La lune faisait une discrète apparition dans le ciel à l'est, seule et gênée. Parfait, il était à cent mètres d'un arrêt de bus de l'OCTA qui le conduirait directement au centre commercial quand il serait prêt.

Bill gagna l'arrière de son véhicule et ouvrit la boîte à outils. Il n'aurait pas besoin de la boîte de Pandore, car la voiture de Ronnie était trop ancienne et trop tarte pour être équipée d'une alarme antivol perfectionnée. Très bien, il aurait moins de matériel à transporter et à surveiller. Il ne risquait pas de perdre des fusibles en route, cette fois-ci. Il aurait uniquement besoin du morceau de tissu à l'aide duquel il neutralisait ses victimes, de son sac de shopping et de son fidèle Slim Jim. C'était sympa de pouvoir voyager léger.

Il sortit de sa trousse le sac dans lequel il mettait le gaz. Ce sac parfaitement étanche était posé sur ses instruments de chirurgie : scalpel, ciseaux de dissection, écarteurs, forceps, aiguilles et cathéters qui lui servaient à retirer le sang au cours de la phase préliminaire et à faire pénétrer les liquides dans le système artériel.

Retenant son souffle, il versa sur le chiffon à chloroforme une nouvelle dose du mélange provenant de la petite bouteille qu'il avait volée dans l'atelier de réparation automobile et de carrosserie où il avait travaillé quelque temps, le samedi uniquement, plus de deux ans auparavant. Il avait fait fonction de grouillot là-bas et s'était parfois vu confier la tâche déplaisante consistant à mélanger chloroforme et alcool pour en faire du solvant. Le liquide était lourd, et d'une odeur sucrée que lui-même ne trouvait pas désagréable. Lorsqu'il l'avait essayé, un soir dans Harbor, sur un alcoolique pratiquement nase, il avait été étonné de voir combien le résultat était rapide.

Bill referma soigneusement le sac et agita la main devant son visage avant d'inspirer. Ce produit, c'était une merveille. Rapide. Il laissait peu de traces dans l'organisme et ne causait que rarement accidents cardiaques ou attaques chez ceux, êtres humains ou animaux, qui en avaient respiré un petit peu trop.

Il glissa le tout dans un plastique, qu'il ferma hermétiquement et glissa dans son sac de shopping. Le sac, vaste, noir, solide, doté de poignées en ficelle, portait en lettres dorées le nom d'un grand magasin très connu. Son livre et son drap de lit s'y trouvaient déjà. Ainsi qu'une paire de gants en latex neufs. Il y ajouta le Slim Jim. Comme la pince dépassait de quelques centimètres, Bill se servit d'un coin du drap pour en recouvrir l'extrémité. L'odeur douceâtre du gaz flotta dans l'air tandis qu'il regagnait le siège du conducteur.

Son dernier outil de travail, c'était le derringer, un minuscule 32, qu'il sortit de la boîte à gants et rangea dans la poche de sa veste.

Bill emportait toujours de quoi lire quand il devait prendre le bus. Ce jour-là, il s'était muni du guide Fodor de Los Angeles, histoire de faire croire qu'il était de passage. Il s'assit à l'avant du bus, à droite, tantôt regardant par la fenêtre, tantôt plongé dans son livre. En fait, il était occupé à se remémorer Ronnie. Ses jambes fines et élégantes, ses cheveux bruns bouclés, son front haut, intelligent. Elle était grande et jeune. Ce serait chouette si elle portait les cheveux relevés aujourd'hui.

Il descendit du côté nord de Main Place puis fit le tour du parking jusqu'à l'endroit où était garée la voiture de Ronnie.

L'éclairage n'était pas particulièrement efficace, et pour lui c'était parfait. Il dépassa la voiture de la jeune femme, constata que c'était une Chevrolet. Il regarda autour de lui, ne vit personne à proximité, retourna à la voiture, posa son sac par terre et fit comme s'il sortait ses clefs. Au lieu de quoi, il se pencha et empoigna le Slim Jim, s'approcha de la vieille conduite intérieure et glissa l'outil entre la vitre et la portière. Il prenait soin de rester tête levée, les yeux en alerte. A ce stade, tout était affaire de doigté ; et Bill, du doigté, il en avait. Il s'était entraîné sur des centaines et des centaines de voitures afin que cette phase de l'opération se déroule sans anicroche. Ce qui fut le cas cette fois encore. A la troisième tentative avec le Jim, il réussit à choper la languette de plastique et à l'entraîner vers le haut. Il entendit le déclic de la serrure qui s'ouvrait et vit la petite tige de plastique noir se dresser sur la face interne de la vitre, tel un soldat au garde-à-vous. Puis il ouvrit la portière, posa son sac sur le siège du passager, prit place et referma derrière lui. Quelques instants plus tard, il était assis à l'arrière, côté conducteur, tassé sur le siège, tête baissée — comme un passager qui sommeille en avion —, les yeux sur la sortie du centre commercial.

Son sac de shopping noir contenant le guide Fodor et le Slim Jim, il l'avait fourré derrière le siège du passager. Le sac dans lequel il conservait le gaz était posé sur ses genoux. C'était capital qu'il soit bien à portée de main, parce que si on l'ouvrait trop tôt la victime risquait de renifler quelque chose de bizarre, de pivoter vers l'arrière et de tout faire foirer.

Ça ne s'était encore jamais produit. Ç'avait bien failli, pourtant, avec Irene, sa troisième victime, qui avait éternué une seconde avant qu'il lui écrase sa main sur la bouche et ne lui applique sous le nez le chiffon imprégné de chloroforme. Résultat, son chiffon brandi trop tôt à la main, il s'était retrouvé respirant les vapeurs nocives qui se répandaient dans l'habitacle confiné.

Heureusement, ce qui arrive assez fréquemment, l'éternuement l'avait privée de souffle quelques secondes. Aussi, le temps qu'elle réussisse à reprendre sa respiration, Bill avait posé sa main gauche contre sa bouche, et de la droite il lui avait fermement appliqué le chiffon sur les narines. Sept secondes. La raison pour laquelle ça marchait si bien, son truc, c'est que les gens inhalaient brusquement et profondément quand ils étaient surpris et qu'ils avaient la trouille, qu'ensuite ils avaient de nouveau besoin d'inspirer, et que c'était à ce moment-là qu'ils inhalaient le plus de gaz. Voilà, c'était tout ce qu'il lui fallait pour réussir son coup. Du $CHCl_3$ et de la poigne.

C'était plus facile aussi quand les appuie-tête étaient fixes : on pouvait poser les avant-bras de part et d'autre du siège et tirer en arrière.

Bill se tassa un petit peu plus sur son siège tout en gardant les yeux ouverts, histoire d'avoir davantage de confort. Son cœur battait à grands coups rapides. Il lui fallait agresser quelqu'un pendant qu'il se sentait en forme. En pleine forme. Il était en colère et, plus il attendait, plus la colère montait. Il la sentait presque en lui, tel un fil électrique défectueux qui aurait cramé dans sa gaine. Il enfila ses gants.

C'est alors qu'il vit Ronnie franchir la porte du magasin.

Il s'aplatit derrière le siège du conducteur, entrouvrant le sac externe du chloroforme, positionnant ses pouces et ses index sur les bords du sac interne. C'est lorsqu'il entendrait se fermer la portière de la voiture qu'il lui faudrait ouvrir le sac. C'était le signal.

Il entendit les clefs de Ronnie dans la serrure puis la portière qui s'ouvrait. Un sac à main atterrit avec un bruit sourd sur le siège du passager. Lorsqu'il sentit qu'elle s'était assise et qu'il entendit claquer la portière, il se leva de sa cachette et lui plaqua la main gauche sur la bouche. Une fraction de seconde plus tard, sa main droite pressait le chiffon humide contre son nez. Bill tira en arrière d'un coup sec, comme un rameur désireux d'accélérer la cadence.

— Bonsoir, chérie.

Ronnie était costaud. Un. Deux. On aurait dit un animal sauvage. Trois. Quatre. Mais Bill était plus fort qu'elle. Il avait l'impression d'être dans la peau d'un cowboy qui essaie de rester cramponné à la selle d'un cheval sauvage en train de ruer. Cinq. Ses pieds heurtèrent violemment les pédales et ses genoux le dessous du tableau de bord. Six. Elle laissa tomber les clefs par terre. Sept.

Puis ce fut fini. Il sentit sa tête baller sur son cou, il la poussa vers la droite, hors de vue. Il se redressa sur le siège, remisa son chiffon dans son sac de shopping. Pieds appuyés contre le siège de devant, il tira Ronnie vers lui, telle une araignée avalant une grosse mouche. Tête et épaules. Arrière-train. Jambes et pieds. Elle avait perdu une chaussure.

Elle gémit. L'odeur douceâtre du chloroforme imprégnait le véhicule.

Il soufflait comme un phoque lorsqu'il l'allongea sur le siège arrière et se glissa lui-même à l'avant. Il sortit le drap de son sac, en recouvrit la fille, la bordant sous le menton comme si elle était endormie. Les clefs étaient tombées sur le tapis de sol, en plein milieu, à croire qu'elle les avait placées là à son intention.

Trois minutes plus tard, il se glissait avec la grosse Chevy entre les gigantesques bulldozers, tout près de sa fourgonnette. Sa fureur s'était estompée et il éprouvait comme de l'affection. Il contempla la lune puis de nouveau la femme inconsciente.

Il s'imagina pénétrant dans son garage tandis que la porte se fermait automatiquement derrière lui puis mettant tout en place. Les préparatifs, c'était sacré. Il se représenta le garage éclairé à la bougie, Ronnie sur la table, et le Porti-Boy qui pulsait rythmiquement tandis que le liquide coulait goutte à goutte. Il sentait ses mains qui faisaient pénétrer profondément le liquide dans les tissus assoiffés, ses mains qui ramenaient son corps à la vie, lui rendant une couleur rose, le rose commençant à se manifester dans la jugulaire à la hauteur de la clavicule, se répandant lentement vers le bas, à travers tout son organisme, et venant finalement colorer son visage angélique. Elle s'épanouirait sous ses attouchements, telle une fleur. Il voyait ses paupières tressaillir tandis qu'elle s'éveillait sous l'effet du fluide d'éternité. Et il se voyait lui-même régénéré peu à peu tandis qu'il faisait revenir dans le corps las de Ronnie son esprit. Oui, lentement ça lui reviendrait, ce sentiment qui n'avait pas de prix, ce sentiment qui était l'étincelle de ses rêves et la flamme de son humanité. Il la caresserait, l'enduirait d'huile parfumée de prix et de parfum, il l'habillerait de soie et de satin, il sécherait et coifferait ses cheveux tandis que ses désirs monteraient en puissance. Il s'imagina l'emportant à l'étage, au lit, chuchotant à son oreille. Et alors il découvrirait combien elle le désirait. C'était ce que cette courte et triste vie avait de mieux à lui offrir, à leur offrir à tous deux.

21

Debout à côté de Merci, près des bulldozers, Hess examinait les traces de pneumatiques imprimées dans le sol par le véhicule qui avait emporté dans la nuit le corps de Veronika Stevens. De son petit nom, Ronnie.

Mettant un genou à terre et les désignant à l'aide de son stylo, il fit des commentaires à voix haute sur les traces de pneus. C'était parmi les meilleures empreintes qu'il ait vues sur le lieu d'un crime, grâce à la nature du sol du chantier — gras, humide et pas tassé.

Le coup de téléphone de Merci avait réveillé Hess à six heures du matin. Il était un petit peu groggy, mais pas trop sonné par la chimio, les rayons et les scotches bien tassés sifflés avant de se mettre au lit. Il avait l'esprit clair, vif, lucide, même si ses doigts étaient gourds.

— Je hais ce type, dit Merci d'un ton tranquille. J'ai une de ces envies de le démolir...

C'était l'une des scènes de crime les plus abominables que Hess eût jamais contemplées : la grande traînée de sang répandue sur le sol déjà imprégné d'huile ; les éclaboussures de sang contre le bulldozer ; la Chevrolet abandonnée avec ses clefs toujours au contact ; et le sac à main posé, ouvert, sur le capot, débordant d'organes vitaux de toutes les couleurs.

Hess n'avait jamais vu un spectacle aussi macabre. Sidéré, il était resté planté là, immobile, un bon moment, à la lueur de l'aube.

Merci avait considéré la scène avec lui en silence.

« Je le vois bien vous envoyant quelque chose en express par UPS. »

Après ça, comme d'habitude, il avait fallu se mettre au boulot.

— Il ne doit pas le savoir, fit-il.

Hess s'était demandé si le Tireur de sacs savait que ses pneus étaient dépareillés. Il se dit que non. Soit il l'ignore, soit il s'en fiche. Or, jusqu'à présent, il a fait preuve d'une extrême prudence. Il rangea son stylo dans sa poche, de ses doigts malhabiles. Il jeta un coup d'œil à Merci mais elle fixait toujours le sol gluant de sang.

— Il ne sait pas... à quel point je le hais ?

— Non, qu'il roule avec des pneus désassortis.

— Il les aurait changés.

— Il ne l'a pas fait.

— Il doit nous juger aussi stupides qu'il me semble l'être. Dommage que je n'aie pas un verre sous la main, ça me ferait du bien de m'en jeter un.

Le vendredi soir, au dîner, elle avait insisté pour boire du scotch avec lui. Ça n'avait pas surpris Hess. Ils s'étaient rendus au Cancún, à Santa Ana, un établissement que fréquentaient régulièrement les adjoints du département du shérif. La nourriture y était bonne et abordable ; et pour peu que les clients fussent du genre à aimer leurs boissons bien tassées, ils n'hésitaient pas, au bar, à vous mettre la dose en alcool. Il ne put s'empêcher de sentir un froid dans l'atmosphère lorsqu'ils pénétrèrent dans le troquet : cela s'adressait à Merci, et pas à lui. Kemp était là malheureusement, attablé avec des amis, et il avait déjà pas mal picolé, ce qui mettait une certaine tension dans l'air. Trop tard pour faire demi-tour et choisir un autre rade. Alors Merci avait éclusé des godets.

— Je ne sais pas si ça vous ferait du bien.

— Cette petite avait dix-neuf ans, Tim, c'est monstrueux. Il devrait y avoir des peines spéciales pour les meurtriers s'attaquant à des victimes de moins de vingt et un ans. Un mec qui rectifie quelqu'un de moins de vingt et un ans, quelle que soit la raison, faut l'envoyer à la guillotine, bordel !

Les policiers avaient installé les bandelettes de scène de crime et chassé du chantier les ouvriers. Un contremaître avait découvert la voiture et le sac à main, vu le sang et les entrailles, et s'était empressé de passer un coup de fil. Le type avait entendu parler du Tireur de sacs, il avait vu Merci à la télé et il avait tout de suite compris de quoi il retournait. Il lui demanda un autographe sur un bout de papier pour son môme.

Hess observa les techniciens de scène de crime qui s'activaient autour du sac et des poignées de la voiture.

Le capot était plein de taches et tout terni à l'endroit où avaient été déposés les viscères et le sac. Saloperies de mouches. Il se demanda si le Tireur de sacs avait choisi une femme conduisant une vieille voiture dénuée d'alarme parce que le dispositif électronique bricolé par Lee LaLonde avait perdu un fusible dans la BMW de Janet Kane et cessé de fonctionner. Mais peut-être aussi qu'il l'avait trouvée à son goût. Peut-être qu'elle avait les cheveux relevés. Deux « prises » en deux semaines.

L'escalade se précisait. Sérieusement. Ça prenait de l'ampleur, son affaire. Il mettait les bouchées doubles.

Se rendrait-il maintenant chez LaLonde pour lui faire réparer son « neutraliseur » d'alarme ?

Hess se souvint des déclarations de LaLonde. Ce dernier vendait ses inventions à la foire au troc de Marina Park, à Elsinore, un dimanche d'août de l'année précédente. Un Blanc, taille et corpulence moyennes, blond-châtain, s'était approché de son stand. La trentaine. « Bill » avait les cheveux longs. Bill avait questionné LaLonde sur ses connaissances en électronique ; LaLonde lui avait parlé de son père, de ses études, de ses dons. Le suspect avait demandé à l'inventeur s'il pouvait lui bricoler un petit dispositif capable de neutraliser les alarmes de voiture. LaLonde lui avait rétorqué qu'il existait trop de combinaisons de serrures et trop de télécommandes pour qu'il soit possible de fabriquer un dispositif universel — ça serait trop long et l'appareil serait vraisemblablement trop volumineux. Le suspect lui avait rétorqué qu'il ne s'intéressait pas aux serrures, mais aux alarmes. LaLonde lui avait expliqué que les serrures et les combinaisons pour désactiver les alarmes étaient des fréquences enregistrées digitalement par une micropuce dans la télécommande et constamment émises par le système d'alarme d'un véhicule. Il avait encore expliqué à Bill qu'il pouvait lui fabriquer un dispositif universel, à condition qu'il lui procure les spécifications du constructeur relatives aux fréquences. Le suspect lui avait alors mis en main plusieurs feuillets qui ressemblaient à des listings d'ordinateur émanant de neuf des principaux constructeurs automobiles et contenant les renseignements qu'il lui demandait. Le suspect lui avait précisé qu'il avait un copain dans le business. Trois semaines plus tard, LaLonde avait vendu à Bill un neutraliseur d'alarme logé dans un téléphone portable pour la somme de trois mille dollars et il avait rendu à son client ses listings de spécifications.

Compte tenu de la pétoche que Merci avait foutue à LaLonde, Hess se dit qu'il ne manquerait pas de les prévenir si son client le contactait pour une réparation. D'un autre côté, il risquait de ne pas le faire, car le gadget pouvait les conduire en prison tous les deux. Merci avait fait clairement comprendre à LaLonde qu'il risquait d'être impliqué et même de se voir condamner pour complicité de meurtre s'il ne collaborait pas. Difficile de savoir de quel côté le jeune homme allait pencher.

LaLonde avait réalisé un croquis de son appareil à leur intention. Hess se tourna vers le dessin et nota à quel endroit devait se loger le fusible.

Mais tu l'as perdu dans la voiture de Janet Kane, songea Hess. Tu as ouvert le téléphone portable, le fusible est tombé, et dans le noir tu ne t'en es pas aperçu.

Et depuis, le neutraliseur a cessé d'être opérationnel. Mais pourquoi l'avoir ouvert, ce dispositif ? Est-ce qu'il donnait des signes de faiblesse ? Ou est-ce qu'il s'est ouvert accidentellement ?

Voilà pourquoi le type s'est attaqué à une Chevrolet Malibu de 1978, appartenant à Veronika Stevens, d'Orange, Californie.

Hess se représenta le suspect, cheveux ondulés et moustache, engageant son véhicule aux pneus dépareillés dans ce chantier, se garant entre les bulldozers. Cet endroit, il le connaît, il a fait des repérages. Des repérages, il en avait fait également dans les deux derniers endroits où il avait planqué son van et où, plus tard, il avait transféré ses victimes, d'un véhicule à l'autre.

Il s'imagina Ronnie Stevens suspendue tête en bas à une corde attachée à la lame hydraulique du bulldozer, à deux mètres du sol. Perchoir semblable aux branches de chêne, solide et facile à atteindre.

Une question : comment se rend-il de là où il se gare à l'endroit où il chasse ?

Hess se maudit de n'avoir pas pensé à ça plus tôt. Puis il se creusa la tête, cherchant à se rappeler les distances séparant l'aire de stationnement du tueur et son terrain de chasse. Entre l'endroit où avait été kidnappée Jillson et l'endroit où sa voiture avait été retrouvée, il y avait quoi ? huit kilomètres ? Entre l'endroit où Kane avait été enlevée et l'endroit où on avait récupéré sa voiture ? cinq kilomètres ? Entre l'endroit où Stevens avait été embarquée — à condition que ça se soit bien produit près du centre commercial — et l'endroit où sa voiture avait été abandonnée... voyons, quelle distance y avait-il du centre commercial jusqu'ici ? un kilomètre et demi, environ ?

On ne fait pas huit kilomètres à pied à moins d'y être obligé. Cinq pas davantage, un kilomètre et demi non plus, d'ailleurs.

Alors quel moyen de locomotion notre homme emprunte-t-il pour se rendre de l'endroit où il laisse son véhicule — van, camion ou break — à l'endroit où il « chasse » ?

La bicyclette ? Pas pratique. Pas facile à planquer dans la voiture de la victime.

La voiture d'un copain ? Hess espérait ne pas être à la poursuite d'un couple de tueurs. Les teams, c'était peu fréquent dans les crimes sexuels. Deux personnes, évidemment, c'était deux fois plus dur à choper qu'une seule. Toutefois, aucun des indices qu'ils avaient retrouvés jusqu'à maintenant ne suggérait qu'il pût s'agir d'un duo. Il laissa donc de côté cette hypothèse pour le moment.

Est-ce qu'il aurait fait du stop, alors ? Non, pas assez discret.

Un taxi ? Non, trop voyant également.

Aurait-il pris le bus de l'OCTA ? Ah, il va falloir étudier les itinéraires. J'aurais dû m'en occuper il y a quarante-huit heures. Merde.

Merci était de nouveau en train de parler avec le contremaître. Il désigna du doigt la voiture puis, vraisemblablement, l'itinéraire qu'il avait emprunté pour arriver.

Hess suivit à pied la trace des pneus dépareillés jusqu'à Main Street. Le sol tremblait à cause des vibrations de l'autoroute tout comme, au Wedge, la plage tremblait sous le poids des vagues.

Le van avait pris à droite ; c'était le chemin le plus court pour regagner l'Interstate 5. Cette partie de Main Street était mi-commerçante, mi-résidentielle, ou du moins elle l'avait été. Aujourd'hui, les bâtiments étaient soit complètement rasés, soit en attente de l'être pour laisser la place à un nouveau tronçon d'autoroute et à une nouvelle bretelle de sortie. Hess regagna sa voiture et y prit des sacs plastique dans lesquels il versa à l'aide d'une cuiller des échantillons de sol prélevés tous les vingt mètres environ sur le chemin de terre. Il faisait glisser la terre contre la face intérieure d'un plastique. Tout ce qui pourrait être retrouvé — essence, carburant, sable, gravillons —, tout ce qui serait tombé d'un des engins serait dûment exploité au labo. Il s'essuya le front avec sa manche. Allez, les gars, songea-t-il, tâchez de faire parler tout ça ; de me donner le camion ou le van. Le camion ou le van, avec ses pneus dépareillés.

De retour près de la Chevy, il observa les techniciens de scène de crime qui vaporisaient leur poudre à empreintes sur la paroi externe des vitres. Le sac à main avait disparu, sans doute se trouvait-il à l'abri dans la camionnette technique. Hess enjamba la bandelette de scène de crime et regarda à travers la vitre maintenant maculée de poudre, côté conducteur.

— Vous avez fini, sur la poignée de la portière ?

— Oui, lieutenant.

— Je vais l'ouvrir.

— Allez-y, monsieur.

Hess ouvrit la portière, se pencha et, les mains sur les genoux, jeta un coup d'œil à l'intérieur. L'habitacle avait l'air vivant, comparé à celui des voitures de Jillson et de Kane. Normal, les événements qui s'y étaient déroulés étaient tout récents. Mais ce n'était qu'une impression. Il lui sembla sentir quelque chose de sucré et de pas désagréable. Le parfum de Ronnie ou peut-être une eau de Cologne masculine. Il se souvint que Robbie Jillson lui avait dit avoir senti l'odeur du bourreau de sa femme lorsqu'il était monté dans l'Infiniti un jour entier après qu'elle eut disparu. Comment a-t-il décrit cette odeur déjà ? « Faible, eau de Cologne ou after-shave, très faible, mais je l'ai sentie. » Il se pencha davantage, dans l'espoir de percevoir une bouffée plus nette. Sans résultat. Il y avait un parfum de femme sous-jacent, mais le reste, qu'est-ce que ça pouvait bien être ?

Une chaussure de femme gisait par terre, près des pédales. Une sandale noire à semelle épaisse, comme celles que les jeunes portent. Hess se pencha et constata que la chaussure était assez montante. Elle arrivait au-dessus de la cheville et elle était fermée par une boucle. La boucle s'était ouverte brutalement et la bride s'était libérée de la boucle cassée. Ronnie s'était débattue, il eut l'impression de la voir. Il leva les yeux vers l'appuie-tête, aperçut un long cheveu brun resté pris dans le tissu du coussin. Parce qu'on t'a tirée vers l'arrière ? Parce qu'il est derrière toi, mais tenant quoi donc ? une corde ? une matraque ? Ou n'a-t-il que ses seules mains ? Tu n'avais aucune chance, avec ce type jailli dans ton dos et dans le noir. Même si tu avais eu un flingue dans ton sac, ça ne t'aurait servi à rien. A toi, ça ne t'aurait sûrement pas servi, en tout cas. Tu n'avais absolument pas de recul, pas de place pour bouger. Tu n'avais que tes poings et tes ongles. Il la vit, ouvrant la portière, jetant son sac près d'elle, prenant place sur le siège et refermant la porte d'un même mouvement. Elle est sur le point de mettre la clef dans le contact lorsqu'il passe à l'action. Une fois que la porte est fermée, avant que le moteur ne tourne et alors qu'elle a toujours les clefs à la main.

Les clefs. On conseille toujours aux gens de se servir de leurs clefs comme d'une arme.

Hess constata qu'elles étaient toujours au contact. C'était un gros trousseau, avec une mini-torche fixée à un anneau. La torche était suffisamment grande pour qu'on puisse y relever des empreintes. Le Tireur de sacs avait forcément touché au moins une des clefs. A l'aide de son stylo et d'un canif, Hess réussit à dégager presque entièrement la clef du contact tout en l'empêchant de tomber. A la lueur brumeuse du matin, il ne distingua pas ce qu'il espérait y voir : du sang caillé dans la rainure et sur les dents de la clef. Non, il ne vit que du métal immaculé.

Ça le mit en pétard. Salopard, songea Hess, je vais te retrouver, compte sur moi. Et si Merci Rayborn veut s'amuser à te cribler la gueule de balles, je fermerai les yeux.

C'était facile de s'énerver en pensant à ce qui était arrivé à une jeune femme comme celle-ci, surtout quand on était suffisamment proche d'elle dans l'espace et dans le temps pour sentir encore son odeur.

Hess recula, ferma en douceur la portière avant et ouvrit celle de derrière. C'est là que tu étais, songea-t-il. C'est là ta place. Pas beaucoup d'espace pour manœuvrer. Hess se demanda s'il se contentait de rester assis sur le siège, immobile, vêtu de noir — portant peut-être une cagoule de ski sombre rabattue sur le visage —, et de laisser l'obscurité et l'imprudence des gens jouer en sa faveur. C'était bien possible.

Tu repères la femme qui t'intéresse, tu connais sa voiture, ça veut dire que tu l'as vue au volant de son véhicule. Tu es à pied maintenant, dans le parking, où Kamala Petersen t'a aperçu la première fois. Tu marches d'un pas décidé, tu te diriges vers le centre commercial ou tu en reviens, tu regagnes ta voiture ou tu en sors. Vif, l'œil aux aguets.

Tu neutralises l'alarme de la femme si elle en a une. Tu forces la serrure de la portière avec un Slim Jim ; tu montes dans la bagnole. Le Jim, où est-ce que tu le mets ? dans ton pantalon ? dans un sac, dans une boîte ? avec ta corde, ta matraque ?

Tu attends à l'arrière, tu maîtrises ta victime, tu t'empares de ses clefs et tu prends le large.

Hess s'efforça de se représenter le Tireur de sacs assommant ses victimes avec un bâton ou une matraque, mais il n'arrivait pas à visualiser la scène — l'appuie-tête, l'appuie-tête devait le gêner dans ses mouvements, l'empêcher de procéder de cette façon.

Il claqua la portière et regarda l'un des techniciens.

— Faites de votre mieux.

Le technicien hocha la tête.

— On a déjà recueilli un tas d'empreintes, monsieur. Mais avec les voitures, on n'en finit pas. Y en a partout. Est-ce que je peux vous dire un truc ? Vous n'avez rien senti dans la voiture ?

— Oui. Mais c'est une odeur que je n'arrive pas à identifier.

— Je crois que je peux, moi. Mon chat a été opéré il y a quelques mois. Ils m'ont laissé assister à l'intervention parce que le vétérinaire est un vieil ami. Normalement, ils endorment l'animal avec une piqûre de Ketamine et de Valium, puis ils lui font respirer du gaz halothane. Seulement, la dernière fois, mon chat n'a supporté ni la Ketamine, ni le Valium, ni l'halothane. Il n'est pas tout jeune. Il a failli y laisser la peau. Du coup, ils se sont rabattus sur le bon vieux chloroforme des familles. Le vétérinaire est un vieux de la vieille, il dose magistralement ce produit qu'il utilisait régulièrement dans le temps. Eh bien, c'est bizarre, mais j'ai eu la même odeur sucrée et pas désagréable dans le nez quand j'ai ouvert la portière de cette voiture...

Hess sentit un petit frisson le parcourir.

— Mon chat, ça l'a expédié dans les vapes en deux secondes. Et vous savez combien ces bêtes-là peuvent être tendues et nerveuses quand elles se retrouvent chez le véto...

22

Ils trouvèrent sans problème l'adresse de Ronnie Stevens à Santa Ana, ils s'y rendirent et se garèrent juste devant. C'était une maison de banlieue des années cinquante, dans un lotissement qui avait l'air bien entretenu et calme. Un gros acacia à fleurs mauves se dressait au milieu du jardin. Une vieille Chevy, de celles que conduisaient jadis les adjoints du shérif, était garée dans l'allée.

— C'est fou ce que je suis mal à l'aise dans ce genre de circonstances, fit Merci. Peut-être que vous pourriez lui parler, vous...

La mère de Ronnie Stevens était une grande brune. Une beauté vieillissante, songea Hess. Qu'un vieil homme de soixante-sept ans doté de doigts qui pesaient une tonne pût qualifier de « vieillissante » une femme de cinquante ans ne manquait pas de piquant. Manifestement, ils l'avaient surprise en plein ménage.

Hess lui débita de son mieux le laïus de circonstance. Il se sentit devenir rouge comme un coq, il sentit sa voix se briser tandis qu'il lui expliquait que sa fille avait disparu et qu'elle était vraisemblablement morte à l'heure qu'il était. Lui aussi détestait ces moments-là. Moments où la tragédie faisait irrémédiablement irruption dans la vie des gens, moments qui signaient irréfutablement l'échec de sa mission, celui de toute sa profession.

Eve Stevens accueillit la nouvelle avec un infime

hochement de tête, un tremblement incertain du menton et des larmes qui brusquement lui montèrent aux yeux.

— On va coincer ce type, madame Stevens, comptez sur nous, dit Merci.

Après s'être excusée, Eve Stevens quitta le séjour. Merci était plantée près d'une vitrine regorgeant de photos de famille et de souvenirs. Hess vit briller dans tout leur éclat des coupes et des trophées.

— Ses frères, remarqua Merci. Des sportifs. Ils pratiquaient le base-ball et le tir à l'arc. Son truc, à Veronika, c'était plutôt la natation, apparemment.

Hess entendit la chasse d'eau. Il entendit une plainte sourde dans la salle de bains. Puis, de nouveau, la chasse d'eau. Lorsque Eve revint, son visage était affaissé et crispé en un masque tragique, ses yeux semblaient comme brûlés au fer. Eve ne put leur parler de Ronnie que quelques minutes. Pendant tout ce temps elle ne cessa de sangloter, mais Hess fut néanmoins impressionné par son courage. Ronnie avait été une bonne élève, une fille consciencieuse, travaillant à mi-temps depuis l'âge de seize ans. Elle avait quitté le lycée un semestre plus tôt pour pouvoir bosser à plein temps chez le joaillier. Elle n'avait d'autre ambition que de voyager et de voir du pays. Elle mettait de l'argent de côté, elle avait un groupe d'amis avec qui elle sortait tard le soir, le vendredi et le samedi. Pas de petit copain. Eve ne pensait pas que Ronnie se fût beaucoup intéressée à la drogue. Elle ne l'avait jamais vue éméchée ou sous l'emprise d'une substance toxique quelconque, ne l'avait jamais entendue parler de dope avec ses copains au téléphone.

Puis elle se leva et Hess reconnut l'expression de son visage.

— Vous permettez ? demanda-t-elle.

— Je vous en prie.

Sur ces mots, Hess s'approcha d'elle et la serra dans ses bras. Il la laissa se dégager lorsqu'elle en manifesta le désir.

— Merci, dit-elle.

Hess hocha la tête et lui tendit le portrait-robot de l'homme qu'on soupçonnait d'être le Tireur de sacs. Il regarda ses larmes tomber sur le papier.

— Non. Elle préférait les hommes glabres. Du moins je le crois.

Hess lui demanda si Veronika avait remarqué quelque chose d'inhabituel chez un homme récemment — étranger, connaissance, relation, client, ami de fraîche ou de longue date.

Eve hocha la tête.

— Il y a deux jours, jeudi, on a parlé un bon moment quand elle est rentrée du boulot. Des hommes, de leur comportement. Figurez-vous qu'un type lui avait bloqué la route alors qu'elle s'apprêtait à sortir du parking et lui a demandé un rendez-vous. Bizarre, non ?

— Bizarre, ce type l'est, et pas seulement à cause du rancard, fit Merci, l'air dégoûtée.

Hess la regarda, mais c'était trop tard. Rayborn était lourde, parfois.

— Est-ce qu'elle vous l'a décrit ?

— Non.

— Il s'était garé juste derrière elle, vous dites ? demanda-t-il pour essayer d'atténuer l'effet de la remarque de Merci.

— C'était pas une voiture qu'il avait, c'était une fourgonnette. D'après Ronnie, une fourgonnette de livraison gris métallisé.

Le chauffeur du bus de l'OCTA qui était de service le samedi soir reconnut immédiatement le portrait-robot. Il avait fallu à Hess deux minutes et les horaires pour se rendre compte qu'il y avait effectivement des bus qui passaient à proximité des trois endroits où les voitures avaient été abandonnées.

— Huit heures et demie, par là. Il est monté au croisement de Main et de la 17, et il est descendu au centre commercial de Main Place. Pourquoi, qu'est-ce qu'il a fait, ce gars-là ?

— On pense qu'il a tué une femme, dit Merci.

Le chauffeur regarda Hess puis de nouveau Merci.

— Il était assis à droite, à l'avant. Il sentait l'eau de Cologne. Une drôle d'odeur. Assez forte. Il avait un sac de shopping, un de ces sacs avec des poignées, et un bouquin sur les genoux. Le guide Fodor de Los Angeles. Je me suis dit que c'était un touriste. Il avait des vêtements chouettes, sport, un peu western. Un manteau long. Une moustache et des cheveux longs, comme sur votre dessin. Vous savez, y a des gars qu'ont quelque chose de spécial. Un truc. On peut pas s'empêcher de les remarquer.

— Quel truc ? questionna Hess.

Le chauffeur réfléchit. C'était un type sec entre deux âges, un Latino.

— Ils sont bidon. Ils ont pas l'air naturels.

— Peut-être que la moustache est fausse, dit Merci.

— Non, c'est pas ça qui a attiré mon attention, poursuivit le chauffeur. Je crois que c'est plutôt une question d'attitude générale. C'était son look tout entier qui avait l'air fabriqué. Et puis il y a autre chose que j'ai remarqué chez lui. Mes passagers, moi, je les observe. Je leur parle.

— Et alors ? voulut savoir Hess.

— C'est le genre de gars qu'est toujours seul. C'est marrant, on n'arrive pas à se les imaginer avec quelqu'un. Une impression comme ça.

Merci lui remit sa carte avec son numéro de portable et son numéro au boulot. Elle expliqua soigneusement au chauffeur qu'il était vital qu'il l'appelle si jamais il revoyait cet homme ou s'il se souvenait d'un autre détail le concernant.

Assis à son bureau, Hess écoutait ses messages tandis que Merci faisait voir à Kamala Petersen les photos anthropométriques de Pule et d'Eichrod extraites du registre des délinquants sexuels. Au commissariat central, c'était le calme plat en cette fin de dimanche matin. Hess jeta un coup d'œil en direction de Merci et vit Kamala faire non de la tête au vu de la photo qu'on lui présentait.

Barbara avait appelé pour lui souhaiter bonne chance, et lui dire que ça lui avait fait du bien de lui parler. Manifestement, elle avait quelque chose à lui demander mais il n'avait pas la moindre idée de ce que ça pouvait être.

Le docteur Ramsinghani, le radiologue, avait également appelé pour lui demander comment il se sentait après sa première séance de rayons thoraciques. Le médecin lui rappelait que la seconde séance était prévue pour le lundi suivant. Même endroit, même heure.

Comme s'il risquait d'oublier une date comme celle-là... Il aurait été drôlement content de pouvoir se fondre dans la masse anonyme, de passer inaperçu.

Un vieux contact à lui au DMU l'avait rappelé toutes affaires cessantes pour lui annoncer une bonne nouvelle : la liste des fourgonnettes de livraison immatriculées dans le comté d'Orange dont Hess avait fait la demande lui parviendrait le lundi matin. Dommage que le DMU ne répertorie pas les véhicules par couleur en Californie... Combien y en aurait-il ? se demanda Hess. Deux cents ? Mille cinq cents ? Et combien avec des pneus dépareillés ? Mystère.

Il y avait également des nouvelles du shérif de Riverside : LaLonde avait été placé sous surveillance. Jusqu'à présent, rien d'anormal n'avait été relevé dans ses allées et venues, et on continuerait de le tenir à l'œil pendant encore quarante-huit heures.

Le téléphone sonna. C'était Arnie Pickering, de chez Arnie's Outdoors, qui rappelait Hess à la suite de son coup de fil du début de semaine. Il annonça fièrement avoir trouvé trace dans ses fichiers de la transaction commerciale qui intéressait Hess. Arnie, qui était un grand bavard, continua de jacter un bon moment avant de se décider à en venir au fait. Il s'agissait d'une vente conclue en février, pas exactement la bonne saison pour la chasse au chevreuil, Hess le savait. Mais c'était en février que Lael Jillson avait été éviscérée, non loin de l'Ortega Highway. Le client de chez Arnie's Outdoors avait fait l'acquisition d'un Deer Sleigh'R, d'un jambier[1], d'un treuil, de deux longueurs de corde en Nylon et d'une lanterne électrique.

— Est-ce que vous pouvez retrouver l'employé qui a servi ce client ?

— C'était Big Matt. Ici, à Fountain Valley. Si vous voulez lui dire un mot, il est près de moi.

— Donnez-moi votre numéro de fax. Je vais vous faire parvenir un portrait-robot que je voudrais qu'il étudie. Tâchez de voir s'il peut mettre un visage sur cette vente.

Hess nota le numéro de fax et faxa le croquis à l'intention de Big Matt, chez Arnie's Outdoors, Fountain Valley.

Il reprit la photo, qui était passée péniblement dans le fax. Puis il jeta un coup d'œil à Merci. Elle revenait, après avoir raccompagné Kamala Petersen jusqu'à la porte. D'un air dégoûté, elle fit non de la tête et s'approcha de son bureau. Elle balaya la pièce du regard puis se pencha vers lui. Il voyait de la colère sur son visage ; elle avait la mâchoire crispée et ses yeux bruns reflétaient aussi de la fureur.

— Eichrod, Pule et Colesceau viennent de se faire recaler en beauté : Kamala Petersen n'a reconnu aucun de ces messieurs. Aucun n'a les yeux assez tristes. Aucun d'eux n'est son Monsieur Remords. Elle a également laissé échapper au fil de la conversation qu'elle avait trois margaritas dans le nez la première fois qu'elle a vu l'autre salopard à Brea. Et qu'ils ont échangé des regards « parlants »...

Hess réfléchit.

1. Trapèze auquel on suspend le gibier. *(N.d.T.)*

— Mais le chauffeur du bus et Lee LaLonde ont tous les deux dit que le dessin était bon. Kamala a vu notre homme en personne. Si elle n'a pas reconnu le type sur les photos qu'on lui a montrées, c'est qu'on lui a pas montré le bon. Qu'on a mis à côté de la plaque. Dalton Page aussi. Peut-être que si ça se trouve, il n'a jamais récolté la moindre contredanse. Pas même pour stationnement interdit.

Le téléphone de Hess retentit. D'un geste, il fit signe à Merci de ne pas bouger puis décrocha. Big Matt, de chez Arnie's Outdoors, annonça que c'était lui qui s'était occupé de la fameuse vente, qu'il s'en souvenait bien. Il tombait des cordes ce jour-là, et les affaires tournaient au ralenti. S'il se souvenait de l'acheteur, c'est que ce dernier portait une tenue évoquant celle d'un tireur du Far-West — gilet et long manteau genre cache-poussière —, qu'il avait de longs cheveux blonds et une moustache. Rien à voir avec le client type qui faisait son shopping chez Arnie's Outdoors. L'acheteur ressemblait au mec du portrait-robot qu'on lui avait fait parvenir.

— Il m'a posé une drôle de question, ajouta Matt. Il m'a demandé comment les pattes du chevreuil étaient fixées au jambier. Je lui ai montré les crochets qui traversaient les tendons des chevilles. Il m'a dit qu'il ne voulait pas que sa bête soit esquintée. Je lui ai rétorqué que le jambier ne laissait qu'un tout petit trou dans les chevilles. Là-dessus, il me demande si on vend des protections pour empêcher ça de se produire. Je lui ai répondu que non. Que personne ne se souciait de savoir si le chevreuil avait des trous dans la cheville pour la bonne raison que les pattes, on les coupe et on les jette, de toute façon. A moins évidemment qu'on veuille en conserver une comme trophée. Comme il insistait, qu'il disait qu'il ne voulait pas abîmer son chevreuil, je lui ai montré un trapèze à corde, et c'est celui-là qu'il a acheté, finalement.

Hess réfléchit, puis :

— Ce modèle-là est doté non pas de crochets mais

d'anneaux dans lesquels on peut faire passer une corde ? Et la corde s'enroule autour des pattes de l'animal ?

— Exact.

Sans bien savoir pourquoi, Hess ne fut pas surpris par cette nouvelle. Peut-être que ça avait un rapport avec ses souvenirs de chasse au daim. Son père, son oncle et lui avaient l'habitude de chasser le daim et le chevreuil autour de Spirit Lake. Un sacré boulot. Si on chassait pour récupérer la viande, il fallait protéger cette viande. Si on chassait dans un autre but, quel qu'il fût, c'était probablement pareil. Pas de trou dans le corps. C'était compréhensible. Si le Tireur de sacs interposait une protection entre le jambier à corde et la chair, à ce moment-là il n'y aurait aucune trace de friction. Surtout s'il travaillait vite.

— Le Deer Sleigh'R, c'est une sorte de luge pour transporter la carcasse de l'animal ?

— Ouais, il est doté d'une corde à l'aide de laquelle on arrime le gibier à la luge et qui sert également à tirer cette luge.

Hess s'efforça de visualiser le Deer Sleigh'R à l'arrière de la fourgonnette de livraison gris métallisé du Tireur de sacs.

— Cette luge ne comporte pas de roues, elle est rigide et plate ?

— Elle est plate, mais elle peut se rouler. C'est d'ailleurs un des arguments marketing que le fabricant met en avant dans la pub. Ça se roule comme un sac de couchage. C'est donc d'un faible encombrement. Et c'est léger, aussi. Ce qui n'est pas négligeable.

— Il n'a pas acheté de couteau à dépecer ?

— Rien de tout ça, non. Juste de quoi transporter une carcasse et de quoi la suspendre.

Hess remercia Matt et raccrocha. Il échangea un regard avec Merci. Elle était toujours penchée vers son bureau.

— Un employé de chez Arnie's a reconnu l'homme du

portrait-robot, dit-il. Ce dernier a acheté du matériel de chasse au grand gibier hors saison. En février, exactement. Quelques jours avant la disparition de Lael Jillson. Des instruments pour transporter une carcasse et la suspendre. Il a payé cash, évidemment.

La colère empourprait toujours le visage de Merci.

— J'aurais dû faire ce portrait-robot plus tôt. J'aurais pu coincer ce salaud deux jours plus tôt, alors que Ronnie Stevens était en vie.

— Vous n'avez pas tué Ronnie Stevens. Soyez un peu plus indulgente avec vous-même, Rayborn. Vous avez encore au moins cinquante ans à vous supporter.

Un très jeune adjoint en tenue traversa la salle des inspecteurs et se dirigea vers eux, une grande boîte en carton dans les bras. Son visage indiquait qu'il était porteur de mauvaises nouvelles, certes, mais de nouvelles intéressantes.

Le « tenue » adressa un hochement de tête à Merci puis à Hess en posant le carton sur le bureau de ce dernier. Sa moustache avait la consistance du duvet.

— Excusez-moi, sergent Rayborn, Cal Trans a trouvé ça sur l'Interstate 5 à Irvine, il y a environ une heure et demie. On m'a contacté. Je suis allé sur place. Quand j'ai vu ça, j'ai aussitôt pensé à qui vous savez. Les policiers de la route les ont pas mal tripotés mais on sait jamais...

Hess baissa les yeux et contempla les trois sacs à main au fond du carton.

— L'un d'entre eux a dû s'ouvrir sur l'autoroute, poursuivit le jeune homme. Dans les deux autres, on a retrouvé des cartes de crédit, des effets personnels, mais pas de permis de conduire ni d'argent liquide.

Merci regarda le jeune adjoint.

— Beau travail, Casik.

— Sergent, j'ai bien l'intention de travailler avec vous à la Criminelle un jour ou l'autre. Alors, je me suis permis de passer les deux noms dans le fichier des personnes disparues. Toutes les deux ont disparu sans laisser de traces. L'une avait eu des problèmes avec sa voiture sur la 55. Elle était tombée en panne et apparemment elle était allée chercher de l'aide. Ça remonte à vingt-six mois. L'autre faisait des courses dans un centre commercial du comté d'Orange, trois mois plus tard. Les shérifs du comté de Riverside ont découvert sa voiture à Lake Matthews une semaine après sa disparition. Je sais pas où ces sacs à main sont allés traîner depuis, mais j'ai ma petite idée.

— C'est ce que je vois.

— Les types de Cal Trans ont fouillé dans les sacs, il y a des trucs qui sont tombés. Puis ils ont tout fourré dans ce carton. J'ai pas pu m'empêcher de remarquer la coupure de presse que contient le sac noir.

Hess vit Merci se servir de son stylo pour soulever le rabat du sac noir. Il aperçut la page de journal. Il la souleva avec deux trombones, la posa sur son bureau et la déplia. C'était un article avec photos du *Journal* du comté d'Orange d'il y avait six jours. Les photos, de Merci et de Hess, avaient manifestement été fournies par le responsable des relations avec la presse et d'autres par les archives du *Journal*. Hess détestait se voir en photo.

Sur les clichés, ses yeux et ceux de Merci avaient été crevés à la cigarette. Le papier journal brûlé et roussi avait l'aspect d'une carte au trésor, du genre de celles que contiennent les boîtes de jeux pour enfants.

23

Il était tard mais, ce soir-là, Hess était encore à son bureau, en communication téléphonique avec le directeur du département des sciences mortuaires d'un collège voisin, à la recherche de quelque chose qu'il aurait été bien incapable de formuler. Un truc qui avait un rapport avec le Deer Sleigh'R, la formaline et les femmes disparues. Brighton, qui faisait rarement son apparition à la boîte le dimanche, se pointa dans la salle des inspecteurs et, de loin, lui fit signe. Hess nota son rendez-vous avec le directeur des sciences mortuaires puis raccrocha et suivit Brighton dans le couloir jusqu'à son bureau. Brighton attendit qu'il arrive et ferma la porte.

— Encore trois victimes ?

— Deux sûres, la troisième probable.

— Ça fait deux ans qu'il sévit ?

— Un peu plus de deux ans. La première a disparu il y a vingt-six mois, sa voiture était en panne. La suivante a été vue pour la dernière fois, devinez où... dans un centre commercial.

— Oh, Seigneur. Et rien de nouveau ce matin ? Rien du tout ?

Il désigna de la main une chaise devant son bureau.

— Non, rien, confirma Hess en s'asseyant.

— Il ne ménage pas sa peine, et il est drôlement prudent, n'est-ce pas ?

— Je crois qu'il utilise du chloroforme pour les neutraliser. L'un des techniciens de scène de crime a reconnu l'odeur. Il l'avait sentie chez son vétérinaire. Ça se tient. Il y a des traces de lutte dans les voitures, mais pas tant que ça. En tout cas, pas de sang.

— Est-ce que Gilliam a un moyen de s'assurer qu'il s'agit bien de chloroforme ?

— Pas avec le sang qu'on a retrouvé. Le chloroforme se métabolise extrêmement rapidement. Nous pensons que notre gars conduit une fourgonnette genre livraison gris métallisé avec des pneus dépareillés. C'est ce qu'on a de mieux comme élément de travail à se mettre sous la dent pour l'instant.

— Nom de Dieu, Tim. *Six* victimes.

Brighton se carra dans son siège et croisa les bras. C'était un homme corpulent, avec un visage de paysan et de l'intelligence à revendre au fond des yeux. Hess avait toujours trouvé sympathique cette façon qu'avait Brighton de ne pas cacher son ambition et son appétit de pouvoir.

Hess n'avait pratiquement pas la moindre idée de ce que le shérif faisait de ses moments de loisir. Même s'il savait que, comme bon nombre de policiers du sud de la Californie appartenant à la hiérarchie, Brighton possédait une maison et un terrain du côté du Wyoming ou du Montana. Hess était rarement allé chez Brighton, jamais il n'avait dîné chez lui, jamais il ne l'avait fréquenté en dehors des pince-fesses maison, jamais il ne l'avait entendu prononcer le nom de ses enfants. Ces détails de son intimité, Brighton les avait partagés au fil du temps avec des hommes et des femmes qui comme lui avaient une famille et des enfants à élever. Les enfants et les problèmes liés à leur éducation semblaient créer des liens entre ceux qui en étaient nantis. Hess, quant à lui, ne faisait pas partie du club : il n'avait en effet pas eu d'enfant de ses mariages successifs, lesquels s'étaient soldés par des divorces mouvementés entrecoupés de longues périodes de solitude.

Hess se sentait davantage attiré par les gens qui lui ressemblaient. Des gens en quête d'une chose qu'ils étaient à deux doigts de saisir et qui finalement leur échappait. Des gens qui récupéraient de leur dernier échec sentimental ou qui couraient après le suivant. Ça semblait toujours se terminer de la même façon, pourtant ce n'était jamais ainsi qu'il voyait les choses au début. Ce qu'il voyait, lui, c'est qu'il fallait faire abstraction de son égoïsme si on voulait s'intégrer dans le département. Sinon, on était perçu comme un danger potentiel. Une famille, ça vous rendait compréhensible, ça permettait aux autres de savoir à quelles valeurs vous attachiez du prix et quelle était votre aptitude à vous sacrifier.

Hess n'avait pas voulu d'enfants de Barbara — qui, elle, en aurait bien aimé — parce qu'il était jeune et chérissait par-dessus tout sa liberté. Le monde lui semblait vaste alors, même si la place qu'il y occupait avec Barbara — laquelle manquait de confiance en elle et se montrait de plus en plus jalouse à mesure que le temps passait — semblait étriquée. Il avait été stupide de la quitter, mais il ne s'en était rendu compte qu'ultérieurement. Se sentant coupable, il lui avait laissé tout ce qu'il possédait de valeur et il s'en félicitait encore aujourd'hui.

Parvenu à la trentaine, il s'était montré désireux d'avoir des enfants de Lottie mais c'est elle qui, jeune alors, privilégiait sa liberté. Ils s'étaient éloignés l'un de l'autre, de la façon la plus classique, et s'étaient séparés avec un minimum d'éclats, sans rancœur. Plus que le divorce, ce qui avait surpris Hess, c'était la rapidité avec laquelle dix ans pouvaient s'écouler.

Les enfants ne lui avaient pas semblé spécialement importants, et puis il s'était retrouvé, dans la quarantaine avancée, marié à Joanna. L'instinct paternel avait fondu sur lui tel un chat : désir impérieux et tranquille à la fois de guider sa progéniture dans l'existence, de donner la vie. En fait, il avait commencé à reluquer les bébés des autres, à penser à des prénoms qui lui plaisaient, à s'imaginer avec un nouveau-né dans les bras. Il était gaga de ses neveux et de ses nièces. Il pensait à son père. A sa mère. Quelque chose en lui changeait. En mieux.

Joanna était sa cadette de quinze ans. Elle était très belle, désireuse de fonder une famille. C'étaient trois des raisons qui avaient poussé Hess à l'épouser. Hess se disait qu'un enfant contribuerait à cimenter leur union parce qu'en dehors du lit ils avaient vraiment peu de choses en commun. Au bout de cinq ans de tentatives pour concevoir, de consultations et de tests innombrables, de fausses couches désastreuses, Joanna avait laissé tomber les médecins, l'idée d'une grossesse. Et Hess. En ce soir triste à pleurer de mars où il fêtait son cinquante et unième anniversaire et où tous deux buvaient sec, Joanna l'avait complètement déstabilisé en lui avouant, au milieu des larmes, qu'elle était amoureuse d'un autre homme. Plus précisément d'un des médecins qui n'avaient pas réussi à les aider. Ce fut avec une colère qui l'étonna lui-même que Hess imagina cet homme en compagnie de Joanna sur sa table d'examen. Elle lui dit qu'il avait des enfants et qu'avec lui elle avait moins l'impression d'être une femme qui n'a pas réussi à procréer, qu'elle se sentait plus épanouie. Après avoir embarqué la moitié de tout ce qu'ils possédaient, elle coupa tout contact avec Hess. Il fut obligé de louer une chambre à un jeune adjoint, de façon à pouvoir conserver la maison.

Lorsqu'il comprit qu'il avait pratiquement gâché toutes ses chances de devenir père, Hess était trois fois divorcé et allait sur ses cinquante-trois ans. Est-ce que tout le monde savait qu'il avait foutu sa vie en l'air ? Il lui semblait être une autruche qui n'aurait eu nulle part où se cacher.

Assis dans le bureau de Chuck Brighton, Hess se disait que tout cela n'était que de l'histoire ancienne. L'histoire révolue d'une vie. La sienne. Et voilà où cette vie l'avait mené : semi-retraité, soixante-sept ans, seul de nouveau, il était atteint d'un cancer qu'il devait soigner à l'aide de toutes sortes de traitements, abritant en son sein un fantôme assassin pendant ce qui aurait pu être les plus belles années de sa vie. On n'obtient pas toujours ce qu'on veut, dans l'existence.

Tu as du boulot, en tout cas.

— Ça a pas dû être marrant, ce matin...

— J'ai jamais rien vu de semblable, Bright. Je veux dire c'était tellement méthodique... On voyait qu'il y avait mis tout son cœur, c'était dégueulasse, immonde. Ce gars-là, c'est vraiment un détraqué.

— Il commettra une erreur, une grosse erreur, et vous le savez.

— Quand ? C'est ça que j'aimerais savoir.

— Parlez-moi de Rayborn, Tim.

— Pas grand-chose à dire. Elle s'en sort bien.

— Parfait. Vous vous entendez avec elle ?

— Elle est franche, directe. Elle va droit au but.

— Comme vous. Et le portrait-robot ?

Hess haussa les épaules.

— Il a fallu recourir à l'hypnose. Merci a obtenu quelque chose de bien.

Bright hocha la tête, il était au courant.

— En tout cas, ça donne des résultats.

— Le chauffeur du bus, le braqueur de bagnoles à Lake Elsinore ?

— Et un employé d'un magasin de sport et chasse qui nous a dit qu'il ressemblait à un mec qui était venu hors saison acheter du matériel. Du matériel pour du gros gibier.

— La question est de savoir pourquoi elle a attendu si longtemps avant de le faire faire, hypnose ou pas.

— Il lui a fallu du temps pour se mettre d'accord avec le district attorney. Un jour pour pratiquer l'hypnose et réaliser le croquis. Elle a pesé le truc : elle voulait être sûre de prendre la bonne décision. Après, ça a pris du temps pour en faire faire des copies et les diffuser auprès du service des relations avec la presse.

Hess savait que ce qui avait empêché Merci d'aller plus vite, c'étaient les doutes qu'elle nourrissait quant à la fiabilité du témoignage de Kamala Petersen. Elle avait hésité d'instinct. Les margaritas absorbées par Kamala semblaient justifier ses doutes, mais Hess n'en souffla mot. Il ne voulait pas que cette histoire de boisson soit mal interprétée et que ça retombe sur le dos de Merci.

— Et Merci a payé de sa poche la psy qui a hypnotisé le témoin, c'est ça ?

— Je sais pas au juste, mais ce que je sais, c'est qu'elle s'est acheté un gilet pare-balles sur ses deniers personnels.

— Qu'est-ce qu'ils ont, nos PACA ? Ils sont pas suffisants, peut-être ?

— Elle semble penser qu'effectivement elle pourrait se faire tuer avec.

Brighton haussa les sourcils.

— En recourant à l'hypnose, elle a perdu un témoin potentiel.

— Ouais ouais, elle le sait, c'était un coup de poker.

Hess sentit soudain la fatigue le frapper telle une gifle, c'était comme une énorme vague glacée qui lui aurait pompé toute sa chaleur. Ça se produisait généralement quand il était assis. Comme le vendredi où Merci avait dû l'aider à se lever de son siège. Peut-être que le secret de la vie était de bouger en permanence. De sauter jusqu'à la fin.

— Comment se fait-il que les traces laissées sur les vitres de la voiture par le Slim Jim lui aient échappé ?

— Elles étaient pas évidentes à repérer, là où elles étaient.

— Ce n'est pas ce que je vous demande.

— De toute façon, c'était à Kemp de penser à regarder par là.

— J'avais retiré Kemp de l'enquête, Tim. Vous étiez dessus.

— Le mal était fait. Elle ne pouvait pas refaire tout le travail que lui avait fait. Ike les aurait trouvées, tôt ou tard. Ou alors elle aurait réfléchi et regardé elle-même. Franchement, Bright, c'est pas le genre de choses auxquelles on pense à moins d'avoir déjà eu l'occasion de tomber dessus.

Sceptique, Brighton hocha la tête.

— C'est le B.A.-BA en matière de vol de bagnoles, voilà ce que c'est.

— Justement, elle, c'est à la Criminelle qu'elle bosse.

— Peut-être que c'est ça qui m'embête. Et puis, à vous, il vous a fallu trente secondes maxi pour penser à ce truc-là.

— Je suis vieux.

— Tim, j'aimerais que vous couchiez par écrit ce que vous pensez de son travail sur cette affaire. Inutile d'en tartiner des pages. Mais mettez-moi vos réflexions noir sur blanc.

— Comment ça ?

— Eh bien, racontez-moi un peu ce qui s'est passé : la séance d'hypnose qu'elle a payée de sa poche, le fait qu'elle s'est assise sur l'avis du district attorney. Pour ce qui est des glaces de la voiture, précisez-moi qui a décidé de faire déposer les vitres et de les examiner à l'ancienne. Juste un petit rapport pour mes archives perso. Je vous demande pas des détails. Quelque chose de bref me suffira. Les grandes lignes.

— Comme vous voulez. Mais je suis bien sûr qu'elle consignera tout ça dans son rapport à elle, dit Hess.

— Ses rapports sont évasifs, insuffisamment détaillés.

— Exactement comme les miens.

— A notre époque, c'était différent, Tim. On était une petite équipe, on était soudés. Quoi qu'il en soit, je veux votre sentiment sur sa façon de procéder.

— Ça n'est pas exactement ce pour quoi vous m'avez engagé, Bright.

— Eh bien maintenant, si.

Hess ne souffla mot.

— Est-ce que le voleur de voitures, LaLonde, est un suspect possible ?

— Riverside le tient à l'œil pour nous. Jusqu'à présent rien à signaler. Moi j'aurais tendance à penser que ce n'est pas un suspect, non.

— Comment Merci l'a-t-elle manœuvré ? Comment s'y est-elle prise avec lui ?

— Très bien, c'est lui qui a bricolé un gadget pour notre homme. Apparemment ça marche sur la plupart des systèmes d'alarme de voiture, du moins c'est ce qu'il dit. Il prétend pouvoir identifier notre gars si on le met en sa présence.

— Beau boulot.

— C'est Rayborn qui a mené la danse. Je me suis contenté de faire de la figuration.

— Elle se balade vraiment avec une lame dans son sac à main ?

Hess jeta un coup d'œil au shérif puis secoua lentement la tête.

— J'en sais rien, dit-il tranquillement.

— Ça m'intrigue, cette histoire. Ecoutez, Tim, j'ai des problèmes au département. Merci accuse Phil de propos et de gestes obscènes ; mais elle m'accuse implicitement d'avoir fermé les yeux sur ces agissements. Si elle veut des dommages et intérêts en espèces sonnantes et trébuchantes, je vais me trouver impliqué.

— Je doute qu'elle veuille de l'argent, Chuck.

— Vous me connaissez, Tim, c'est pas mon genre de fermer les yeux. J'ai bossé dur pour que ce département soit un endroit où les hommes et les femmes puissent travailler correctement de concert. Le meilleur département de l'Etat. Et tout d'un coup, voilà que Merci nous intente un procès et que trois autres de ses consœurs se manifestent à leur tour, se confient à la presse et envisagent elles aussi de poursuivre Phil en justice. Y en a même une qui prétend que Kemp l'a violée. Merci a ouvert les vannes.

— Bon Dieu, Bright, vous devriez peut-être vous estimer heureux qu'elle ait parlé. S'il y a du ménage à faire chez vous, faut le faire.

— C'est bien mon intention. Mais j'ai l'impression qu'on me braque un flingue sur la tête. Pas une seule fois elle n'est venue me trouver pour me parler de cette histoire.

Long silence.

— Qu'est-ce qu'elle veut ? finit par questionner Brighton.

— Comment voulez-vous que je le sache ? Elle ne m'a pas soufflé mot de Phil Kemp.

— Tâchez de le découvrir.

— Ça fait partie de mon boulot maintenant, ça aussi ?

— Absolument. Tâchez de savoir ce qu'elle veut, Tim, je lui donnerai satisfaction si j'arrive à endiguer le mouvement.

Hess hocha la tête, il se sentait épuisé.

— Vous avez entendu parler d'un ami à elle qui s'appelle Francisco ?

— Elle a mentionné ce nom.

Une longue pause, dont Hess déduisit qu'il était censé se poser des questions sur ce Francisco. Cela lui parut au-dessus de ses forces.

— McNally m'a dit qu'elle avait parlé d'un type, c'est tout. Je suis curieux de savoir si elle couche avec lui, fit Brighton.

— Pas moi.

— Eh bien, efforcez-vous de le découvrir et tenez-moi au courant. Et ajoutez ça et le couteau à votre rapport. Aidez-moi, Tim, je vous aide bien.

Hess le fixa.

Brighton se carra dans son siège. Hess sentit monter

en lui une bouffée de ressentiment. Il était furieux que son tabagisme l'ait fourré dans cette situation et furieux de constater que Chuck Brighton devenait mesquin sur ses vieux jours. Lui avait le cancer, et Bright un sale caractère. Pas de quoi pavoiser.

— Comment vous vous sentez, Tim ?

— Fort comme un bœuf, mais avec des passages à vide.

— Je vous admire.

— Merci.

— Et croyez surtout pas que je vous plaigne.

— J'espère bien que non, dit Hess.

Mais il savait bien qu'en fait l'autre le plaignait, et cela lui brisait le cœur d'entendre ça de la bouche d'un vieil ami qui lui demandait de baver sur une collègue deux fois plus jeune que lui.

Hess se leva et serra la main de Brighton.

24

Merci étudia les deux dossiers de personnes disparues que Casik était allé lui chercher puis alla rôder autour de l'employé qui enregistrait les sacs à main dans la salle des scellés. Ce type était d'une lenteur exaspérante. Il devait avoir un QI de 50.

Six, songea-t-elle. Six. Ce chiffre la mit en fureur.

Le temps d'arriver au gymnase, elle était encore plus en rogne, verte de rage à la pensée que Kamala avait bu la nuit en question et ne l'avait admis que beaucoup plus tard.

Merci était surtout furax de ne pas avoir organisé la séance d'hypnose plus tôt ni rendu public plus vite le portrait-robot. Si le portrait avait été diffusé quarante-huit heures auparavant dans la presse et à la télé, comme il aurait dû l'être, Ronnie Stevens serait aujourd'hui à son poste chez Goldsmith. Un sentiment de culpabilité dévastateur lui nouait la gorge. Et maintenant ils venaient d'apprendre que trois autres femmes avaient été enlevées par le Tireur de sacs. Six au total. Il allait falloir qu'elle passe sa mauvaise humeur sur quelque chose.

La salle était vide le dimanche. Elle se regarda dans la grande glace en entrant — grimace de colère, tenue en désordre, les bras levés, ses mains puissantes attachant ses cheveux, les nouant à l'aide d'un élastique.

Une perdante, voilà ce que tu es, un loser à cheveux

noirs, un grand cheval qui serait plus à sa place dans la rue à faire la circulation.

Elle régla le compteur de la bicyclette statique sur trente minutes, et la résistance pratiquement au maximum. Elle ruisselait de sueur debout en danseuse sur les pédales au bout de huit minutes. Et les vingt-deux dernières minutes furent une véritable torture. Elle allait attraper des ampoules. Très bien, songea-t-elle. La douleur est un excellent maître. Elle descendit de la bicyclette et se dirigea, jambes flageolantes, vers le banc d'abdominaux. Elle avait l'impression d'avoir les jambes en bois. Très bien, songea-t-elle de nouveau, c'est en souffrant qu'on apprend.

Elle se mit sur le Nautilus et fit le programme complet, se reposant cinq secondes entre chacune des trois séries d'exercices, et trente secondes entre deux stations. Son cœur battait avec la rapidité et la légèreté de celui d'un oiseau. Aussi vite que le roitelet que le Santa Ana[1] avait chassé de son nid une année. Elle l'avait ramassé dans l'herbe et l'avait rapporté à la maison dans ses mains en coupe tandis que son petit cœur pulsait follement contre la face interne de son majeur. L'oiseau était mort dans la nuit et Merci avait garni d'un mouchoir en papier une petite boîte où elle comptait l'enterrer. Sa mère avait jeté le corps dans la cuvette des WC. Merci n'avait jamais eu de chance avec les animaux. Son chien mangeait ses propres poils ; ses chats se sauvaient ; ses perruches mouraient ; son hamster l'avait mordue. Merci passa en revue ces échecs tout en faisant des tractions à la barre fixe. Douze, c'était déjà plus que sa dose. Elle décida d'aller jusqu'à quatorze. Au bout de treize elle s'écroula, suffoquant et haletant par terre.

Debout, la perdante, t'as du boulot.

C'était le moment de passer aux poids et haltères. Elle venait de se positionner sous la barre du banc lorsqu'elle

1. Vent chaud du sud de la Californie. *(N.d.T.)*

entendit du bruit près de la porte. Tournant la tête vers la glace, elle vit Mike McNally et trois adjoints se pointer, muscles et moustaches avantageux, serviette autour du cou, avec un sourire éclatant qui frôlait la démence. L'atmosphère de la pièce se modifia instantanément. Elle prit soudain conscience de toutes sortes de facteurs : son corps, sa tenue vestimentaire, sa sueur, son allure, ce qu'ils pourraient faire. C'était comme si on lui avait pompé d'un seul coup trente pour cent de son énergie.

Elle fit de son mieux pour les chasser de son univers, les yeux braqués sur la barre rouillée au-dessus de son nez, écartant largement ses mains gantées de cuir, prête à soulever ses quarante kilos — le poids de départ.

— Salut, Merci.

— Salut, les mecs.

— Besoin d'un coup de main ?

— Non, pas la peine.

Au travail, ignore-les. Elle aimait sentir le poids des haltères en équilibre au-dessus d'elle. Elle déplaça sa main gauche d'un quart de poil pour qu'elle soit juste à la position voulue. Puis le mouvement lent et délibéré — la barre s'abaissant jusqu'à frôler sa poitrine, puis remontant. Dix fois en tout. Pas exagérément lourd, et pourtant les quarante kilos, on les sentait passer dans ses muscles, surtout quand soi-même on en pesait soixante-dix. C'était parti pour trois séries. A chaque répétition ses mouvements se faisaient plus lents, elle transpirait davantage.

A cinquante kilos, il lui fallut ralentir assez nettement, mais elle parvint cependant à faire ses dix développés couchés. La sueur faisait *ploc-ploc* sur le banc en plastique où elle s'était installée, soufflant et haletant, à se demander si elle allait passer à soixante ou soixante-dix kilos.

Elle opta pour soixante de façon à avoir l'air plus à l'aise devant les mecs. Sa décision l'énerva. Elle avait beau s'efforcer de les ignorer, elle avait néanmoins conscience de leur présence ; d'autant que, dans la glace, elle voyait bien qu'eux aussi tâchaient de faire comme si elle n'était pas là sans y parvenir vraiment. Tout d'un coup ils éclatèrent de rire, et deux d'entre eux coulèrent un regard dans sa direction. McNally piqua du nez, comme s'il regrettait les paroles qui venaient de franchir ses lèvres. Merci aurait souhaité se trouver sur une autre planète. De nouveau elle repensa aux mots obscènes de Phil Kemp, à ses gestes qui ne l'étaient pas moins, et elle eut l'impression que sa force allait lui glisser entre les doigts.

Reste concentrée, chasse tout ça de ta tête.

Elle souleva la barre et réussit encore cinq répétitions avant de se rendre compte qu'elle n'arriverait pas au bout des dix qu'elle s'était fixées. A six, l'effort lui parut terrible. Elle n'avait pas encore soulevé les poids pour la septième fois qu'elle comprit qu'elle avait sa dose. La transpiration jaillit de sa lèvre tandis qu'elle soufflait. Elle avait l'impression d'être coincée : plus assez de force pour faire remonter la barre et la caler sur ses appuis, et trop de fierté pour l'abaisser jusqu'à sa poitrine et se reposer un peu. McNally apparut à la périphérie de son champ de vision, la contemplant de tout son haut, son ex-petit ami aux allures de Viking, marmonnant entre ses dents :

— Allez, encore une, encore une, encore une, Merci.

Elle sentit la barre s'élever comme par magie avec son aide. Elle avait le souffle court, ultrarapide, elle se sentait à bout, puis elle sentit que McNally faisait redescendre la barre jusqu'à elle. Elle la laissa descendre jusqu'à son sternum puis la remonta à mi-chemin puis un petit peu plus, ses bras et la barre tremblotant follement maintenant, la poigne de Mike venant à sa rescousse. Puis soudain, déséquilibrée, la barre lui retomba sur la cage thoracique tandis que, délogés de la barre, les poids dégringolaient sur le sol avec fracas.

Elle eut conscience qu'on se précipitait, sentit la présence de trois autres corps. Elle entendit Mike les engueuler, les chasser, leur dire qu'elle allait bien. Elle se sentit lui agripper la main et le laisser l'aider à s'asseoir sur le banc. Elle eut l'impression que des lumières l'éblouissaient, d'être un personnage de dessin animé qui a reçu un coup de marteau.

— Le tribunal va se prononcer, concernant la boîte à odeurs, dit-il.

— Ah génial, Mike.

Merci n'aurait su dire dans quel siècle elle se trouvait.

— Je suis sûr que ça va être accepté. Je suis sûr que dans cent ans ils se serviront de ces boîtes régulièrement au tribunal. Une bonne boîte à odeurs, un bon chien, rien de tel pour élucider des affaires de meurtre. Le matériel high-tech, très peu pour moi. Après, on pourra faire breveter le truc et gagner un max de pognon. Je sais pas comment je l'appellerai. La boîte à vérité. Quelque chose dans ce goût-là.

— J'espère que tu as raison. Ouh la la...

— T'as la tête qui tourne ?

— Hum hum.

— Allonge-toi.

— Pas question.

— Bon. Alors tombe dans les pommes.

— D'accord, je m'allonge.

— Bien.

Elle s'allongea sur le banc, sa poitrine se soulevait à un rythme accéléré, l'air entrant et sortant à une cadence insensée. Mike avait disparu, il ne restait plus qu'elle, le plafond blanc et les miroirs, et le sifflement dans ses oreilles. Du rouge, aussi.

Lorsque son rythme cardiaque se fut un peu calmé, Merci s'assoupit quelques minutes. Elle se réveilla au son de voix masculines, la lumière crue du gymnase l'aveuglant. Elle se redressa, jeta un coup d'œil alentour, bâilla. Elle avait l'impression que ses muscles avaient doublé de volume. Les poids étaient toujours par terre près de son banc.

Elle se releva et les ramassa, les remit en place. Puis, les jambes lourdes, elle se dirigea tant bien que mal vers le vélo, monta dessus, mit la résistance moins fort que la première fois.

L'espace d'un moment, elle songea à ce qu'elle était et à sa force. Elle se souvint de ce qu'elle avait appris de plus important jusqu'à maintenant. Tu es forte, tu peux plier le monde à ta volonté à condition d'y mettre suffisamment d'énergie.

Ta volonté, c'est avec ça que tu feras bouger le monde.

Là-dessus, elle augmenta la résistance encore plus que la première fois. L'effort, rien de tel pour faire bouger les choses. L'effort était synonyme de douleur, et la douleur de force.

Elle se contempla dans la glace, debout sur les pédales. Blanche comme un linge et à peu près aussi séduisante, songea-t-elle.

Pour se calmer, Merci songea à Hess, à son sens de l'économie, à sa concentration. Il faisait tout sans rien gaspiller, et elle, ça lui plaisait. Elle ne parvenait pas à chasser de son souvenir le regard qu'il avait eu ce matin lorsqu'il avait vu le capot de la voiture de Ronnie Stevens. Son visage était le plus triste, le plus sage qu'elle eût jamais vu. Il ressemblait à Lincoln. Mais ce qu'il avait vu l'avait diminué. Le Tireur de sacs lui avait dérobé quelque chose, et d'y penser la mit en colère. Elle était en colère, mais à cause de Hess. Pas à cause d'elle-même. C'était agréable d'admirer quelqu'un que l'on n'avait pas envie d'être.

Trente minutes de vélo devraient faire l'affaire, songea-t-elle. Je vais brûler ma bêtise et la chasser de mon esprit. Faire pénétrer la force dans mes muscles à coups de brûlures.

Elle prit un étui de cheville pour son derringer 40, acheta à manger et rapporta ses emplettes à la maison. La maison, c'était une immense bâtisse qui avait appartenu jadis au propriétaire de l'orangeraie qui l'entourait. L'orangeraie avait été presque entièrement déblayée au bulldozer des années plus tôt pour laisser la place à des lotissements. Il ne restait plus maintenant qu'un ou deux demi-hectares autour de la villa qui était aujourd'hui à un ami de son père — lequel la lui louait à un prix défiant toute concurrence. La bâtisse était vieille, les robinets grinçaient, les fusibles sautaient, le garage était plein d'araignées. Elle était posée au bout d'un long chemin de terre truffé de nids-de-poule l'hiver, poussiéreux à souhait l'été.

Le terrain était plat et c'est à peine si on se rendait compte de la présence des lotissements enserrant l'orangeraie, tant les arbres étaient hauts et feuillus. C'était comme vivre derrière un écran de verdure. Merci trouvait sympa le loyer plus que raisonnable, l'odeur des orangers et de leurs fleurs et le fait de ne pas avoir pour ainsi dire de voisins. Cela lui permettait de se balader en petite culotte avec les fenêtres ouvertes, la stéréo et la radio poussées à fond tandis que les chats paressaient au soleil sous le porche, occupés à faire leur toilette tout en guettant le bruit du sac de croquettes. De temps en temps, elle sortait se promener au milieu des rangées d'arbres pour regarder ce qui se passait. Pas grand-chose en vérité, parce que l'entreprise qui s'occupait de l'entretien des terres faisait remarquablement son travail. Les ouvriers étaient des Mexicains placides qui dissimulaient leur bonne humeur lorsqu'elle était dans les parages. Elle contempla l'un des chats en déverrouillant la porte, prit ses provisions et son holster, et pénétra à l'intérieur. Il y avait des tas de choses qu'elle aimait chez les chats sans en aimer une seule en particulier. A la maison, la chaleur devenait facilement intenable pendant la journée. Aussi ouvrit-elle fenêtres et portes. Puis elle se rendit dans sa chambre, se déshabilla, gardant cependant sa chemise de sport dont elle releva les manches après s'être débarrassée de son soutien-gorge et l'avoir jeté par terre. Elle posa son holster et son arme de service à côté du lit. C'était là leur place attitrée quand elle ne se trimballait pas avec. Elle fixa à sa cheville le nouvel étui, y glissa le derringer ; il y avait du jeu mais la courroie était au poil. C'était sympa de porter une arme ou du moins d'en avoir une dans chaque pièce, à un endroit où elle pouvait l'atteindre facilement en cas de besoin. C'était l'une des manies de son père, ça. Non qu'elle eût peur à la maison. C'était juste un petit jeu auquel elle jouait pour donner du piment à sa vie.

De nouveau, elle se représenta le visage de son coéquipier ce matin-là. De même qu'on avait arraché quelque chose à Hess, on lui avait dérobé quelque chose à elle aussi. Ce qui lui rappela que rien de ce qu'ils pourraient entreprendre ne ferait de différence, au bout du compte. Les policiers évoluaient dans le court terme : ils cravataient des détraqués, ils sauvaient une vie ou deux, mais ça n'allait pas plus loin.

Et puis un sac rempli de viscères humains posé sur une Chevy Malibu, au joli soleil du sud de la Californie, ça vous remettait à votre place. Ce sac disait : tu trouveras peut-être le détraqué qui a fait le coup, mais d'autres viendront, qui feront pire. D'autres, et d'autres encore poursuivront tes enfants au fil des années si jamais tu en as. C'était une honte. Mais ce n'était pas une surprise. Son père lui avait appris très tôt qu'être flic, c'était colmater un moment la digue. Ça n'enlevait rien à l'authenticité de votre vocation mais vous donnait un sens aigu de la relativité.

Bien sûr, son père était un homme timoré qui n'avait jamais cherché à prendre des risques. Un homme incapable de tenir tête à une femme siphonnée était condamné.

Elle écouta les messages sur son répondeur. L'un de Joan Cash : « Coucou, comment vas-tu ? » L'un de son adorable vieux gaffeur de père. La mère de Merci n'était pas bien et il se faisait un sang d'encre. L'un de Mike, disant qu'il espérait qu'elle allait bien après cette séance d'enfer au gymnase, qu'il se ferait un plaisir de lui offrir un café un de ces jours. Il avait dû appeler juste après qu'elle eut quitté la salle de sport. C'était tout. Des obligations, des soucis. Parfois, Merci n'avait vraiment pas envie de savoir ce que les autres ressentaient. Ce n'était pas qu'elle ne comprenait pas ou ne respectait pas leurs sentiments, mais simplement qu'elle s'en foutait éperdument à ces moments précis.

Elle téléphona à Hess.

N'obtenant pas de réponse, elle lui laissa un message : « Rien d'urgent, je voulais seulement vous parler, vous pouvez m'appeler si vous voulez. » Elle se demanda s'il était allé au Wedge ou s'il était à sa radiothérapie. Ça devait faire drôle d'être dans ses pompes, presque soixante-dix ans de sa vie envolés, il ne lui en restait peut-être que dix à vivre s'il avait du pot — et il n'était même pas sûr de vivre encore un an.

Elle se demanda comment il avait pu se marier et divorcer aussi souvent. Pourquoi il n'avait jamais eu d'enfant. Pourquoi il était revenu bosser sur une affaire comme celle du Tireur de sacs. Hess était un sujet de réflexion intéressant, parce qu'il était extrêmement différent d'elle. C'était marrant, ce qu'il lui avait dit, qu'elle devrait essayer de ressentir ce que les autres éprouvaient et s'efforcer de deviner leurs pensées si elle voulait faire son chemin au département et dans la vie. Pourquoi ne pas essayer de sentir les choses comme lui ?

Peut-être que ça ne serait pas si difficile que ça après tout, Hess avait l'air d'être un type simple. Certes, Mike McNally était un type simple lui aussi, du moins était-ce ce qu'on pensait avant de le connaître. Seulement, à l'usage, on avait l'impression qu'il rapetissait, qu'il devenait aussi hystériquement égocentrique qu'un gamin de cinq ans le jour de son anniversaire : moi, moi, moi. Mike lui manquait maintenant, et certaines des heures insouciantes qu'ils passaient ensemble. Un mec qui parlait tout le temps faisait paraître les heures plus longues. C'était bien. Son profil lui manquait, et la lumière bleue sur ses joues lorsqu'ils regardaient la télé. Et la gymnastique et leurs sueurs mêlées au lit, ça lui manquait aussi. Même si cela lui faisait éprouver des choses qu'elle n'aimait pas tellement ressentir.

Mais il était hors de question qu'elle lui parle tous les soirs, qu'elle soit sa petite amie régulière, qu'elle garde son gamin grognon, qu'elle se fiance avec lui ou même qu'ils parlent mariage. Alors elle avait coupé les ponts, et les chiens de l'enfer s'étaient jetés sur elle. Les chiens de Mike. La boîte à vérité. Le plus dur, dans toute cette lamentable affaire, c'était Mike. Il l'avait accusée d'être renfermée, froide, manipulatrice. Et au lieu de garder ça pour lui, il l'avait fait savoir à droite et à gauche, d'où la remarque dans la cafétéria à propos de ses préférences sexuelles. Rien que d'y penser, elle sentit son visage devenir cramoisi de colère.

Le téléphone sonna, c'était Hess.

— Je pensais à vous, dit-elle, je voulais savoir si, eh bien... savoir comment vous... comment vous réagissez par rapport à ce matin.

— J'espère qu'on relèvera des empreintes exploitables.

— Moi aussi. Non, ce que je voulais dire, c'est comment vous vous sentez après avoir vu ça.

— Ça m'a flanqué un coup. Je me suis souvenu des chevreuils qu'on dépouillait dans l'Idaho, de la façon dont les entrailles restent agglutinées et tombent d'un bloc de la carcasse, pratiquement pas de sang. Je me suis dit que c'était horrible d'avoir fait ça à cette fille.

— Six, Hess, elles sont six maintenant.

— Je sais. On se demande d'où sortent ces gars-là. Un tel comportement, une telle cruauté...

— D'où sortent-ils d'après vous, Hess ?

— Je dirais qu'ils sont nés comme ça. Certes, ce n'est pas une idée qui a le vent en poupe, de nos jours. Mais c'est ce que je crois.

— En effet, il y a des tas de gens qui disent qu'on ne naît pas monstrueux mais qu'on le devient.

— Eh bien, je ne suis pas d'accord. Franchement ça me dépasse, un type qui kidnappe et tue une femme, conserve son corps, prend le temps de faire ce qu'il fait avec ce sac. Et qui recommence, et recommence. Comment vous appelez ça, vous, ce n'est pas le mal à l'état pur ?

— Ça n'a pas tellement d'importance, à vrai dire. Pour nous.

— C'est vrai.

— Mais c'est un sujet de réflexion intéressant, pourtant.

— Ouais, ouais, ça pose des problèmes intéressants. A Sacramento, aux pénologues, aux criminologues.

— Aux politiques, ajouta-t-elle.

— Aux écrivains.

— Aux prêtres et aux évangélistes.

— Ça, c'est sûr, Merci.

— Y a des mecs comme ça qui sont nés mauvais, qui ont le mal chevillé au corps.

— Je me méfie généralement de ce qui a l'air simple ; mais dans le cas présent, je ne peux pas m'empêcher de voir le truc de cette façon. En tout cas, ça correspond à mon expérience.

— Dites donc, Hess, et si je venais vous voir ?

Le silence dura juste assez pour que Merci se demande si elle n'avait pas gaffé.

— Bonne idée. Mais j'ai pas grand-chose dans mes placards...

— J'apporterai de quoi casser la croûte.

— Il y a une place derrière le garage, où vous pourrez vous garer.

25

Douche rapide, vêtements propres. Comme Merci voulait que Hess sache que maintenant elle l'aimait bien, elle laissa au freezer tout ce qui s'y trouvait déjà et s'arrêta pour se réapprovisionner. Elle prit un tas de victuailles puis se demanda si un type qui était sous chimio et radiothérapie avait vraiment autant d'appétit que ça. Frites, milk-shakes, hamburgers, tacos, rondelles d'oignon, tout le tremblement.

Elle fut très étonnée de constater que son appartement était propre et méticuleusement rangé. Tout le contraire du studio de Mike, à Anaheim. Elle se dit que ce devait être un appartement meublé. Ce qui était bien vu : Hess le lui confirma. Ils étaient assis dans le living sur un canapé en plastique bleu, les sacs d'épicerie éparpillés sur la table basse devant eux. Hess avait laissé la télé allumée. Les fenêtres étaient ouvertes, les stores levés, et Merci apercevait une étendue de sable que recouvrait par intermittence un océan noir, lui-même surmonté d'un ciel plus noir encore et pétillant d'étoiles. Des voix montaient de la rue. Des rires aussi. Et le chuintement des rollers. Et par-dessus tout ça, le fracas distant des vagues qui, en mourant, faisaient un bruit de soda qu'on verse sur des glaçons.

Elle se pencha, se mit à manger.

— Où en étions-nous ? demanda-t-elle.

— Nous parlions du mal, je crois.

— Je ne pense jamais au mal. Je crois simplement qu'on doit être puni pour ce qu'on a fait. Ah là là, ces hamburgers ! Fameux.

Elle le regarda et vit que lui aussi mastiquait.

— Ça, c'est vrai.

— Vous avez une nourriture équilibrée ?

— Depuis l'opération, oui. Avant, j'avalais n'importe quoi.

— Comment se fait-il que vous n'ayez pas pris de poids avec l'âge ? L'alcool est vraiment riche en calories, il paraît.

— Question de métabolisme.

— Ouais, et trente ans de cigarettes.

— Cinquante-cinq.

— Vous êtes drôlement vieux.

Il eut un petit rire, sans plus.

— Je me nourris n'importe comment, moi, avoua-t-elle. J'aime cuisiner mais pas quand je suis seule. C'est pour ça que les trois quarts du temps j'engloutis des cochonneries.

— Peut-être, mais vous vous arrangez pour brûler les calories.

— Ça vous pouvez le dire, je passe un temps fou au gymnase. Ah là là, à nous entendre parler bouffe et muscles, on dirait un couple de Californiens purs et durs. Je passe mes vacances dans le Maine tous les ans, à Kittery. C'est là-bas que Papa m'emmenait quand j'étais gamine, et je continue d'y aller. Ils vivent pas comme nous, dans le Maine. Si jamais on a le malheur de prononcer des mots comme « style de vie », ils roulent les yeux.

— J'ai toujours détesté cette expression.

— Moi aussi. De même que tous les mots qui commencent par « cyber ». Je m'étais promis de ne jamais en utiliser et voilà que je viens de le faire.

— Moi, celui qui me fait horreur, c'est « virtuel ».

— Ouais, je suis d'accord. « Virtuel », c'est nul à chier.

De toute façon, tout ça, c'est des conneries pour vous faire croire que vous êtes en train de rater quelque chose ou pour vous obliger à acheter des trucs. Ça me donne carrément envie de gerber. Sur votre milk-shake, je vous mets de la vanille ou du chocolat ?

— Chocolat.

— Très bien, de toute façon, j'ai les deux.

— Pas de vanille.

— J'ai trouvé ça bizarre quand Izma m'a demandé si je voulais de l'eau glacée et quand, lorsque j'ai mordu à l'hameçon, il m'a rétorqué qu'il n'avait ni eau ni glaçons. Celui-là alors, quel tordu !

— Il tenait un chat congelé à la main quand je l'ai arrêté. Je veux dire quand il m'a ouvert la porte.

— Qu'est-ce qu'il en a fait ?

— Oh, il l'a laissé échapper. Quel boucan ça a fait en touchant le sol ! On aurait dit un rocher qui venait de dégringoler.

— J'imagine la scène !

— J'ai eu les chocottes. Je lui ai flanqué des coups de crosse. Il est tombé comme un sac de clous. Mais après ça, il a toujours été correct avec moi.

— J'ai cru comprendre qu'il filait doux devant vous. Vous aimez ça, tabasser les gens ? Ceux qui le méritent, j'entends.

Hess hocha la tête.

— Quand j'étais jeune, ça me faisait bicher. Le problème, c'est que le combat n'est jamais égal. On a des matraques et des armes de poing, nous autres.

— C'est différent, quand on est une femme. Contre un mec, on a besoin de toute l'aide dont on peut disposer.

— Je doute que vous en ayez cogné beaucoup pour le simple plaisir de taper.

Elle le considéra.

— C'est vrai. Même si mon mauvais caractère et ma misanthropie peuvent donner à penser le contraire.

Elle songea à Lee LaLonde.

— Ça m'a pas tellement amusée de faire faire trempette au petit voleur, à Elsinore. En dehors du plaisir qu'on peut prendre à dominer quelqu'un physiquement. A savoir qu'on peut y parvenir. En revanche, un truc qui m'a vachement fait plaisir, c'est les résultats que j'ai obtenus.

— Vous en avez obtenu, c'est vrai.

— Vous croyez que j'ai eu tort ?

— Non. Vous auriez pu sauver des vies.

— La fin justifie les moyens ?

— Encore une de ces maximes simplistes qui m'agacent. Mais avec LaLonde, vous avez fait ce qu'il fallait.

— Comment se fait-il que vous ayez été marié aussi souvent ? Trois, quatre fois ?

Il allait mordre dans son hamburger. Il referma la bouche et la fixa un bon moment.

— Trois.

— Pourquoi trois ? Une fois, ça ne vous avait pas suffi ?

— Question de stupidité.

— Laquelle ?

— La mienne, essentiellement.

— Vous avez laissé filer une ou deux femmes qui en auraient valu la peine ?

— Les trois, en fait.

— Comment se fait-il que vous n'ayez jamais eu d'enfants ?

— J'attendais. J'ai attendu trop longtemps. Et puis j'ai manqué de pot, aussi. J'en aurais bien eu quand j'avais quarante ans. Seulement ça n'a pas marché.

Merci réfléchit.

— Je ne crois pas au hasard. Pour moi, on est directement responsable de ce qui vous arrive.

— C'est ce que je pensais.

— Qu'est-ce que ça pourrait être d'autre ?

— Je ne pense pas qu'on puisse rendre Ronnie Stevens

responsable de ce qui lui est arrivé, par exemple. Je crois qu'elle a croisé la route de quelqu'un de plus fort, de plus roublard qu'elle. Quelqu'un de vicieux. Ce qui s'est produit n'est pas de sa faute.

— Ah, vous parlez en termes de victimologie. On n'entend que ça à la télé.

— La télé ne parle que des extrêmes.

— Alors, pourquoi est-ce que tout le monde la regarde ?

— Ça réconforte les gens de penser qu'ils sont infichus de contrôler quoi que ce soit.

— Ouais, tous des mauviettes et des pleurnichards, si vous voulez mon avis.

Hess l'examina. Il lui sembla à la fois désapprobateur et compréhensif, mais peut-être était-ce une idée.

— La force, dit-elle. Tout vient de la force que l'on a en soi. De la volonté.

De nouveau, ce regard.

— Vous avez un drôle de regard. On dirait que vous pensez deux choses à la fois.

— C'est un peu ça.

— Lesquelles ?

Toujours ce regard.

— Si je vous dis que je vous admire énormément, vous me croirez ? Votre jeunesse et tout ce qu'elle implique. J'aime la façon dont vous la portez, l'usage que vous en faites.

— Même quand je me plante ?

— Ouais.

Elle réfléchit.

— Vous continuez à penser deux choses en même temps, me concernant. Et des choses contradictoires.

— Oui, je me demande comment vous pouvez être à la fois aussi intelligente et aussi bête. Je me demande si vous allez réussir dans les grandes largeurs ou échouer en beauté. Une idée comme ça.

— Eh dites donc, je suis votre supérieur hiérarchique sur ce coup-là.

— Vous m'avez demandé ce que je pensais.

— C'est vrai. Délicieux, ce burger. C'est sympa d'être assis là à discuter. Sur le métier de flic, sur la condition humaine. Mike parlait beaucoup mais il ne m'écoutait pour ainsi dire pas. Et puis après, c'était soit la télé, soit le lit.

Hess ne souffla mot.

— Vous y arrivez encore, Hess ?

— A quoi ?

— Vous savez ce que je veux dire. A le faire. A faire l'amour.

Il rougit, la fixa de nouveau, de ce drôle d'air mi-figue, mi-raisin.

— Vous approchez des soixante-dix ans, non ?

— Bien sûr que je peux.

Il avait une pointe d'agacement dans la voix tandis qu'il regardait la télé et que la lumière de l'écran jouait sur son visage. Elle ne pouvait voir s'il était encore cramoisi.

— Je me demande si ma mère et mon père le font encore. Ils ont votre âge.

— Posez-leur la question.

— Ça les choquerait.

Elle fut vraiment étonnée de le voir rire ; elle s'aperçut qu'elle ne l'avait pas vu rire auparavant et que ça métamorphosait son visage. Rides autour de ses yeux et de sa bouche, fossettes au milieu des joues.

Etonnant comme le rire pouvait vous changer un homme. Elle se rendit compte qu'elle le fixait avec une sorte de stupeur imbécile.

Voyant sa réaction, il se lâcha complètement. Larmes aux yeux, poitrine et épaules secouées, et sur le visage un air vraiment comique.

— Doux Jésus, vous êtes une marrante, mon petit.

Elle se demanda comment réagir.

— Ah bon, vraiment ?

— Vraiment.

Elle se sentit gênée de ce qu'elle avait dit, embarrassée, un peu honteuse. Elle n'était pas un singe de zoo qui venait de réussir un tour rigolo. Elle songea à la fatigue de Hess lorsqu'elle l'avait aidé à se lever de son siège le vendredi soir et se dit qu'il aurait pu la remercier autrement que par une crise d'hilarité.

— Désolé, Merci. Ça fait tellement longtemps que j'ai pas ri... Je vous assure que je ne me moquais pas de vous.

— C'est vrai ?

— Vrai.

— Bon. Vous saviez qu'on utilisait tous les deux des carnets bleus ?

Elle avait dit la première chose qui lui passait par l'esprit pour faire diversion.

— Ouais, j'ai remarqué. Qu'est-ce que vous en dites, si on allait faire un tour ?

— Pourquoi ?

— C'est une belle nuit d'été, l'océan est à deux pas. Marcher, c'est bon pour la digestion et pour l'âme.

— Ouais, d'accord.

La légèreté, la liberté de dire ce qu'elle avait envie de dire s'étaient envolées. Elle se sentait fatiguée et à des kilomètres de chez elle. Elle s'efforça de penser à quelque chose de drôle pour se remonter le moral.

— Hess, vous aimeriez pas qu'il pleuve afin de tester un des parapluies de LaLonde ? Voir si on peut recueillir de l'eau de pluie ?

— Ah là là, c'était génial, ces pépins.

— J'en aurais bien acheté un mais j'étais trop occupée à jouer les peaux de vache.

— Vous lui avez foutu une sacrée pétoche au gamin, Merci.

— Ouais, hein ?

Ils empruntèrent les planches direction le nord et la jetée, restant sur le côté tandis que rollers et vélos les frôlaient. Merci regardait les vagues s'écraser sur le sable. Elle songea à Hess qui chevauchait ces monstres au Wedge. Elle s'était rendue là-bas une fois avec Mike pour voir les bodysurfers. Elle n'arrivait pas à croire qu'ils puissent prendre des risques aussi insensés. Pourquoi ? Elle rêvait de vagues immenses sur un océan noir depuis qu'elle était petite. Elle ne s'était jamais demandé d'où venait ce rêve car le message dont il était porteur était clair : reste en dehors de l'eau et sauve-toi. Facile à interpréter, ce rêve-là.

En ce dimanche d'été, la jetée était bondée : amoureux, amateurs de skateboard, punks blancs, Mexicains aux allures de gangsters, étudiants, motards, clochards, flics, pêcheurs asiatiques et leurs prises — des maquereaux — atterrissant avec un *floc-flop* sur le ciment mouillé.

Merci marchait un demi-pas derrière Hess et le regardait plus souvent qu'à son tour. Elle attendait quelque chose sans savoir quoi. Elle pensait que ça viendrait de son visage plus que de ses lèvres, et puis elle aimait sa tête, une tête qui en avait vu de toutes les couleurs et qui n'avait rien perdu de sa noblesse, la tête d'un gars qui a fait de grandes choses. Elle avait une envie complètement irrationnelle de voir comment étaient ses cheveux au toucher — cette petite crête blanche qui se dressait au milieu de son front lui donnait l'air d'un général dans un film en noir et blanc.

Il pense peut-être que j'ai les manières d'un singe de zoo, songea-t-elle, mais j'ai suffisamment d'éducation pour ne pas m'amuser à essayer de le toucher. Tout de même, si j'arrivais à *détourner* son attention ne serait-ce qu'une seconde...

Ils prirent un pot au Beach Ball, un autre chez Scotty et un troisième au Rex. Une idée à elle. Merci pensait que l'alcool était un bon moyen de se rapprocher des gens pour peu qu'eux aussi aient bu. C'était comme faire un petit voyage ensemble. Elle ne s'était jamais considérée comme une buveuse, n'empêche qu'elle sifflait de l'alcool, et du raide, pour la deuxième soirée du weekend. Difficile à dire, en ce qui concernait Hess. Son comportement ne changeait pas, qu'il n'ait rien bu ou qu'il ait descendu trois godets. Elle était étonnée de constater qu'il pouvait boire malgré la chimio et les rayons. Peut-être que ça l'aidait. Quant à elle, la boisson lui donnait une sensation de flou et de chaleur. Elle se sentait un peu passive, ce qui n'était pas désagréable, parce que, en général, elle était plutôt tranchante, glaciale et agressive. C'était sympa de pouvoir boire un petit coup, quand on savait que l'effet se serait dissipé au bout de quelques heures et qu'on était en compagnie de quelqu'un qu'on trouvait sympathique.

Alors qu'ils sortaient du Rex, ils assistèrent à une bagarre sur le trottoir. Hess empêcha Merci de s'en mêler tandis que deux « tenues » en vélo s'interposaient et séparaient les combattants.

La colère de Merci était plus forte, plus intense que lorsqu'elle était à jeun. Le scotch avait sur elle des effets un peu effrayants.

Jetant un regard en arrière, elle vit les flics à vélo qui menottaient un alcoolo squelettique à un parcmètre. Son adversaire, un baraqué à barbiche, avait du sang qui lui dégoulinait sur le front.

— J'ai toujours l'impression qu'il faut que j'intervienne dans ce genre de situation.

— Laissez filer. Vous êtes un enquêteur, pas un vulgaire flicard.

— Ça m'énerve, ces bagarres ! J'ai envie de prendre les deux types et de leur cogner la tête l'un contre l'autre.

— C'est fini, détendez-vous.

— Ouais, ouais, allons au bord de l'eau.

Elle s'engagea sur le sable. Le scotch et l'adrénaline qui refluait lui avaient laissé les jambes lourdes et l'esprit léger. Arrivés près de l'eau, ils s'arrêtèrent. Merci regardait les bulles vaguement luminescentes flotter jusqu'à eux puis disparaître. De petits oiseaux sautillaient sur le sable.

— Vous êtes un bon équipier, Hess.

— Vous aussi.

— On forme une bonne équipe, pas vrai ?

— Ouais, jusqu'à maintenant on se débrouille pas mal.

— Je sais que Brighton a envie de me voir échouer. Je sais que le procès, ça la fiche mal pour lui. Je sais que vous êtes chargé de m'espionner pour son compte. Et probablement de prendre des notes sur mes faits et gestes.

— Je suis censé ouvrir l'œil, oui, mais dans votre intérêt.

— C'est la première fois que vous me racontez des conneries, Tim. Je connais la musique et surtout je le connais, lui. Vous pouvez lui dire ce que vous voulez. J'ai bien l'intention de continuer à faire mon boulot comme j'estime qu'il doit être fait. Je ne dis pas que je ne commettrai pas d'erreurs. Mais il est hors de question que je me dégonfle à cause de vous, de Brighton ou de qui que ce soit d'autre. Je vais mettre la main sur le Tireur de sacs, lui éclater la cervelle et dormir sur mes deux oreilles. Vous, vous n'aurez qu'à balayer derrière moi, à ramasser les morceaux...

« En ce qui concerne Phil Kemp, voilà le topo. Kemp n'a cessé de me tenir des propos orduriers depuis que j'ai intégré le département. Quand je veux dire orduriers, je veux dire orduriers. Porno. Faisant référence à certaines parties de mon anatomie et à l'usage qu'il souhaitait en faire. Il venait se frotter contre mon cul, il me frôlait les seins, tout ça en me sortant des trucs que jamais vous ne pourriez imaginer. J'ai pas bien réagi, au début : j'étais jeune, je savais pas quoi faire. Je me disais que c'était normal, que c'était ça, travailler avec des mecs. Et puis j'ai commencé à me rebiffer, à lui dire d'arrêter ses manigances. Ça l'a fait marrer. Il y a deux semaines, un soir dans le parking, il s'est mis à baver sur Mike et à me dire ce dont j'avais vraiment besoin. Il était appuyé contre ma voiture. Il m'a attrapée par le bras, il a serré. Je lui ai braqué mon 9 mm entre les deux yeux et je lui ai dit que soit il me lâchait, soit il s'en prenait une. Il m'a lâchée. Il a essayé de prendre le truc à la rigolade. Alors j'ai engagé un bon avocat. *Parce que j'en ai ras le bol qu'il s'en tire comme ça tout le temps !* Mais j'ai jamais voulu jouer à ce jeu, moi. C'est chiant, c'est dégradant. Kemp est un déchet ambulant et il est copain comme cochon avec Brighton. C'est pour ça que Brighton a tellement envie que je me plante. Comme ça, il pourra dire que si je le poursuis en justice, c'est parce que je ne suis pas à la hauteur dans le boulot.

Ils marchèrent en direction du sud ; l'eau était noire à leurs pieds.

— Qu'est-ce que vous attendez de ce procès, Merci ? Vous voulez que Kemp soit viré ? qu'il aille en taule ? Vous voulez des dommages et intérêts ou quoi ?

— Je veux que ce salopard de Kemp me fasse des excuses et qu'il cesse son manège, c'est simple.

— C'est tout ?

Elle réfléchit. Se demanda si elle pouvait être franche avec Hess. C'était peut-être le scotch ou alors son instinct, mais elle décida qu'elle pouvait lui faire confiance.

— La vérité, Hess ? Eh bien, la vérité, c'est que j'aimerais pouvoir faire machine arrière et ne pas avoir intenté une action en justice. Je regrette déjà ma démarche.

Elle souhaita qu'il ne lui dise pas de laisser tomber purement et simplement. Effectivement, il ne le lui dit pas.

— Mais je vais pas abandonner, Hess. Je vais poursuivre Kemp. Il va falloir qu'il s'arrête et qu'il s'excuse sinon, je le jure, j'aurai sa peau. Et s'il y a quinze autres nanas qui veulent m'imiter et ruiner sa réputation qu'elles s'y mettent aussi. Elles en ont le droit. Qu'elles fassent ce qu'elles veulent. Mais qu'on arrête de me traiter comme une sorte de meneur. J'ai reçu une bonne dizaine d'e-mails ces trois derniers jours me remerciant d'avoir osé parler. D'avoir eu le courage de tenir tête au système. Ce qu'elles ne comprennent pas, ces filles, c'est que j'aime le système, que j'en fais partie. J'ai l'intention de diriger la boîte un jour. Je le ferai. Et ça me fout vraiment en pétard de devoir intenter un procès à ce mec pour qu'il arrête de me demander de sucer sa quéquette minable. Mais ce que j'ai envie de dire aux autres, c'est de me lâcher.

Merci entendit derrière elle le cri d'un oiseau de nuit. Comme s'il lui frôlait l'oreille. Puis elle le vit, une ombre qui disparaissait.

— Vous faites ce qu'il convient de faire, lui dit Hess.

— C'est exact. Dites-le à Brighton, si vous en avez envie. Puisqu'il est pas assez couillu pour me questionner lui-même.

— Cette histoire de procès l'a pris au dépourvu.

— Ouais. J'ai jamais cafté à propos de Kemp. En tout cas, j'ai rien dit avant de lui en avoir parlé à lui. De l'avoir prévenu. De lui avoir collé un flingue dans la figure. Il n'a que ce qu'il mérite. Désolée si ça trouble la paix de Brighton. Moi, en tout cas, ça m'a foutrement perturbée, tout ce cirque.

Ils revinrent à l'appartement de Hess vers onze heures. Merci s'endormit sur le canapé et lorsqu'elle se réveilla, à minuit, Hess avait fait du café. Il était allongé dans un fauteuil inclinable, son verre posé sur l'appui de la fenêtre. Le clair de lune sur son visage, il ronflait. Merci alla se planter près de lui, éprouvant plus que jamais l'envie de lui toucher les cheveux.

Elle tendit la main, mais n'alla pas au bout de son geste.

26

Le département des sciences mortuaires, division des sciences de la santé, du Cypress College était situé derrière une lourde porte bleue jouxtant un snack d'où l'on avait vue sur le campus.

On était lundi matin. Hess franchit la porte et patienta dans le hall, mal éclairé, qui lui évoqua irrésistiblement les années cinquante. Sur les murs, des photos de l'école remontant à l'époque — lointaine — où l'établissement avait son siège près du centre de Los Angeles, les portraits des directeurs éminents qui s'étaient succédé à la tête du département, ainsi que des photos de groupe. Une vitrine renfermait des ouvrages anciens sur l'embaumement, parmi lesquels *L'Embaumement humain* en sept volumes.

Le directeur jaillit des profondeurs du bâtiment, main tendue.

— Allen Bobb. Inspecteur Hess ?

Bobb était un type entre deux âges, avec un visage large et agréable, des cheveux clairsemés, un sourire à la fois ouvert et dubitatif. Il entraîna Hess dans son bureau, le fit asseoir.

Hess songeait à tous les produits chimiques qu'on injectait aux morts et à tous ceux, tout aussi chimiques, qui à l'heure actuelle livraient bataille dans son propre sang. Il se prit à souhaiter avoir de nouveau vingt-deux ans, et pouvoir encore affronter les vagues géantes du Wedge avec la certitude d'être immortel.

— J'irai droit au but, fit Hess.

— Je vous en prie.

Et Hess d'expliquer les circonstances de sa visite : les femmes disparues, les sacs à main, les restes humains, le sang, les traces de formaline découvertes dans le sang par le labo. Bobb hochait machinalement la tête, comme s'il avait déjà entendu tout ça.

— Il ne les embaume pas, alors. Pas au sens américain du terme. Pas s'il retire organes et intestins. Nous, nous laissons les viscères. Est-ce que vous avez des notions en matière d'embaumement, inspecteur ? Est-ce que vous connaissez l'objectif et les limites de cette pratique ?

— Non.

— A l'origine, le but était prophylactique. Biologiquement, il n'y a rien de plus potentiellement dangereux qu'un corps humain mort. Ensuite sont venues des considérations d'ordre esthétique : souci de rendre présentable le corps du défunt, de lui donner un aspect naturel lors de la présentation qui précède l'enterrement. La méthode moderne a vu le jour pendant la guerre de Sécession. Lorsque des milliers de corps ont été rapatriés dans leurs foyers pour être ensevelis.

— Une fois embaumés, combien de temps peuvent-ils tenir le coup ?

— Les corps ? On fait en sorte qu'ils tiennent de trois à cinq jours. Davantage, si les circonstances retardent l'ensevelissement.

— Des semaines ou des mois, c'est possible ?

Bobb fronça les sourcils et haussa les épaules.

— Des semaines, peut-être. Inspecteur, si vous ne mettez pas suffisamment de produit de conservation, le cadavre se décompose trop rapidement. En revanche, si vous en mettez trop, il se produit une décoloration des chairs et un durcissement presque immédiat.

Hess griffonnait sur son calepin, dans sa sténo personnelle. Ce matin, de nouveau, il avait l'impression d'avoir les doigts raides comme du bois et les extrémités glacées. Il souleva sa main droite et la frotta avec son pouce. Une radio, quelque part, passait une vieille chanson d'Elvis que Hess se souvint d'avoir écoutée sur la plage des années auparavant.

Il sortit de sa poche un exemplaire du portrait-robot et le tendit à son vis-à-vis. Bobb l'étudia patiemment et le lui rendit.

— Non, ça ne me dit rien, inspecteur. J'ai une bonne mémoire des visages, vous savez. Et celui-ci est assez caractéristique, avec les cheveux longs et la moustache...

— Ça pourrait être un de vos anciens étudiants, quelqu'un qui aurait abandonné le cursus en cours de route ?

Bobb pinça les lèvres et secoua la tête en signe de dénégation.

— Désolé. J'aimerais pouvoir vous dire que je le connais.

— Vos anciens élèves, ceux qui sortent avec leur diplôme en poche, vous gardez leurs dossiers ici ?

— Oui, et à chaque dossier est fixée une photo de l'étudiant. Je ne peux pas vous proposer de les passer en revue. Mais si vous me demandiez... par la voie officielle, d'y jeter un coup d'œil, je ne pourrais pas vous le refuser, évidemment.

— Je comprends. Si je pouvais examiner les étudiants des dix dernières années, ça m'aiderait.

Bobb décrocha son téléphone et fit part à son interlocuteur de son désir d'avoir les dossiers des étudiants des dix dernières années.

— Il va bien falloir un petit quart d'heure pour qu'on les rassemble et qu'on vous les apporte jusqu'ici, inspecteur. Voulez-vous voir comment nous procédons ? J'ai trois étudiants qui sont en train d'officier en ce moment même...

— Pourquoi pas ? Ça pourrait m'être utile.

Sur la porte de la salle d'embaumement était affiché

un exemplaire encadré du Code de santé de Californie interdisant à quiconque n'appartenait pas à la famille, à la police, au corps médical ou au personnel de se trouver dans la pièce pendant que se déroulait un embaumement.

Hess suivit le directeur à l'intérieur. Violentes lumières sur fond de murs carrelés, intense odeur de formol. Les tables étaient massées au centre de la pièce, les cadavres alignés contre le mur du fond. Hess perçut le cliquetis métallique des instruments heurtant les bacs, des voix basses, ainsi qu'un lourd *tchonk tchonk* rythmé. Bobb dépassa les trois premières tables, suivi de Hess.

— En voilà une qui vient de démarrer, inspecteur. Les traits du visage viennent d'être « mis en place », et le cadavre désinfecté et baigné. L'étudiante qui officie, Bonnie, a choisi un liquide approprié. Ce choix, elle l'a opéré en fonction de l'âge, de l'état du défunt, de la cause du décès, des médicaments qu'absorbait le mort. Dans ce cas précis, elle a choisi une solution qu'on appelle du PSX — laquelle est commercialisée par la maison Champion. C'est l'un des produits que je préfère. Est-ce que vous saviez que les bons résultats sur le plan esthétique s'obtiennent de l'intérieur et non par des manœuvres extérieures ?

— Je l'ignorais.

— Parfois, c'est au point qu'on n'a même pas besoin de maquillage.

Hess rejoignit Bobb près de la dernière table, sur laquelle un vieillard était allongé. Il semblait avoir l'âge de Hess et celui-ci fut surpris de constater à quel point cela le mettait mal à l'aise. Il jeta un coup d'œil à la fiche. Age : soixante-neuf ans, cause du décès : cirrhose. Ce foutu macchabée a deux années entières de plus que moi, songea-t-il. Putain, ça fait une sacrée différence, c'est comme si une vie nous séparait.

Hess s'était toujours dit, sans raison particulière, qu'il atteindrait l'âge de soixante-quinze ans. C'était un bon chiffre, un chiffre qui avait de la rondeur, du caractère.

Un chiffre qui lui avait toujours semblé lointain. Sauf le jour où on lui avait appris qu'il souffrait d'un cancer. A ce moment-là, il avait décidé d'atteindre ses soixante-quinze ans quel qu'en fût le prix. Les huit dernières années étaient à lui, et il allait en profiter pleinement. Il se disait parfois que c'était une affaire de principe. Et à d'autres moments, il lui fallait bien admettre qu'il était terrorisé par l'idée de la mort et qu'il n'avait nulle envie de tirer sa révérence.

L'odeur commençait à l'indisposer. Ça faisait bien quarante ans qu'il ne s'était pas senti nauséeux lors d'une autopsie. Il regarda l'étudiante en face de lui. Elle avait une petite vingtaine d'années. C'était une grande fille saine, probablement belle. Un masque chirurgical lui recouvrait le nez et la bouche. Elle le regarda, lui sourit, mais on la sentait un peu inquiète.

— Reculez, inspecteur. Très bien, Bonnie, maintenant localisez l'artère carotide droite et pratiquez l'incision au-dessus de la clavicule. Oh, à propos, je vous présente l'inspecteur Hess. Il s'intéresse beaucoup à notre travail.

— Bonjour, dit Bonnie.

— Bonjour, répondit Hess.

— Vous n'allez pas tomber dans les pommes, j'espère ?

— Rassurez-vous, non.

Ses yeux véhiculaient le sourire glorieux de la jeunesse. Elle prit un scalpel. Hess suivait ses gestes.

— Très bien, Bonnie. Pas trop profonde, l'incision. Maintenant, utilisez le crochet en S pour extérioriser l'artère. Très bien. Maintenant, faites les ligatures et pas aussi serrées que la dernière fois, si vous ne voulez pas que...

— Je sais.

Ses doigts couraient agilement sur la peau.

— Très bien. Maintenant, insérez la canule.

— J'y suis.

Bonnie actionna un interrupteur sur une machine.

Hess constata en regardant l'étiquette qu'il s'agissait d'un Porti-Boy. L'appareil ressemblait à un mixeur géant. Le récipient transparent du haut contenait le liquide d'embaumement choisi par Bonnie. Il y avait des boutons et des cadrans pour régler le débit et la pression. Bonnie consulta les voyants puis se frotta les mains et les appliqua contre le téton droit du vieillard. Paumes plaquées contre la poitrine, elle se mit à pétrir, masser. Pour commencer, elle décrivit un cercle restreint qu'elle élargit progressivement vers l'extérieur, levant les yeux toutes les dix ou quinze secondes pour voir si tout se passait bien du côté du Porti-Boy.

— Bonnie est en train de faire pénétrer le PSX, inspecteur. La pression de la machine expédie le liquide dans tout le système artériel jusqu'au niveau des capillaires. Après, bien sûr, il repasse dans le système veineux et finit par aboutir dans les grosses veines. Le but de la manœuvre, c'est la diffusion et la répartition du produit. Le massage aide le liquide à pénétrer régulièrement et en douceur, empêchant ainsi la formation de caillots et d'obstructions. Cet aspect de l'embaumement est généralement négligé. On sait qu'on est prêt à passer à l'étape suivante lorsque les veines du front commencent à gonfler, que les paupières s'engorgent et qu'une couleur naturelle rosit le visage. C'est presque comme s'il revenait à la vie.

— Oh là là, j'aimerais bien, fit Bonnie. Je gagnerais des fortunes.

Bobb emmena Hess dans une petite pièce au fond. Sur trois des murs s'alignaient des étagères contenant des dizaines de bocaux, tous étiquetés. Contre le quatrième mur, des caisses étaient entassées.

— Voilà les solutions que nous utilisons, dit-il. La plupart sont à base de formol mais il n'y a pas que cela. Le glutaraldéhyde est de plus en plus employé, ces temps-ci. Mélangé à des humectants dans la plupart des cas, puis dilué. Il existe un liquide d'embaumement pratiquement pour toutes les circonstances. Tenez, celui-là par exemple...

Bobb tendit à Hess un flacon de plastique noir. L'étiquette précisait qu'il avait été tout particulièrement mis au point pour les corps des noyés, des brûlés, des décomposés, des congelés. Il reposa le flacon sur l'étagère et lut d'autres étiquettes : Champion, Dodge, Naturo.

Ils retournèrent près de la table où travaillait Bonnie : mains plaquées sur les joues du vieillard, elle lui massait le visage. On aurait dit qu'elle l'implorait. Les veines temporales commençaient à se remplir.

— Il reprend des couleurs, dit Bobb, ça veut dire que la quantité de sang et de solution qu'on lui a injectée est presque maximale. Maintenant, vous allez pouvoir commencer le drainage, Bonnie. Trouvez-moi la jugulaire et incisez-la.

Bonnie lui décocha un regard agacé par-dessus son masque, puis fit un clin d'œil complice à Hess. Il la regarda empoigner de nouveau le scalpel, inciser le cou, extérioriser la jugulaire avec le crochet en S. D'une main, elle tirait sur la veine ; de l'autre, elle la coupa avec une paire de ciseaux. Elle contrôla le flux du liquide à l'aide d'une pression du doigt.

— Vous allez voir la pression à l'intérieur se relâcher presque immédiatement, dit Bobb. Là, maintenant, le liquide pousse le sang vers l'extérieur. A une température normale, le drainage ne doit pas prendre plus de dix minutes. Un embaumeur digne de ce nom continue le massage afin de faire pénétrer le produit encore davantage...

Effectivement, Bonnie s'activait de nouveau, frottant la chair inerte et grise avec ses paumes. La tête et les pieds du vieillard en tremblaient, ses fins cheveux blancs voletaient sous la climatisation.

Son visage retrouva des couleurs. Au lieu de constater le phénomène progressivement, Hess le vit tout d'un coup : la chair grise qui reprenait une teinte naturelle, le teint pierreux qui redevenait rose, les lèvres qui se coloraient, comme sous l'effet de la vie.

— Ah, fit Bonnie, on y est.

Elle continua de masser les joues creuses et les tempes, le front et le menton, le dessous des yeux, les oreilles, le nez et la bouche. Puis elle s'attaqua au cou, aux épaules, aux bras et à la poitrine.

Hess contemplait la scène. Soudain, il eut comme un vertige. C'était facile de voir devant lui maintenant Janet Kane ou Lael Jillson, facile d'imaginer que Bonnie était le Tireur de sacs et qu'une belle jeune femme reprenait vie sous ses mains patientes et expertes. Puis Hess cligna furieusement des paupières et le corps allongé devant lui redevint celui d'un vieillard mort. Mais, une seconde plus tard, ce fut celui de Lael Jillson. Il regarda Bonnie, elle s'était métamorphosée en un homme séduisant, longs cheveux blonds, moustache, les yeux pleins de remords. Puis de nouveau elle redevint Bonnie et Hess éprouva quelque chose de très fort pour elle, le désir de la défendre et de l'aider dans un monde parfois tellement violent. Il voulait la voir triompher. C'était un sentiment étonnamment puissant. Il savait que ce sentiment était tout à fait ridicule, mais il ne pouvait s'en défendre. Son cœur se mit à battre à toute vitesse, ses muscles se durcirent. Cela avait autant de rapport avec Bonnie et avec son besoin d'aimer qu'avec le Tireur de sacs et le vieillard allongé devant lui et sa mort inéluctable. Lorsque de nouveau il regarda le vieillard, ce fut Merci Rayborn qu'il vit, lui-même faisant le travail de Bonnie avec des mains pleines de sollicitude et de désir. L'aréole sombre de ses seins se dressa après le passage de ses doigts.

— Je sors, dit-il.

— Je vous accompagne, dit Bobb.

— Ne vous dérangez pas.

— Laissez-moi vous montrer où se trouve la porte...

Une fois dehors, Hess s'abrita sous un grand poivrier, penché, les mains sur les genoux, la tête levée comme un arbitre mais respirant avec difficulté et transpirant à tout va. Sous sa veste de sport, sa chemise était trempée et la courroie de son holster glissait sur le tissu humide. Il contempla les bâtiments qui tremblotaient comme s'il les voyait à travers une brume de chaleur, ils étaient bordés d'un trait bleu dont la couleur s'intensifia jusqu'à ce qu'il cligne des paupières. Il ferma les yeux, songea à la pièce d'où il venait de sortir et constata cette fois que le corps sans vie qui était resté là-bas était le sien et que les mains qui le ramenaient du royaume des morts appartenaient à Merci.

Il sentit l'air entrer et sortir, à travers ce qui lui restait de poumons, mais il avait l'impression que cet air n'était pas le bon ou peut-être qu'il n'arrivait pas à en inspirer suffisamment. Il se demanda ce qui allait se passer. A quoi pouvait-il s'attendre, après cinquante ans de tabagisme ? Aidez-moi à me sortir de là, songea-t-il, aidez-moi à terrasser cette saleté, et je me conduirai correctement à jamais. A jamais. Je jure de faire tout ce que vous exigerez.

Il ouvrit les yeux, regarda l'herbe, il y avait des corps nus et gris allongés autour de lui. Il vit Lael et Janet et Ronnie et Merci et Bonnie et lui-même. Et le vieillard et son père, et Barbara et Lottie et Joanna. Il y avait un môme en chemise de cow-boy qui se tenait tout près de là, le regard vide : Tim Hess à l'âge de huit ans. La foudre jaillit, la pluie se mit à tomber à grosses gouttes brillantes et lourdes comme du mercure. Le jeune Tim tenait à la main un tuyau d'arrosage vert d'où jaillissait une eau pétillante. Il arrosa tout le monde, s'arrosa lui-même cinquante-neuf ans plus tard, et le vieil Hess se releva et but et dit qu'il allait donner à boire à tout le monde.

Puis Hess ne vit plus rien, si ce n'est l'herbe verte sous le poivrier et les grains de poivre rose près du tronc, et son ombre penchée s'efforçant de s'abriter du soleil. Il avait le cœur au bord des lèvres. Il sentit des gouttes brûlantes couler le long de ses joues. Il les vit s'écraser sur les grains de poivre et s'entendit haleter. Il sentit dans son caleçon un début d'érection — phénomène qui n'avait pas plus de rapport avec cet instant que les OVNI. Il sentit sa propre odeur — corps d'homme, produits chimiques, mort et terreur de la mort. Une odeur qu'il n'avait jamais sentie auparavant.

— Inspecteur ? Al m'a demandé de venir voir comment ça allait. C'est les produits chimiques qui font cet effet-là. Une fois, je me souviens, j'étais en train d'arranger les traits d'une dame et, l'instant d'après, je me suis retrouvée, sans savoir comment, les yeux braqués vers la lumière des plafonniers. Vous êtes sûr que ça va ?

— Sûr.

— Vous êtes blanc et vous tremblez...

— C'est le petit déjeuner. Je l'ai sauté.

— Oh, pas la peine de jouer au dur. Tenez, asseyez-vous à l'ombre. Respirez calmement, regardez devant vous, droit vers l'horizon. Pensez à votre femme, à vos petits-enfants, à quelqu'un que vous aimez.

Hess mit un genou à terre. Ses yeux le brûlaient encore mais il ne pouvait se décider à les essuyer. Son début d'érection le gênait, il en avait honte, et il était content de pouvoir la cacher à la jeune fille. Bonnie s'accroupit en face de lui.

— Ne les laissez pas faire, s'entendit déclarer Hess.

— Faire quoi ?

— Ne les laissez jamais.

— Jamais quoi ?

— Vous faire du mal.

27

Deux heures plus tard, Hess était toujours au département des sciences mortuaires, refermant le dernier dossier de la pile. Il était épuisé. Son cou lui semblait taillé dans du métal glacé. Les mots qu'ils avait lus se brouillaient devant ses yeux et, soudain, ils se mirent à sautiller de-ci, de-là. Sur le point de tendre la main pour en rattraper un qui avait atterri sur le bureau et le remettre en place sur la page imprimée, il comprit à quel point il devait être exténué pour avoir une idée pareille.

Deux heures durant, il avait examiné les photos et les fiches de tous les étudiants du département des sciences mortuaires sortis, diplôme en poche, de Cypress College au cours des dix dernières années. Au total, quatre cent quatorze personnes.

S'appuyant sur des critères d'âge et d'aspect physique, Hess en avait retenu dix-huit qui pouvaient éventuellement correspondre ; mais il n'avait rien trouvé de franchement convaincant. Aucun des dix-huit jeunes thanatopracteurs ne portait les cheveux longs ou la moustache. Bobb lui expliqua que l'école préconisait un certain « look » et que les étudiants étaient tenus de se conformer à cette étiquette pendant toute la durée de leur scolarité. Par ailleurs, comme on pouvait s'en douter, rares étaient les entreprises de pompes funèbres qui se seraient amusées à engager un thanatopracteur n'ayant pas une allure résolument classique. Hess savait en outre qu'avant de les admettre dans son sein le collège avait passé au peigne fin les antécédents des étudiants afin de s'assurer qu'ils n'avaient pas de casier. Il avait donc peu de chances de tomber sur un détraqué qui se serait mis en tête d'apprendre le métier.

Bobb eut l'amabilité de téléphoner à un copain travaillant à la chambre des entrepreneurs de pompes funèbres, qui accepta de fournir à Hess un listing complet de ses membres ayant pignon sur rue en Californie du Sud. Le document serait sur le fax de Hess à la fin de la journée. S'il voulait des photos, il lui faudrait se rendre à Sacramento, les photos d'identité noir et blanc ne passant pas bien du tout sur le fax.

La liste 1028 du DMV était sur son bureau lorsque Hess rentra cet après-midi-là. Il parcourut les noms, les comparant avec ceux du registre des délinquants sexuels et des étudiants diplômés de Cypress College.

Rien ne collait. Il se demanda s'il pourrait obtenir une liste des acquéreurs de machines à embaumer afin de comparer cette liste avec celle des propriétaires de fourgonnettes. Peut-être que de cette façon il trouverait une correspondance.

Ce que le DMV lui avait fait parvenir, c'était une liste de trois cent douze fourgonnettes de livraison immatriculées dans le comté d'Orange. Cette liste ne comportait pas les véhicules commerciaux. Il entoura d'un rond les propriétaires hommes, ce qui lui en laissait deux cent vingt-quatre à examiner de plus près. S'il réussissait à persuader Brighton de mettre sur le coup vingt-deux adjoints dont chacun vérifierait dix fourgonnettes et leurs pneus, cela devrait aller assez vite.

La secrétaire de Brighton lui dit que son patron était en réunion, qu'il en avait pour une heure.

Hess téléphona à la Southern California Embalming

Supply Company — société qui fournissait le matériel de thanatopraxie en Californie du Sud. Cette maison commercialisait les marques Porti-Boy, Sawyer, et plusieurs autres encore. En fait, la firme commercialisait toutes les grandes marques, ainsi que d'autres, moins connues. Il demanda au président de la boîte une liste des acquéreurs de machines à embaumer au cours de l'année écoulée en Californie du Sud. Il lui expliqua qu'il voulait comparer cette liste avec celle des membres de la chambre des entrepreneurs de pompes funèbres.

Le président, un nommé Bart Young, était un homme d'un abord téléphonique agréable, qui parut écouter attentivement les propos de Hess. Il refusa pourtant, très poliment, de fournir à Hess la liste de ses clients de l'année écoulée. Arguant qu'il trahirait, ce faisant, leur confiance. Tout ce que Hess parvint à faire en désespoir de cause, ce fut de donner à cet homme son numéro de téléphone personnel et son numéro au bureau, en échange de son numéro perso. Hess attachait beaucoup d'importance aux numéros de téléphone personnels car c'était souvent la nuit que lui venaient ses meilleures idées et il n'avait pas peur de déranger les gens, du moment qu'il avait une bonne raison de le faire. Il nota dans son agenda de bureau qu'il lui faudrait appeler Young tous les jours jusqu'à ce que l'autre cède et accepte de lui communiquer les renseignements dont il avait besoin.

Une heure plus tard, Brighton donnait le feu vert pour que des hommes soient mis sur la recherche demandée par Hess et demanda à un de ses adjoints de se charger de la répartition des tâches. La première équipe de vérificateurs de pneus se mettrait au travail dans quatre heures.

Il était presque cinq heures lorsque le copain de Bobb à la chambre des entrepreneurs faxa à Hess la liste des embaumeurs de Californie du Sud. Hess la prit pour l'examiner. Il avait les yeux fatigués, la vue qui se brouillait, mais il ne trouva aucune correspondance entre les noms figurant sur cette liste et ceux des propriétaires de fourgonnettes de livraison ou des délinquants sexuels.

Il eut sa deuxième séance de radiothérapie à la sortie du boulot. Le médecin lui fit une prise de sang avant le traitement. Il voulait vérifier son taux de globules blancs — lequel pouvait chuter sévèrement pendant la chimio et la radiothérapie. D'où la nécessité de vérifier absolument ce paramètre. Il parut étonné d'apprendre que Hess travaillait, et finit par dire que ça n'était peut-être pas plus mal. Au son de sa voix, Hess comprit que cela ne faisait aucune différence, qu'il travaille ou non, vu que l'issue était irrémédiable. Il aurait aussi bien pu s'entraîner pour participer à un marathon. Hess se souvint de la déclaration du cancérologue selon laquelle l'espérance de vie moyenne d'un être humain atteint d'un petit cancer du poumon était de neuf semaines et il se rappela que le sien avait été pris relativement tôt, qu'il était de taille plutôt modeste, qu'on avait procédé à l'ablation de la tumeur et que ses scanners et radios depuis l'intervention étaient satisfaisants.

Allongé sur la table, Hess visualisa une cible avec ses cercles concentriques noirs tracés sur sa poitrine et son cœur rouge, pulsant au centre de la cible.

Au journal télévisé du soir, Wallace Houston, policier chargé des relations avec la presse, montra à la caméra le portrait-robot de celui qu'on soupçonnait d'être le Tireur de sacs, expliquant que cet individu avait été vu dans un centre commercial du comté d'Orange au moment où Janet Kane avait été enlevée et que la police du shérif souhaitait l'interroger. Hess trouva que le dessin passait bien à la télé : clair, net. Alors qu'en général les portraits-robots réalisés par les dessinateurs de la police manquent de précision. Wallace ne souffla mot de la fourgonnette gris métallisé aux pneus dépareillés, conformément aux vœux de Merci. S'appuyant sur le témoignage de Kamala Petersen, Wallace ajouta que le suspect pouvait porter un gilet et un manteau long genre cache-poussière, et qu'il rôdait assez fréquemment du côté des centres commerciaux.

C'est seulement lorsque Lauren Diamond lui posa carrément la question que Wallace reconnut qu'ils étaient maintenant en présence de cinq, peut-être même de six victimes.

Hess se fit un plateau télé pour le dîner.

Une heure plus tard, il flottait, visage tourné vers le ciel, sur le Pacifique noir, contemplant les nuages que le crépuscule faisait rougeoyer. Il avait absolument besoin de se débarrasser de la vue du sac à main de Ronnie Stevens débordant de restes macabres sur le capot de sa voiture, du formol, des tuyaux, des machines luisantes qui puisaient, des veines temporales qui se gonflaient d'une vie factice. En sortant de l'eau, il s'enveloppa dans une grande serviette et, suivant la trace encore humide de ses pas sur le sable, il regagna son appartement.

Le téléphone sonnait. C'était Kamala Petersen. Elle dit à Hess qu'elle préférait l'appeler lui, que si elle téléphonait à Merci Rayborn, cette dernière la tuerait.

— Elle a failli me tuer déjà quand je lui ai dit que j'avais bu ce soir-là, et que je n'étais plus aussi affirmative concernant les photos qu'elle me montrait...

— Je suis heureux qu'elle ne l'ait pas fait. En quoi puis-je vous aider ?

— Eh bien voilà. J'espère que vous n'allez pas vouloir me tuer, vous aussi. Mais comme je regardais CNB, j'ai appris qu'il y avait un type qu'on surveillait vingt-quatre heures sur vingt-quatre. Vous savez, l'ex-délinquant sexuel. Chaque fois qu'il passe la tête dehors, qu'il va à sa fenêtre, les caméras le filment et ça passe à la télé. Bref, je crois que ça aurait pu être lui ce soir-là, au centre commercial. Avec une perruque blonde et une moustache postiche qui lui auraient donné un look de rock star des années soixante-dix. Ou qui l'auraient fait ressembler au personnage incarné par Paul Newman dans *Buffalo Bill et les Indiens*.

Hess se demanda comment Kamala Petersen pouvait encore reconnaître un visage dix jours après les faits — qui plus est, un visage revu à la télé.

— Vous pensez que ce type, à la télé, ça pourrait être notre homme ?

— Exact. Notez bien que je pourrais pas le jurer, comme Merci aurait voulu que je le fasse pour les photos. Tout ce que je pourrais dire, c'est que ça pourrait fort bien être lui. Vous voyez, les deux fois où je l'ai vu à la télé, j'étais lucide, complètement lucide. C'est donc pas mon inconscience qui travaillait. Mais après l'avoir vu la deuxième fois sur l'écran, j'ai rêvé que j'étais de retour au centre commercial et que le type ressemblait au type de la télé. Les mêmes yeux. Tristes, et pensant à quelque chose de drôle en même temps.

— Alors le type du centre commercial, comment vous le reconnaissez ? Grâce à l'image que vous avez vue à la télé ? ou à partir de votre rêve ?

— A partir du rêve.

— Oh...

Hess prit sa télécommande et mit CNB. CNB diffusait les images d'un incendie qui venait de se déclarer à Trabuco Canyon. Rien sur un délinquant sexuel castré qui se planquait derrière ses stores. Il coupa le son.

— Kamala ? Le problème, c'est que le délinquant sexuel d'Irvine... je crois qu'il s'appelle Colesceau... a des cheveux bruns et courts. Or, si j'ai bien compris, le type que vous avez vu au centre commercial avait de longs cheveux blonds et une moustache. On n'a aucune raison de penser qu'il portait une perruque. Je veux dire que les échantillons de cheveux que nous avons en notre possession sont des cheveux humains, pas des synthétiques.

— Les perruques avec des vrais cheveux, c'est pas ce qui manque.

— Ça existe, en effet.

Kamala poussa un soupir.

— Je sais que Merci et vous pensez que je suis une nunuche intégrale, mais c'est pas vrai. Simplement, il me faut du temps parfois pour que les choses soient claires dans ma tête.

Il se demanda si les trois margaritas l'avaient vraiment aidée à voir clair dans sa tête, si l'alcool avait permis à son « inconscience » de parler, mais il ne se posa pas la question trop longtemps.

Bourrée, fana de magazines de mode, de vieux films et de télé. Elle s'imagine que tout le monde ressemble à une vedette dont elle a vu la photo ici ou là.

Un foutu témoin, dont le témoignage est maintenant irrecevable devant le tribunal vu qu'elle a été mise sous hypnose !

— Kamala, quand vous avez vu ce type, au centre commercial de Brea, puis à Laguna Hills, est-ce que vous vous êtes dit : Eh, mais il porte une perruque ?

— Non.

— Pourtant, c'est votre fonds de commerce, les apparences, la beauté, la mode ?

— Peut-être que la perruque était drôlement réussie. Ma spécialité à moi, c'est les cosmétiques. Mais je peux vous dire, d'après l'expérience que j'en ai dans mon travail, qu'une perruque de qualité, eh bien, c'est pas facile de voir que c'est une perruque. Si le montage est correct et que la coupe est irréprochable, c'est même pratiquement impossible, surtout de loin, de dire qu'il s'agit de faux cheveux.

Exact, songea Hess. Et exact également le fait que le signalement fourni par elle avait permis de réaliser un portrait-robot suffisamment fidèle pour faire tilt chez le conducteur du bus de l'OCTA, l'employé de chez Arnie's Outdoors et Lee LaLonde. En fait, au début, Hess lui-même avait songé qu'il y avait dans les yeux de Colesceau quelque chose de l'homme décrit par Kamala.

Mais si c'était Colesceau, comment se faisait-il que la photo anthropométrique de son casier n'ait pas fait tilt dans l'esprit de Kamala, pas plus que les clichés publiés dans les journaux ?

Hess se demanda s'il devait organiser une « représentation » au commissariat. Il semblait raisonnable qu'un délinquant sexuel, violent par-dessus le marché, ayant fait l'objet d'une condamnation, déguisé et aperçu non loin du lieu où s'était produit un kidnapping sexuel, pût être considéré comme suspect. C'était une bonne façon de mettre la pression sur un mec. Il s'imagina demandant à Colesceau de mettre une perruque blonde et une moustache.

Le problème, c'est que l'identification d'un suspect *déguisé* ferait hurler de rire n'importe quel district attorney.

Le côté positif de la chose, c'est que, en sa qualité de libéré en conditionnelle pour crime sexuel, Colesceau ne jouissait d'aucun droit à la vie privée : Merci et Hess pouvaient donc l'interroger et perquisitionner à son domicile tout leur saoul jusqu'à mercredi, soit le surlendemain — jour où sa conditionnelle prenait fin et avec elle le programme de castration chimique. S'il planquait chez lui une perruque en vrais cheveux blonds, un Deer Sleigh'R et un Porti-Boy, rien ne les empêchait de faire irruption et de fouiller les lieux.

Hess regarda une pub pour Mercedes — une blonde éclatante dans un coupé rouge. Les femmes en voiture, songea-t-il, elles se sentent à l'abri, sûres d'elles, protégées. Il n'avait pas reçu le moindre coup de téléphone de LaLonde concernant le neutraliseur d'alarme maintenant nase du Tireur de sacs.

— Kamala, encore une chose. Merci vous a donné le numéro d'ici ?

— Au cas où je ne pourrais pas la joindre, oui. Oh, et

puis qu'elle me tue, tant pis. Tout ce que je veux, c'est faire ce qu'il faut.

— Vous avez bien agi.

— Les journalistes, à la télé, disent que ce type a été castré. Et puis il y a des médecins qui viennent raconter que le viol est un crime commis sous l'empire de la colère.

— C'est ce qu'on pense généralement, en effet.

Et si vous voyiez les dégâts qu'une bouteille, une matraque ou le canon d'une arme peuvent causer à une femme qui s'est fait violer avec, vous ne pourriez qu'être d'accord. Il garda cette réflexion pour lui.

— Ils ne nous l'ont pas très bien montré, dit Kamala. Les meilleures images, c'est lorsqu'ils l'ont pris par surprise il y a un ou deux jours. La dernière fois qu'ils nous l'ont passé en « live », il regardait dehors, par sa porte entrebâillée. C'est ses yeux qui le trahissent, monsieur Hess. Humides. Tristes. Comme ceux d'Omar Sharif dans *Le Docteur Jivago* ou de Lon Chaney dans *Le Loup-Garou*. Juste avant qu'il ne se transforme en loup. A la télé, il a l'air terrifié, comme un animal...

— Mais il s'est comporté comme un animal.

— Avec ces femmes.

— Et celles-là, c'est seulement celles dont nous avons connaissance.

— C'est à vous dégoûter de faire confiance à un homme.

— Faut pas faire confiance à n'importe qui. Faut être prudente.

— Je tâcherai de l'être. Merci beaucoup.

Il raccrocha et appela Rayborn.

28

Le lendemain matin, Colesceau regarda les flics approcher de la porte d'entrée sur son écran de télé parce que c'était plus simple que de se lever pour jeter un œil à travers les stores.

Le tandem du Tireur de sacs, songea-t-il, les reconnaissant pour les avoir vus dans les journaux. Non qu'il fût difficile de deviner quel métier exerçaient ces gens-là. Hess, général fasciste ; Rayborn, sa chienne doberman. Il imagina leur progéniture affublée de plumes noires, de quatre pattes et d'organes génitaux grotesques.

Colesceau sentit s'accélérer ses battements de cœur. Il sentit également son visage le démanger. Puis il se vit assis là, attendant de savoir ce qu'ils avaient en tête. Que pouvaient-ils bien lui vouloir ?

Il était physiquement et émotionnellement épuisé par la présence de la foule et par le tour de cochon que Grant Major lui avait joué. Il avait envie de renoncer, et de se brûler la cervelle.

Rappelle-toi qui tu es, se dit-il. Colesceau l'innocent, Colesceau le castré, Colesceau le contrit.

Une idée lui passa par la tête : et s'il assassinait des gosses du voisinage, histoire de donner raison à cette irritante mélopée. J'accrocherais leurs têtes au bout de pancartes A VENDRE. Le problème, c'est qu'il aimait bien la plupart des gosses qu'il voyait traîner à droite et à gauche

— si heureux, si gâtés, si obsédés par leurs petits projets purement égoïstes.

Puis il vit sur son écran de télé le vieux flic appuyer sur sa sonnette et il entendit celle-ci sonner exactement en même temps.

Il décida d'attendre une minute avant d'ouvrir, de façon à voir leur réaction. Trudy Powers ne manquerait pas de leur dire où il se trouvait. La foule tout entière le leur dirait. Et pour cause. Ça, c'était la preuve même de son innocence : ses voisins bien propres sur eux qui savaient à tout moment où il se trouvait. Ses témoins. Il ne s'était pas attendu à ce que cette humiliation ait des retombées bénéfiques.

La chienne doberman se tourna pour regarder la foule. Elle portait des lunettes de soleil style aviateur ; elle avait les cheveux bouclés, foncés. Elle était costaud : jambes musclées, cul arrogant, poitrine pleine. Il se l'imagina dans une tenue suggestive, assise dans la Cobra jaune de Pratt, tandis qu'il tapait un bon cent soixante. Mais non, il préférait les femmes plus délicates, plus féminines, même s'il reconnaissait que celle-ci avait des traits bien dessinés et qu'elle était loin d'être laide. Encore que... elle devait avoir les dents jaunes. Il s'imagina la descendant, pour lui faire payer ce qu'elle était.

Elle tendit le bras, et de nouveau la sonnette résonna.

— J'arrive ! cria-t-il.

C'est marrant, sur l'écran il les voyait tendus vers la porte comme si c'était le battant qui venait de leur répondre. Vraiment tordant.

Il s'approcha de la porte d'entrée, l'entrebâilla, jeta un coup d'œil dehors.

— Oui ?

Deux badges lui furent brandis sous le nez : *département du shérif.* Derrière les badges, deux paires de lunettes, deux froncements de sourcils.

— Monsieur Colesceau, je suis le sergent Rayborn et voici le lieutenant Hess, du département du shérif du comté d'Orange. Nous aimerions entrer et nous entretenir quelques instants avec vous...

Il ouvrit sa porte.

— Bienvenue chez moi.

La chienne pénétra la première à l'intérieur, suivie du facho. Colesceau jeta un regard à Trudy. Comme d'habitude, elle était au premier rang, pancarte à la main, visage adorable. Elle le fixa. Il constata qu'elle semblait toujours s'estimer investie d'une mission : son dieu lui avait demandé de s'occuper de Colesceau, cet excrément humain. Il vit de la pitié et de la compréhension, de la dignité aussi sur ses traits.

Il referma la porte à clé. Ils étaient plantés là, à le regarder, les mains sur les hanches, ils avaient tous deux retiré leurs lunettes de soleil.

— Vous pouvez entrer vous asseoir, si vous voulez.

— Merci, dit l'homme.

La chienne ne bougea pas et le laissa passer devant elle tandis qu'il suivait le vieux dans son séjour.

— Je vous offre quelque chose à boire ?

— Non, dit la chienne.

— Non, merci, dit l'autre.

Aucun d'eux ne voulut s'asseoir.

— Je sais que je n'ai aucun droit, dit Colesceau. Je répondrai à toutes vos questions. Vous pouvez fouiller cet appartement. Essayez de ne pas trop faire de casse, toutefois. Je me ferai un plaisir de vous montrer où se trouvent mes affaires, si ça peut vous faciliter le travail.

— Vous me donnez une augmentation, pendant que vous y êtes ?

Ça, évidemment, c'était la chienne.

— Si c'était possible, je commencerais par me donner un boulot, répondit Colesceau. Mon ancien patron, M. Pratt, m'a octroyé deux semaines de salaire mais j'ai perdu mon job. Y avait foule devant son garage, là-bas aussi.

— Ah, vous allez me faire pleurer, fit-elle.

— J'ai travaillé dans ce garage pendant deux ans à cinq dollars cinquante de l'heure, pas de vacances, pas de retraite. Je n'ai été absent qu'un seul jour — le jour où une overdose accidentelle d'hormones femelles m'a fait vomir pendant six heures d'affilée...

— Qu'est-ce que c'est que ces trucs-là ? demanda-t-elle, indifférente à ses petites misères.

Elle s'était postée devant l'une des vitrines qui abritaient le travail de sa mère.

— Des œufs.

— C'est vous qui les peignez, qui mettez de la dentelle, des paillettes ?

— Non, c'est ma mère. La peinture sur œufs est une forme d'artisanat très en vogue en Roumanie. Dans ce domaine, elle est très calée.

— La Roumanie, c'est pas là qu'habitent les vampires et les loups-garous ?

— C'est ce qu'on dit dans les romans, oui.

— C'est quoi comme nom, Matamoros ? Je sais que c'est une ville du Mexique, mais je vous croyais roumain ?

Colesceau fut un peu surpris. Elle avait raison, mais il était rare que des Américains sachent quoi que ce soit concernant le Mexique, dont les habitants étaient pourtant leurs plus proches voisins au sud. En fait, il y avait deux villes qui s'appelaient Matamoros au Mexique. Colesceau avait décidé qu'on lui avait donné le nom de la plus importante des deux agglomérations.

Il s'aperçut qu'il éprouvait une drôle d'impression.

— Ma mère est tombée amoureuse d'une photo du Mexique quand elle était jeune. Pour elle, ce pays représentait un paradis loin des Carpates glaciales. Elle n'y était jamais allée avant que nous venions en Amérique. Elle a choisi le nom comme ça, dans un livre, et elle me l'a donné.

La chienne doberman :

— Hum, j'aime bien le gros œuf bleu avec le boa de plumes jaunes : on dirait une strip-teaseuse en cloque.

— Moi, je le trouve hideux et obscène.

— Oh, mais vous êtes une petite nature plutôt sensible pour un violeur de mamies multi-récidiviste...

Elle se tourna vers lui. Il éprouvait toujours un drôle de sentiment, encore plus fort qu'avant.

Non, songea-t-il.

— Ça, c'est de l'histoire ancienne, et je suis différent. Asseyez-vous, je vous en prie. Vous pouvez regarder la foule à la télé ou relever les stores et les regarder directement. Ou les deux. Je me contente généralement de la télé parce que je peux l'éteindre quand je veux. La foule qui est dehors, évidemment, je peux difficilement « l'éteindre ».

— Vous sortez beaucoup ? demanda le doberman.

Elle était toujours plantée devant la vitrine. Le vieux général était à l'autre bout de la pièce et Colesceau ne pouvait les voir en même temps.

— Je sortais, oui, ça m'arrivait. Maintenant, ça n'est plus possible.

Elle jeta un coup d'œil vers la porte.

— Ils vous ont encerclé.

— Comme le général Custer.

— Custer se prenait pour un génie militaire. Pour quelle sorte de génie vous prenez-vous ?

— Pour aucun, j'en ai peur, mais je suis quand même encerclé.

— Asseyez-vous.

Colesceau s'assit. De nouveau, il se vit d'en haut, il se regarda s'asseoir. De son poste d'observation, il avait vue sur le crâne du vieux, sur les boucles du doberman, et sur ses tifs à lui — qui se clairsemaient. Lorsque la veste de la chienne s'entrouvrit, il aperçut le holster sous son bras, il vit que le bouton-pression était mal fixé et se demanda si c'était pour pouvoir tirer plus vite.

Et un truc proprement incroyable avait commencé. Son sexe rabougri et bombardé par les hormones commençait à reprendre vie.

— Où est-ce que vous alliez quand vous sortiez ? lui demanda le sergent Rayborn.

Sergent Rayborn.

— Au cinéma, sergent, dans des restos bon marché, à la bibliothèque...

Oui, son sexe durcissait. Pourquoi maintenant ?

— A quelle heure de la journée ?

— Après le boulot, sergent. Le soir. Mais pas le week-end, à cause de la foule.

— Les centres commerciaux, vous les fréquentiez ?

— Oui. J'aime les centres commerciaux.

— Pourquoi ?

Elle le dévisageait maintenant. Il se regardait, fixant l'embryon de bosse qui gonflait sournoisement son pantalon. Il croisa les jambes, croisa les mains sur ses genoux.

Qu'est-ce qui se passait ?

— C'est varié, dit-il, il y a de tout, de quoi manger, des distractions, toutes sortes de produits et d'articles. L'environnement est sympa. Quand on a grandi là où j'ai grandi, un centre commercial américain est un endroit génial.

— Vous vous êtes déjà rendu là-bas pour mater les femmes ?

— Jamais. Ça fait trois ans que je ne me suis pas intéressé aux femmes. Je n'ai ni le désir de les regarder ni celui de les toucher. De temps en temps, j'ai envie de parler à l'une d'elles. Parce que les femmes, faut bien le dire, elles ont une façon originale de voir les choses. Alors quand ça me prend, j'appelle ma mère ou ma psychologue, le docteur Carla Fontana. Mais de là à engager la conversation avec des inconnues... ça non. Il arrive toutefois que l'une ou l'autre m'adresse la parole.

— Qu'est-ce que vous faites, dans ce cas ? Vous prenez la fuite ?

— J'aime bien écouter, dit-il.

Il se demanda s'il n'en faisait pas un peu trop. Après

tout, Merci Rayborn n'était pas une de ces écervelées si typiquement américaines. Il avait l'impression qu'elle lisait en lui. Il plaqua plus fort ses jambes l'une contre l'autre pour comprimer ses testicules dans l'espoir que son sexe se tiendrait à carreau. Comment se fait-il que lui parler me fasse cet effet-là ?

— Ça m'étonne pas, dit-elle. Ça vous donne l'occasion de penser à elles, de les observer.

— C'est tout le but de la conversation, non ?

— Pas quand on essaye de trouver un moyen de les violer.

— Je ne m'amuse jamais à ça.

— Continuez comme ça.

Il sentit son excitation monter d'un cran.

— Ne bougez pas.

— Bien, sergent, comme vous voudrez.

Un cran supplémentaire. Ça devait avoir un rapport avec sa voix autoritaire, sa force de conviction. C'était comme si elle portait un uniforme invisible. Mais pas une de ces insignifiantes tenues de flic américain. Plutôt un uniforme impressionnant de puissance, comme ceux de la police d'Etat roumaine.

Merci trouvait que Colesceau était l'un des types les plus bizarres qu'elle ait jamais rencontrés. Son étrangeté était trop vague et trop vaste pour qu'elle puisse encore mettre un nom dessus, n'empêche qu'elle la percevait comme elle aurait senti la brise annonciatrice d'une tempête massive. Secouant la tête, elle se rapprocha de Hess, qui examinait les œufs à son tour.

— Faites le tour du propriétaire, lui dit-elle. Je reste avec lui.

Hess regarda Colesceau par-dessus l'épaule de Merci puis de nouveau ses yeux se braquèrent sur la vitrine.

— Surtout ne lui tournez pas le dos, il s'est servi d'un pic à glace pour tuer ces chiens, dans le temps.

— J'aimerais bien voir ça.
— Méfiez-vous de la rage d'un homme faible.
— Oui, chef.
Laissant Hess près de la vitrine, elle revint vers Colesceau. Il était exactement à l'endroit où elle l'avait laissé, jambes croisées, mains posées sur un genou. Il avait l'air bouffi, mou, et elle eut l'impression d'apercevoir ses seins opulents sous sa chemise. Une rampe au plafond éclairait le haut de son crâne, qui se déplumait légèrement. Difficile de se représenter cet homme comme l'auteur des horreurs commises près de l'Ortega Highway ou sur le chantier non loin de Main. Mais il était suffisamment compact pour tenir derrière le siège avant d'une voiture. Cela dit, il n'était pas le seul : un bon demi-million d'autres hommes du comté étaient dans le même cas.
— J'ai des questions à vous poser sur un certain nombre de dates, dit-elle.
Il la regarda et sourit.
— Des dates... de rendez-vous ? Avec une femme aussi séduisante que vous, je ne dirais pas non.
Elle lui jeta un regard glacial. Va te faire foutre.
— Que les choses soient claires, pauvre minable, encore une remarque sur mon aspect physique et je vous arrête pour agression verbale. Je vous fais foutre en taule séance tenante.
Il se tortilla légèrement sur le canapé, hochant la tête avec une sincérité apparente, il avait presque l'air de se repentir.
— C'est clair, ce que je viens de dire ?
— Absolument, sergent.
« Ses yeux, quand je l'ai regardé de plus près, avaient l'air humides et tristes. »
Excellente description de ce sac à merde, songea Merci.
— Samedi 14 août, dans la soirée, il y a trois jours.
Il la considéra avec ses yeux pleins de regret et poussa un soupir.

— J'étais là, à écouter mes voisins scander leurs slogans. J'aimerais dire d'entrée de jeu que j'aime les enfants et que jamais je ne leur ai fait le moindre mal. De toute façon, je regardais la télé. Je me suis vu sur l'écran interviewé par un homme qui s'était fait passer auprès de moi pour un avocat. En fait, c'était un reporter muni d'une caméra cachée. Je suis allé jeter un coup d'œil à la foule à six heures environ, pour voir s'ils allaient pas se calmer un peu, et de nouveau à neuf heures et demie. Vous pouvez les interroger, sergent, ce sont mes témoins.

— Ne vous inquiétez pas, je vais le faire. Bien, le 3 août, maintenant.

— Il faut que je consulte mon agenda. Il est sur le comptoir près du téléphone.

— Je vais le chercher, restez là.

Il souriait de nouveau, et ce sourire véhiculait un millier de messages que Rayborn ne parvint pas à déchiffrer. Il recroisa les jambes et les bras.

— Merci, sergent.

Hess commença par la cuisine. Il entendait leurs voix tandis qu'il était planté au milieu de la pièce. Tout était en ordre, propre, une cuisine vivante. Il ouvrit les tiroirs, les placards, examina la vaisselle, les ustensiles, le film plastique, le papier d'aluminium. Aucune trace de pic à glace. L'intérieur du four était nickel. Comme le dessus de la cuisinière. Il tourna le robinet, laissa couler l'eau un instant, ferma, entendit le *glouglou* du liquide dans l'évier. Il jeta un coup d'œil dans le placard sous l'évier : poubelle, poêles et casseroles, poudre pour la machine à laver la vaisselle, produit pour les vitres, chiffons, brosses. Le lave-vaisselle était à moitié chargé. Aucune trace de bocal sans couvercle. Le réfrigérateur contenait les denrées et condiments ordinaires. Le freezer, des surgelés : légumes, hamburgers, et de la glace.

La petite salle de bains du rez-de-chaussée ne semblait

guère être utilisée. La robinetterie était poussiéreuse et, dans la cuvette des WC, on apercevait une tache juste au-dessus du niveau de l'eau.

Hess grimpa l'escalier et pénétra dans la grande chambre. Colesceau dormait dans un petit lit soigneusement fait : dessus-de-lit de coton brun, draps et taie d'oreiller blancs. Sur le mur, au-dessus du lit, un poster d'une Shelby Cobra jaune claquant, le capot relevé sur un moteur énorme qui luisait de tous ses chromes. Hess reconnut les célèbres carburateurs Holly de sa jeunesse. Sous la photo, une légende : *Pratt Automobiles, remise en état et restauration.* Hess se souvint que ce Pratt était le dernier employeur de Colesceau.

Des œufs, que l'on avait vidés pour les décorer.

Des voitures de collection, dont on bricolait le moteur pour plaire aux clients.

Des corps, dont on extrayait les viscères... mais dans quel but ?

La penderie contenait quelques chemises et des pantalons sur des cintres, des sous-vêtements pliés avec soin et empilés sur une étagère. Des chaussures étaient alignées dans une sorte d'étui à compartiments en plastique accroché au plafond. Même système que celui de Janet Kane, songea-t-il. Pas de perruque, ni avec cheveux naturels ni autrement.

Où est-ce que tu cacherais les permis de conduire ? Les documents étaient suffisamment petits et plats pour tenir dans un million d'endroits.

Où est-ce que tu les cacherais ?

Il se baissa, regarda sous le lit. Rien de ce genre là-dessous. Lorsque Hess se redressa, il sentit le sang lui affluer à la tête puis il éprouva comme une sorte de malaise. Les murs semblèrent s'incliner vers lui un instant avant de redevenir plats. Deux des murs étaient nus, mais sur celui qui faisait face au lit on voyait un poster encadré d'un château dressé sur un sommet abrupt. Il s'en approcha. Il n'y avait ni légende ni titre. Contre un mur, une commode dans laquelle étaient rangés des chemises de sport, des shorts et d'autres sous-vêtements. Sur la commode, Hess trouva de la monnaie, des trombones, un stylo, des tickets de cinéma des trois derniers mois. Il nota les dates et les heures, le nom et l'adresse des cinémas, et remit le tout en place. L'un des billets avait été délivré la nuit où Janet Kane avait disparu du centre commercial de Laguna Hills. Le cinéma qui avait vendu le billet se trouvait à Irvine, à quelques kilomètres de là.

Dans la salle de bains, il frotta une de ses cartes de crédit contre la serviette de bain en tissu éponge accrochée au-dessus de la porte de la douche, prenant un carré de papier toilette pour recueillir ce qui tombait. Il retira ainsi plusieurs cheveux, qu'il déposa sur le papier. Il en préleva quelques autres sur la brosse qui se trouvait sur la tablette, puis plia le papier et le glissa dans la poche de sa veste. Rien d'intéressant dans la poubelle, les armoires de toilette ou le réservoir de la chasse d'eau, dont il retira le couvercle pour en inspecter l'intérieur. Quelqu'un avait mis des briques au fond du réservoir pour économiser de l'eau.

Conserver de l'eau, songea Hess.

Conserver des coquilles d'œuf.

Conserver, restaurer des voitures.

Conserver des choses dans des bocaux.

Conserver des corps.

La chambre d'amis était minuscule : un lit, une commode avec une lampe, et une penderie. Elle avait l'air plus grande qu'elle ne l'était en réalité parce que les portes de la penderie et le mur du fond étaient entièrement recouverts de glaces. Dans la penderie, quatre cartons de livres, la plupart en roumain. Des couvertures et des oreillers. Des vêtements d'homme défraîchis. Une télé. La commode contenait des gros pulls et des chaussettes. Sur le mur garni de glaces en face du lit était accroché un crucifix de plastique noir. Hess trouva que ce Christ était le plus solitaire qu'il eût jamais vu.

Cette chambre n'avait pas l'air de servir à grand-chose, songea Hess. Pourquoi, dans ce cas, louer un appartement de trois pièces ? On avait du mal à imaginer Matamoros Colesceau invitant des amis à passer la nuit chez lui.

29

— ... que le plus éprouvant dans le traitement, ça a été ce que je ressentais intérieurement. On m'avait expliqué que ces injections d'hormones me feraient me sentir comme une femme affligée en permanence du syndrome prémenstruel. Mais étant un homme, forcément, je n'avais pas bien compris la portée de cette phrase. Eh bien, c'est drôlement moche, comme vous le savez. Seulement dans mon cas ce n'est pas trois jours que ça a duré, le truc, mais trois ans.

— Vous éprouviez ces symptômes constamment ou par intermittence ?

Colesceau était toujours en situation de spectateur, considérant de son poste d'observation l'autoritaire et séduisante Merci Rayborn, et son corps à lui, informe, bouffi. Mais il bichait en lui racontant comment le Depo-Provera avait tué sa libido et fait de lui un agneau asexué. L'intérêt qu'il prenait à raconter son histoire lui donnait une impression de grande vivacité intellectuelle et de bien-être physique. C'était comme si une étincelle s'était réveillée en lui.

— Trois ans non-stop.

Le sergent lui donnait de l'énergie et de la confiance en soi, et Colesceau lui en était reconnaissant. Ce qui le surprit. Il se demanda s'il n'était pas en train de se métamorphoser.

La voix sèche et dénuée de sympathie de nouveau :

— Et votre imagination, elle continuait à travailler quand vous étiez dans cet état ?

— Comment ça, « à travailler » ?

— Oui, vous continuiez à penser à des trucs que vous auriez aimé faire ? que vous pouviez faire avant et pas après le traitement ? Vous arriviez à imaginer des choses que vous auriez aimé transcrire dans la réalité ?

Colesceau poussa un profond soupir. Contemplant de l'extérieur l'expression qu'il avait réussi à peindre sur son visage, il se dit qu'il méritait décidément un prix. Impossible d'avoir l'air plus convaincant.

— Non, mes rêves avaient disparu avec le désir.

— Ça ne m'étonne pas.

— Vous ne pouvez pas imaginer ce que représente la mort de cette pulsion. Cet instinct qui vous pousse à aimer, à copuler et à vous reproduire. Sans lui, vous n'êtes qu'une coquille vide. Aussi vide que celle de ces œufs que ma mère décore.

— Vous n'éprouviez plus aucun désir sexuel ?

— Aucun.

— Alors comment se fait-il que vous ayez, à l'aide de votre fourgonnette gris métallisé, stoppé la voiture de Ronnie Stevens il y a trois nuits au centre commercial de Main Place ?

Il fut sidéré par cette nouvelle et se retrouva bouche bée. Mais, vue de l'extérieur, la mimique avait un effet positif. Il avait l'air ébahi, déconcerté, innocent, et indigné aussi.

Les voisins recommencèrent à psalmodier. Il aurait voulu pouvoir les descendre à la mitraillette les uns après les autres.

— Je ne connais pas Ronnie Stevens. Je ne l'ai jamais rencontrée. Je conduis un pick-up Datsun rouge de 1970. Ça fait plusieurs mois que je ne suis pas allé au centre commercial de Main Place. Sergent, il faut que vous vous souveniez d'un truc me concernant. Concernant mon comportement. Voilà, je n'ai jamais cherché à nier ma maladie ou les crimes que j'ai commis jadis. J'ai tout avoué. Je suis un être complexe, sergent Rayborn, il n'y a pas que du bon en moi. Mais une chose est certaine, cependant : je suis honnête. Presque trop, peut-être.

Il la regarda tandis qu'elle posait sur lui ses yeux bruns et froids de doberman. Elle le considérait sans passion, mais ne semblait pas impressionnée par ses propos. L'expression type du flic, songea-t-il. Et Merci Rayborn semblait être née avec cet air-là sur le visage. Maintenant, il était sûr que si elle portait son holster avec le bouton-pression pas fixé, c'était pour pouvoir dégainer et tirer plus vite.

— Très bien, petite merde honnête. Dis-moi où tu étais, samedi soir.

— Ici même, comme je vous l'ai déjà dit. Je passais même à la télé, je crois. Je suis sûr que les stations doivent conserver les enregistrements vidéo.

Hess redescendit l'escalier, traversa la cuisine et pénétra dans le garage. C'était sympa de pouvoir accéder au garage de l'intérieur de la maison. Hess se prit à regretter de ne pas avoir cette possibilité chez lui. Il donna de la lumière et regarda le petit pick-up déglingué. De quelle année était-il ? 1970, 1972 ? Les portières n'étaient pas verrouillées, les vitres baissées. L'immatriculation et l'assurance étaient à jour. Le compteur de vitesse à zéro. Les pneus en bon état et pas dépareillés. Hess jeta un œil au châssis : légèrement rouillé et esquinté, mais ne portant aucune trace de produit chimique ou de solvant. Dans la boîte à gants, il tomba sur les gadgets habituels : cartes, crayons, cassettes. Hess en prit trois et lut les titres : *La Jeunesse éternelle par le yoga*, de Sri Ram-Hara ; *Voyage audio numéro 35, destination Roumanie ; Deadwood*, de Pete Dexter.

Hess regarda la photo qui figurait sur cette cassette : un bandit armé, à cheveux longs et moustache, qui n'était autre que Wild Bill Hickok...

... ou ce gars dont Paul Newman interprétait le rôle dans *Buffalo Bill et les Indiens*.

C'était pas le bon Bill, mais c'étaient les bons cheveux, songea Hess. Il s'assit sur le siège du passager, remit les cassettes en place. Il examina l'appuie-tête du siège du conducteur, y cherchant des cheveux. Il examina également le tapis de sol. Rien.

Dehors, la foule scandait son slogan : « Sécurité, dans le quartier, pour nos enfants ! »

Hess était à peu près sûr qu'il n'y avait pas de condamnation pour crime contre les enfants dans le dossier de Colesceau, mais il se dit qu'il ferait bien de vérifier de nouveau. Il était un peu surpris par l'ampleur de la manifestation, dehors, la façon dont les voix traversaient le contreplaqué de la porte du garage. Voix de la peur, songea-t-il. D'après les journaux, il y avait maintenant quatre jours que les voisins montaient la garde vingt-quatre heures sur vingt-quatre et ils avaient décidé de continuer la surveillance jusqu'à ce que Colesceau se décide à monter dans sa malheureuse petite Datsun et à quitter l'endroit à jamais. La foule avait fixé le couvre-feu en ce qui concernait le bruit à vingt et une heures, de façon à ne pas trop perturber travail, école, sommeil. Hess avait également lu que les gens accouraient en voiture des villes voisines pour se joindre aux riverains et que la chaîne de télévision CNB avait planté là ses caméras, vingt-quatre heures sur vingt-quatre.

Il sortit du pick-up, inspecta le garage. Il y avait deux placards contre le mur qui ne contenaient pas grand-chose d'intéressant. Pas de Deer Sleigh'R, pas de jambier ni de corde, pas d'instrument de dépouillage de grand gibier, pas de Porti-Boy ou de liquide d'embaumement. Pas de perruque blonde fabriquée avec d'authentiques cheveux humains non plus. Pas de bocaux veufs de leur couvercle. Pas de chloroforme. Il est clean, songea Hess.

Si c'est lui qui fait ça, ce n'est pas là qu'il le fait.

Merci rejoignit Hess dans la petite salle de bains du rez-de-chaussée où, penchée au-dessus du lavabo, elle pouvait distinguer Colesceau, toujours assis dans son living. Impossible de dire, d'après la tête de Hess, s'il avait trouvé des trucs intéressants ou non. En tout cas, ses yeux brillaient à la lumière de la salle de bains et elle se demanda à quoi il pouvait bien penser.

— Pas de fourgonnette gris métallisé avec des pneus dépareillés, j'imagine.

— Rien de ce genre.

— Eh bien ?

— Il les emmène ailleurs.

— Il prétend que la foule l'a vu à deux reprises au moins samedi soir quand Ronnie s'est fait buter. Il prétend qu'il était au cinéma le jour où Kane a été enlevée et il m'a tout l'air d'être en possession d'un billet pour confirmer ses dires. La nuit où Jillson y est passée, il dînait ici, tenez-vous bien, avec sa maman...

— J'ai retrouvé en haut un ticket d'une séance de cinéma, un mardi soir. Il y en avait plusieurs.

— Ça ne veut pas dire grand-chose.

— Il vous a dit à quoi servait la seconde chambre ?

— C'est la chambre de sa mère bien-aimée, évidemment. Elle vient souvent dîner avec lui et elle passe la nuit là.

Hess hocha la tête ; les rides verticales entre ses yeux s'accentuèrent.

— Ce n'est pas lui, Hess. C'est pas que j'aimerais pas pincer ce petit vicelard. Il est censé être chimiquement castré jusqu'à mercredi. C'est un tordu. Il a violé des vieilles femmes sans défense. Certainement pas des jeunes dans la force de l'âge. Il a une chambre d'amis pour sa maman. Rien dans son physique ne correspond au portrait-robot si ce n'est les yeux — dont cette abrutie de Kamala Petersen est tombée amoureuse. Elle a vu sa bobine à la télé, bon sang ! Ou était-ce dans un rêve ? Personne n'a dit que notre blond avait un accent. Personne. Ni LaLonde ni le vendeur de chez Arnie's Outdoors. L'endroit est clean. Et il n'a pas pu entrer et sortir de son appartement samedi soir sans que cette meute déchaînée le voie, ça, c'est sûr. J'aimerais bien le coffrer. Mais je crois qu'il nous faut continuer de remuer ciel et terre à la recherche de notre homme. On n'a qu'à mettre ce timbré sous surveillance et passer à autre chose. Lui donner du mou. On verra bien le résultat.

— Bon, parfait.

A la lumière crue, elle dévisagea Hess. L'impossibilité où elle se trouvait de deviner à quoi il pensait l'agaçait parce qu'il était le seul dont elle avait envie de connaître les pensées.

— Vous êtes d'accord ? demanda-t-elle.

— C'est vous le patron.

— Merde, c'est pas ce que je vous demande !

— Je suis d'accord, mais j'ai pas un bon feeling.

Merci essaya de tout repasser en revue. Tout ce qu'elle voyait, c'est que tout ça était une perte de temps, or le temps était précieux. Il y avait un truc avec Hess : parfois il agissait comme s'ils avaient tout le temps devant eux. Alors qu'en théorie il disposait de moins de temps que la plupart des gens.

— Ce que je crains, dit-elle, c'est qu'il ne mette les bouchées doubles maintenant qu'il a la technique. Et que pendant qu'on se focalise sur ce barge châtré à l'œil humide, notre homme, lui, ne soit déjà en quête du numéro quatre. Je crois qu'on ferait mieux de poster dix fliquesses super sapées, cheveux relevés, dans dix centres commerciaux pour servir d'appât...

— C'est une possibilité, Merci.

Elle regarda l'arrière du crâne de Colesceau. Il était assis, immobile, là où elle l'avait laissé. Elle distinguait son cuir chevelu luisant sous sa chevelure noire clairsemée.

— Voyons, Hess, regardez un peu ce type. Regardez l'arrière de sa tête. Il est bourré à craquer de progestérone, il a autant de tonus qu'un sac de farine. Il est pathétique, il est dégoûtant. Il me fait penser à un insecte écrabouillé.

— Il y a du vrai là-dedans, concéda Hess.

— Je crois que le gars qu'on recherche a une tout autre envergure.

— Y a quelque chose que j'arrive pas à piger chez ce mec-là...

— Peut-être que vous devriez vous en féliciter. Ecoutez, s'il met seulement le nez dehors, tous ces braves gens vont le lyncher. Il est temps que la classe moyenne gâtée pourrie que nous servons et protégeons nous donne un coup de main.

— Bien dit.

Plusieurs des protestataires, dehors, dirent que ce n'était pas une mais deux fois qu'ils avaient vu Colesceau le samedi soir où Ronnie Stevens avait été enlevée. Ils déclarèrent de concert que Colesceau était sorti de chez lui à deux reprises : une fois vers dix-huit heures et une autre vers vingt et une heures, vingt et une heures trente. Le reste du temps, il avait regardé la télé. Ils rapportèrent à Hess ce qu'il leur avait dit, et ce qu'il portait. Hess en prit bonne note. Il apprit qu'avant d'avoir découvert son passé aucun des voisins de Colesceau ne lui avait accordé d'attention particulière. Ils avaient enregistré machinalement les allées et venues du petit pick-up déglingué sans se poser de questions.

L'un des organisateurs de la manifestation était une femme nommée Trudy Powers — dont Hess avait entendu parler dans le journal. Elle déclara avoir reçu du « diminué » un œuf décoré et la promesse qu'il se conduirait de façon irréprochable jusqu'à son départ de la résidence. Elle se dit persuadée qu'il cherchait un autre logement, car il lui avait promis de le faire. Trudy Powers semblait laisser entendre qu'il existait entre elle et Colesceau une compréhension et des relations qu'elle mettait un point d'honneur à ne pas expliquer. Hess ne put s'empêcher de se poser des questions à son sujet. Elle avait suffisamment de qualités et surtout de points communs avec Lael Jillson et Janet Kane pour que cela le mît mal à l'aise. Mais comment le lui dire ? Il se contenta de la fixer droit dans les yeux et de lui recommander la prudence. Comme elle le regardait avec condescendance, Hess se demanda si c'était à cause du conseil qu'il venait de lui donner ou de son apparence.

Un jeune homme portant à l'épaule un étui d'appareil photo dit qu'il avait vu Colesceau non pas deux fois mais à plusieurs reprises le samedi soir, parce qu'il s'était approché en douce de chez lui et avait collé le nez à un interstice des stores. Il s'était risqué jusqu'à la fenêtre de Colesceau vers dix-neuf heures trente, vingt heures, et de nouveau vers vingt-deux heures trente, avant de rentrer chez lui. Colesceau regardait la télévision. D'abord les infos, puis un policier, et un autre film.

Hess voulut savoir si Colesceau l'avait vu l'espionner.

— Non. La télé fait face à la rue. Je n'ai vu que l'arrière de sa tête.

— Comment se fait-il que vous l'ayez surveillé comme ça ?

Le jeune homme haussa les épaules et détourna le regard.

— J'ai pris des photos. Le film est toujours dans l'appareil.

— Il me faut ce film, dit Hess.

— Je me doutais que ça vous intéresserait. Il me reste trois poses.

Il sortit son appareil de l'étui et prit une photo de Hess, une de Merci et une dernière où ils étaient ensemble. Il rembobina la pellicule et, avec un étrange sourire de fierté, la tendit à Hess.

— Je suis heureux de pouvoir vous aider. Vous me les rendrez quand vous n'en aurez plus besoin ?

Hess nota ses coordonnées, sans oublier son numéro de téléphone.

Rick Hjorth, de Fullerton, à quinze kilomètres au nord.

La journaliste du County News Bureau chargée de couvrir l'affaire était une blonde un peu stressée qui, réglant son pas sur le leur, se présenta. Lauren Diamond. Son cameraman la suivait péniblement, son encombrante caméra vidéo à l'épaule. Elle fourra un micro sous le nez de Hess, qui continuait d'avancer. Hess se souvint que Merci lui avait ordonné de la laisser se charger des relations publiques. Merci ne s'était pas arrêtée de marcher, elle non plus.

— Pourquoi vous êtes-vous rendus chez le violeur Matamoros Colesceau ? demanda Lauren à Hess.

— Pas de commentaires, fit Merci.

A Hess, toujours :

— Vous dirigez l'enquête sur le Tireur de sacs. Votre visite a-t-elle un rapport avec cette enquête ?

— C'est moi, madame, qui dirige l'enquête sur le Tireur de sacs, rectifia Merci. Et je n'ai toujours pas de commentaires à faire.

Hess secoua la tête comme pour lui-même. Il vit le cameraman filmer la scène et se demanda si Merci s'en rendait compte.

— Alors votre visite, c'était à quel sujet ?

Hess sentit Merci s'échauffer près de lui. Il avait l'impression de marcher à côté d'un panneau solaire. Alors qu'elle allait prendre la parole, il la devança :

— Un problème de routine concernant sa libération conditionnelle, Lauren. Un point, c'est tout.

— Colesceau est-il considéré comme suspect ?

Hess la fixa et du pouce lui désigna la foule.

— Il a un excellent alibi.

— Mademoiselle Rayborn, pouvez-vous nous parler

du procès que vous intentez à votre collègue pour harcèlement sexuel ?

— Certainement pas.

— Le lieutenant Kemp a déclaré être innocent des accusations que vous portez contre lui.

— A sa place, vous n'en feriez pas autant ?

— Cinq autres adjointes vous ont emboîté le pas et ont porté plainte à leur tour contre Phil Kemp. Or ce dernier travaille au département depuis maintenant vingt-cinq ans. Et il a des états de service irréprochables. Pouvez-vous me dire pourquoi vous vous en prenez à lui tout d'un coup ?

Merci pivota et approcha son visage de celui de Lauren Diamond à le toucher.

— Allez vous faire foutre, ma jolie.

Lauren Diamond ralentit puis s'immobilisa, mais le cameraman continua de les suivre. Hess se retourna, lui adressa un petit signe conciliant de la main et poursuivit sa route. Merci était à un bon pas devant tandis qu'ils se dirigeaient vers la voiture.

— Je vous remercie, dit-elle.

— Il n'y a pas de quoi.

— Et n'allez pas me dire que j'aurais dû essayer de me mettre dans ses pompes.

— Diable, non. Ce n'est qu'une jeune journaliste ambitieuse qui n'aurait pas demandé mieux que de vous renvoyer l'ascenseur un jour ou l'autre. Trente secondes d'amabilité, ce n'était quand même pas la mer à boire.

— Alors, si je comprends bien, j'ai encore gaffé...

— Pourquoi ce besoin constant chez vous d'être désagréable ?

— Je ne désespère pas de me mettre un jour aux bonnes manières.

— Je me demande si vous le désirez tant que ça.

— Voilà que vous vous mettez à penser comme moi.

Lorsqu'ils montèrent dans la voiture, Merci souffla et considéra Hess.

— Je vais vous dire un truc, partenaire, ces poursuites que j'ai engagées contre Kemp, c'est la plus grosse connerie de ma vie. Seulement, maintenant que j'ai mis ça en branle, comment est-ce que je peux faire pour m'en sortir ?

30

Hess mentit alors à sa coéquipière, prétextant un rendez-vous chez son cancérologue. Il était intrigué par ce Colesceau, quoi qu'en pensât Merci, et décidé à essayer d'analyser ses impressions avant de se rendre à Sacramento, à la chambre des entrepreneurs de pompes funèbres. Il était un peu fatigué de regarder Rayborn se bagarrer partout où elle passait. Il avait l'impression d'être la nounou de la petite terreur du coin.

Il commença par se rendre chez Pratt, où il s'entretint avec Marvis Pratt, sa femme Lydia et leur employé, Garry Leonard. Ils lui dirent que Colesceau faisait bien son boulot, même si Pratt ne lui faisait pas pleinement confiance. Les types comme Colesceau, il les embauchait parce qu'il pensait que les gens méritaient une seconde chance et aussi parce que Holtz était un ami à lui.

Ils lui firent visiter les lieux — le magasin et les bureaux devant et, au fond, l'immense atelier avec la superbe Shelby Cobra jaune et noir que Hess resta un bon moment à contempler. C'était la voiture la plus époustouflante qu'il eût jamais vue.

— Quatre cent cinquante chevaux, dit Pratt.

— Une voiture et demie.

— Des restaurations, on en a réalisé un sacré paquet chez nous. Y a des mecs qui nous amènent quasiment des tas de boue et nous, on leur rend des bijoux.

— Elle tape le combien ?

— Deux cent cinquante à l'heure.

— Est-ce que Colesceau est déjà venu bosser avec un autre véhicule que son vieux Datsun rouge ?

— Non.

Hess contempla l'atelier et les étagères impeccables, les outils soigneusement alignés, les poutres métalliques qui captaient les rayons du soleil matinal par les hautes fenêtres. Des tas de boue qui deviennent des bijoux, songea-t-il. Le paradis des fondus de bagnoles.

Ils retournèrent au bureau.

— Est-ce qu'il lui arrive d'être malade, de s'absenter, de passer du temps au téléphone ?

— Non. Il fait bien son travail. Remarquez, c'est pas compliqué. Son boulot, c'est rester assis sur ce tabouret, dépanner les clients et se secouer les tétons de temps en temps...

— *Ils lui font mal*, Pratt, dit Lydia.

— Bon, admettons. J'ai été obligé de le virer. Je peux pas me permettre d'avoir une foule qui manifeste devant chez moi. Bon Dieu, c'est suffisamment duraille de gagner sa croûte, de nos jours.

Hess savait par LaLonde que « Bill » était en possession de listings informatiques des spécifications techniques des fréquences des systèmes d'alarme de neuf constructeurs automobiles différents. Il remarqua sur le bureau la présence de l'ordinateur. Il y en avait un autre exactement semblable derrière le comptoir dans la boutique.

— Les ordinateurs remplacent les catalogues, aujourd'hui ?

Pratt lui dit que oui, en effet, mais pas seulement : il y avait des mises à jour quotidiennes, des modifications, des rectifications venant directement des usines. Grâce à ses ordinateurs, il recevait les infos sur les derniers modèles qui allaient sortir, des consignes destinées aux concessionnaires et même des *newsletters* des différentes usines du monde entier.

Hess lui demanda de lui sortir sur imprimante les données concernant les systèmes antivol de l'Infiniti Q45 de 1998 et de la BMW 525 de 1996. Lydia s'assit devant l'appareil et, deux minutes plus tard, Hess avait entre les mains huit pages de spécifications techniques.

— Des trucs comme ça, je peux vous en sortir à la pelle, fit-elle.

— Colesceau sait se servir de l'ordinateur ?

— Bien sûr, ça fait partie de son job, dit Lydia. (Elle regarda Hess d'un air sombre.) C'est moche, ce que vous lui avez fait. Exciter ses voisins comme ça, pour rien, contre lui. Il est doux comme un agneau, ce gars-là. Un peu perturbé, mais c'est un agneau.

— J'espère que vous avez raison.

Hess leur montra alors le portrait-robot du Tireur de sacs et leur donna, à tous les trois, ses numéros de téléphone et son numéro de bip. Comme à son habitude, il nota leurs numéros personnels. On ne savait jamais.

Dans le bureau des Quail Creek Apartment Homes, le responsable entre deux âges, gras à souhait, Art Ledbetter, dit à Hess que Colesceau ne s'était jamais fait remarquer et qu'il n'avait jamais jusque-là fait l'objet d'aucune plainte. Il supposait que Colesceau payait son loyer dans les temps mais ne pouvait l'affirmer, vu que les chèques allaient directement à Newport, où se trouvaient les locaux de la société immobilière. Ledbetter s'occupait de la maintenance, il prenait note des griefs des locataires. Ils n'avaient pas eu le choix : il leur avait fallu expulser Colesceau. Que faire d'autre, en effet, avec cette armée de manifestants qui campaient dans le voisinage vingt-quatre heures sur vingt-quatre ?

Hess se leva et alla regarder une maquette de la résidence ; la vue aérienne était intéressante. Il constata que le complexe formait un énorme cercle et que les appartements, disposés en cadrans, étaient parfaitement symétriques. Les promoteurs avaient tassé les logements les uns sur les autres : chaque rangée d'immeubles avait une façade donnant sur une rue et une façade sur une autre ; mais elles avaient en commun le mur du fond. C'est-à-dire que les locataires avaient l'illusion d'une intimité. D'un semblant de vie privée.

— Vous avez déjà constaté quelque chose d'anormal autour de cet immeuble ?

— Rien du tout. Pas la moindre plainte, comme je vous l'ai dit tout à l'heure.

— Et ses horaires ? Il va et vient à toute heure du jour et de la nuit, tard le soir peut-être ?

— Certains soirs, je circule au volant de ma petite voiture de golf jusqu'à dix heures. Je l'ai jamais vu traîner dehors à cette heure-là. Mais vous savez, un des avantages de la résidence c'est qu'on peut, avec sa télécommande, ouvrir sa porte de garage et entrer sans déranger qui que ce soit, pour ainsi dire. Vous entrez directement dans votre appartement en passant par le garage. Tout ça pour que les gens soient vraiment tranquilles chez eux.

— Vous connaissez la plupart des locataires ?

Ledbetter fit non de la tête.

— Certains seulement. Y en a tout un tas, c'est des vrais fantômes, je les vois jamais. Peut-être qu'ils travaillent la nuit, qu'ils dorment dans la journée et qu'ils n'utilisent jamais la piscine. Je sais pas. Y en a certains, ils viennent là d'un coup d'avion pour le boulot. Ils restent un mois, ils repartent. Mais ils payent régulièrement leur loyer, sinon la direction les flanquerait dehors.

— Et des visites, il en reçoit, Colesceau ?

— Sa mère. Ainsi qu'un couple : un homme et une femme. Ils sont venus quoi... deux fois peut-être ? Pas souvent.

Hess lui demanda de les décrire, ce qu'il fit ; manifestement, il s'agissait de Holtz et Fontana. Tout collait, même la Ford de Holtz. Ledbetter était observateur en matière de voitures, semblable en cela à bon nombre d'hommes.

Hess consulta le plan de la résidence que Ledbetter lui avait remis. L'immeuble où habitait Colesceau était situé à une extrémité et son logement ressemblait apparemment à tous les autres appartements dotés de deux chambres.

— C'est qui, son voisin immédiat de gauche ?

— Une charmante jeune femme qui travaille la nuit.

— Et derrière ?

— Une vieille dame, je la vois jamais. Elle fait partie des fantômes.

— Vous n'auriez jamais vu une fourgonnette de livraison gris métallisé garée en face de l'appartement de Colesceau, par hasard ?

Ledbetter fronça les sourcils.

— Une fourgonnette de livraison gris métallisé. Ouais, y a quelques mois j'ai vu effectivement une fourgonnette de cette couleur qui sortait de la résidence. Un de ces trucs qui ont été bricolés et transformés en mobile home. Mais de là à savoir d'où elle venait... Si ça se trouve, le conducteur s'était paumé.

Hess prit des notes, remit sa carte de visite à Ledbetter et le remercia.

— Ça vous ennuie de me donner votre numéro personnel, au cas où ?

— Oh, non, pas du tout, sans problème.

Hess effectua une rapide enquête de voisinage après ça. Mais six des voisins qu'il voulait interroger étaient absents, et les trois autres n'avaient rien d'intéressant à dire concernant Matamoros Colesceau. Si ce n'est qu'il devrait foutre le camp de la ville. Et un peu vite.

Il dénicha l'adresse de Lifestyler dans l'annuaire. C'était le magasin de perruques le plus proche de chez Colesceau. La boutique se trouvait dans un petit centre commercial près de l'autoroute, entre la rédaction d'un journal local et un dispensaire.

Une jeune Chinoise s'approcha tandis qu'une vieille dame qui avait l'air d'être sa mère l'examinait placidement de derrière le comptoir. Les murs étaient hauts, garnis de longues étagères pleines de têtes en plâtre portant des perruques de toutes les couleurs et de tous les styles.

Hess eut l'impression qu'un millier de femmes sans visage l'épiaient. Il eut également l'impression, l'espace d'un instant, que les murs bougeaient autour de lui comme s'ils s'approchaient pour mieux voir. Il déclina son identité et glana quelques renseignements sur les perruques en vrais cheveux : celles-ci coûtaient de dix à vingt pour cent plus cher que les synthétiques. L'avantage, c'était leur aspect naturel ; l'inconvénient, c'était qu'il fallait les shampouiner et les mettre en forme comme de vrais cheveux.

Il voulut savoir si elles avaient vendu une perruque en cheveux humains longs et blonds à un homme. Les deux femmes s'entretinrent un moment dans leur langue maternelle, et la plus jeune dit à Hess que oui, effectivement, et qu'elles en avaient même vendu plusieurs au fil des années. Il arrivait parfois, ajouta-t-elle, que les hommes en achètent pour leur femme. Parfois pour eux. Elle échangea un coup d'œil avec sa mère et fit un sourire coquin à Hess.

La vieille dame se leva et attrapa une perche en bois terminée par un crochet métallique. Elle se traîna le long du mur, s'arrêta, tendit le bras et décrocha de son étagère une tête. Les cheveux étaient blonds et ondulés.

— Cheveux humains, expliqua la vieille dame. Quatre-vingt-neuf dollars. Essayez.

— Ce n'est pas pour moi.

— Très bien, asseyez-vous, essayez.

La jeune femme poussa une petite porte et Hess passa derrière le comptoir. Il s'assit dans le fauteuil, devant un miroir entouré d'ampoules. La vieille dame lui tendit la perruque pour qu'il l'examine puis, la soulevant, la lui plaça sur la tête. Hess fut surpris de constater à quel point ça lui serrait le crâne. Elle l'ajusta, puis prit une brosse en plastique à larges dents et commença à la peigner. A rabattre les mèches sur le front de Hess. Trente secondes plus tard, il ressemblait comme deux gouttes d'eau à l'un des signataires de la Déclaration d'indépendance.

Il regarda les deux femmes, ou plutôt leur reflet dans le miroir.

— Bien, dit la plus âgée, vrais cheveux, quatre-vingt-neuf.

Surpris, Hess constata qu'effectivement ce n'était pas mal du tout. Ç'aurait pu être ses propres cheveux. En louchant un petit peu, comme maintenant, il aurait presque pu croire que l'image qui était devant lui était un homme à longs cheveux bouclés. Absurde, mais crédible.

Il resta assis un moment, la perruque sur la tête, à discuter le bout de gras avec la petite : quatre-vingt-neuf dollars pour la perruque, des photocopies de tous les reçus concernant des perruques en vrais cheveux blonds vendues à des hommes et le numéro de téléphone personnel de chacune de ces dames. La vieille femme écoutait la conversation. Elle hocha la tête et eut un sourire complice. Hess sourit et rougit en même temps.

— Ce n'est pas pour moi, dit-il.

Les deux femmes souriaient avec des hochements de tête.

La vieille :

— C'est d'accord pour les reçus, plus tard.

D'une cabine, il appela le numéro direct de Brighton. Le shérif décrocha.

— Elle veut des excuses et elle veut que Kemp cesse ses manigances, dit Hess. Elle est désolée d'avoir déclenché cette histoire.

Brighton resta silencieux un moment.

— Pourquoi est-ce qu'elle a pas été fichue de me dire ça elle-même ?

— Elle voulait pas cafter, encore moins balancer un ami à vous. Vous êtes son patron, Bright.

Silence, de nouveau.

— Merci, Tim.

Hess et Merci prirent le vol de treize heures cinquante du comté d'Orange pour se rendre à Sacramento. Ils louèrent une voiture en arrivant à l'aéroport et Hess prit le volant pour gagner la ville. Il faisait une chaleur intenable, cet après-midi-là, et les champs de riz semblaient onduler sous le soleil.

Hess avait la tête qui tournait, aussi faisait-il particulièrement attention à la conduite sur l'Interstate. Un oiseau heurta le pare-brise et il tressaillit. Tout ce que l'animal laissa sur la vitre, ce fut une trace humide et une poignée de plumes grises. Hess la regarda sans vraiment la voir, car il était encore en pensée dans l'appartement de Matamoros Colesceau.

Utilisant le portable de Merci, il téléphona à Bart Young, le président de la compagnie de fournitures d'embaumement, dans l'espoir que ce dernier allait accepter de lui communiquer la liste de ses derniers clients. Le président commença par hésiter puis, de nouveau, il manifesta fermement sa décision de ne pas remettre la liste à Hess. Hess comprit que l'autre ne se sentait pas très à l'aise dans ses pompes.

Il le remercia et raccrocha.

— Je le sens près de craquer. Peut-être que si vous le contactiez, vous, que vous lui parliez des victimes, il mettrait les pouces. C'est un mec bien, mais il ne veut pas trahir la confiance de ses clients. Pourquoi est-ce que vous n'essaieriez pas de le travailler au corps à votre tour ? Faites-le un peu culpabiliser à propos de ces femmes. Les hommes ont plus de mal à dire non quand c'est une voix féminine qui s'adresse à eux.

Cinq minutes plus tard, Merci rabrouait le directeur, lui reprochant de ne pas vouloir collaborer et l'accusant de se comporter avant tout en marchand. Apparemment, il lui raccrocha au nez parce que Merci jura et referma le portable d'un coup sec.

— J'ai jamais réussi à persuader quelqu'un de faire quelque chose, dit-elle. (Lorsque Hess coula un regard vers elle, il vit qu'elle fronçait les sourcils. Ses cheveux étaient tirés en arrière, ses oreilles toutes rouges.) Je suis pas douée pour faire culpabiliser les gens ou m'attirer leur sympathie. En ce qui me concerne, là, je ne peux rien faire. Je m'en lave les mains.

Hess prit le téléphone afin de vérifier les antécédents de Rick Hjorth, de Fullerton. Ça l'intriguait que ce Hjorth se montre aussi désireux de donner un coup de main à la police. Il était de notoriété publique qu'un fort pourcentage de tueurs, de ceux qui tuaient pour éprouver des émotions fortes, aimaient s'immiscer dans l'enquête sur les crimes qu'ils avaient commis. Or Hess avait cru détecter un intérêt morbide dans l'attitude du photographe.

Vérification faite, Hjorth semblait parfaitement clean.

Hess appela ensuite le shérif adjoint Claycamp pour qu'il le briefe quant aux démarches effectuées sur les fourgonnettes de livraison : ils en avaient examiné soixante-quinze et n'avaient toujours rien glané d'intéressant ; une autre équipe allait s'y coller à dix-sept heures.

La chambre des entrepreneurs de pompes funèbres avait ses locaux dans un bâtiment imposant près du jardin du Capitole. On leur prêta un bureau, deux chaises, une table, et on leur donna du café. Deux hommes de la maintenance leur apportèrent les classeurs sur des chariots métalliques. Hess travailla sans interruption pendant une heure, puis se rendit dans les toilettes des hommes, où il vomit. C'était la douzième fois en trois jours. Hess ne savait pas pourquoi il les comptait. Il se lava les dents avec une brosse de voyage dont le manche renfermait un minuscule tube de dentifrice. Il avait acheté cet article après sa première séance de chimio. Il s'examina dans le miroir et crut voir des ombres sous sa peau.

Trois heures plus tard, ils étaient assis dans l'avion du retour, parcourant de nouveau les cinquante-sept portraits qu'ils avaient imprimés.

Bernal, Butkis, Carnahan... pas de Colesceau...

— Plus je pense à ce qu'il fait, plus je me dis qu'on n'a aucune chance de le retrouver par les circuits habituels, fit Hess. Ce n'est pas un professionnel, les gens des pompes funèbres ne retirent même pas des corps ce que lui en extrait.

— Pourquoi se donne-t-il tout ce mal ?

— Je dirais pour qu'ils durent plus longtemps.

Elle le regarda.

— Mais s'il fait ce que nous pensons, il faut bien qu'il ait appris la technique quelque part...

— J'aimerais qu'on puisse avoir une liste de tous les étudiants qui se sont inscrits au cours de sciences mortuaires et qui ont échoué. Malheureusement, les collèges ne gardent pas trace dans leurs archives de ceux qui échouent, qui abandonnent en cours de route et disparaissent dans la nature. Ils ont trop à faire et ils ne sont pas assez organisés.

Hess remarqua que, de l'autre côté de l'allée centrale, une femme l'observait en catimini.

— Continuez à rêver, Hess. Je me demande s'il ne se contente pas de les mettre au freezer, ou dans la cave. Bon, je vais de nouveau tenter le coup avec le mec qui s'occupe des fournitures pour embaumement...

Drascia, Dumont, Eberle, Ecole, Edmondson...

Elle prit le téléphone fixé au dos du siège qui était devant elle, et lut les instructions. Hess secoua la tête, plissa les yeux, tenta de se concentrer sur les photocopies des photos anthropométriques. La chambre des entrepreneurs leur avait permis d'utiliser une photocopieuse agrandisseuse de bonne qualité. Mais qui disait reproduction disait forcément écart supplémentaire avec la réalité. Et quand on savait par ailleurs que le type qu'on cherchait risquait fort de porter une perruque et un postiche, ça n'arrangeait pas les choses. Ç'aurait pu être n'importe lequel d'entre tous ces gars-là. Il n'y avait pas de limite.

— Allô, monsieur Young ? Sergent Rayborn de nouveau à l'appareil, du département du shérif du comté d'Orange. Ecoutez, je voudrais m'excuser pour tout à l'heure. Il se trouve que je suis à fond sur cette enquête. Le shérif fait pression sur moi, mon coéquipier m'engueule à longueur de temps. Je me trouve à je ne sais combien de mètres d'altitude, coincée sur un siège avec pratiquement pas de place pour mettre mes jambes et je ne sais plus quoi faire. Je suis... *frustrée*...

Elle adressa à Hess une grimace nettement exagérée.

— Je sais, je comprends. Il se trouve simplement que ces femmes... A propos, il en a embarqué encore une dans la nuit de samedi. Dix-neuf ans. La petite vivait avec sa mère et apparemment c'était une fille extra. Ronnie. Elle s'appelait Ronnie. Je ne l'ai jamais rencontrée. En fait, tout ce que j'ai vu d'elle, c'est deux photos, un tas d'intestins et de viscères posés sur le capot de sa voiture. Je ne plaisante pas. C'est le sort que ce type fait subir à ses victimes. Et puis, nous nous trouvons avec deux autres victimes remontant à deux ans, voire trois. Ouais, ouais, oui bien sûr, je peux attendre.

Hess regarda par le hublot. A ses pieds, une grille de verts et de jaunes s'étirait jusqu'aux collines fauves à l'est. Les nuages passaient, que trouait le jet.

Colesceau est sorti à deux reprises de son appartement samedi — à six heures, et à neuf heures ou neuf heures et demie. Gilliam nous a dit que le cœur retrouvé dans le sac à main s'était arrêté de battre entre dix-neuf et vingt-trois heures. Tout semble indiquer qu'elle a été enlevée après le boulot. Mais s'il l'avait kidnappée plus tard ?

Après que le photographe eut pris son dernier cliché ? Supposons que Hjorth ou Gilliam se trompaient chacun d'une demi-heure, dans un sens comme dans l'autre ? Voilà qui donnerait une heure et demie à Colesceau pour faire ce qu'il a fait à Ronnie Stevens. Possible. Pas probable... Parce que comment aurait-il fait pour sortir de son appartement sans que personne le voie...

Pas de Pule ni d'Eichrod...

Fermant les yeux, il revit la disposition de l'appartement : le living, la cuisine, la salle de bains du rez-de-chaussée, les chambres et la salle de bains à l'étage. L'appartement de Colesceau était situé en bout de rangée, il y avait des fenêtres au rez-de-chaussée percées dans le mur sud, celui de la cuisine. Des fenêtres aussi, à l'ouest, qui donnaient sur la rue. Hess se rappela la cuisine : cuisinière, petit coin-repas, avec la table et les chaises contre les fenêtres. Sur la table, salière et poivrière, pile de journaux. Il visualisa le coin-repas et se rappela le vert dehors, du vert avec de la couleur, des bougainvilliers peut-être. Est-ce qu'on pouvait, de la rue, voir les fenêtres de la cuisine, la nuit ?

Mais comment fait-il pour dépasser avec sa camionnette la foule qui est dehors sans que celle-ci s'en aperçoive ? C'est impossible. Alors... un autre véhicule. Il sort de l'appartement... Il se rend à pied dans un autre véhicule... une fourgonnette de livraison... gris métallisé... avec des pneus dépareillés... Non.

Il griffonna dans son carnet : faire une enquête de voisinage afin de savoir si les voisins n'avaient pas aperçu dans le secteur une fourgonnette gris métallisé, vérifier auprès du DMV que Colesceau ne possédait pas un second véhicule. Vérifier la même chose auprès de ses employeurs chez Pratt, peut-être que là-bas on lui prêtait un véhicule le temps que ça se tasse. Retourner à l'appartement jeter un coup d'œil à la fenêtre sud de la cuisine et s'entretenir avec d'autres voisins. Il se demanda s'il n'y avait pas sous l'immeuble un vide sanitaire où il aurait pu se glisser sans être vu.

Hess repassa la chronologie et ça tenait debout : Colesceau avait été libéré trois ans plus tôt de l'hôpital psychiatrique d'Atascadero après avoir signé le protocole de castration. Six mois plus tard, la première femme avait disparu.

— Très bien, parfait, je vous remercie infiniment, monsieur Young. Bart. Vous avez pris la bonne décision, je vous assure.

Merci raccrocha et jeta un coup d'œil en biais à Hess.

— J'ai réussi mon coup. Young va nous faxer la liste de tous ceux qui ont acheté des machines à embaumer ces deux dernières années dans le sud de la Californie. On l'aura demain, vers midi.

Hess constata qu'il y avait sur le visage de Merci Rayborn de la fierté et de l'étonnement.

— Joli travail.

— Ça n'a pas été facile. J'ai eu de la chance. Voyons s'il y a du nouveau au QG...

Elle téléphona à la boîte pour avoir ses messages. Hess la vit hausser les épaules et raccrocher.

— Eh bien ?

— Rien. Mais le représentant pour la côte Ouest de Bianchi m'a envoyé un holster d'épaule en peau de porc. Gratuit pour « certains éléments de la police triés sur le volet ». Vous voyez ce que je veux dire et vous comprenez le but de la manœuvre. Les collègues me voient utiliser un étui-brassière Bianchi, je deviens chef de la Criminelle à quarante ans, qu'est-ce qu'ils font ? Ils se précipitent chez Bianchi pour commander le même.

— C'est ce que je ferais, moi.

— J'aurais dû commencer par là, je veux dire commencer par me payer un Bianchi. Le bouton-pression de mon étui n'arrête pas de sauter. J'aime bien parler business, armes et matériel. Pas vous ?

31

Les vues développées du film de Rick Hjorth étaient sur le bureau de Hess lorsqu'il rentra ce soir-là. C'étaient des tirages format 10 x 15, pour la plupart d'une grande netteté. Ceux qui avaient été pris la nuit n'étaient pas très bons parce que le flash automatique était trop faible pour une pareille distance. Hess fut content de constater que, Hjorth s'étant servi de l'option horodatage, la date et l'heure figuraient en haut à droite de chaque cliché. Il glissa les photos de lui et de Merci dans la poche de sa veste.

Hess regarda le cliché de l'appartement de Colesceau avec la foule dehors, les pancartes, les bougies, alors qu'il faisait encore jour : *17 h 01, 14 août.* Samedi. Puis Colesceau regardant par la porte entrebâillée : *18 h 11.* Colesceau sous son porche : *18 h 12.* Colesceau et la jolie voisine, Trudy, échangeant quelque chose près du porche : *18 h 14.* Gros plan de Trudy Powers, sourire rêveur dans l'objectif de Rick Hjorth : *18 h 22.* Ensuite, un instantané d'un jeune homme brandissant une pancarte sur laquelle on pouvait lire : LA PROCHAINE FOIS, COUPEZ-LES-LUI, et souriant à l'appareil : *18 h 25.*

Et ainsi de suite.

— Quelque chose d'intéressant ? s'enquit Merci.

Elle était assise à son bureau, le téléphone plaqué contre l'oreille, un carnet ouvert devant elle. Hess savait qu'elle travaillait de nouveau Bart Young au corps pour le décider à leur faire parvenir au plus vite la liste de ses clients. Il se sentit obligé de le reconnaître : elle était suffisamment obsessionnelle pour espérer devenir un jour un excellent enquêteur. Chef de la Criminelle ? Peut-être. Shérif à cinquante-huit ans ? Ça, on verra, songea-t-il. Evidemment, elle a vingt-cinq ans pour y penser.

— Rien encore, répondit-il.

LA PROCHAINE FOIS, COUPEZ-LES-LUI.

Il regarda la photo du jeune homme souriant puis se carra dans son siège.

Hess contempla la salle des inspecteurs, pratiquement déserte car il était presque dix-neuf heures, et il réfléchit au comportement de l'espèce humaine. A vingt-deux ans, il avait cessé d'être choqué. Et à trente, d'être écœuré. C'était trop sinistre pour que ce soit amusant et trop amusant pour que ce soit sinistre. Ça lui donnait envie d'être dans un endroit où les gens ne s'entretuaient pas, ne s'égorgeaient pas juste pour le fun, où on ne se promenait pas avec une pancarte demandant qu'on vous apporte les roupettes de votre voisin sur un plateau, où les gens avaient autre chose à faire que de s'épier et se prendre en photo les uns les autres. Hess avait passé trop de temps en soixante-sept ans à contempler les grimaces de l'humanité et il en était bien conscient. On risquait trop de finir comme ça soi-même. C'était pourquoi, lorsqu'il faisait l'amour, il s'arrangeait pour que ça dure le plus longtemps possible ; ainsi occupé, en effet, il n'était plus tout à fait lui-même, il se sentait un petit peu moins moche que d'habitude, un cran au-dessus des conneries, momentanément meilleur.

Arrange-toi pour que ça dure, songea-t-il, que ça dure juste un petit peu plus longtemps.

Hess regarda les photos que Rick Hjorth avait faites par l'entrebâillement du store de l'appartement de Matamoros Colesceau.

Elles étaient prises sous l'angle que Hess avait eu de

Colesceau le matin où il discutait avec Merci dans la salle de bains du rez-de-chaussée. Le canapé, le mur faisant face à la fenêtre, la télé. Elles étaient sombres, l'image petite, rapetissée autant par la distance que par la taille de l'interstice à travers lequel elles avaient été prises. Hess tint la photo à bout de bras et loucha sur ce qui semblait être l'arrière de la tête de Colesceau. Qui dépassait tout juste du dossier du canapé. Cheveux clairsemés, patine terne du cuir chevelu. C'était... une tête, conclut Hess. *La tête de quelqu'un.* Au-delà de la tête, sur l'écran de télé, une image floue d'un acteur qui longeait le couloir d'un hôpital. Sur le cliché, la date et l'heure — *14 août, 20 h 12.*

L'heure à laquelle le cœur de Ronnie Stevens lui a été arraché de la poitrine, songea Hess. Mais Colesceau regarde la télé.

Ayant pris une loupe dans le tiroir de son bureau, il se pencha pour mieux voir. Certes, l'image grossit, mais elle devint encore plus floue. Comme il respirait avec difficulté, il mit de la buée sur la loupe. L'espace d'une seconde, il eut l'impression de regarder Colesceau à travers une tempête de neige. Evidemment, songea-t-il, le téléspectateur sur le canapé pourrait fort bien n'être qu'un oreiller, un sac de linge ou une poupée, ou alors un melon, ou une pastèque piquée sur un bâton et sur laquelle on aurait dessiné des cheveux au feutre. Ç'aurait pu être une projection holographique ou la tête coupée de Lael Jillson avec des cheveux ras. Il remit la loupe en place et repoussa la photo vers la pile. *L'arrière de la tête de Colesceau n'est rien d'autre que l'arrière de sa putain de tête, et il était chez lui, à regarder la télé, tandis que quelqu'un saignait et éviscérait Veronika Stevens sur le chantier de Main Street.*

Faut te faire une raison, Tim. Regarder les choses en face.

Les photos le prouvaient. Et elles prouvaient également que personne ne pouvait se faufiler hors du coin-repas de la cuisine sans être vu. L'angle n'était pas bon. La lumière du porche du voisin se reflétait sur la vitre.

Se servant des dates et des heures, il rangea les instantanés par ordre chronologique. Tout était clair, il avait tout sous le nez et, qui plus est, en couleurs. Mais il y avait quelque chose qui clochait. Il les fixa, puis les reclassa cette fois par sujet : Colesceau, la foule, l'appartement, le rez-de-chaussée, le premier étage. Décidément, il ne voyait pas, ça ne venait pas. C'était comme s'il était frôlé par l'aile d'un oiseau invisible. Il demanda à Merci de s'approcher et de jeter un coup d'œil.

Elle vint se planter près de son bureau, mains sur les hanches, lèvres pincées.

— Je ne vois pas.

— Je sais pas, il m'est venu une idée et puis je l'ai laissée échapper...

Elle le regarda.

— Passez-moi la loupe.

Elle se pencha, prenant son temps.

— Il n'y a qu'une chose qui me vienne à l'esprit : quand il regarde la télé, il ne bouge jamais. On dirait qu'il est pétrifié. Remarquez, le fils de Mike est comme ça. Il se pose devant la téloche et c'est comme s'il était sous hypnose.

— Ben...

— Alors ?

— C'est vrai, ce que vous dites, mais je crois plutôt que ce qui a attiré mon attention, c'est non pas Colesceau lui-même mais quelque chose qui est à l'extérieur...

— L'heure et la date sont là. Je vois pas, Hess, je vois pas ce qui vous turlupine.

De nouveau, il regarda les photos.

— Pour l'instant, je ne vois rien d'anormal. Je sais pas. Je sais pas d'où me vient cette hésitation.

— Ce putain de dingue n'est qu'un putain de dingue.

Hess soupira et de nouveau repoussa les photos. Il essaierait de nouveau plus tard.

— Colesceau peut se procurer de la doc sur les alarmes à son boulot.

— N'importe quel imbécile muni d'un ordinateur peut se procurer ces infos sur les alarmes de voitures.

Hess téléphona au shérif adjoint Claycamp afin de savoir où il en était, concernant la fourgonnette de livraison. Rien de neuf.

Hess souhaita bonne nuit à Merci et s'éloigna en direction de sa voiture.

Il prit le volant jusqu'au centre médical tout en songeant aux chênes hantés de l'Ortega Highway. Puis à l'atelier de Pratt, revoyant la Shelby Cobra noir et jaune. Puis au cours de sciences mortuaires d'Allen Bobb. Puis au garage de Matamoros Colesceau, où il n'avait rien trouvé de ce qu'il espérait y dénicher. D'énormes déferlantes ne cessaient de faire irruption dans ses pensées, mais il s'efforça de les ignorer, refusant de se laisser distraire.

Au cours de sa séance de rayons, Hess se mit soudain à transpirer horriblement. La sueur s'évaporait immédiatement et après ça il eut l'impression d'avoir été purgé par le feu. Allongé sur la table, il se demanda s'ils n'avaient pas mis les rayons à trop forte puissance. Peut-être était-ce leur façon de le punir du fait qu'ils étaient obligés de rester ouverts tard pour lui un mardi. Le docteur Ramsinghani lui dit que cette sudation exceptionnelle était un des effets secondaires du traitement, et il lui sourit comme s'il venait de s'offrir un magnifique cercueil.

Il boutonna sa chemise sur sa peau fraîchement purifiée et se dirigea vers la salle d'attente.

Merci leva le nez d'un magazine.

— Je vous ai suivi à la trace.

— J'ai quatre fourgonnettes que je veux vérifier moi-même...

— Je vous ai entendu les extorquer à Claycamp. Je me suis dit que vous auriez peut-être besoin de votre coéquipière. Et puis, il y a des putains de journalistes qui m'attendent au boulot. Je prends le volant.

— Filons.

— Vous avez... bonne mine, Hess.

— Très drôle.

— Non, je suis sérieuse... vous avez l'air... oh et puis merde. Okay, c'est la chose la plus bête que j'aie jamais dite.

Elle le regarda d'un air coupable. Et Hess sourit. Elle haussa lentement les épaules comme pour lui dire : Désolée, c'était pas très malin de ma part, faut pas vous attendre à ce que je m'améliore des masses. Mais je vais essayer.

— Eh, Hess, il paraît que rire vous fait vivre plus vieux.

Il la fixa sans un mot.

— Je renonce, dit-elle. Abrégez mon supplice.

— Et vous le mien.

— D'accord. Je me sens en veine ce soir. Où est-ce qu'elle se trouve, notre première fourgonnette ?

Hess remercia intérieurement Merci d'avoir mis la radio du poste de police en sourdine. La nuit était relativement calme, les appels plutôt anodins : tapage nocturne, ivresse sur la voie publique, vol de voiture à Santa Ana. Le soleil se coucha à travers une nappe de pollution.

Ils contrôlèrent deux fourgonnettes en une heure — une à Mission Viejo et l'autre à San Clemente. Les propriétaires étaient clean, et les pneus n'étaient pas dépareillés. Hess se dit que si le Tireur de sacs s'était rendu compte que ses pneus le trahissaient, il avait dû en changer.

Vern Jackson, le troisième propriétaire de van, n'était pas chez lui. Vérification faite au fichier central, il se révéla posséder un casier ; voies de fait en 1979. Le véhicule n'était garé ni dans la rue ni dans l'allée. Aussi Hess monta-t-il la garde tandis que Merci franchissait la grille. Quelques minutes plus tard, elle ressortait, faisant non de la tête.

La dernière fourgonnette était au nom de Brian Castor, d'Anaheim. Clean, celui-là aussi, vérification faite. Le van était garé dans l'allée devant une petite maison nantie d'un jardin manucuré et d'une boîte aux lettres en forme de requin. C'était une fourgonnette rouge. Ils passèrent devant, firent demi-tour et se garèrent le long du trottoir.

La porte d'entrée était à double vantail. Le vantail du haut était ouvert. Un mec baraqué à longs cheveux blonds se tenait dans l'encadrement, qui les regarda descendre de voiture. Hess lui adressa un signe de la main et lui désigna du doigt la fourgonnette.

Castor les retrouva près du véhicule, mains sur les hanches, son T-shirt *Parti pêcher* lui moulant étroitement le torse et les biceps.

— Qu'est-ce qui se passe ?

— On contrôle des véhicules. C'est pour une enquête. Ça vous ennuie qu'on jette un œil à l'intérieur ?

— Pourquoi la mienne ?

— On contrôle toutes les fourgonnettes de livraison du comté.

— Allez-y.

Mais Merci n'avait pas attendu le feu vert. Elle examinait déjà le pneu arrière droit. Elle secoua la tête. Hess constata que les pneus de droite n'étaient pas des pneus neufs.

— Faut qu'on regarde l'intérieur, dit Merci.

— Vous gênez pas, fit Castor. C'est pas fermé à clé.

Hess considéra le pêcheur tandis que Merci ouvrait la porte arrière. Un instant plus tard, elle la claquait.

— Rien. Nada. Que dalle.

Hess remercia Castor et s'excusa d'avoir perturbé sa soirée.

— Pas grave, mec. A bientôt, ma jolie.

— Tu peux toujours courir, œil de merlan, fit Merci en se dirigeant vers la voiture.

Castor jeta un coup d'œil à Hess et sourit.

— Pas commode, la dame.

Quelques minutes plus tard, Hess entendit à la radio de bord les mots qu'il avait appris à redouter lorsqu'il était un jeune flic de vingt-deux ans et qu'il démarrait dans la carrière.

— Un adjoint blessé, 1812 Orangewood, El Modena, à deux pas de Chapman ! Un adjoint blessé et gravement. Un suspect blessé, également. Réclamons ambulance en urgence !

Ces mots traversèrent Hess comme un courant électrique. Réalisant qu'ils n'étaient qu'à huit cents mètres, il indiqua à Merci le chemin le plus rapide.

32

Fonçant au volant de la grosse quatre-portes le long de l'avenue, elle obliqua à droite dans Warren, puis encore à droite dans Hale, et prit à gauche dans Orangewood sur les chapeaux de roue. Les pneus arrière décollèrent dangereusement de l'asphalte, la voiture heurta sans ménagement le bord du trottoir et Hess eut l'impression que sa tête faisait un bruit de ferraille. Devant lui, il aperçut le gyrophare d'une voiture de la police du shérif et un petit groupe massé contre le véhicule. Puis il vit une fourgonnette de livraison gris métallisé garée dans une allée. Bon Dieu, on le tient. Il défit le bouton-pression de son holster et descendit dès que Merci eut freiné près de la voiture de ronde.

A la lumière du gyrophare, il examina les visages, qui exprimaient effroi et ressentiment. Il s'approcha de la fourgonnette, du garage éclairé, les lumières rouges, bleues et jaunes éclairant la scène : un policier en tenue allongé sur le dos dans l'allée entre la fourgonnette et le garage, un autre « tenue » penché au-dessus de lui et lui appuyant sur la poitrine de ses bras tendus, paumes à plat. Derrière eux, étendu devant le garage, un type costaud, immobile. Une jeune femme hurlait tout en le secouant. A mi-chemin entre les deux hommes à terre gisait une arme de poing automatique en acier ; Hess l'empoigna par le canon et l'éloigna de la femme hurlante qui quittait en rampant le voisinage du corps prostré pour tenter de se saisir de l'automatique.

— Non, lui ordonna-t-il, retournez près de lui.

Hess mit le flingue en sûreté sur une étagère du garage et s'approcha du costaud. Il entendait Merci, derrière lui, qui parlait à la radio de la voiture de patrouille, puis le ululement des sirènes qui allait s'intensifiant. Il s'agenouilla. Le type semblait avoir la cinquantaine, il avait un début de calvitie et était assez baraqué. Jean et boots, pas de chemise. Tatouages sur les deux bras, l'un d'un gang du centre du comté que Hess reconnut. Il avait deux trous dans la poitrine, près du cœur. Hess tendit la main à la recherche d'un pouls et lorsque la fille vit la tête qu'il faisait elle se jeta sur lui, toutes griffes dehors. Il s'écarta et, la saisissant par la taille, la plaqua sur le sol du garage, lui ramenant les poignets dans le dos. Après l'avoir menottée, il la conduisit jusqu'à la voiture de Merci tandis qu'elle essayait de le mordre.

Merci s'affairait à faire un massage cardiaque au policier. Hess constata que ce dernier avait la poitrine gluante de sang, une mare de sang sous lui. Sa tête ballait sous les efforts déployés par Rayborn, ses yeux étaient grands ouverts, ses pieds écartés comme seuls peuvent l'être les pieds d'un mort. Merci parlait tout en effectuant ses manœuvres de réanimation, exigeant du policier qu'il lui réponde, refusant de le laisser lui filer entre les doigts.

— Tiens bon, reste avec nous, Jerry, chuchotait-elle d'une voix rauque. Reste avec moi. Respire, allez, respire. Je te donne la force de respirer. Allez, Jerry.

Le gamin ne semblait guère avoir plus de vingt-cinq ans. Son flingue était toujours dans son holster. Son coéquipier, qui avait une petite quarantaine, était couvert de sang et n'arrêtait pas de parler au petit : « On est avec toi, Jerold, allez, Jerry, faut qu'on te ramène entier à Cathy, sinon elle va m'arracher les yeux... Allez, petit, je vais continuer à parler et toi, tu m'écoutes, on va te tirer de là, mon vieux, me laisse pas tomber, fils, j'ai besoin de toi... »

Tout en continuant ses pressions sur le sternum du blessé, Merci leva des yeux navrés vers Hess et secoua la tête. Ses avant-bras étaient couverts de sang, elle était agenouillée dans une flaque de liquide rouge. Hess examina les pneus de la fourgonnette — usés mais pas dépareillés —, puis il jeta un coup d'œil à la foule. Il y avait de la peur dans tous les yeux. Hess avait déjà vécu des instants semblables : la mort avait fait son œuvre, emportant des vies, et l'on n'y pouvait strictement rien.

Il retourna auprès de Merci.

— Je vais vous remplacer, dit-il.

— Poussez-vous, mon vieux, fit le coéquipier dont la plaque indiquait qu'il s'appelait Dunbar. Allez, Jerry, je suis là...

Des sirènes retentirent puis se turent. Deux voitures de la police et une du département du shérif. L'ambulance négociait le virage où Merci avait failli perdre le contrôle de son véhicule. Bruit, gyrophares, portes qui claquaient, policiers l'arme au poing : on semblait reparti pour une nouvelle tragédie. Dunbar sanglotait et s'escrimait sur le torse de son camarade. Merci se dirigea lentement vers les nouveaux arrivants, bras ballants.

Hess ouvrit les portes arrière de la fourgonnette. Celle-ci était moquettée et équipée d'une petite table et de deux bancs en guise de sièges. Sur la table se trouvait un sac de congélation, à moitié plein d'une poudre brun clair. A vue de nez, il devait y en avoir cinq cents grammes. Hess y planta le doigt : de l'héroïne mexicaine d'après la couleur. Il y avait une balance, une boîte pleine de sachets en plastique, deux cuillers à thé, deux bières ouvertes et un sac garni d'une poudre quelconque, destinée à couper l'héro.

Ils étaient arrivés en pleine phase de coupage et d'emballage. C'était aussi dangereux que de marcher sur un scorpion dans le noir. Jerry avait perdu la vie pour une livre de brune. C'était la septième victime du Tireur de sacs.

Il expliqua aux techniciens de scène de crime qui venaient d'arriver où il avait planqué le calibre.

Puis il fit le tour de la maison sans toucher à rien, se contentant d'examiner les lieux. C'était banal et sans âme — du cuir noir en quantité, des chromes, de l'électronique. Un ordinateur neuf dans son carton. Des armes à gogo. Il pénétra dans la cuisine au moment où Merci se détournait de l'évier, les mains pleines d'eau, cherchant une serviette en papier. N'en trouvant pas, elle s'essuya avec une serviette en tissu posée sur le plan de travail.

— Jerry Kirby est mort, dit-elle tranquillement. Et cette crapule également. Virons la fille de ma bagnole et foutons le camp d'ici.

Elle jeta la serviette dans l'évier et sortit.

Ils étaient assis en silence devant chez Colesceau, au 12 Meadowlark. Hess se laissa aller contre le dossier de son siège et, paupières lourdes, jeta un coup d'œil autour de lui. Son sang lui semblait chaud, presque bouillant. Etaient-ce les rayons ? Et son cerveau paraissait fonctionner au ralenti.

Il était dix heures passées et il ne restait plus que six manifestants. La camionnette de CNB n'avait pas bougé — la station couvrait la manifestation d'Irvine vingt-quatre heures sur vingt-quatre —, mais pas de Lauren Diamond en vue. Les voisins étaient assis sur des sièges de jardin, leurs pancartes posées sur la pelouse, des bougies à leurs pieds dans des bougeoirs. Hess regarda la fenêtre de la cuisine qui donnait au sud : impossible à quiconque d'entrer ou de sortir sans être vu.

— Ça valait le coup de vérifier, fit-il. Mais il est hors de question qu'il soit passé par cette fenêtre.

— Je vous l'avais dit.

— Fallait que je m'en assure.

— Tim, ce nain de jardin pathétique n'est pas notre homme. Il a pas le look, les responsables de la conditionnelle le tiennent à l'œil depuis trois ans, et il ne peut même pas lâcher un pet sans que ses voisins le photographient. Bon sang, on a des photos qui le montrent chez lui pendant que Ronnie Stevens se faisait buter ! Ce n'est pas lui. Mais je respecte votre intuition. Je vous assure que je la respecte.

— Mon intuition, je m'en fous. Ce qui m'intéresse, c'est de poisser ce type avant qu'il n'embarque une autre gamine.

— C'est pourquoi il faut qu'on se débrouille avec ce qu'on a. Et les éléments dont on dispose, c'est le portrait-robot avec les cheveux longs, Hess. C'est sur les indications de Kamala qu'il a été réalisé. LaLonde, le conducteur du bus et l'employé du magasin l'ont reconnu. C'est vrai, les cheveux, ça pourrait être une perruque, mais qu'est-ce qu'on en sait ? Y a personne pour le voir faire ce qu'il fait, pas vrai ? Pourquoi se casserait-il le cul à rôder dans des centres commerciaux super éclairés avec des cheveux postiches ? Non, ces cheveux sont authentiques. Ce sont les siens. On recherche un apollon des plages blond. Un mec suffisamment séduisant pour avoir tapé dans l'œil de Kamala. Faut qu'on s'arrange pour donner le maximum de publicité au portrait-robot. Qu'il soit vu par un maximum de personnes. Peut-être qu'on pourrait réaliser un panneau publicitaire comme celui qu'on a fait faire pour coincer Horridus [1] l'an dernier. Peut-être qu'on pourrait demander à Lauren Diamond de le diffuser massivement à la télé. Peut-être qu'on pourrait le distribuer dans les centres commerciaux. On pourrait demander à des petits jeunes de chez nous de faire la distribution. Merde, on pourrait s'y mettre nous-

1. Personnage de *La Mue du serpent*, du même auteur, à paraître aux Presses de la Cité.

mêmes si Brighton refuse de nous donner des effectifs — ce qui risque d'arriver.

Il hocha la tête, souhaitant pouvoir s'éclaircir les idées. A cette heure de la nuit, maintenant, il avait davantage de mal à réfléchir.

— On a les diplômés de Cypress College, dit-il. Les entrepreneurs de pompes funèbres de Californie du Sud. On a deux cent vingt-quatre propriétaires de fourgonnettes de livraison. On a une liste de clients de chez Arnie's Outdoors — le plus grand magasin de chasse et pêche du comté. Ce qu'il nous faut, Merci, c'est un lien. Si on réussissait à trouver le même nom sur deux listes différentes, ce serait un début de piste. En attendant, on pédale dans la semoule.

— Et n'oubliez pas les acheteurs de machines à embaumer qu'on aura demain matin.

En fait, cela lui était complètement sorti de la tête.

— Oui, ça aussi.

— Combien de fourgonnettes encore à vérifier ?

— On en avait contrôlé quatre-vingt-quatorze quand j'ai eu Claycamp au bout du fil ce soir. L'équipe de nuit va ralentir l'allure, après ce qui vient de se produire. Mais d'ici demain matin les gars devraient en avoir examiné quelque chose comme cent vingt ou cent trente. Ces pneus, c'est nos meilleures preuves matérielles. Si on trouve la fourgonnette, on trouve le Tireur de sacs. Quand on en sera aux dix dernières, on examinera celles qui appartiennent à des femmes. Et les fourgonnettes commerciales.

— Et les barrages ? Les contrôles routiers ?

Hess était sûr d'avoir fait le nécessaire mais il lui fallut un petit moment pour se rappeler quelles dispositions il avait prises exactement. Lorsqu'il se remémora ce qu'il avait fait, il se sentit tellement soulagé que ça l'inquiéta presque.

— J'ai essayé de calculer la distance entre le lieu des kidnappings et le lieu des « dépôts ». Cela ne m'a pas appris grand-chose. L'Ortega Highway ne nous facilite pas le travail : c'est la seule façon de rejoindre l'endroit où se trouvaient Jillson et Kane. Impossible de savoir d'où est parti le tueur. Tout ce qu'on peut dire, c'est qu'il venait de ce côté des montagnes. Si on veut avoir une chance d'intercepter la fourgonnette, faudrait mettre en place des contrôles dans tout le comté...

— Brighton ne sera jamais d'accord pour nous donner les renforts nécessaires. Vu que c'est moi qui dirige l'enquête...

Hess se dit qu'elle avait raison mais ne souffla mot. Son sang était de nouveau en ébullition.

— Allez, Hess, dites-le, je m'en fiche.

— Il s'attend à ce que vous échouiez.

— Et vous allez m'aider à me planter, c'est ça ? Ou est-ce que vous vous contenterez de lui remettre votre rapport le jour où je me ramasserai ?

— Ni l'un ni l'autre, j'espère.

— Je ne suis qu'une femme, bon sang, pas l'antéchrist ! Je ne vois pas de quoi vous avez peur...

Hess, qui regardait par la fenêtre, avait l'impression que sa vue se brouillait.

— Eh bien, Hess, comment se fait-il qu'on vous fasse peur à ce point-là ?

— On est vieux.

— Non, c'est pas seulement ça. C'est parce qu'on est des femmes.

— On se figure que vous ne pensez qu'à une chose : nous pomper notre sperme et nous zigouiller jusqu'au dernier.

Elle éclata de rire.

— Ça serait pas une mauvaise idée.

— Vous voyez...

— Je plaisantais. Mais sérieusement, pourquoi ? Pourquoi est-ce qu'on voudrait faire une chose pareille ?

— Peut-être que c'est ce qu'on ferait si on était à votre place.

— Non, nos corps vous plaisent trop. Et le plaisir qu'ils vous donnent.

— Vous avez raison. Ce qu'on redoute, c'est que vous dirigiez le monde au mieux de vos intérêts, si vous en aviez la possibilité. C'est bien ce qu'on fait, nous.

— Et comment ! Moi, en tout cas, c'est ce que je ferais.

— Et Brighton en est conscient.

Merci garda le silence un moment. Et Hess sentit qu'elle fixait l'appartement de Colesceau. Un couple était arrivé en voiture pour monter la garde — des jeunes, avec une glacière et une lanterne électrique. L'équipe de CNB filma l'arrivée des jeunes gens puis braqua ses caméras vers le 12 Meadowlark.

Hess vit deux manifestants se lever et s'éloigner bras dessus bras dessous. Le type tenait sa pancarte baissée : il n'avait plus de public maintenant. Un couple entre deux âges doté d'une conscience et qui avait une soirée à tuer, songea Hess. Ils avaient dû manifester contre la guerre au collège et pour des raisons similaires. Il entendait leurs voix dans la nuit tiède, mais ne distinguait pas leurs paroles. C'était réconfortant de constater que les relations entre les êtres humains n'étaient pas toutes placées sous le signe du conflit, qu'un homme et une femme pouvaient choisir d'être ensemble et arriver à vivre en harmonie.

Mais son esprit fut ramené à la tâche qu'il avait entreprise et qui l'obligeait à naviguer dans des eaux nettement plus troubles.

— Je crois qu'il les conserve, qu'il les apprête à son idée. Les corps. Parce que, comme vous l'avez souligné, ils sont source de plaisir. Mais il est terrifié par la vie qui est en eux. Il a peur qu'on lui pompe son sperme et qu'on le zigouille. C'est pour ça que j'ai pensé que Colesceau pouvait être notre gus, au début. Les preuves matérielles ? Il n'y en a pas. Sa situation ? Ça ne colle pas. Je le sais pertinemment. Mais en sa présence j'ai ressenti un truc que j'ai pas réussi à m'expliquer. J'aimerais pouvoir mettre le doigt dessus. On cherche un mec qui fonctionne en grande partie comme Colesceau. C'est vrai quoi, imaginez ce qu'il vit dans ses cauchemars après avoir reçu à raison d'une fois par semaine des doses massives d'hormones femelles. Vous imaginez le genre de rêves qu'il fait ?

— Non. Et vous ?

— J'ai essayé. Et ce qui revient, c'est la colère aveugle.

— Continuez.

— Primo, on sait que chez lui la colère se transforme en désir. Il a probablement fait ça toute sa vie ou presque. Le viol. Secundo, rage égale érection égale instrument contondant qui procure à lui du plaisir et à l'autre de la douleur.

— D'accord.

— Aussi, quand il se fait pincer et castrer, on lui retire le moyen d'extérioriser ces deux pulsions : la colère et le désir sexuel. Mais ce n'est pas pour autant qu'on les éradique chez lui. La rage maintenant égale l'absence d'érection et d'instrument contondant, l'absence de plaisir pour lui et de douleur pour l'autre.

Il la considéra tandis qu'elle réfléchissait.

— Il lui faut trouver de nouvelles façons de s'exprimer.

— C'est ce que je me suis dit au début. Mais à supposer qu'il veuille refonctionner comme avant ? Et qu'il ne le puisse pas pour l'instant. Tout ce qu'il peut avoir maintenant, c'est quelque chose de... prêt. Dans ce cas, pourquoi ne pas les tuer et les conserver en vue du jour où il sera de nouveau en mesure d'exprimer ses pulsions ?

— Ça se tient, merde, fit Merci.

— Sur les photos que nous avons, l'arrière du crâne de Colesceau ne me convainc pas, dit Hess. Je voudrais que Gilliam en tire des agrandissements. Et je crois qu'on devrait l'amener à la boîte, et l'interroger sans ménagement. Lui dire que ce sont ses empreintes qui sont sur le fusible. Aligner les sacs à main sous son nez. Lui affirmer qu'on a un témoin. Bref, lui mettre la pression.

Merci était de nouveau silencieuse. Sa voix, lorsqu'elle reprit la parole, semblait lointaine mais teintée d'un sentiment d'urgence.

Elle le prit par la manche et ce qu'elle dit le surprit :

— Tim, ce n'est pas lui. On a des photos de lui en train de regarder la télé quand ça s'est passé. Des douzaines de témoins. Des bandes vidéo sur lesquelles il est enregistré. Il ne peut pas mettre le nez dehors sans que le monde entier le sache. Tim... ça ne peut pas être lui.

Elle le regarda et il lut de la déception sur ses traits. Il vit également un peu du désespoir qu'il y avait lu lorsqu'elle massait le cœur du jeune Jerry Kirby alors que ce dernier était mort. Mais là, c'était différent. Dans le garage d'El Modena, il y avait eu de la rage également dans ses yeux. Or cette rage avait disparu. Remplacée par une sympathie que Hess trouva d'autant plus inacceptable qu'il en était l'objet. Elle se détourna et regarda la foule. Hess ne la voyait plus que de profil.

Il avait toujours su qu'un jour sa raison l'abandonnerait et il avait espéré que cela n'entraînerait la mort de personne. Il avait toujours su que quand ça arriverait, ce serait le début de la fin. Il s'était imaginé devenant vieux, abruti, inutile, sous le regard de son coéquipier et le sien propre. Mais il s'était dit qu'il s'en sortirait, que ça signifierait simplement qu'il avait effectué une partie du parcours et qu'il n'y avait pas lieu de s'en trouver aigri. Cela signifierait seulement qu'il était trop vieux, c'était tout. Il s'était promis ce jour-là de rendre son badge et son arme de service, et de se retirer sur ses terres dans l'Idaho ou dans l'Oregon avec sa femme, de se mettre à la pêche, d'inviter ses petits-enfants à venir lui rendre visite aussi longtemps qu'ils le souhaiteraient. Oui, s'était-il dit, le jour où il se rendrait compte qu'il avait perdu la main, il tâcherait de prendre la chose avec philosophie.

Ce moment était arrivé, et ce qu'il éprouvait, c'était de

la honte. Il était soulagé qu'il fît noir. Au moins, elle ne distinguait pas son visage.

— Bon, faites agrandir les photos, Tim. Mais patientez un peu pour l'interrogatoire. Ça nous prendrait une demi-journée pour l'organiser et une demi-journée pour le cuisiner, et je ne me vois pas y consacrer autant de temps maintenant. Les dessinateurs doivent rencontrer Kamala Petersen aujourd'hui pour mettre le portrait en couleur. Espérons que ça va donner quelque chose. On le placardera demain partout, on le distribuera dans tous les centres commerciaux. Et ce soir, on priera pour que la liste de Bart Young recèle une correspondance. Ou pour que les gars qui vérifient les fourgonnettes de livraison gris métallisé tombent sur des pneus dépareillés sans qu'un autre gamin trouve la mort dans l'aventure.

— Très bien, c'est du boulot solide.

Elle lui posa la main sur l'épaule.

— Aidez-moi à le trouver, Hess. J'ai besoin que vous m'aidiez à le trouver.

— Je fais tout ce que je peux.

— Je sais.

Colesceau s'avança sous son porche. Hess l'observa, sous la lumière jaune, qui regardait le petit groupe de six personnes installé devant chez lui. Il était vêtu d'une robe de chambre verte et de chaussettes blanches, et il portait un plateau garni de mugs fumants.

Les manifestants se mirent debout et brandirent leurs pancartes. Le cameraman de CNB se rapprocha.

— On devrait le boucler rien que pour son allure, fit Merci. Quel abruti, alors ! C'est quoi, ces mugs ? Du chocolat chaud ?

Hess regarda Colesceau s'approcher de ses tortionnaires. Poser le plateau devant eux puis se redresser et les dévisager. Il jeta un regard en direction de la voiture de Merci qu'il ne parut pas reconnaître, pour autant que Hess pût en juger. Le cameraman filma sa cible à loisir.

Colesceau parla à ses voisins. Mais Hess n'entendit

rien. Puis le petit homme à cheveux bruns salua la foule et regagna lentement son appartement.

Un moment plus tard, les lumières du rez-de-chaussée s'éteignirent et celles de l'étage s'allumèrent. Par les rideaux à moitié tirés du premier, Hess aperçut une silhouette indistincte, l'ombre d'une ombre, qui se mouvait. L'espace d'une seconde, quelqu'un regarda dehors.

Puis la fenêtre du premier s'assombrit et les stores du séjour furent de nouveau baignés par la lumière bleutée d'un écran de télé.

— Il regarde cette putain de télé tout le temps, dit Merci. Quelle vie... Hess, je sais ce que vous allez faire : abstenez-vous.

Mais il ouvrit la portière et, traversant la rue, s'approcha de la fenêtre du living. La soirée avait fraîchi, une faible odeur de citronnier flottait dans l'air. Ses jambes flageolaient. Ce devait être à cause de Jerry Kirby, se dit-il.

Il colla son nez à l'interstice du store et vit ce que l'appareil photo de Rick Hjorth avait vu la veille. Colesceau était affaissé sur le canapé, tournant le dos à Hess, ne laissant paraître que sa tête, et regardant CNB et l'affaire du violeur d'Irvine. La station diffusait en direct un plan de la façade de l'appartement de Colesceau — dans le coin de l'image en bas à droite, une horloge indiquait l'heure en temps réel, et on voyait Hess à la fenêtre.

Il surprit Colesceau à tourner légèrement la tête et jeter un œil par-dessus son épaule puis de nouveau fixer la télé. En regagnant la voiture, Hess fit un signe à la caméra puis s'arrêta devant le petit groupe des manifestants pour leur demander ce que Colesceau leur avait dit.

— Dites à Tim et Merci qu'ils peuvent boire du café chaud si ça leur fait plaisir, répondit l'un d'entre eux. C'est vous, Tim ? Alors, tenez, servez-vous.

33

Huit minutes plus tard, Big Bill Wayne sortit du garage au volant de sa fourgonnette gris métallisé et accéléra vivement une fois dans la rue. Il respirait de façon précipitée et transpirait abondamment. C'était le moment ou jamais de sortir. Tu parles d'un pot, il avait vu les flics chez Colesceau en direct live à la télé !

Il conduisait sans excentricité et en respectant la limitation de vitesse. Il filait dans l'obscurité sereine de l'Ortega Highway et suivait à la seule clarté de la lune l'autoroute qui serpentait à travers les collines. Il songea à son poème favori. *La route était un ruban de lune sur la lande violette et le bandit de grand chemin approchait au galop, au galop, au galop, le bandit de grand chemin approchait au galop de la porte de la vieille auberge...*

Il trouva sans peine l'endroit où habitait LaLonde. C'était exactement l'endroit où il s'attendait à voir vivre un ex-escroc à la petite semaine, un inventeur sans boulot : un local commercial qu'il avait dû louer pour une bouchée de pain. Il frappa trois coups, la porte se releva. C'était comme pénétrer dans un château fort, à ceci près que la porte était en acier bleuté et que Lee LaLonde n'avait rien d'un gentilhomme. Bill se tenait là dans son costume noir, avec sa cravate style western, ses cheveux dorés, sa boîte de Pandore dans le shopping-bag, à renifler la grotte de LaLonde, prêt à fuir au moindre signe de danger.

— Salut, Bill, fit LaLonde.

— Répare-moi donc ça, mon gars.

Le jeune homme aux grandes dents de traviole sourit en hochant la tête. Bill se rendit compte qu'il l'avait réveillé. Il entra sans y avoir été invité, pivota sur les talons de ses bottes et dévisagea LaLonde d'un air peu amène.

— Y marche plus, je me suis dit que tu saurais pourquoi.

— Oh ouais, sûrement. Vous voulez une bière ou quelque chose ?

— Non, je suis pressé.

— Pas de problème, je jette un œil.

Bill donna le shopping-bag au gamin et le regarda s'approcher d'un des établis. LaLonde tira le cordon et une rampe fluo s'alluma en grésillant.

— Vous pouvez vous asseoir, si vous voulez. Je me demandais si je vous reverrais. Comment ça va ?

Bill ne trouva nullement à son goût le regard furtif que LaLonde lui décocha, pas plus que la conversation en apparence anodine. Il n'avait pas envie de s'asseoir sur le canapé de LaLonde.

Après avoir enfilé une paire de gants en latex, il fit le tour des lieux : des inventions débiles, des outils bien rangés, des posters de pin-up. Des belles femmes, de belles Américaines. Devant lui, un carton à chaussures plein d'anneaux métalliques identiques — il y en avait peut-être une dizaine qui auraient pu enserrer le poignet d'une femme menue. Chaque anneau était prolongé par une sorte de bras, chaque bras s'évasait, formant une feuille de métal de la grosseur d'une pièce d'un *quarter*, plate, mince et brillante.

— Qu'est-ce que c'est que ces machins-là ? demanda Bill en flanquant une claque sur la boîte.

— Des Torches Plus.

— Une Torche... Plus ? A quoi ça sert ?

— Vous fixez l'anneau à l'extrémité de la torche et vous orientez le déflecteur de façon qu'il frappe le haut du faisceau lumineux. Du coup, le déflecteur vous rabat la lumière sur les pieds. A condition de braquer la torche droit devant vous, évidemment. Comme ça, vous voyez à la fois où vous mettez les pieds et devant vous.

— Ça vous expédie de la lumière sur les godasses quand on se balade dans le noir ?

— Ouais, ouais.

— Et ça marche ?

— Pas vraiment. Je crois pas qu'on puisse diviser la lumière de cette façon, ou du moins pas suffisamment. Le second faisceau est trop faible. Mais j'étais pas gourmand, j'en demandais que trois dollars, pas plus.

Bill trouva l'idée à son goût. Même si certaines des choses qu'il avait vues sur le stand de LaLonde à la foire au troc de Marina à Lake Elsinore lui avaient semblé nettement plus sophistiquées. Evidemment, le système électronique de neutralisation des alarmes qu'il avait commandé était ce qu'on pouvait imaginer de mieux. A moins d'avoir à sa disposition un gadget qu'on pouvait braquer sur quelqu'un pour l'obliger à faire ses quatre volontés. Comme un flingue, mais en moins menaçant. Quelque chose de petit, de secret, que les gens ne pouvaient même pas voir. Peut-être que ça existerait un jour.

Trêve de divagations. Bill se demanda si LaLonde ne pouvait pas lui bricoler une sorte de présentoir pour y disposer sa collection de permis de conduire. Quelque chose qui lui permettrait de les avoir tous sous les yeux en même temps et de les mettre en valeur.

— Qu'est-ce que c'est que ça ?

Il s'agissait de deux morceaux de plastique de la taille de carreaux de cuisine, assemblés de façon à former un angle droit. Au dos d'un des carreaux était fixée une large ventouse. Du carreau du bas sortait un tuyau d'un mètre de long terminé par un raccord de plomberie.

— Ça aussi, ça a fait un bide.
— Je t'ai demandé ce que c'était.
— C'est un réchauffe-café. Pour quand on est sous la douche. C'est pour les petits matins glacés où on a envie de prendre une douche mais où on a également envie de prendre son café. La ventouse permet de fixer le dispositif au mur de la douche. On pose sa tasse sur le carreau horizontal qui tient lieu de soucoupe. Le tuyau va prendre de l'eau chaude au tuyau d'alimentation et la fait circuler dans les spires.
Bill reposa le réchauffe-café sur l'établi.
— Alors, c'est quoi le problème, avec mon neutraliseur ?
— Je cherche, je cherche...
Bill entendait LaLonde qui s'agitait devant l'établi. Il examina les outils et les différentes inventions posés sur les autres paillasses et établis, jeta un coup d'œil à la kitchenette puis à la salle de bains. Il y avait une table en Formica près du réfrigérateur, dessus étaient posés une salière et une poivrière en carton, des magazines d'inventeurs et un porte-lettres fabriqué avec du fil métallique qui ressemblait à la queue d'un paon. La queue pivotait sur sa base. Bill la fit tourner. Ça ne couinait pas. Ce petit fumier faisait du bon boulot quand il s'y mettait. Une carte de visite fauve avec des lettres noires et un badge doré dégringola lorsqu'il remit le porte-lettres en place.

Département du shérif du comté d'Orange
Sergent Merci Rayborn
Criminelle

Bill retourna la carte et sourit de contentement : le téléphone perso de la fille, de son écriture penchée. Il glissa la carte dans la poche de son cache-poussière. Quand ? se demanda-t-il. Quand étaient-ils venus ici et comment avaient-ils fait pour découvrir cet endroit ?

— Alors, quel est le problème ? s'enquit-il.
— C'est le fusible. J'en remets un neuf.
Bill se demanda où l'ancien avait atterri. Le gadget avait cessé de fonctionner après Janet et les empreintes de LaLonde risquaient fort de se trouver sur le fusible. S'il était tombé près de la voiture de Janet Kane...
— Voilà, fit LaLonde.
Bill jeta un regard de son côté : sourire niais, cheveux embroussaillés de sommeil, jean lui dégringolant sur les hanches et faisant des plis sur ses boots.
— Ouais, vous voyez, c'est réparé, ça marche. Je vais vous mettre deux neuf volts neufs pour plus de sûreté.
Il avait l'air si joyeux, songea Bill. Coupable. Vise un peu sa tronche, maintenant.
— Quand est-ce que t'as parlé au sergent Rayborn ?
— Qui c'est, ça ?
— La policière à cheveux bruns qui est venue ici, mon pote.
Une lourde odeur de brûlé flottait à travers l'atelier.
— Ah... *elle*. Y a deux semaines environ. Ils sont passés me poser des questions au sujet d'un mec qu'était au ballon avec moi. Ils ont l'air de penser qu'il a refait des siennes et ils croyaient que j'allais pouvoir les rencarder. Pas de pot, j'ai pas pu. De toute façon, je leur aurais rien dit, aux poulets. Même si j'avais su quoi que ce soit.
— Bien sûr. Et le vieux, Hess, il était là aussi ?
— Le vieux con ? Ouais, ouais. Eh, ça marche, le truc ! Ç'a l'air au poil, Bill.
— Fais-moi une démo.
— Ben... je peux pas. A moins que votre bagnole soit équipée d'une alarme électronique.
— J'ai pas d'alarme.
— Moi non plus. C'est qu'un tas de ferraille, ma caisse. Ça y est, c'est réparé. C'était le fusible. Il a dû tomber quelque part. J'ai soudé un morceau de fil de fer pour le faire tenir en place.
LaLonde lui tendait la petite boîte. Bill s'approcha et

la prit, examinant le fusible neuf et la soudure. Le fer était posé sur l'établi, son extrémité posée sur un cendrier, la fumée s'élevait vers la lumière. Bill attrapa le fer à souder et remarqua :

— On dirait qu'on vient de brûler des os, ça a la même odeur.

— Alors ça, franchement, je pourrais pas me prononcer là-dessus, Bill.

— J'ai brûlé une femme une fois, mais elle était déjà morte.

— Bon Dieu, j'aurais bien voulu pouvoir en faire autant. Vous voyez ce que je veux dire, me foutre vraiment en colère contre une de ces pouffiasses...

— Je vais avoir besoin de deux fusibles supplémentaires.

LaLonde hocha la tête et prit une petite boîte en plastique sur l'établi. Il fourragea dedans, extirpa les fusibles et les tendit à son visiteur.

— Merci. Voilà pour ta peine.

Bill plongea la main dans sa poche.

— Oh... vraiment...

Bill sortit le derringer et tira une balle dans le front du gamin. LaLonde toucha le sol. Il était agité de soubresauts et le sang qui jaillissait de sa blessure était d'un rouge profond sur le béton. Bill lui tira de nouveau dessus, cette fois dans le nez.

Le traître se raidit, crispé dans ce qui parut à Bill être l'orgasme de sa vie.

Il prit trente-deux dollars dans le vieux portefeuille de LaLonde et le jeta par terre.

Cinquante-cinq minutes plus tard, Colesceau se retrouva dans l'obscurité bleutée de la télé, pour regarder encore CNB.

La station passait en boucle de vieilles infos de la journée car elle n'était pas assez riche pour en passer des

« fraîches » tout le temps. D'où les ennuis à répétition de Colesceau, du fait de l'obstination des cameramen et de Lauren Diamond.

Il s'approcha de la porte et l'ouvrit. Ils étaient là, les aficionados d'après vingt-deux heures : deux couples assis dans des fauteuils de jardin, formant un demi-cercle face à sa porte d'entrée. Ils jouaient aux cartes. L'un des couples était en tenue de tennis. Le mec avait une serviette drapée autour du cou. Apparemment, ils n'avaient pas touché au café chaud. Le cameraman descendit de la fourgonnette de CNB et s'approcha avec sa caméra mais sans filmer, une cigarette au bec.

Colesceau connaissait son nom pour l'avoir entendu prononcer par un de ses collègues. Mark. Il aimait bien son allure négligée. Et le fait qu'il semblait ne jamais dormir.

— Eh bien, Mark, on dirait que nos policiers ont boudé le café...

— Ça m'en a tout l'air, fit Mark en tripotant son micro. Ils sont partis il y a une demi-heure.

— Ah, ah.

Il traversa le porche et la pelouse en robe de chambre et chaussettes blanches, se pencha pour prendre son plateau.

Les manifestants le dévisagèrent, cartes à la main. Le tennisman se leva.

— Tu te couches jamais, espèce de merde ?

— J'y vais.

— T'as qu'à rêver à toutes les vieilles dames que t'as tabassées...

— Je les ai pas tabassées, je les ai violées. Et j'ai jamais rêvé d'elles, pas une seule fois.

— Vous êtes écœurant, fit Miss Tennis.

— Fais gaffe, dit le tennisman, si jamais tu me laisses une chance, je te réduis en bouillie.

— Oh, je sais bien que vous le feriez. Faites mes amitiés à la raisonnable Trudy Powers.

— Elle sait que tu es une merde ambulante.

Colesceau soupira. Il jeta un coup d'œil à Mark qui était près de lui maintenant, puis de nouveau au couple de joueurs de tennis.

— J'ai payé ma dette. Je suis réhabilité, inoffensif. De quoi avez-vous donc si peur ?

— S'il ne tenait qu'à moi, je te les couperais.

— Pour en faire des boucles d'oreilles pour votre femme ?

Il y eut des exclamations de dégoût.

Colesceau rentra chez lui. Sous son porche il pivota et, tenant le plateau d'une main, agita l'autre dans leur direction.

34

Merci s'arrêta à côté de la voiture de Hess, dans le parking du centre médical. La conduite intérieure du policier était couverte de buée car en début de nuit le temps fraîchissait nettement. Ainsi que de feuilles d'eucalyptus en forme de comètes. C'était vraiment moche, cet endroit. Dire qu'il lui fallait s'y rendre après s'être cassé le cul au travail pendant toute une journée. Et toute une nuit. Hess n'avait pratiquement pas desserré les dents depuis la fusillade. Elle savait qu'il était mal à l'aise à cause de cette histoire de Colesceau sur lequel il faisait une fixation. Ou peut-être furax qu'elle n'arrive pas à voir les choses sous le même angle que lui.

La mort de Jerry Kirby lui avait donné un choc, et ce choc n'avait fait que s'intensifier au cours de la nuit ; c'était comme une infection qui n'en finit pas de se propager. Elle sentait bien que le décès de Kirby avait contaminé Hess également.

— Je n'habite pas à plus de vingt minutes d'ici, dit-elle. Vous venez manger un morceau ?

— Il est presque onze heures...

— Je sais.

— Bon, volontiers.

— Je suis au cœur d'une orangeraie. Suivez-moi, je vous montre le chemin.

Elle attendit que Hess descende et s'installe au volant

de son véhicule. Lorsqu'il ouvrit la portière, il avait l'air indécis, comme ne sachant pas s'il aurait assez de force pour traverser la nuit.

Arrivée chez elle, elle ouvrit les fenêtres, alluma la télé et prépara deux scotches avec du soda. Elle avait acheté une grande bouteille de chaque parce que ça lui avait bien plu d'en boire cette nuit-là, à la plage, avec lui. Elle se débarrassa de ses vêtements tachés de sang et prit une douche. Elle écouta ses messages. De nouveau Mike McNally, espérant qu'elle ne s'était rien « pété » au gymnase. Puis le représentant de la maison Bianchi, disant qu'il lui avait envoyé le holster par Federal Express avec les compliments de la maison dans l'espoir qu'elle s'en servirait. Il s'était permis de le lui adresser à son domicile parce que l'offre s'adressait exclusivement à des policiers « triés sur le volet ».

— Triés sur le volet, mes fesses, marmonna-t-elle. Envoyez-le-moi et basta.

Elle fourragea ensuite dans ses placards de cuisine à la recherche de quelque chose à faire réchauffer. Soit du ragoût de bœuf, soit des pâtes dans une barquette en plastique. Elle opta pour le ragoût. Il restait des crackers qui n'étaient pas encore complètement passés. Elle essaya de les disposer élégamment sur une assiette, mais ils n'arrêtaient pas de glisser et de dégringoler au milieu. Elle avait toujours des oranges chez elle, elle en choisit deux grosses. Deux gorgées de son drink, cela avait suffi à lui monter à la tête.

Hess regardait CNB lorsqu'elle se pointa avec l'assiette. Elle sentait le parfum des orangers qui filtrait à travers les stores. Hess la regarda. Il avait un chat perché sur une cuisse, et un autre qui avait posé la tête sur ses genoux. Elle posa l'assiette sur une table basse. Le chat qui était sur la jambe de Hess se redressa, agitant la queue d'un air de défi. Merci, qui tenait une moitié d'orange dans une main, lui expédia quelques gouttes de jus en pleine figure. Le chat s'enfuit aussitôt.

— Il ne me dérangeait pas, dit Hess.
— Ils sont insupportables, ces bestiaux.
— Pourquoi en avoir autant ?
— Parce que je les aime bien.

Ils mangèrent des crackers et des oranges. Ils trinquèrent et burent, mais sans porter de toast. Il n'y avait rien à dire si on pensait à ce qui était arrivé à Jerry Kirby ; et ils n'avaient rien d'autre à quoi penser pour le moment. Elle le revoyait dans tout l'éclat de sa jeunesse, allongé raide mort sur le béton.

Merci fit appel à toute la force de sa volonté pour chasser ces pensées de son esprit. Les pensées lui obéirent, mais restèrent néanmoins à rôder dans un coin. Elle savait que, tôt ou tard, elles reviendraient la hanter.

Elle n'avait pas connu beaucoup d'épisodes dans sa vie où après avoir bandé sa volonté, qui était considérable, elle avait échoué dans ses entreprises. Jerry Kirby constituait un de ses rares échecs, ce qui amenait Merci à douter d'elle-même, à se demander si elle était aussi forte qu'elle le croyait. Elle avait fait tout ce qui était en son pouvoir pour qu'il vive, or il était mort. Ce qu'il fallait maintenant, c'était chasser ça de son esprit, ne pas se focaliser dessus, de façon à pouvoir revivre les événements à tête reposée afin de comprendre ce qui avait cloché dans son comportement. De façon à ne pas rater son coup la prochaine fois. Elle sirota son whisky, se laissant porter par l'alcool.

— Je vous propose du ragoût en boîte ou des pâtes toutes prêtes.
— J'aime le ragoût. Ça me rappelle mes chasses dans l'Idaho. Regardez, encore Colesceau.
— Il paraît plus grand à la télé.

Elle le regarda faire son apparition de dix heures quinze dans ses chaussettes et sa robe de chambre, ramassant son plateau, adressant quelques mots aux voisins en tenue de tennis. Elle but deux autres gorgées de son drink. Entendant Colesceau suggérer au tennisman que ses testicules feraient des boucles d'oreilles formidables pour sa femme, Merci s'esclaffa :

— J'aimerais bien voir ça !

Hess ne souffla mot.

Puis le présentateur de CNB dit qu'il serait de retour dans un moment pour parler de la circulation, du temps et d'un meurtre qui venait d'être commis à Lake Elsinore.

— Peut-être que le Tireur de sacs a descendu LaLonde parce que son appareil était tombé en panne, fit Hess.

Merci fut surprise de la rapidité du raisonnement et des conclusions de Hess.

Puis elle se dit que si le Tireur de sacs avait effectivement tué LaLonde, ça s'était peut-être produit pendant qu'ils étaient assis devant chez Colesceau. Ou peut-être juste après leur départ. De toute façon, CNB avait filmé Colesceau à son domicile, et non à Lake Elsinore.

Peut-être que Hess le croirait s'il le voyait de ses yeux, étant donné qu'il refusait de la croire, elle.

Alors que l'alcool commençait à faire son effet et qu'elle se sentait un peu émoustillée par le scotch, elle entendit le présentateur de CNB rendre compte du meurtre de Lee LaLonde — jeune inventeur amateur et voleur de voitures multirécidiviste — dans son atelier de Lake Elsinore. Exactement comme Hess venait de le suggérer. LaLonde avait été assassiné par leur homme. Le journaliste ajouta que le jeune homme avait apparemment été tué un peu plus tôt dans la soirée par un intrus non encore identifié. D'après le département du shérif de Riverside, le vol était le mobile apparent du meurtre.

Merci regarda les images de l'atelier, la porte ouverte, le ruban de scène de crime flottant au vent, les policiers essayant de faire leur boulot.

Hess s'était déjà précipité au téléphone. Il laissa un message et le numéro de Merci, raccrocha et posa le combiné sur l'accoudoir du canapé près de lui. Puis il sortit de sa poche son petit calepin, tourna quelques pages et griffonna dedans.

Le téléphone retentit moins d'une minute plus tard et, au grand agacement de Merci, Hess prit la communication. Il écouta un moment, demanda à quelle heure ça s'était produit, écouta de nouveau. Il remercia son interlocuteur et raccrocha sans dire au revoir.

— Neuf heures, neuf heures trente. Des locataires ont aperçu la porte basculante à moitié relevée puis le corps. Blessures par balle à la tête. Une tentative de vol qui aurait avorté.

— Ce n'est pas Colesceau qui en est l'auteur.

— Non.

Il la regarda, elle vit dans ses yeux de l'épuisement, de l'incertitude. Il se redressa péniblement puis se mit debout.

— On pourrait peut-être leur donner un coup de main là-bas.

— Riverside n'a pas besoin de nous ce soir, Hess.

— Je sais, mais on pourrait juste...

— Ouais, je sais.

Elle lui posa tout doucement une main sur la poitrine et le fit se rasseoir sur le canapé. Il n'opposa pas de résistance, ce qu'elle trouva tout ensemble triste et excitant.

Ils mangèrent presque en silence devant la télé. Merci mit une rediffusion d'une sitcom, une de celles dans lesquelles des tas de grandes vedettes d'aujourd'hui avaient fait de modestes débuts. C'était amusant de voir ces stars avec des cheveux longs. Hess ne semblait pas suivre le film, mais il ne la regardait pas non plus. La plupart du temps, il semblait fixer les fenêtres ouvertes et sombres de la maison. Il avait gardé sa veste de sport, bien que la nuit fût douce.

Elle se demanda si les gens plus âgés ne prenaient pas les tragédies plus à cœur — les choses qui étaient arrivées à Ronnie Stevens ou à Jerry Kirby, des choses comme se tromper de suspect au cours d'une enquête. Elle s'efforça de nouveau de chasser Jerry Kirby de ses préoccupations et, de toutes ses forces, se prit à souhaiter que Hess se sente mieux. Elle se demanda si, écœuré par ce qui venait de se passer, il ne se trouvait pas tout simplement à court de paroles.

Après dîner, ils firent le tour de l'orangeraie. Une idée de Merci pour remonter le moral de son coéquipier. Elle prit des drinks et deux grosses torches. Pas vraiment indispensables, vu que la lune était là pour les éclairer. Elle voulait que Hess respire l'orangeraie de l'intérieur. Et puis elle avait également quelque chose à lui montrer.

Debout sur une bande de terre, elle s'entendit demander à Hess d'inspirer bien à fond, histoire de voir s'il pouvait sentir les oranges et leur parfum lui pénétrer le corps.

— Non, pas exactement.

— Essayez de nouveau.

Ce qu'il fit, prenant une longue inspiration. En le voyant faire, Merci se demanda exactement ce qu'on lui avait enlevé : une moitié de poumon ? les deux tiers ? Puis elle chassa cette pensée de son esprit parce qu'elle ne collait pas avec ce qu'elle essayait de faire pour le moral de Hess.

— Elles vont s'enraciner en vous, dit-elle.

— C'est ce que je m'imaginais à propos de l'océan. Parce que la sueur est salée.

— C'est exactement ce que je voulais que vous ressentiez.

— Mission accomplie, dans ce cas.

Ils atteignirent l'un des côtés de l'orangeraie qui se terminait par un canal d'irrigation. Merci distinguait les contours du canal. Au-dessus de leur tête, la lune était en partie camouflée par des nuages. De l'autre côté s'élevaient les immeubles de stuc fauve d'un lotissement fraîchement sorti de terre dont les façades arrière étaient hautes et quasiment dépourvues de fenêtres. Pour Merci, elles évoquaient des gens prétentieux, des snobinards regroupés lors d'une fête, qui tournaient le dos aux autres invités d'un air dédaigneux. Lorsqu'elle émergeait des bouquets d'arbres, les immeubles la surprenaient toujours par leur taille, bien qu'elle n'ignorât rien de leur présence.

— C'est comme s'ils ne pouvaient regarder l'orangeraie qui est derrière eux, dit Merci, sous prétexte qu'ils sont trop bien pour ça.

— Les promoteurs ?

— Non, les immeubles. Y a pratiquement pas de fenêtres, c'est comme s'ils refusaient de voir ce qui se passe. Mais j'imagine que ça correspond à l'état d'esprit des promoteurs, non ? Des gens qui ne veulent pas regarder derrière eux, qui refusent de s'intéresser à l'histoire.

— Pourquoi s'attarder sur le passé quand on se rend à la banque ?

— Tout ce qu'ils savent faire, c'est entasser les gens les uns sur les autres.

— Ça ne m'a jamais trop posé de problèmes. Il faut bien que les gens habitent quelque part. S'ils n'aiment pas ça, ils n'ont qu'à partir.

— Pourquoi ne pas garder les choses du passé ? Je n'y avais jamais réfléchi avant d'emménager ici. Et je n'ai emménagé dans cette maison que parce que Papa connaît le propriétaire et que le loyer est tout ce qu'il y a de plus abordable. Il y a des trucs qu'on devrait conserver. Regardez ça, Hess.

Elle le précéda le long du canal, allumant sa torche de temps en temps afin de s'assurer qu'il n'allait pas trébucher. Puis elle coupa à travers l'orangeraie, se dirigeant vers l'arrière de la maison. Les glaçons tintaient dans son verre de scotch. Dans celui de Hess, également.

— Ça va, derrière ? Vous suivez ?

— Je me débrouille.

A l'approche des trois dernières rangées d'arbres, Merci aperçut l'arrière de sa maison, l'allée qui en faisait le tour, la lumière du porche sous lequel s'agitaient les chats, et le garage, domaine des rats, sombre contre les arbres. Sortant de l'orangeraie, elle se dirigea vers la pelouse qui aurait eu grand besoin d'être tondue. Le bout de ses tennis se tacha d'humidité. Hess s'était laissé distancer ; elle s'arrêta pour lui laisser le temps de la rejoindre. Lorsqu'il arriva à sa hauteur, elle nota que sa respiration était difficile et mit cela sur le compte de la chimio et des rayons. Aussitôt elle bannit cette pensée de son esprit, et par la même occasion elle chassa également Jerry Kirby de ses préoccupations. Elle se sentait de nouveau forte, aux commandes. Ça devait être le scotch. Elle pivota et dirigea le faisceau de sa torche vers le menton de Hess. Elle éclata de rire puis éteignit.

— C'est drôle ? dit-il.

— J'ai pas pu m'en empêcher.

— C'est quoi, l'attraction ?

— Par ici.

Derrière le garage s'étendait un terrain nu — dont Merci avait décidé qu'il était jadis occupé par un potager. Elle avait fait sa découverte en creusant dans ce coin à une époque où elle avait eu des problèmes de vidange de fosse septique et où elle avait décidé de s'en occuper elle-même, histoire de faire des économies. En fait, si elle avait entrepris ces travaux de terrassement, c'était pour se défouler, se débarrasser de sa rage envers Mike McNally et son démoniaque petit garçon qui, s'étant introduits chez elle en son absence, avaient mangé ses provisions, abandonné la vaisselle sale dans l'évier et laissé les chiens chier copieusement sur la pelouse. Et cela pour la centième fois au moins.

Elle s'était dit que l'exercice physique l'aiderait à se calmer les nerfs. D'après les plans du propriétaire, la fosse se trouvait à vingt mètres environ du garage, au sud. Mais le croquis était erroné d'au moins trois mètres et elle n'avait réussi à atteindre ni la fosse, ni le filtre. Cela dit, sa colère diminuait à mesure que les ampoules se multipliaient sur ses paumes. Et elle avait quand même fait une découverte. C'était ça, l'art de faire des trouvailles heureuses dont parlait sa mère.

Elle braqua sa torche vers le sol et les amarantes sèches et distingua le panneau de contreplaqué. Elle s'était servie de parpaings pour maintenir le contreplaqué et elle avait attaché les amarantes au contreplaqué avec du fil dentaire. Pas question que les gamins du voisinage ou les chiens rôdent par là ou que les intellos d'une université quelconque viennent mettre le nez dans ses affaires.

Hess était debout près d'elle, maintenant. Elle entendait la précision de sa respiration. Il avait l'air légèrement lointain tandis qu'il se tenait là dans sa veste de sport, avec sa coupe de cheveux militaire, et suivait des yeux le faisceau de sa lampe. Toutefois, il y avait une petite lueur dans ses yeux lorsqu'il la regarda.

— Elles sont jolies, ces amarantes, fit-il.

Elle posa son verre et sa torche et retira les parpaings. Les bords étaient coupants et lui meurtrissaient les doigts. Elle se glissa sous le panneau de contreplaqué, qu'elle écarta. Puis elle retira les journaux qu'elle avait froissés et bouchonnés.

Après quoi elle se redressa et braqua sa torche à l'intérieur de la cachette.

— Je vous présente Francisco.

Il n'avait pas changé depuis la dernière fois, songeat-elle. Et il n'avait guère dû changer en quatre siècles. La crête de son casque de conquistador rouillé lui jaillissait du crâne telle la proue d'un navire. Ses os étaient brunis et étonnamment menus. Des lambeaux de peau lui étaient restés collés sur le crâne — de la peau noire et fine comme du papier. Ce qui faisait la beauté de Francisco, c'étaient ses os bruns encore enchâssés dans l'armure — casque, plastron, boucle de ceinturon. En le regardant, Merci ne pouvait s'empêcher de voir un homme minuscule prisonnier des couches surdimensionnées de l'histoire. Son épée, avec sa lame profondément usée, était couchée à côté de lui. C'était la seule chose qui ne semblait pas petite. En fait, elle était presque géante comparée aux mains frêles qui l'avaient jadis brandie.

Penché, le buste en avant, Hess examinait l'intérieur de la fosse, sa lampe braquée devant lui.

— Ça devait être un représentant de la loi, un truc dans ce goût-là. On lui a pris son arquebuse parce qu'elle avait de la valeur, fit Merci.

— Il n'a pas de badge.

— Peut-être que la rouille l'a rongé.

— Hum hum.

— Mais le plus probable, c'est que c'était un vulgaire soldat. Quoi qu'il en soit, il y a quatre cents ans il est venu de l'autre bout du monde mourir ici, dans mon jardin.

Elle jeta un coup d'œil aux petits os marron, éprouvant ce qu'elle éprouvait toujours lorsqu'elle considérait Francisco : il était venu dans ce pays remplir une mission plus périlleuse et importante qu'aucune de celles qu'elle-même entreprendrait jamais. A l'époque où il vivait, des moments importants et significatifs, il y en avait beaucoup plus qu'aujourd'hui ; les gens avaient alors davantage de courage. Et ils ne vivaient pas très longtemps.

Hess continuait de fixer la trouvaille de sa coéquipière.

— C'est moche qu'il soit tout seul là-dedans.

— Plus aussi seul, maintenant que je l'ai découvert.

— Oui, peut-être, Merci. Mais moi je trouve qu'il a l'air drôlement seul. Vous en avez parlé à quelqu'un, de votre découverte ?

— A qui voulez-vous que j'en parle ? Un scientifique l'embarquerait. Les services sanitaires également. Un parent accepterait probablement de le laisser où il est. Mais où voulez-vous qu'on lui trouve des parents ?

Hess avait porté une main à son visage mais il regardait toujours vers le sol, réfléchissant.

— J'aime tout de lui, fit Merci. Regardez ce casque. Et ses mains croisées sur sa poitrine. Et ses côtes, la façon dont elles se rejoignent derrière. Je ne savais pas que la cage thoracique était quelque chose d'aussi gracieux. Et ses dents, vous avez vu ses dents ? Regardez comme elles sont grandes et pointues. A croire qu'il mangeait des animaux sauvages.

— C'est probablement ce qu'il faisait.

— Et la boucle du ceinturon. Ça devait être une grosse ceinture, qu'il portait. Je regrette qu'il n'ait pas de bottes, mais je serais prête à parier qu'il est mort chaussé de bottes neuves et qu'on les lui a volées ainsi que son arme.

— Vous avez drôlement réfléchi à la question, dites-moi.

Merci resta un certain temps sans répondre, se contentant de contempler Francisco et d'essayer de remonter en arrière à travers les siècles. Ce qui l'intriguait vraiment, c'étaient sa taille et son poids, et puis elle aurait bien aimé savoir de quelle couleur étaient ses cheveux et ses yeux, s'il avait une barbe ou non — bref, le genre de détails dont on a besoin pour établir un signalement de suspect digne de ce nom. Il y avait des moments où elle aurait bien aimé pouvoir penser autrement que comme un flic, ne serait-ce qu'une fois de temps en temps.

— Si vous découvriez un conquistador dans votre jardin, ça vous ferait gamberger, vous aussi.

35

De retour à l'intérieur, elle alluma la télé et alla préparer à boire. Appuyée contre les carreaux jaunes du plan de travail de la cuisine, Merci repensa brusquement à Jerry Kirby et ce fut un choc. Puis ce fut le chiffre six qui lui donna un coup. Impossible de tenir ces pensées à distance : elles l'obsédaient. Son pantalon était dans la corbeille à linge sale, trempé du sang de Kirby. Elle en avait encore l'odeur dans les narines, elle en sentait toujours la chaleur sur ses avant-bras. Elle essaya de songer à quelque chose de drôle mais une question l'obnubilait : si tu es vraiment si forte, pourquoi n'as-tu pas réussi à faire qu'il vive ? L'horloge de la cuisine indiquait minuit, ce qui ne lui remonta pas non plus le moral. Elle prit une gorgée de scotch et se força à l'avaler. Ça n'était pas bon de boire trop d'alcool, finalement : on se laissait envahir, déborder par ses émotions.

Elle s'assit en face de Hess, s'efforçant de se laisser pénétrer par l'odeur de l'orangeraie. En vain.

Elle l'observa tandis qu'il regardait la télé, vit la lumière bleue de l'écran jouer sur son visage, puis se rendit compte qu'il y avait un truc qui n'allait pas. Sa peau était très pâle et ce n'était pas seulement l'effet des rayons cathodiques. Ses yeux étaient fermés mais ses paupières tremblaient, comme s'il essayait de s'éveiller d'un rêve.

— Hess ?

— Oui.
— Qu'est-ce qui se passe ?
— J'ai l'impression que le monde oscille et que je vais dégringoler.
En fait, il avait agrippé le bras du canapé d'une main et il avait l'autre main levée. Dans l'attitude d'un homme prêt à se retenir. Tout son corps fut agité d'une secousse et se mit à trembler. Son visage était blafard.
— Je crois que je suis fatigué...
Sa voix ne sonnait pas comme d'habitude ; on aurait dit que ses cordes vocales étaient gelées.
— Ne bougez pas. C'est plus que de la fatigue.
S'approchant, elle s'agenouilla devant lui. Elle voyait ses yeux bouger derrière les paupières closes, et sur son visage il y avait un drôle d'air. De l'attente ?
— Ouvrez les yeux, dit-elle.
Il obtempéra.
Merci vit de la gêne dans son regard mais cela ne dura qu'un moment.
— Respirez à fond, lentement.
Il prit une profonde inspiration puis une autre.
— Combien de doigts ?
Elle lui mit trois doigts devant les yeux. Et il dit :
— Trois. Waouh, c'est bizarre.
Sa tête s'inclina vers l'arrière, puis reprit sa position initiale. On aurait dit un enfant sur le point de s'assoupir.
— Qu'est-ce que vous ressentez maintenant ?
— L'impression qu'une main puissante m'a empêché de tomber.
— Continuez à respirer, Tim.
Merci se rendit compte qu'elle avait ses mains sur les jambes de Hess, et elle les posa sur le canapé.
Mais elle resta à genoux devant lui, scrutant son visage. C'est pas encore tout à fait ça, songea-t-elle.
— J'ai du bouillon de poule en boîte.
— Non, je vais juste rester assis une minute.
Mais son visage n'avait toujours pas repris ses couleurs,

il avait l'air très pâle, comme argenté, comme pris dans une lumière stroboscopique. Il respirait très vite et était affaissé dans sa veste de sport, les bras baissés. Elle sentait son haleine qui n'avait pas l'odeur du cancer, ni de la chimio, ni des rayons, mais était celle d'un vieil homme, vivante, un peu animale.

— Tenez, dit-elle, enlevez votre veste.

Il se pencha comme pour retirer sa veste mais ne bougea pas les bras. Merci s'approcha, s'empara d'un poignet, tandis que Hess retirait une manche puis l'autre. Elle sentit sa chaleur lorsqu'elle posa la veste sur le canapé et plaça ses mains, paumes tendues, sur ses épaules. Il semblait lourd et dur comme du bois.

— Carrez-vous dans le canapé, maintenant.

— Oh, là là.

— Regardez, Tim, vous reprenez des couleurs.

— Racontez-moi.

— D'abord vous étiez blanc comme un linge, ensuite couleur argent, et maintenant pêche avec du rose sur les joues. La transpiration a disparu de votre front. Et vos pupilles ont retrouvé leur taille normale. Ça va, la vue ?

— Oui, c'est bien maintenant, ça va, ça va bien, Merci.

— Ne bougez pas, je vais défaire votre cravate.

N'ayant pas l'habitude des nœuds de cravate à la Windsor, elle tâtonna et mit un moment avant d'y arriver.

— Ça y est, j'y suis...

Hess tenta alors de déboutonner le bouton du haut de sa chemise mais ce fut Merci qui y parvint. Les grandes mains du policier ressemblaient à du cuir sous les doigts de Merci lorsqu'elle les frôla au passage.

Elle posa ses paumes à plat sur les joues de Hess, laissa ses doigts plaqués contre sa peau. *Je veux que vous vous sentiez bien.* Un courant sourd mais violent monta dans ses poignets et dans ses bras. Au début, elle crut que cette énergie venait de lui, de toutes ses années d'expérience et de force. Mais lorsqu'elle retira les mains de sa figure, elle constata qu'elles crépitaient toujours. Alors elle comprit que c'était d'elle-même que jaillissait toute cette énergie.

Puissance, force.

— J'ai envie de toucher vos cheveux.

Elle fut la première étonnée de s'entendre dire ça mais, une fois qu'elle l'eut dit, elle se rendit compte que tout allait bien. Dieu sait qu'il y avait un moment qu'elle avait envie de faire ça.

— Pourquoi, mon Dieu ?

— J'en sais rien. J'ai toujours trouvé vos cheveux extra et j'avais envie de les toucher.

— Et moi j'ai toujours l'impression d'avoir très, très chaud à la tête. Je crois que c'est... je ne sais pas ce que c'est.

— Je vais vous gratter la tête, si vous voulez.

— D'accord.

Elle posa le bout de ses dix doigts tout doucement sur son front et lui dit de fermer les yeux. Elle passa ses mains sur le dessus de sa tête puis, se redressant légèrement et l'approchant un peu d'elle, elle continua de lui passer les mains sur le crâne jusqu'à ce qu'elle atteigne la nuque, puissante et chaude.

Elle s'y attendait, ses cheveux n'étaient que contradictions : doux mais épais, fermes mais souples, drus mais lisses. Jamais elle n'avait réussi à en imaginer la texture véritable.

— Ils sont absolument merveilleux, vos cheveux.

— C'est gentil.

— Je vais vous repasser la main dedans et ensuite je vous gratte le cuir chevelu.

Elle lui peigna de nouveau les cheveux avec ses doigts, s'arrêtant pour toucher de l'index la petite crête blanche qui se dressait au-dessus du front.

Un vrai délice.

Elle constata — comme elle l'avait d'ailleurs prévu —

que c'était la crête qui, de tous ses cheveux, était le plus doux et non le plus raide. Elle constata que le blanc commençait sur le dessus du crâne, derrière la vague. On aurait dit des taches d'écume qui se condensaient graduellement vers le pic.

Mais ce n'était pas tout : elle s'aperçut que la petite vague blanche et le reste des cheveux de Hess réagissaient bizarrement et lui collaient aux doigts.

Ce n'étaient que quelques cheveux, se dit-elle. De ceux qui tombent lorsqu'un collègue meurt en service commandé. Elle lui repassa de nouveau les doigts dans les cheveux pour s'assurer que tout allait bien. Mais d'autres cheveux lui restèrent entre les doigts.

Un tas de cheveux.

Elle n'en crut pas ses yeux : elle voyait la chevelure de Hess abandonner pour ainsi dire son cuir chevelu et s'accrocher autour de ses doigts.

— Hum, ça fait du bien, dit-il.

De nouveau, elle lui repassa les mains dans les cheveux, tout en se demandant que faire. Et la forêt de poils se clairsemait, se collait à ses doigts comme sous l'effet de l'électricité statique. Elle commença à dégringoler sur les oreilles de Hess, le devant de sa chemise, ses épaules, et à former des monticules sur le dos des mains de Merci — des monticules semblables aux petits nids qui se retrouvaient sur son peignoir lorsqu'elle se faisait couper les cheveux chez le coiffeur.

Non, songea-t-elle, si je mobilise ma volonté, ses cheveux ne tomberont pas. Et Merci fit appel à toute sa volonté, à toute la puissance de sa volonté, et elle ferma les yeux, braquant le faisceau de cette même volonté sur le crâne de Hess.

— Mmmm.

Elle appuya davantage ses ongles, mit un petit peu plus d'énergie dans le massage, accéléra un peu plus le mouvement, persuadée que lorsqu'elle ouvrirait les yeux les cheveux ne tomberaient plus.

Mais ils tombaient. Et Hess, les yeux fermés, grognait comme un petit chien. Merci le regarda et sourit comme si par son sourire elle allait réussir à atténuer sa peine lorsqu'il réaliserait ce qui se passait. Elle se leva, se pencha un petit peu plus vers lui parce que Hess, complètement détendu, s'était laissé aller contre le dossier du canapé. Elle s'appuya légèrement contre lui, sentant le poids de l'échec dans son cœur qui battait contre l'érection du lieutenant Timothy Hess. Interdite, elle resta où elle était. Ne bougea pas. Et quelques instants plus tard, sa surprise ayant disparu, elle s'aperçut qu'elle n'avait pas envie de s'écarter.

Elle pouvait le prendre tout entier, ses années, son épuisement et sa maladie, son désir et ses rêves, et les faire siens. Elle pourrait l'absorber et l'absoudre. Le transformer. Chasser la mort du corps de cet homme, et lui insuffler la vie.

Puissance, force.

— Merci...

— Non, n'ouvrez pas les yeux.

— Ils tombent, n'est-ce pas ?

— Oui.

Elle tendit le bras et éteignit la lampe.

— Venez, dit-elle, suivez-moi.

A quatre heures du matin, Hess se réveilla en entendant les chats miauler dans l'orangeraie. Merci respirait profondément et elle ne remua pas.

Allongé, immobile, il se laissa envahir par les souvenirs : la pêche avec ses oncles, son père faisant des crêpes le dimanche matin, les plis du chemisier de sa mère tandis qu'elle marchait, l'expression de Barbara alors qu'elle descendait l'allée centrale de l'église où on venait de les marier, son premier chien, le monde tel qu'il lui apparaissait du haut du B-29 où il servait comme mitrailleur, à trente mille pieds au-dessus de la Corée. Pas moyen de savoir pourquoi ces choses-là lui trottaient dans la tête. Il avait l'impression qu'elles s'alignaient au garde-à-vous devant lui pour qu'il passe l'inspection.

Encore huit ans, songea-t-il. Soixante-quinze ans.

Il posa une main sur le dos de Merci. Il avait pensé aller se mettre devant la glace de sa salle de bains quelques heures plus tôt pour contempler sa nouvelle tête. Il se rappela ses mains lui massant le cuir chevelu, les cheveux lui tombant doucement sur le visage et un peu plus tard, sous la douche qu'ils avaient prise ensemble, ses cheveux tombant par poignées tandis qu'elle lui faisait un shampooing.

Il avait vécu un étrange moment, debout, nu, encore trempé, chauve de fraîche date, complètement épuisé, tandis que Merci elle-même était nue sous une serviette, grande femme adorable qui venait de lui faire l'amour, grains de beauté sur sa peau crémeuse, des mèches de cheveux noirs collées sur ses épaules, se pressant contre lui dans la petite salle de bains pleine de buée pour regarder dans la glace en même temps que lui. Elle avait bel et bien souri. Il avait senti la chaleur, sa chaleur, sur sa peau à travers la serviette. Ils avaient rasé ce qui restait. Ses sourcils avaient disparu, eux aussi. Complètement imberbe, il ressemblait à un bébé géant.

Avec ou sans cheveux, c'était bon d'être là, vivant, capable de toucher et d'être touché, et il était heureux d'être encore en vie, même s'il ne trouvait pas les mots pour le dire.

Il se leva et traversa la vieille maison tiède, regardant par les fenêtres les bouquets d'arbres sombres et le ciel sans lune pailleté d'étoiles. Les lames du parquet craquaient sous ses pieds, une horloge faisait entendre son tic-tac de l'autre côté du séjour.

Il s'assit un moment, se demanda comment tirer le meilleur parti de ce qui lui restait de vie. Il n'avait pas d'idée spécifique sur la question, mais pourquoi ne pas commencer par songer à vivre bien pendant les années qui lui restaient ? En tout cas, pour lui c'était un nouveau concept. Tâche de vivre bien les années qui te restent.

Il prépara du café et en emporta une tasse dans la chambre. Debout près du lit, il contempla Merci Rayborn qui dormait. Ses cheveux étaient emmêlés, son visage était pâle comme de la crème sur fond de ténèbres. Il vit la courbe de sa hanche sous le drap, ses poings fermés pressés contre son menton. Il se demanda ce qui se serait passé s'il l'avait rencontrée quarante ans plus tôt.

Dans la cuisine, il alluma au-dessus de la cuisinière, sortit son calepin bleu et son stylo et écrivit à Merci ce qu'il éprouvait à quatre heures et demie du matin dans sa maison au milieu de l'orangeraie. Hess considérait qu'il écrivait clairement mais de façon ennuyeuse et, tout en composant sa lettre, il se la lisait à voix basse. Effectivement, c'était clair et ennuyeux. Mais ça ne faisait rien : le but n'était ni de la distraire, ni de l'amuser. Le but de ce mot, c'était de lui dire tout ce qu'elle représentait pour lui, et le besoin qu'il avait éprouvé de le lui dire par écrit. Ça sonnait un peu comme un petit mot de remerciement mais justement, il avait l'impression qu'il lui en devait, des remerciements. Alors pourquoi pas ?

Chère Merci,

Je regrette qu'on ne se soit pas rencontrés quand on était jeunes tous les deux. Mais tu n'étais pas née alors et j'aurais été probablement trop stupide pour que la rencontre tourne bien. Je me sens heureux maintenant, comblé par les années, par les circonstances et par toi.

Sincèrement.

Tim H.

Il laissa le billet sur la table de la cuisine avec un des instantanés que Rick Hjorth avait pris d'eux pour finir son rouleau. Sur la photo, Hess était attentif, et Merci fronçait les sourcils. Quelques minutes plus tard, habillé cette fois, il la regarda de nouveau. Son visage était perdu dans ses cheveux et son oreiller, elle ronflotait, le drap lui découvrant la moitié du dos.

Il ferma la porte en partant et, traversant l'allée, rejoignit sa voiture. Les chats s'égaillèrent à la lueur des étoiles. Le soleil ne se lèverait pas avant une heure et Hess se demanda pourquoi le ciel semblait toujours plus sombre juste avant l'aube.

36

Colesceau se gara devant le vieux palais de justice de Santa Ana. On pouvait y stationner deux heures gratuitement. Il aimait ce vieux bâtiment imposant et sa lourde architecture de pierre, qui lui rappelait la torture et les exécutions. En ce début de mercredi après-midi, une brume de pollution pesait sur le comté — aussi dense que le brouillard qui flottait au-dessus de l'Olt. Une brume suffisamment épaisse pour y enfouir ses pensées, songea Colesceau, mais pas assez, toutefois, pour qu'on puisse espérer s'y dissimuler.

Dommage, se dit-il en les apercevant à quelque dix mètres de là. Ils étaient massés devant l'entrée du bâtiment où siégeaient les responsables de l'application des peines, avec leurs caméras, leurs câbles, leurs projecteurs et leurs camionnettes. Ils étaient tous là. Les reporters qui se pavanaient comme des paons insolents, les cameramen, les techniciens. Les Grant Major de l'univers. Il y avait également d'autres manifestants avec leurs pancartes, leurs banderoles et leurs bougies. Des tas de manifestants. Certains du voisinage, d'autres fraîchement convertis. Il chercha Trudy Powers mais ne put la trouver.

On ne peut même pas finir de purger sa peine sans que la télé s'empare de l'événement, se dit-il. L'Amérique débloque à fond.

Il s'engagea le long d'une petite rue animée et, d'une cabine derrière le palais de justice, appela le département du shérif, demandant Merci Rayborn. Il l'eut presque aussitôt au bout du fil. Prenant son plus bel accent américain, il déclara s'appeler John Marshall, travailler chez Federal Airborne à Santa Ana et détenir un paquet pour elle qu'on ne pouvait lui livrer. Cet accent ressemblait à celui qu'il avait emprunté pour faire le représentant de chez Bianchi, mais additionné d'une pointe de terroir texan.

— Le paquet a pris la pluie dans l'Est. L'adresse a déteint, elle est illisible, expliqua-t-il. Seuls vos numéros de téléphone étaient encore sur l'étiquette...

— De qui est-ce que ça vient ?

— Attendez... Bianchi International.

— C'est quoi, votre numéro, chez Federal ?

Il y avait de la rudesse dans sa voix, une prudence réflexe, un mouvement de défense automatique.

Il soupira et lui lut le numéro de la cabine.

— Vous allez avoir besoin du numéro du paquet.

Il le lui indiqua et elle raccrocha.

Trente secondes plus tard, elle l'appelait.

— Federal Airborne, Marshall à l'appareil.

— Merci Rayborn, de nouveau.

— Que voulez-vous que nous fassions de ce...

L'interrompant, elle lui donna son adresse personnelle et raccrocha.

Colesceau sourit, glissa le stylo dans sa poche, ajusta sa cravate et essaya de prendre une démarche assurée. Dans la paroi vitrée d'une façade il aperçut son reflet : pantalon foncé de chez Kmart, chemise blanche à manches courtes, corps grassouillet et anonyme. Il avait l'air voûté, harcelé. Il tenait un sac d'épicerie en papier kraft dans la main droite et un attaché-case en vinyle dans la gauche. Dans le sac il y avait des cadeaux pour Holtz et Carla Fontana, et dans son attaché-case quelques crayons et des trombones.

Le repérant alors qu'il traversait la rue, ils se mirent en branle. Il avait à peine pris pied sur le trottoir qu'ils lui sautaient dessus, les reporters avec leurs micros brandis et leurs questions qui fusaient, les cameramen qui le filmaient en silence, les manifestants qui lui jappaient aux oreilles tels des chiens miniatures qu'on aurait pu empaler joliment au bout d'une épingle à chapeau.

Il s'arrêta, les considéra, essaya de rester calme.

— Quel effet ça vous fait de savoir que ça va être votre dernière piqûre ?

— Je suis content. C'est une expérience qui n'a rien d'agréable.

— Combien de temps avant que les effets de cette ultime injection se dissipent ?

— Des mois, à ce qu'on m'a dit, et il faudra encore des mois à mon corps pour qu'il retrouve son état de santé antérieur.

Et quand cela se produira, songea-t-il, je me ferai un plaisir de rendre visite à chacun d'entre vous...

— Où allez-vous habiter maintenant ?

— Dans un endroit où je pourrai passer inaperçu.

— Vous sortirez avec des femmes ?

— Je ne désire pas la compagnie des êtres humains.

— Et en ce qui concerne le travail, quel genre de job allez-vous chercher ?

— J'aimerais bien être gardien de phare, mais il n'y a plus de phares.

— Que ferez-vous lorsque vos pulsions sexuelles reviendront ? Agresserez-vous de nouveau des vieilles femmes ?

— Il y a des années que je n'ai pas eu de pulsions sexuelles violentes. Jamais je n'ai voulu me montrer violent, même lorsque j'étais un jeune homme et que je ne savais plus où j'en étais. Plus jamais je ne ferai du mal à autrui. C'est un fait et c'est une promesse.

Al Holtz jaillit du bâtiment, agitant les bras, braillant.

Il se rua vers Colesceau à travers la foule pour le faire pénétrer dans l'immeuble.

— Ces salopards n'ont aucun respect, dit-il dès qu'ils eurent franchi la porte. (Il posa une lourde main sur l'épaule de Colesceau.) Comment est-ce que vous vous en sortez ?

— Avec difficulté, Al.

— Je suis vraiment désolé que ça se soit passé comme ça.

— Je suis sûr que vous avez fait de votre mieux pour éviter d'en arriver là.

— De vous à moi, je n'étais pas le seul à voter.

— Je n'ai jamais attendu de pitié des femmes.

— C'est le passé, ça, maintenant, Moros. Mais j'ai de bonnes nouvelles pour vous. Dans dix minutes vous allez être un homme libre.

La psychologue Carla Fontana et le sergent Paul Arnett, adjoint de la police du shérif et membre du programme SONAR, attendaient dans le petit bureau de Holtz. Carla tendit son bras bronzé et plein de taches de rousseur, lui réservant son sourire à deux cents watts. Elle sentait la lotion pour le corps. Arnett lui serra la main et le regarda droit dans les yeux.

Sur le bureau se trouvaient un petit gâteau rond et des sodas. Des serviettes rouges et des fourchettes blanches. Sur le gâteau on pouvait lire *Bonne chance, Moros*. L'écriture était si grotesque que Colesceau comprit que ça ne pouvait être que celle de Holtz.

Holtz disposa des sièges, continuant de blablater au sujet des médias qui se bousculaient dehors ; puis il se mit à couper le gâteau avec un couteau en plastique. Colesceau se demanda pour la centième fois comment il faisait pour y voir à travers ses lunettes graisseuses qui ne cessaient de lui glisser sur le nez. Carla versa la boisson et le sergent se rassit, le dos contre un mur, les bras croisés sur la poitrine.

Colesceau examina les lieux. Le bureau était petit et

bien rangé, celui d'un rond-de-cuir sans envergure. Il se sentait heureux à l'idée qu'il le voyait pour la dernière fois. Ça n'était pas désagréable de se dire que c'était fini. Même s'il restait encore la visite de l'infirmière, une énorme bonne femme flasque qui sentait le pansement et lui enfonçait l'aiguille dans la veine semaine après semaine avec une détermination malsaine et un plaisir évident. Ça avait quelque chose d'excitant d'être assis là à attendre sa libération. Il s'attendit presque à avoir une érection, mais rien ne vint.

— J'ai des cadeaux pour vous, et pour vous aussi, Carla, dit-il. Sergent Arnett, je ne savais pas que vous seriez des nôtres.

— Allez-y.

Il sortit du sac en papier kraft un œuf jaune pour Holtz et un œuf d'oie rose pour Carla. L'œuf jaune était décoré de petits drapeaux à carreaux plantés sur des cure-dents. Il portait un gilet en mousseline enjolivé de galon doré et décoré de paillettes également dorées. Il frissonna en songeant à ce à quoi sa mère avait pensé quand elle l'avait fabriqué. Un œuf de course. Un truc dans ce goût-là. Elle l'avait conçu pour lui juste après qu'il eut décroché le job chez Pratt. C'était ahurissant de laideur, et Colesceau l'avait soigneusement choisi pour Al Holtz. Celui qu'il avait destiné à Fontana s'ornait de franges frétillantes qui lui donnaient l'apparence d'une garçonne des années vingt, rondouillarde et sans tête. De minuscules souliers argentés étaient collés sous la base de l'œuf. Exactement ce qu'il fallait à Carla.

Il les leur offrit à tour de rôle. Les yeux de Holtz s'embuèrent derrière ses carreaux sales. Carla Fontana lui sourit d'un sourire si authentique et plein de pitié que Colesceau aurait voulu lui casser les dents à l'aide d'une brique et les lui faire avaler. La brique avec.

Il serra la main de Holtz et celle de Carla. Le sergent Arnett lui adressa un signe de tête.

— Bien, dit Holtz, tout ce que je peux dire c'est que

vous avez été réglo avec moi, Moros. Vous avez respecté les règles, vous avez gardé le moral et vous avez collaboré tout au long du processus. Et notamment à la fin. Bonne chance. Je me suis arrangé avec le service concerné pour que vous sortiez d'ici sans qu'on vous fasse la dernière piqûre. Les médecins m'ont suivi dans cette décision. Au bout de trois ans de ce traitement, vous n'en avez plus besoin. Et au cas où elles seraient encore nécessaires, ce n'est pas une piqûre de plus qui va y changer quoi que ce soit. Alors, à votre santé, mon vieux. *Salud* et bon vent.

Il leva son gobelet de soda pour porter un toast, Colesceau leva le sien et but.

— Finissez votre verre et prenez du gâteau, fit Holtz. Quand vous aurez fini, on signera les papiers et on vous fera sortir en douce par-derrière.

37

Tim Hess était assis dans le calme un peu désolé de la salle des inspecteurs. Il regardait sur le fax s'imprimer la liste fournie par Bart Young — celle des acheteurs de machines à embaumer de Californie du Sud au cours des deux années écoulées. Les achats étaient classés dans l'ordre chronologique. Les adresses, numéros de téléphone et noms des acheteurs étaient également indiqués. La plupart des achats avaient été effectués par des entreprises de pompes funèbres et vraisemblablement par leur propriétaire ou directeur : Mary Locklear, de Locklear Mortuary... Burton Browd, de Maywood Park... Peg Chester, d'Orange Tree Memorial Park and Cemetery...

Allen Bobb figurait sur la liste, c'était lui qui avait signé la commande passée par le département des sciences mortuaires du Cypress College. La plupart des ventes avaient été effectuées dans le comté de Los Angeles. Il y en avait en outre dix-neuf dans le comté d'Orange, seize dans le comté de San Diego et quatorze dans les comtés de Riverside et de San Bernardino.

Ça faisait beaucoup de morts dont il fallait prendre soin, songea Hess. Il espérait découvrir dans cette liste un point commun avec les propriétaires de fourgonnettes de livraison ou les clients de chez Arnie's Outdoors.

Il sentait un filet d'air lui frôler la tête chaque fois que quelqu'un marchait derrière lui. La climatisation, lorsqu'elle se mit en marche, lui fit l'effet d'un freezer que l'on aurait soudain ouvert. Il se demandait à quoi ressemblait l'arrière de sa tête sans cheveux. Cette curiosité, il ne l'avait jamais eue lorsqu'il avait le crâne garni. Chez lui, avant de venir travailler, il avait essayé une bonne demi-douzaine de couvre-chefs. Mais ils attiraient l'attention sur ce qu'il cherchait à cacher. Toutefois, il avait opté pour un vieux feutre mou qui lui avait tenu lieu de chapeau de pluie pendant une vingtaine d'années. Il n'avait pas pensé aux courants d'air qui le gêneraient lorsque, une fois à l'intérieur, il aurait enlevé son chapeau, il n'avait pas pensé non plus au regard des autres adjoints qui travaillaient autour de lui. Il sentait leurs yeux braqués sur sa peau de nouveau-né. Au bout d'une heure ou deux, cela commença à l'énerver quelque peu.

... D.C. Simmons, de Simmons Family Funeral Home... Barbara Braun, de Sylvan Glen... William Wayne, de Rose Garden Home, Lake Elsinore...

Lake Elsinore, de nouveau, songea Hess. L'Ortega Highway. Lael Jillson et Janet Kane. LaLonde assassiné. L'acheteur d'un neutraliseur d'alarmes électroniques de voitures qui se faisait appeler Bill. Un Porti-Boy livré en novembre de l'an passé, trois mois avant Lael Jillson, un mois avant l'achat du Deer Sleigh'R et de la corde, payés cash chez Arnie par un homme qui ressemblait à celui qu'avait décrit Kamala Petersen.

Seulement, William Wayne n'apparaissait pas sur les autres listes.

Trop simple, songea Hess. Même si c'était souvent grâce à des choses simples qu'on arrivait à élucider des affaires. En fait, un nombre étonnant d'affaires retentissantes se résolvaient grâce à des détails de ce genre : simples, directs. Et Hess d'évoquer le mort assis près de Randy Kraft dans sa voiture ; le tueur d'enfants d'Atlanta qui avait jeté un corps du haut du pont à la vue des agents du FBI ; la scie sanglante,qu'un meurtrier dont Hess ne parvenait plus à se rappeler le nom avait rapportée au chantier où il l'avait louée. Les coups de chance de ce genre, il ne fallait pas compter systématiquement dessus. Et ils ne semblaient se produire que très tard au cours de l'enquête, lorsque les victimes étaient nombreuses et que tout le reste avait échoué.

... Vance Latham, du Trask Family Mortuary... Fran Devine, de Willowbrook Memorial Park... Mark Goldberg, de Woodbridge Mortuary...

Claycamp vint lui dire qu'il ne leur restait plus à vérifier que vingt-deux fourgonnettes de livraison appartenant à des individus de sexe masculin et immatriculées dans le comté d'Orange. Gilliam passa avec les agrandissements représentant Matamoros Colesceau en train de regarder la télévision — cadeau de Rick Hjorth, le citoyen conscient et responsable. Hess y jeta un coup d'œil. Les photos étaient moins nettes que les originaux, ce qui ne l'étonna pas. Il secoua la tête, les glissa dans la poche de sa veste. Il les étudierait peut-être plus tard, sous une lumière différente.

Ray Dunbar, coéquipier de Jerry Kirby, vint remercier Hess de s'être rendu sur les lieux la nuit d'avant, d'avoir fait ce qu'il avait fait, d'avoir tenté l'impossible.

Brighton se pointa pour une séance de debriefing suite au décès de Jerry Kirby. Le shérif posa une main sur l'épaule de Hess, le remercia à son tour, puis s'éloigna. Hess avait toujours détesté qu'on lui mette la main sur l'épaule : il y voyait de la condescendance, une sorte d'orgueil de propriétaire, de fausse assurance. La main de Brighton lui avait donné l'impression que sa peau recommençait à le brûler. Son cœur se serra lorsqu'il se rendit finalement compte que tout le monde était au courant pour sa nouvelle tête, et que ses visiteurs s'étaient pointés à tour de rôle pour se rendre compte par eux-mêmes.

— J'aime bien votre tête, dit Merci, le croisant pour la première fois au boulot et jouant le jeu. (Elle avait un tas épais de papiers dans une main. Hess vit Phil Kemp lui jeter un coup d'œil puis détourner les yeux.) Quand est-ce que vous vous êtes rasé ?

— La nuit dernière.

Il avait conscience de la présence des autres inspecteurs de la Criminelle, tous des hommes, qui l'observaient.

Elle fit mine d'étudier sa nouvelle coiffure pour la première fois.

— Ça me plaît, dit-elle avec un sourire. Ça met votre visage en valeur.

Elle avait eu la même réaction la veille tandis que Hess se séchait après la douche. Impossible de se rappeler quand il avait pris une douche avec une femme pour la dernière fois, parce qu'il avait envie d'être près d'elle un peu plus longtemps. Ou la dernière fois qu'il avait vraiment regardé son amante après l'amour. Il y avait des décennies qu'il n'avait pas été avec quelqu'un de l'âge de Merci, et ça lui donnait l'impression qu'il n'était plus lui-même. C'était comme s'il avait fait un saut en arrière dans le temps.

Merci le regarda. Il y avait une douleur dans ses yeux. Elle portait un parfum différent. Elle s'empara du fax qui continuait de s'imprimer.

— Bart ?

Hess hocha la tête.

— Quelque chose d'intéressant ?

— Un acheteur à Elsinore. William Wayne, de Rose Garden Home.

— William comme dans Bill ? Le client de LaLonde ? Ça vaut le coup d'essayer. Après, on distribuera à nouveau ces documents dans les trois centres commerciaux.

Elle tendit les papiers, des copies couleur du Tireur de sacs de Kamala Petersen. Hess fut déçu car il estimait que la télé et la presse constituaient un meilleur moyen de diffusion du portrait-robot d'un suspect que les allées et venues dans les centres commerciaux et les distributions d'affichettes de la main à la main. Les adjoints l'avaient déjà fait. Il avait l'impression, en procédant comme ça, d'aller à reculons.

Comme si elle avait lu dans ses pensées, Merci continua :

— J'ai appelé Lauren Diamond. J'ai accepté de lui parler de l'enquête sur le Tireur de sacs. Je me suis même un peu excusée. Quoi qu'il en soit, elle est au palais de justice pour suivre l'affaire Colesceau, elle va nous trouver un créneau dans son emploi du temps. Elle m'a dit qu'elle faisait juste un point sur l'état d'avancement de notre enquête et pas un sujet complet.

— Bon travail.

Elle le regarda d'un air un peu surpris mais ne souffla mot.

Quelques instants plus tard, il pivota sur sa chaise pour l'apercevoir une dernière fois avant qu'elle sorte de la salle, faisant semblant de regarder l'heure à la pendule murale.

C'est à ce moment-là que Claycamp arriva et faillit la percuter. Il dit deux mots à Merci, puis il tendit trois fois vers Hess les doigts de sa main droite.

Plus que quinze, songea Hess. Les fourgonnettes de livraison avec des pneus dépareillés, ça va faire un bide.

Il l'a vendue.

Il l'a volée.

Il a fait mettre des pneus neufs.

C'est sa petite amie, sa sœur, sa mère, sa société, son église qui a les papiers. Vérifie les propriétaires femmes.

Jerry Kirby, en voulant vérifier ça, y avait laissé la peau.

Il composa le numéro du Rose Garden Home, à Lake Elsinore, tomba sur un message disant que l'entreprise était ouverte aux heures habituelles, sans préciser lesquelles. La voix était celle d'un homme, un baryton sympathique et efficace. Hess nota l'adresse et le nom de William Wayne dans son carnet bleu.

Le fax reprit vie. Il lut ce qui s'imprimait : une liste d'acheteurs de sexe masculin de perruques en vrais cheveux blonds, émanant de chez Lifestyler à Irvine : Burt Coombs, Lance Jahrner, Roger Rampling.

Il y avait trois autres acheteurs, indiquait le fax, qui avaient payé cash. Il rapprocha ces trois noms de ceux des autres listes dont il disposait mais n'aboutit à rien.

Hess, chauve, longeant les vitrines avec son feutre mou sur la tête, tendit le portrait-robot en couleur du Tireur de sacs à des centaines de personnes qui faisaient leurs courses dans les trois centres commerciaux ciblés par la police.

La plupart des gens l'accueillaient avec indifférence. Ils avaient peu entendu parler du Tireur de sacs. D'autres semblaient avoir peur de Hess, de son vieux visage aigu et blême. Les gamins, qui étaient en vacances, faisaient les marioles comme d'habitude. Et bien que Hess et Merci aient essayé quatre jours plus tôt de s'assurer que tous les employés de tous les magasins des trois centres avaient bien une copie du dessin, il n'était pas sûr que les services du personnel et les sociétés de surveillance des centres les aient fait distribuer aussi largement qu'ils le souhaitaient. C'est pourquoi il se rendit de nouveau dans les magasins en rez-de-chaussée. Merci, quant à elle, s'occupait de ceux qui étaient au premier.

Dans un magasin d'électronique, il regarda l'un des dix grands écrans qui étaient branchés sur CNB. Il vit les infos enregistrées, avec Merci devant le département du shérif. Elle avait l'air plus forte à la télé qu'en réalité, et très belle. Hess en éprouva une sorte d'orgueil irrationnel. Elle dit à Lauren Diamond que l'enquête sur le Tireur de sacs progressait sur plusieurs fronts, qu'elle ne pouvait malheureusement aborder la question en détail pour le moment. Elle dit qu'ils s'attendaient à procéder à une arrestation prochainement. Oui, Veronika Stevens était pour le département du shérif une victime. Et les deux femmes disparues dont les sacs à main avaient été retrouvés le long de l'Interstate 5 étaient elles aussi considérées comme des victimes. Il y en avait même une sixième possible, non encore confirmée à cette date. Merci mit l'accent sur le chiffre six. Hess voyait qu'elle s'énervait — Merci pouvait passer du calme à la colère en moins de trois secondes. Elle traita le Tireur de sacs d'animal et de lâche pour sa manie de ne choisir que des femmes sans défense. Hess secoua la tête lorsqu'elle dit que « des tordus comme ça ne sont généralement pas des intellectuels » parce que c'était exactement le genre de déclaration qui pouvait motiver le Tireur de sacs. Ce qui, bien sûr, était le but recherché par Merci. Lauren Diamond hocha longuement la tête, comme si on lui donnait des directives.

Quelques instants plus tard, Lauren était filmée en direct devant le palais de justice et le service des libérations conditionnelles, où se déroulait une manifestation. La dernière piqûre de Colesceau, songea Hess. La foule était dense et l'atmosphère crépitait d'émotion. Le son était tel qu'on avait l'impression que les manifestants vous encerclaient. On avait l'impression d'être Colesceau. Il regarda l'étrange petit homme rondouillard s'avancer vers la foule avec une détermination qu'il trouva admirable. En le regardant, Hess voyait que Colesceau était angoissé, peut-être même qu'il avait peur. Hess reconnut le responsable de conditionnelle, Holtz, lorsqu'il franchit la porte, une expression de colère sur le visage, et essaya de faire fendre la foule à l'homme dont il avait la charge.

Lauren Diamond fourra un micro sous le nez de Colesceau, mais Holtz l'écarta. La porte d'entrée du bâtiment se ferma et Colesceau disparut.

Hess regarda un moment, écouta les manifestants puis ressortit pour distribuer cinquante autres portraits-robots.

Rien.

Une demi-heure plus tard, il était de retour dans le

magasin d'électronique. Sur les dix écrans rigoureusement identiques, Holtz faisait sortir Colesceau du bâtiment par une porte dérobée que Hess reconnut immédiatement pour l'avoir lui-même empruntée. Ils réussirent à semer les manifestants, mais pas les cameramen de CNB qui les attendaient. Colesceau se tourna vers Holtz après avoir franchi la sortie.

— Quelle bonne idée, Al, de me renvoyer de l'autre côté du miroir.

Il haussa les sourcils, sourit, hocha la tête avec emphase.

— Oui, n'est-ce pas ? dit Holtz en haussant les épaules avec une modestie feinte.

Colesceau faisant compliment à Holtz de son astuce, songea Hess. Pourquoi se donner cette peine ? Les responsables de l'application des peines avaient dû utiliser cette porte dérobée plus d'une fois.

Dans l'esprit de Hess, Colesceau ressemblait à une ombre qui ne s'estompait jamais. Hess prit une inspiration aussi profonde que possible avec son poumon droit et son tiers de poumon gauche, et se demanda si les idées fixes étaient un signe de vieillissement. Il avait bien l'impression que c'était le cas.

Hess trouva un banc, sortit les agrandissements et les examina à la lumière violente du centre commercial. La tête de Colesceau agrandie, moins nette, n'avait l'air ni plus ni moins convaincante qu'avant. La lumière ambiante était toujours insuffisante. Les ombres toujours indistinctes. L'interstice du store encadrait le cliché, l'enserrant dans des bandes noires horizontales. Ce que l'on voyait dépasser du dossier du canapé pouvait fort bien être une tête de mannequin — comme celles qu'Ed Izma avait dans son placard.

Ou alors la tête de Colesceau regardant la télé.

« Quelle bonne idée de me renvoyer de l'autre côté du miroir. »

Le moment le plus difficile pour se fier à son instinct, c'est quand on en a le plus besoin, songea Hess.

Ils s'assirent sur des chaises en plastique violet autour d'une table verte. Les cuisines de plusieurs pays étaient proposées à l'appétit des clients de passage dans les différents restaurants disposés autour de la grande salle, chacun essayant d'attirer le chaland avec des dégustations gratuites et du personnel vêtu d'uniformes tapageurs. Hess avait faim, et dans ce mélange d'odeurs tout lui semblait bon.

Merci l'examina.

— Est-ce qu'il faut qu'on fasse une mise au point à propos d'hier soir ?

— Si tu veux.

— Quel genre de mise au point ? fit-elle en rougissant.

Il sourit.

— Ça dépend de toi.

— Bon, d'accord. C'est arrivé. Ça a été ce que ça a été. Ça ne veut rien dire d'autre que ce que ça veut dire.

— Okay, Merci.

Ils restèrent sans parler pendant un bon moment. Hess opta pour le Tandoori Express de Nikki.

— J'ai un grand faible pour vous, Hess.

— Et moi, je t'adore, Merci.

— C'est ce que je voulais dire. Je vous aime, moi aussi.

Hess sourit et lui toucha la main.

Elle déglutit, souffla, éclata de rire.

— Je suis drôlement contente qu'on en ait fini avec ça. On va pouvoir passer à autre chose.

Il parvint à rire, ce qui ne lui était pas arrivé depuis des siècles.

— Je te remercie, dit-il.

— Hess ? Arrangez-vous pour vivre indéfiniment. C'est un ordre. Vous voulez bien ?

— Je vais essayer.

Hess la regarda, songeant qu'elle avait vraiment un joli visage.

Toujours rougissante, Merci remua son café. Hess sentait qu'elle prenait un peu de distance. Il n'y voyait pas d'inconvénient.

— Gilliam a récupéré trois empreintes latentes sur les sacs à main : un balayeur de CalTrans et deux flics. Il travaille sur les cheveux et les fibres, mais ça ne semble pas concerner notre dingo. La liste de Bart Young est décevante. Je lui ai fait du charme pour rien.

— Il reste l'entreprise de pompes funèbres d'Elsinore, le Rose Garden. Le propriétaire ou le directeur est un certain William Wayne. Elsinore, ça nous ramène près de l'Ortega Highway, près de Janet Kane et de Lael Jillson. Près de Lee LaLonde, près du neutraliseur d'alarmes, de la foire au troc à la Marina. C'est peut-être un peu tiré par les cheveux, mais je crois qu'on devrait regarder ça de plus près. J'ai passé un coup de fil. Je suis tombé sur un message et une voix d'homme.

Merci réfléchit.

— Ça m'a vraiment fait mal au ventre de devoir admettre qu'on n'était pas si près que ça de la solution à la télé. Parce qu'on n'est pas près de le coincer, Hess, j'ai été obligée de le reconnaître devant tout le comté. Et il a fait six victimes. Vous imaginez le mal que j'ai eu, moi qui mène l'enquête, à dire qu'il avait zigouillé six bonnes femmes ?

Hess hocha la tête mais ne dit rien. Ce n'était pas parce qu'on se figurait être près de la solution que la solution vous sautait aux yeux. Et ce n'était pas non plus parce qu'on s'imaginait en être loin qu'elle vous fuyait. Chaque enquête avait sa durée et recélait des surprises qui lui appartenaient en propre.

— Tim, j'ai passé un coup de fil à Claycamp il y a quelques minutes. Ils n'ont plus que huit fourgonnettes à vérifier. J'en ai pris quatre. Je me sens en veine de nouveau. Bon sang, je le sens, dit-elle. (Puis elle ajouta, avec un enthousiasme de commande :) Après ça, si vous voulez, on peut aller faire un saut à Elsinore, au Rose Garden Home.

Hess sentit son cœur se serrer. Sa coéquipière lui jetait un os.

— Très bien.

— Les pneus désassortis, ça me semble toujours être une bonne piste.

— Bien bien, Merci. Et si on passait les fourgonnettes qui sont au nom de propriétaires de sexe féminin dans le DMV ? Si on vérifiait les femmes propriétaires de fourgonnettes de livraison d'un modèle récent ?

Merci lui jeta un regard aigu.

— Ça fait un sacré paquet d'heures...

— Non. On pourrait se contenter de rapprocher ces noms de ceux qui sont sur les autres listes. Peut-être que le Tireur de sacs a quelqu'un qui l'aime, lui aussi. Comme Colesceau. Une parente, une petite amie. Peut-être qu'elle a de l'argent. Peut-être qu'elle est vieille, qu'il peut l'utiliser comme couverture à son insu. Ça vaut le coup de vérifier.

Elle l'examina un moment. Elle regarda l'écran de télé, hocha la tête, sortit son portable de sa poche.

— Je vais mettre Claycamp là-dessus, dit-elle en composant le numéro. Peut-être qu'il réussira à trouver quelqu'un pour comparer les listes pendant qu'on s'occupe des quatre dernières fourgonnettes et de Lake Elsinore.

Avec la circulation, il leur fallut presque trois heures pour se rendre d'un bout du comté à l'autre et trouver les véhicules. L'un des vans n'était pas en état de marche ; un autre avait été volé la veille même. Les deux autres étaient des véhicules familiaux. Aucun des quatre n'était gris métallisé, aucun des quatre n'était équipé de pneus dépareillés, aucun des quatre ne contenait de machine à embaumer.

Alors qu'ils étaient à la moitié de leur expédition, ils

s'arrêtèrent pour boire un café et pour permettre à Hess d'aller à sa séance de rayons.

Il en sortit avec un drôle d'air sur le visage. Il semblait pétrifié. Le dos de sa main était douloureux parce que l'infirmière s'y était reprise à cinq fois pour trouver sa veine lorsqu'elle lui avait fait la prise de sang. La veille, le docteur Ramsinghani lui avait dit que son taux de globules blancs était très bas et qu'il aurait peut-être besoin d'une transfusion si ce taux ne remontait pas aujourd'hui. Il était à la limite de l'anémie. Ils seraient fixés sur ce point le lendemain. « En attendant, lui avait dit le médecin, reposez-vous. Mangez correctement. Buvez beaucoup d'eau. Détendez-vous, méditez. Et surtout pas question de travailler. »

38

Horrifié, Matamoros Colesceau jeta un coup d'œil à la télé et vit sa mère qui, bravant l'attroupement, se frayait un chemin vers sa porte.

Il la regarda traverser la foule des manifestants. Elle avait un bras sur le visage et promenait autour d'elle un regard de lépreuse sortie de sa grotte. La foule s'écarta sur son passage. « Sécurité dans le quartier pour nos enfants ! »

Comme d'habitude, elle portait sa longue jupe noire ample et un châle noir. Les bords du châle s'ornaient de croix blanches brodées par ses soins, mais l'effet en était beaucoup plus païen que chrétien. De loin, les croix ressemblaient en effet à des rangées de dents se refermant sur sa gorge. C'était une femme costaud, taillée en bûcheron. Elle avait le visage rond et blanc. Sa bouche était ouverte même lorsqu'elle ne parlait pas. Et ses grosses lèvres sèches entrouvertes sur des dents mal plantées, séparées par des espaces, suggéraient la violence. Son nez était chaussé des épaisses lunettes de soleil ovales qu'affectionnent les dictateurs, et sa tête enveloppée d'un foulard noir tricoté de babouchka. Même aux yeux de Colesceau elle ressemblait à la sorcière d'un conte pour enfants. Il ouvrit la porte pour la laisser entrer.

— Moros, je suis attristée et furieuse.

— Moi aussi, Mère.

Elle le regarda. Même au bout de vingt-six ans, le premier mouvement de Moros, lorsqu'il était près de sa mère, était de prendre la fuite.

Elle l'attrapa par les poignets et l'attira vers elle, de façon qu'il puisse l'embrasser. Il s'exécuta. Il sentit son haleine s'échapper de sa bouche jamais close : elle sentait la lotion dentifrice qu'elle utilisait à profusion.

— Pourquoi ne m'as-tu pas dit ça plus tôt ?

— J'avais honte.

— C'est eux qui devraient avoir honte.

— Ils n'ont honte de rien. C'est pour ça que je suis devenu si important pour eux. Qu'est-ce que tu aurais fait, de toute façon ?

— Fait ? Je me serais débrouillée pour t'aider, toi qui es mon sang et tout ce que je possède sur terre. A la télé, ils disent que tu n'as plus de boulot et que tu vas devoir quitter ton appartement dans quelques semaines. Et tu ne m'en avais pas soufflé mot. Tu ne m'as ni téléphoné, ni écrit...

Colesceau recula de quelques pas et poussa un soupir.

— Merci d'être venue.

— Comment peux-tu vivre, avec ce boucan dehors ?

— Ça s'arrête à neuf heures.

— Ils te crucifieraient s'ils en avaient le courage.

— Et un marteau.

— Fais-moi donc un peu de thé. Je vais m'asseoir au frais et réfléchir à la situation. Il doit y avoir un moyen de s'en sortir.

Colesceau prépara du thé. Il le lui apporta.

Helena regardait l'écran de télévision.

— Tu passes à la télé toute la journée ?

— En direct quand je mets le nez dehors pour une raison ou une autre, ou quand quelqu'un me rend visite. Hier, c'était la police ; aujourd'hui, c'est toi.

— Qu'est-ce qu'ils disent à propos des enfants ?

— Ils veulent que leurs enfants soient en sécurité dans le quartier.

— Mais tu les aimes, les enfants !

— C'est vrai.

— Et si tu t'étais intéressé à une Roumaine, elle t'aurait donné des enfants, comme je t'ai donné à ton père.

Toute allusion à sa mère en couches le dégoûtait. Son père était un faible, un efféminé et un traître. Matamoros avait honte d'avoir été engendré par lui. C'était pour cela qu'il avait pris le nom de jeune fille de sa mère quand il était venu aux Etats-Unis. Il s'efforça de penser à quelque chose d'agréable, ce qui était toujours difficile en présence d'Helena.

— Tu m'as raconté ça mille fois, Mère.

— Contrairement aux Françaises ou aux Italiennes de Bucarest. Contrairement aux Allemandes des magazines. Contrairement aux Américaines de Californie.

— Je sais ce que tu penses.

Effectivement, il le savait : il y avait bien vingt ans maintenant qu'elle lui donnait son avis concernant sa future épouse. Cela avait toujours attristé Matamoros, et ça l'avait mis en colère aussi. Au début, c'était parce qu'il ne comprenait pas vraiment ce qu'elle racontait. Et puis ensuite, parce qu'il savait qu'elle avait raison.

— Tu aimerais bien, mais tu ne plairas jamais à une femme américaine.

— C'est pas le moment de parler de ça.

— C'est à cause de ça que tout cela est arrivé. Il te faut quelqu'un de *ton* genre, Moros, de *ton* niveau. Quelqu'un de semblable à toi. Les colibris vont avec les colibris. Les truies avec les porcs. Les Américaines belles et instruites avec des Américains beaux et instruits. Toi, ce qu'il te faut, c'est une paysanne roumaine. Comme moi.

— Tu me fais horreur, Mère, dit-il doucement. Je t'aime, mais tu m'as toujours fait horreur.

Quand elle l'avait forcé à dormir dans son lit après la mort de son père, Colesceau avait commencé à vraiment comprendre pourquoi sa mère tentait d'étouffer si vigoureusement le désir que pouvaient lui inspirer d'autres femmes. Il avait commencé à comprendre alors qu'il était allongé dans son lit, le soir où son père avait été descendu par la police d'Etat. Allongé, immobile et silencieux, tandis qu'elle sanglotait et faisait pénétrer un baume calmant sur les morsures que les chiens d'attaque lui avaient laissées sur le corps. Elle tremblait d'un désir qu'il n'avait eu aucun mal à sentir. Ce désir lui pénétrait dans le corps par l'intermédiaire de ses doigts qui provoquaient en lui comme une étincelle électrique. Cette électricité n'avait jamais disparu. Il n'avait jamais vraiment réussi à la chasser.

Aujourd'hui, des années plus tard, il songeait encore à la tuer rien que pour lui faire rentrer une bonne fois dans la gorge les paroles qui le rendaient fou. Seulement, elle lui donnait de l'argent, elle payait le loyer, ses véhicules, elle l'aidait à faire des économies, elle engageait et virait des avocats et des médecins comme des bonnes à tout faire.

— Je crois avoir la solution à nos problèmes immédiats, Moros. Tu vas venir habiter chez moi. Je m'arrangerai pour te faire venir discrètement et personne ne saura où tu es.

Il la regarda, sa mère, avec ses dents jaunes et abîmées.

— Qu'est-ce que tu penses de ça, Moros ?

— Non.

— Tu as une meilleure idée ?

— Je serai très bien ici, Mère. Je vais attendre la fin de mon bail. Il me reste encore vingt-cinq jours. Puis je me trouverai un autre endroit où habiter. Ce n'est pas impossible, l'Amérique est un pays libre.

— Pas pour les pervers sexuels.

— Je ne suis pas un pervers sexuel. Et je n'ai pas l'intention d'emménager chez toi. Je ne vais nulle part. C'est ici, chez moi.

— Alors c'est moi qui vais venir m'installer avec toi. Et pas de discussion si tu veux que je continue à te verser de l'argent. Je ne veux pas t'entendre discuter, Moros. Mais je veux bien un peu plus de thé. Et mets le son plus fort, s'il te plaît.

Il s'empara de la télécommande et appuya sur le bouton. Il sentit la haine gronder dans son cœur. Cela ressemblait à de l'eau sur le point de bouillir. Mais c'était une haine douce, pas le genre de sentiment qui le pousserait à l'action. Il se sentait tellement frustré de ne pas pouvoir la faire taire. Il avait tellement envie d'en finir. Puis de reconstruire sa vie, de repartir de zéro après avoir fait table rase du passé, direction le Rêve américain et tout le tremblement : pas de Depo-Provera, pas de voisins hystériques, pas d'Helena pour lui marteler qu'il ne devrait désirer que des femmes aussi laides qu'elle.

— Qui est cette femme sur l'écran, Moros ?

— J'en sais rien.

Sa mère tourna son visage rond et blafard vers lui. Colesceau comprit qu'elle l'examinait derrière ses lunettes de soleil.

— Une voisine ?

— Elle est plantée là, à fixer ma porte : qu'est-ce que tu veux que ce soit d'autre ?

— Tu la désires.

— Non, pas vraiment.

— Il paraît qu'elle s'appelle Trudy Powers. Tu la connais, n'est-ce pas ?

— Elle habite la résidence depuis un certain temps. Elle était là bien avant moi.

Colesceau emporta la tasse d'Helena dans la cuisine, y versa de nouveau du thé. Ce qu'il détestait le plus chez elle, c'est qu'elle savait ce qu'il pensait dès qu'il s'agissait de femmes. Elle savait toujours quelles étaient celles auxquelles il s'intéressait, et cela alors même qu'il était encore petit garçon. Il jeta un œil vers le séjour, la fixa — cette mégère en noir qui était sa mère, avec ses lunettes de dictateur, son foulard et ses dents jaunes et cassées. Son cœur battait à grands coups. Quant à ses muscles, il les sentait forts, décontractés. Jamais il ne s'était senti aussi bien depuis des années.

Plus d'une semaine sans injection d'hormones, songea-t-il. « Au bout de trois ans de ce traitement, on n'en a plus besoin. Et, si oui, ce n'est pas une piqûre de plus qui va vous faire de l'effet. »

Me voilà, songea-t-il, en train de vivre un autre moment important. Il avait l'impression de retrouver des forces de minute en minute.

On sonna à la porte d'entrée. Il jeta un coup d'œil à l'écran afin de voir qui venait cette fois le tourmenter. Il sentait toujours la haine présente en lui, dans son sang et dans ses nerfs. Ce n'étaient pas des flics, des journalistes ou des visiteurs importuns comme sa mère, qui se tenaient sous son porche, mais quelque chose de magnifique. Elle avait son sac à l'épaule et tenait à la main quelque chose de plat qui semblait lourd.

Trudy Powers sonna de nouveau et, en souriant, Colesceau se tourna vers l'entrée.

Mais Helena le devança et ouvrit la porte. Regardant par-dessus l'épaule enveloppée du châle noir de sa mère, Colesceau vit un air de peur authentique se peindre sur le visage de Trudy tandis qu'elle souriait à Helena — ou plutôt qu'elle essayait de lui sourire.

— Est-ce que je peux entrer un instant ?

— Juste un instant.

— Vous devez être Mme Colesceau. J'adore les œufs que vous décorez.

Helena se tourna vers lui et Colesceau comprit qu'elle se demandait par quel mystère Trudy Powers était au courant pour les œufs. Colesceau savait que derrière le plastique noir des lunettes de soleil les petits yeux porcins étaient soupçonneux.

Elle se détourna de lui et de nouveau fit face à Trudy Powers.

— C'est un art que je pratique depuis des années. Je ne me suis jamais sentie vraiment digne de cette tradition ancestrale.

— Je ne suis pas experte en la matière, madame, mais les œufs sont magnifiques.

Colesceau sourit et s'inclina légèrement devant Trudy. A la lumière de l'après-midi qui s'engouffrait par la porte restée ouverte, Trudy Powers ressemblait à une déesse. Radieuse et belle, elle incarnait le pouvoir. La poussière qui s'élevait dans la lumière du soleil autour d'elle semblait dorée. Sa peau, ses cheveux, ses pensées étaient dorés. Près d'elle, Helena ressemblait à l'un de ces trous noirs dont on vous rebat les oreilles sur Discovery Channel, des espaces de néant affamés qui dévoraient comme des cacahuètes rien moins que des systèmes solaires entiers.

— Madame Powers, dit-il en s'inclinant de nouveau.

— Je regrette la manifestation qui a eu lieu devant le palais de justice aujourd'hui. Je suis désolée qu'ils aient fait ça. Je leur ai dit qu'ils avaient tort. Je vous présente mes excuses. Je vous ai fait une tarte.

Helena se détourna et s'engagea dans le séjour. Colesceau tendit le bras vers la cuisine, invitant Trudy à le précéder.

Elle lui sourit en passant, d'un sourire gêné.

— Je peux la poser sur le plan de travail ?

— Oui oui, c'est très gentil à vous.

Elle posa le gâteau sur le comptoir puis le regarda. Elle avait l'air mal à l'aise, mais elle ne recula pas pour autant. Il comprit qu'il lui fallait de la volonté. Mais elle semblait convaincue d'avoir été envoyée chez lui par une volonté supérieure à la sienne. La petite commissionnaire de Dieu venant apaiser le monstre, songea-t-il.

— C'est réconfortant pour vous d'avoir votre mère.

— Très, fit Colesceau, éprouvant tout ensemble de la haine, du désir, de la frustration, un sentiment de puissance, ainsi qu'un début d'érection.

— La mienne est morte quand j'étais toute jeune.

— Mais vous êtes toujours jeune.

— J'ai trente-quatre ans. Vous n'en avez que vingt-six, c'est ça ?

— Madame Powers, j'ai l'impression d'avoir cent ans au moins.

— Après ce que vous avez subi, je comprends ça.

— J'ai péché, mais c'était il y a longtemps, et j'ai respecté la promesse que je vous ai faite. Je me suis bien conduit.

Colesceau crut entendre sa mère grogner dans le séjour, mais c'était peut-être la télé ou le sang qui se ruait contre ses tympans.

— C'est bien, de pouvoir reconnaître ses péchés.

— Je n'ai aucun mérite : les miens sont tellement énormes...

— Paul était un grand pécheur, cela ne l'a pas empêché de se convertir.

Il pinça les lèvres et baissa la tête. Cet air contrit était celui qu'il s'était appliqué à simuler pendant des années face à Holtz.

— Qu'est-ce que vous avez mis dans la tarte ?

— Des pommes. Des pommes bio. J'espère que vous aimez la tarte aux pommes.

— J'adore ça.

— Monsieur Col... *Moros*. Je vous ai apporté autre chose. J'espère que vous ne trouverez pas ça présomptueux de ma part mais je me suis dit, en repensant à certains trucs que vous m'aviez dits, que vous comprendriez.

— Je comprends votre bonté.

— Il s'agit là d'une bonté qui dépasse de beaucoup la mienne.

Elle ouvrit son sac, sans le faire glisser de son épaule, et en sortit le livre noir qu'il s'attendait à voir. Il aperçut un bout de papier qui faisait office de marque-page. Trudy posa la bible sur le plan de travail, près du gâteau.

— Gardez-la, elle est à vous.

— J'ai peur qu'elle ne se consume entre mes mains.

— Ne sous-estimez pas le pouvoir du pardon.

Il fit un pas en avant, posa la main sur la couverture. Il lui sourit et de nouveau baissa la tête.

— Bien, il faut que je m'en aille. Peut-être qu'on pourra bavarder de nouveau un de ces jours...

— Très volontiers.

Elle sourit — toute la bonté du monde était contenue dans ce sourire — et rajusta la bandoulière de son sac. Il vit ses seins bouger sous son corsage. Doux et pleins, encore assez hauts. Elle passa devant lui, s'arrêta derrière Helena.

— Madame Colesceau, j'ai été très heureuse de vous rencontrer.

— Moros n'a que faire de la compagnie des Américaines. Vous le perturbez. C'est à cause de vous qu'il a perdu ses testicules.

Colesceau eut un mouvement de dégoût. Même si Trudy Powers savait ce qu'il avait enduré, du moins dans les grandes lignes, entendre sa mère prononcer ce mot lui donnait de nouveau honte.

— Dieu les lui rendra, dit Trudy.

— Et il déteste les pommes.

— Vous n'aurez qu'à donner la tarte à quelqu'un qui les apprécie.

Trudy regarda Colesceau et sortit.

Il lut le mot que Trudy Powers avait glissé dans la bible. Ecrit d'une écriture gracieuse et féminine, les *i* surmontés de petits ronds qui ressemblaient à des ballons joyeux :

Cher Matamoros,

Mon mari et moi prierons avec vous chaque fois que vous aurez besoin de Dieu, quelle que soit l'heure du jour ou de la nuit. Appelez-nous si vous avez besoin de nous ! On pourrait se retrouver dans une chapelle, un parc ou au bord de l'océan, pour vous permettre d'échapper à cette foule pendant un moment. Passez-nous un coup de fil au 555 12 12.

Avec l'amour de Jésus,

Trudy et Jonathan Powers

Helena sortit vers six heures faire des courses, lui promettant un bon repas. Elle rentra avec des steaks pleins de gras, des petits pois surgelés, une tarte à la noix de coco dans une boîte en plastique transparent et deux bouteilles de vodka sans marque. Il la regarda s'approcher de chez lui à la télé, ses sacs de courses dans une main, l'autre tendue devant elle à la manière d'un bélier, tandis que voisins et journalistes convergeaient dans sa direction.

Le dîner se traîna en longueur, et Colesceau sentait sa honte se métamorphoser en colère, sa colère en rage, sa rage en haine.

— Moros, ça me fait vraiment mal de voir qu'une femme comme ta voisine s'introduit chez toi comme ça. Surtout que c'est moi qui paye le loyer.

Le dîner était fini, c'était le moment de manger le dessert, il n'était pas encore neuf heures, aussi les slogans allaient-ils bon train à l'extérieur. Certains des manifestants qui s'étaient rendus au palais de justice s'étaient joints à ceux du voisinage. Du coup, les médias étaient plus nombreux aussi. Il y avait les vans de trois grands réseaux, plus des stations locales de Los Angeles, et d'autres que Colesceau ne put même pas identifier. Qu'est-ce que c'était, par exemple, WJKN ?

Helena buvait sec. Colesceau l'entendait faire du bruit en avalant. Il s'octroya une autre longue gorgée — la vodka avait la même odeur que les tampons de coton que la grosse infirmière de Holtz utilisait pour lui frotter le bras avant de le piquer.

— C'est la première fois que Trudy Powers met les pieds ici.

Sur l'écran, il vit Lauren Diamond en compagnie du sergent Merci Rayborn, l'enquêteur de la police du shérif qui s'occupait de l'affaire du Tireur de sacs. Il avait complètement oublié le sergent.

Toutefois, en s'entendant prononcer le nom de Trudy — ou était-ce en voyant Merci sur son écran de télé —,

Colesceau sentit un frémissement de désir. En fait, il sentit même un mouvement contre son avant-bras posé sur ses genoux. Il inspira profondément.

« ... l'enquête sur le Tireur de sacs progresse sur un certain nombre de fronts maintenant... »

— C'est une impudente catin, une donneuse de leçons.

— Elle croit bien faire.

« ... nous pensions que Veronika Stevens, de Santa Ana, était la troisième victime du Tireur de sacs jusqu'à ce que nous découvrions... »

Helena poussa un profond soupir. Elle se renfonça dans le canapé, soupira de nouveau, avala encore un peu de vodka.

— La Roumanie te manque, Moros ?

— Pas du tout.

— J'aime l'Amérique, moi aussi. Mais parfois je me souviens des bonnes choses qu'on avait à la maison. Et elles me manquent.

— Cite-m'en une, Mère.

— Le printemps à Tirgu Ocna. Le lever du soleil sur le Danube. La plage de Constanţa au mois d'août...

— Ça ne signifie rien pour moi.

« ... nous essayons de ne pas faire de prévisions de ce type... »

— Encore un peu de vodka, Moros.

Dans la cuisine, Colesceau resservit sa mère. Ce n'était pas la première fois qu'il l'entendait divaguer sur le mode nostalgique. Encore un verre ou deux et elle se mettrait à lui parler de son bel amant de Matamoros au Mexique, un Mexicain mince, idéaliste, poète et photographe, qui l'avait séduite lorsqu'elle était jeune femme. Cette histoire le dégoutait.

Après avoir mis une poignée de glaçons dans le verre de sa mère, il sortit le rouleau de serviettes en papier de son support et en extirpa le pic à glace. Il le mit dans la poche avant droite de son pantalon, le manche en haut.

De retour dans le séjour, il tendit son verre à Helena, la regardant du coin de l'œil. Il sentit la bile dans ses entrailles. Il s'assit, constata que Merci Rayborn était toujours à la télé.

« ... un animal et un lâche, il s'en prend aux femmes sans défense... »

Elle est mieux à la télé qu'en réalité, songea Colesceau. Un poil plus baraquée. Les yeux et le visage plus doux. Il eut l'impression que son pénis prenait vie.

— Voronet me manque, dit Helena. Les fresques extérieures. Tu vois ce que je veux dire, Moros, celles qu'on peignait sur les murs des églises parce que les pauvres étaient considérés comme trop impurs pour pénétrer dans le sanctuaire. C'était comme la télé, pour eux, même si les images ne bougeaient pas.

— Je me souviens très bien des fresques. C'est l'une des rares choses que j'aimais en Roumanie.

— Dis donc, Moros, tu te souviens de la fresque des âmes de l'église de Moldovita ? Quelle chose inoubliable que cette fresque, quelle merveille de pouvoir ressentir ce que l'artiste sentait ! Les gens étaient plus proches de Dieu, en ce temps-là. Cela ne fait pas l'ombre d'un doute.

Il lui jeta un nouveau coup d'œil. Il avait vu la fresque dont elle lui parlait. Une grappe de démons gris munis de griffes, d'ailes et de queues, qui s'amusaient à déchirer les âmes des vivants et des morts. Un carnaval grotesque de souffrances et de tourments, qui avait toujours fait l'amusement de Colesceau, même lorsqu'il était enfant. Il se dit que sa mère devait être drôlement tordue pour admirer quelque chose d'aussi épouvantablement comique.

« ... faites preuve de bon sens. Verrouillez toujours votre voiture. Garez-vous toujours dans un endroit correctement éclairé. Inspectez toujours votre voiture avant de monter dedans, et particulièrement l'arrière... »

Il fixait la bouche de Merci Rayborn tandis qu'elle

parlait. Puis il considéra celle d'Helena. Il aimait comparer les traits de sa mère et ceux des femmes qu'il posséderait peut-être un jour. Merci Rayborn avait des dents blanches et régulières. Helena, de véritables défenses. Il appuya son avant-bras contre son bas-ventre, constata que la bosse avait disparu. Pour la énième fois au cours de ces trois dernières années, elle s'était évaporée, telle une goutte de pluie printanière sur un trottoir brûlant. Il n'y avait rien de plus horripilant.

« ... pourquoi est-ce qu'on va le coincer ? Parce que les voyous dans ce genre ne sont généralement pas très intelligents. Voilà pourquoi on le coincera... »

CNB reprenant « l'affaire d'Irvine », Trudy apparut sur l'écran. Helena attrapa aussitôt la télécommande et baissa le son.

— Il est temps de mettre ta mère au lit, Moros.

— Bien sûr.

Il coucha sa mère dans son propre lit. Ça la flattait de dormir dans le lit de Moros, et puis elle semblait se dire qu'elle en avait le droit et lui ne voyait rien à redire à cet arrangement, pour d'autres raisons. Du bout du doigt, il toucha l'extrémité du pic à glace dans l'obscurité pour s'assurer qu'il était bien là.

Il lui retira son foulard, lui caressa les cheveux, des cheveux blancs dessous, bruns dessus, comme de la meringue. Il l'écouta divaguer. Il savait que dans quelques minutes elle serait complètement dans les vapes. Il remonta drap et couverture sur sa poitrine, la borda comme elle aimait, et comme elle lui avait appris à le faire.

— Tu es un bon fils, Moros.

— Et toi une bonne mère.

Elle eut un sourire approximatif et il se pencha pour l'embrasser. Il sentit l'extrémité du pic à glace contre sa hanche et comprit que le moment était venu. Ses bras tremblaient comme s'il venait de soulever de terre une voiture.

Combien de fois n'avait-il pas imaginé cette scène... Pas tant les conséquences bénéfiques que le plaisir qu'il tirerait de son geste. Mais jamais il n'avait pu se décider. Pourtant, il avait eu un bon millier d'occasions dans deux pays différents, sur deux continents différents, en l'espace de vingt ans, et il n'avait toujours pas réussi à passer à l'acte. Il s'en voulait atrocement de cet échec. La haine qu'il se vouait à lui-même était le fondement de sa personnalité. Impossible d'échapper à cette haine lorsqu'elle était près de lui.

Et voilà maintenant qu'elle le menaçait de s'installer chez lui.

Il était incapable de l'en empêcher. Incapable de la mettre à mort. La haine dessinait des halos rouges autour de tout ce qu'il regardait.

« Parce que les voyous dans son genre ne sont généralement pas très intelligents. Voilà pourquoi on le coincera. »

Colesceau ferma la porte sur sa mère qui ronflait déjà, il descendit, se versa un plein verre de vodka pure. Puis il remonta, alla dans la chambre d'amis, refermant avec soin la porte derrière lui. Il pleurait, bien que n'étant pas triste, et il sentait les larmes dégouliner le long de ses joues.

Trois ans que c'était comme ça. Son corps faisait une chose, son esprit une autre. Il n'y avait pas de lien, pas d'unité. C'était étrange d'éprouver de la rage et de la colère sans avoir d'érection ; de se sentir furieux et frustré, mais d'avoir des larmes qui vous coulaient sur le visage.

Il ôta son pantalon et se planta en slip devant le mur couvert de glace. Il posa le verre par terre près de lui. Il voulait voir de quoi il avait l'air maintenant que le traitement hormonal était arrivé à son terme. Il déboutonna sa chemise, se doutant bien — non sans une certaine terreur — qu'il allait être parfaitement à son désavantage, que les effets des piqûres ne seraient jamais pires que maintenant.

Voilà ce qu'ils ont fait de moi. Virilité mâtinée de féminité, et le résultat n'est ni chair ni poisson.

Il laissa tomber sa chemise, retira ses sous-vêtements et se contempla dans la glace. Sa silhouette évoquait plus la femme que l'homme. Il vit les profondes marques laissées par les morsures des chiens, les cicatrices bâclées des points de suture posés par les médecins roumains — ces fonctionnaires négligents. Avant d'avoir été déchiquetée par les chiens, sa peau avait été blanche, claire, lisse. Il vit son ventre mou, ses vaillants petits seins qui luttaient pour s'efforcer d'échapper à un sort contre nature. Avant le traitement hormonal, ils étaient plats, ministres efficaces de la force. Il vit le nid flasque de poils et de peau qui lui pendait entre les jambes. Avant le traitement, c'étaient là sa précieuse bite et ses précieuses couilles, sur lesquelles il avait toujours pu compter, qui avaient toujours été à son service lorsqu'il en avait eu besoin — instruments de la haine, du désir et de la fureur. Maintenant, elles lui offraient le spectacle d'un échec complet. Et contrairement à ce qu'il s'était imaginé, impossible d'obtenir le moindre frémissement de désir de ce côté-là. Car désormais, comme si souvent au cours des trois années écoulées, son organe n'était rien de plus qu'un fantôme.

Il se baissa pour prendre sa vodka, l'avalant d'un trait jusqu'à la dernière goutte glacée.

Et puis, soudain, la haine et la rage, le désir et l'impuissance, la frustration et la faiblesse le submergèrent. Tout ça fit une sorte de mélange avec la vodka et la progestérone — un mélange toxique.

Colesceau ouvrit la bouche, retroussa les lèvres sur ses dents. Il empêcha le cri de s'échapper de sa gorge. Sa tête résonnait de douleur. Il sentait son propre souffle chaud et humide autour de son visage, voyait la buée qu'il formait dans la pièce climatisée. C'était comme s'il crachait de la fumée.

Il se regarda de nouveau et vit la chose hybride qu'il était devenu. Il prit une autre inspiration, étouffa dans sa gorge un autre cri. Le verre se brisa dans sa main, et il sentit les glaçons qui lui tombaient sur les orteils.

Tandis que dans sa tête retentissait un hurlement silencieux de désespoir, il eut la vision de ce qu'il allait faire.

Pour redevenir lui-même.

Pour montrer à sa mère et à ce misérable monde qu'il pouvait s'élever au-dessus de ce à quoi on l'avait réduit.

Il réfléchit attentivement à tout, pesa tout. Il regarda son visage, figé dans une grimace de larmes et de cris refoulés. Il avait tant à faire maintenant, et si peu de temps devant lui.

Le numéro de Trudy était toujours dans la bible, dans le séjour, et il lui faudrait laisser un petit quelque chose pour sa mère.

Il avait du pain sur la planche.

39

Au crépuscule ce soir-là, Hess était avec Merci sur l'Ortega, traversant les vallons ombragés par les chênes, montant les côtes, longeant les peupliers et les herbes sèches. Il jeta un coup d'œil au bouquet d'arbres où les sacs à main et le sang de Janet Kane et Lael Jillson avaient été retrouvés. Pour l'instant, le bouquet n'était qu'une tache d'obscurité qu'enserrait l'ombre des érables sycomores et des chênes. Il songea que le sang avait dû être bien froid sur le sol lorsque les techniciens l'y avaient trouvé, retournant déjà à la terre. Il sentait son propre sang de nouveau, maintenant, chaud dans ses veines, quelque peu étranger, apparemment à la limite de l'anémie, mais fortifié cependant par les rayons et les produits chimiques, les antiacides, les antiémétiques, les antalgiques, les vitamines et le narcotique lancinant du désir. Il avait l'impression que son sang était pollué. Mais il était heureux d'en avoir. Il constata que sa vision recommençait à se brouiller, ou plus exactement qu'il avait du mal à accommoder. Mais c'était un phénomène qu'il avait expérimenté par intermittence depuis qu'il avait commencé la chimio.

— Kemp m'a présenté des excuses ce matin, annonça soudain Merci. Et il avait l'air sincère. Mais ce n'est pas tout : il m'a promis de fermer sa gueule et de ne plus essayer de me peloter.

— C'est bien. C'est comme ça que ça doit être.

— Ce que je cherche, ce n'est pas la victoire, c'est du respect.

— De la part d'un mec comme Kemp, c'est pas commode. Tu l'as bien mérité.

— Demain, il va faire une déclaration à la presse. Il va s'excuser, mais sans admettre qu'il a fait quelque chose de répréhensible. Il va seulement parler de malentendu. J'ai eu un entretien avec Brighton après, Kemp va monter en grade. Il va se voir attribuer un poste administratif.

— Drôle de façon d'être promu.

— Comme ça, ils pourront le tenir à l'œil. Du coup, je me pose des questions concernant le procès. Je peux laisser tomber sans avoir le sentiment que je me suis dégonflée. Maintenant, les gens vont dire que je lâche les autres filles. Mais je m'en contrefiche. J'ai envie de passer à autre chose, de tourner la page. En ce qui me concerne, le chapitre est clos.

Hess lui jeta un regard de biais, mais Merci regardait par la fenêtre.

Le Rose Garden Home était sis au pied des montagnes, à l'ouest du lac. Une grille défendait l'accès de l'allée et une autre celle de la maison, mais elles n'étaient pas fermées à clé. Merci fit coulisser le portail sur ses roues d'acier tandis que Hess l'observait à la lumière des phares.

La maison était pratiquement dans l'obscurité. Il y avait trois pièces éclairées à l'intérieur et une lumière sous le porche pour éclairer la porte d'entrée. Le jardin était bien éclairé, lui aussi, avec des réverbères halogènes. La maison avait une façade de bois qui avait jadis été peinte en bleu. La porte du garage était relevée, pas de voiture en vue à l'intérieur. Sur l'herbe grillée, une pancarte surmontée d'une flèche rouge avec des lettres noires sur fond jaune fané, et un peu tremblées.

ROSE GARDEN HOME
Respect et soins
Soyez les bienvenus

Hess sortit de la voiture dans la chaleur. Il s'essuya le front avec la manche de sa veste. Il se demanda quelle température il faisait. Pas loin de trente-cinq degrés sûrement. La maison dressait sa masse sombre devant lui. Il considéra le porche avachi, les marches de traviole, les vieux canapés contre le mur, les grilles de fer forgé devant les fenêtres, les mangeoires à oiseau vides, les carillons éoliens en onyx, immobiles dans l'air plombé.

Il entendit dans la maison des voix qui se chevauchaient et qui auraient pu provenir de la télé ou d'une radio.

— Voilà une maison de pompes funèbres qui a l'air drôlement décatie, fit Merci. C'est quoi, le nom du propriétaire, déjà ?

— William Wayne.

— Seigneur, quel endroit...

— Ecoute.

Perçant l'atmosphère accablante, un gémissement jaillit, long, lent, en provenance du premier étage. Quelques instants plus tard, Hess entendit fuser un rire au rez-de-chaussée. Une jeune femme.

Merci secoua la tête.

Hess la regarda, passa la main sous sa veste et desserra la bretelle de son holster d'épaule. Merci l'imita. Hess trébucha sur les marches de guingois, traversa le porche, alla se poster à gauche de la porte. Merci se plaqua contre le mur, à droite, son H & K dégainé le long du corps, dissimulé derrière sa jambe.

Hess tendit le bras et frappa de la main droite. Le battant était mince, il entendit se répercuter l'écho des coups de l'autre côté. Le gémissement reprit, mais les rires s'interrompirent. Il sentait son cœur qui battait trop vite dans sa poitrine. Il n'y pouvait pas grand-chose.

Il essaya de tourner la poignée mais c'était fermé à clé. Il regarda Merci. Elle était détendue mais prête à agir, les bras le long du corps, jambes écartées, tournant le dos à la maison. Elle haussa les épaules. Hess frappa de nouveau, plus fort et plus longtemps.

Toujours rien. Seulement le gémissement.

— Bon, eh bien voilà, fit Hess en remettant son arme dans le holster.

Il recula, épaules baissées, et chargea. Il dut s'y reprendre à deux fois, et le chambranle céda. Il s'écarta et laissa entrer Merci.

Hess lui emboîta le pas. Dans l'antichambre, où il faisait atrocement chaud, l'odeur était violente. Impossible de se méprendre sur la nature de ce remugle. Il remarqua les frelons qui bourdonnaient paresseusement dans l'air épais et noir de la cage d'escalier. Il y avait deux couloirs, l'un partant vers la gauche, l'autre vers la droite.

Un jeune homme à longs cheveux blonds s'avança dans la lumière sourde du couloir, les fixa, apeuré, laissa tomber un plateau et détala.

Hess et Merci hurlèrent en même temps. Leurs cris résonnèrent dans la cage d'escalier et rebondirent contre les murs. Toujours le gémissement plaintif, évoquant un animal en cage.

Hess s'élança dans le couloir, fourrant son flingue dans son holster. Le type prit à gauche et disparut. Hess n'hésita pas une seconde. Il se retrouva dans une cuisine très éclairée, billot de boucher, table et chaises. Trois pas, un bond, et Hess rattrapa le fuyard devant une porte au fond de la cuisine, le ceintura et lui paralysa les bras, se jetant au sol avec lui. Une fois à terre, Hess roula sur lui-même, plaqua le visage du gars contre le lino. Derrière lui, Merci entrait dans la danse.

— On le tient, Hess ! Faites gaffe aux dents, faites gaffe aux dents ! *Pas un geste, toi, salopard !*

Hess s'éloigna en roulant du jeune homme et la vit au-dessus de lui, son arme braquée sur leur prise. Il se redressa et, tenant d'une main le type par le cou, le fouilla de l'autre. Il récupéra un porte-clés de concierge qui était accroché à un passant de la ceinture, un canif et une espèce de carte d'identité. Puis il se redressa. Il respirait avec difficulté, à petits coups, bref il avait l'impression qu'il allait manquer d'air. Tout d'un coup, ce fut le calme. Plus de gémissements, plus de hurlements de flics.

— Très bien, dit Hess. Beau travail.

Le type semblait avoir une petite vingtaine. Des cheveux longs et bouclés, une fine moustache, des yeux sombres écarquillés par la peur. Maigrichon et pâle. Il portait un tee-shirt crasseux, un jean foncé, des tennis rouges, pas de chaussettes. Il regarda Hess comme si l'autre allait le dévorer. Puis Merci. Son menton tremblait, il n'avait toujours pas ouvert la bouche.

— Ton nom, ducon !

Les yeux braqués sur Hess maintenant, puis sur Merci. Des yeux sombres et hantés, peut-être même exprimant le remords, songea Hess. Il ne luttait plus maintenant. Le ventre à l'air, les bras de part et d'autre du corps, il ressemblait à une tortue qui essaie désespérément de se remettre d'aplomb sur ses pattes.

— Ton nom, petit ? demanda Hess.

— Billy.

— Billy comment ?

— Billy Wayne.

Hess jeta un coup d'œil à la carte plastifiée et lut :

— William J. Wayne, numéro 113...

— C'est pas moi, je veux mon avocat.

— Comment ça, c'est pas toi ?

— J'ai rien fait. J'habite ici. Je m'occupe de la maison quand on est seuls.

— Tu t'occupes de *quoi* ?

William J. Wayne les considéra de nouveau à tour de rôle, l'air soupçonneux, terrorisé.

— De tout. Quand le docteur s'en va, c'est moi qui m'occupe de tout.

Hess regarda Merci, qui lui rendit son regard. Les gémissements reprirent à l'étage au-dessus.

— T'as des explications à nous donner, Bill. Je vais te

laisser te relever, t'asseoir sur une chaise. Et tu vas me dire tout ce que je veux savoir. Si t'essaies de me sauter dessus, je te pète les couilles. Compris ?

— Je veux mon avocat, j'ai rien fait.

— Ouais ouais, c'est ça. Maintenant lève-toi et lentement, et pose ton cul sur cette chaise. Tim, peut-être que vous devriez explorer les lieux avant que Billy nous raconte ce qu'il n'a pas fait...

Muni du trousseau de clés, Hess prit le couloir de gauche. L'endroit sentait les latrines en plein air par un chaud soleil d'été. Les frelons bourdonnaient. Il arriva devant une porte à droite et regarda par la vitre. Il voyait les barreaux de fer forgé qui la protégeaient de l'intérieur. De l'autre côté des barreaux, une pièce exiguë éclairée par une rampe fluo fixée très haut sur l'un des murs. Une petite forme était allongée sur le lit, à moitié recouverte par les draps. Tout os et peau, lumière faible et ombre. Bouche ouverte, sans un bruit. La personne cilla. Hess vit les excréments par terre autour d'un trou percé directement dans le bois. Une petite pancarte accrochée à un clou sur la porte indiquait que le patient s'appelait J. Orsino. Les frelons vrombissaient, entrant et sortant, s'agglutinant sur les murs, tournicotant autour de l'éclairage.

Dans la pièce suivante il y avait une jeune femme qui riait. Tout ce qu'on voyait d'elle, c'était son dos, ses cheveux couleur miel et les bras de la camisole de force grise ramenés autour de sa taille. Le lit avait été tiré au milieu de la pièce, elle était assise à l'autre bout, visage contre le mur, tête baissée comme si elle pleurait ou réfléchissait. Riant. Il y avait une casserole renversée par terre près du lit, de la nourriture était restée collée au fond et sur les parois. Les frelons voletaient au-dessus de l'émail rouge. A côté, un seau, qui semblait à moitié plein d'eau.

Dans la dernière chambre se trouvait un homme

allongé sur son lit, les yeux fixés au plafond. Un certain B. Schuster, d'après sa fiche.

Hess essaya de respirer à fond, mais ce n'était pas facile d'inhaler l'air vicié sans en avoir le goût dans la bouche. Il fit demi-tour jusqu'à l'antichambre et s'engagea dans le couloir de droite. Dans une pièce, il découvrit un jeune garçon défiguré ; l'autre était vide.

Premier étage. Le gémissement monotone était celui d'une adolescente qui coula un regard vers Hess de sous les couvertures de son lit. Lorsqu'elle le vit, elle s'arrêta et sourit.

Au deuxième étage, Hess tomba sur une pièce spacieuse qui faisait manifestement office de bureau. L'éclairage était bon. La climatisation fonctionnait, ce qui rendait la température et la puanteur un peu plus supportables. Contre un mur, une table de travail, un fauteuil et six classeurs. Sur la table, une photo encadrée d'un jeune couple avec un petit garçon. Une de ces petites photos noir et blanc en vogue dans les années cinquante. Hess lui-même en avait de nombreux spécimens dans ses affaires. Il ne reconnut ni les sujets ni le paysage.

Il découvrit la licence et le permis délivrés par le comté au Rose Garden Home — *maison de soins intensifs et palliatifs*. La propriétaire et gérante était une femme : Helena Spurlea. Il y avait onze ans qu'elle exerçait cette profession. La petite photo sur le permis montrait une femme à l'air têtu, avec des mèches sombres et des yeux tristes. Elle ressemblait à la femme qui était sur la petite photo noir et blanc, mais quarante ans plus tard.

Tous deux levèrent les yeux vers lui lorsqu'il entra. Merci avait avancé deux chaises devant Wayne. Elle était assise à califourchon sur l'une d'elles, l'air amusée.

— Billy a décidé qu'il n'avait pas besoin de son avocat

pour l'instant. On va tailler une gentille petite bavette, et le relâcher si tout se passe bien. Qu'est-ce que vous en dites, Hess ?

Hess, saisissant le message, s'empressa de jouer le rôle du méchant :

— On me braquerait un flingue sur la tête que je ne le laisserais pas partir, ce petit salopard.

Merci poussa un soupir et regarda William Wayne.

— Au fait, mon coéquipier s'appelle Tim. Il se tape des têtes de poulet en guise de petit déjeuner, mais c'est un type bien.

Hess ouvrit la bouche et se mordit le pouce.

Wayne le fixa, du fond de son univers personnel. Puis, de nouveau, il se tourna vers Merci.

— Peut-être que je pourrais vous parler à vous toute seule...

— Tu veux dire que pendant ce temps-là Tim pourrait jeter un coup d'œil ?

— C'est la maison du docteur.

— Mais c'est toi qui t'en occupes.

— Je m'en occupe.

— Laisse-le jeter un œil, qu'on en finisse. Qu'on retourne à nos petites affaires.

— J'étais en train de donner à manger au 227. C'est moi qui m'occupe de la boîte quand elle n'est pas là.

— Eh ben tu vas me raconter tout ça... Tim, peut-être que vous pourriez refaire un tour ?

Hess examina William Wayne tandis qu'il sortait de la pièce.

— OK, Billy, fit Merci. Et maintenant si tu me parlais un peu du Porti-Boy ?

Billy pouffa de rire.

— Qu'est-ce que c'est que ça ?

Les classeurs du bureau à l'étage au-dessus renfermaient les dossiers des patients. William J. Wayne avait vingt-trois ans, il était originaire de Riverside, né d'une mère alcoolique et accro à la méthédrine. Il souffrait d'arriération mentale qualifiée de « sévère », et son âge mental ne dépassait pas onze ans. Hess nota qu'il était tout juste capable d'écrire son nom. Il n'était fait mention nulle part de crime ou de délit commis par Wayne, pas plus sexuel qu'autre. Ses parents étaient divorcés depuis un certain temps déjà. Sa mère habitait Beaumont, la dernière adresse connue de son père était Grant's Pass, dans l'Oregon. La mère de Wayne remettait les allocations que lui versait l'Etat au Rose Garden Home, moyennant quoi la maison s'occupait de son fils. Ça représentait une somme mensuelle de trois cent quatre-vingt-huit dollars.

Hess trouva le numéro de téléphone personnel de Bart Young dans son carnet bleu et le composa. Young lui dit que le Porti-Boy de William Wayne avait été payé à l'aide d'un mandat postal, si sa mémoire était bonne. Il confirmerait la chose le lendemain matin. Il dit également qu'il faisait généralement appel à la société UPS pour ses livraisons dans les Etats de l'Ouest. Hess appela ensuite Brighton chez lui, lequel lui dit qu'il pourrait joindre UPS Security à cette heure-ci. Cinq minutes plus tard, le téléphone posé sur la table de travail d'Helena Spurlea sonnait. Hess passa quelques minutes à s'expliquer avec le directeur de la sécurité régionale d'UPS, qui lui dit qu'il faxerait au département du shérif un reçu de livraison signé à la première heure le lendemain matin. Hess le remercia et raccrocha.

Il demanda ensuite au DMV une vérification concernant Helena Spurlea : Cadillac Seville 1992 et fourgonnette de livraison Chevy 1996. Il nota les numéros de plaques minéralogiques. Le permis de conduire était à jour.

Il sortit le tiroir du bas du classeur et jeta un coup d'œil aux chemises. Chèques annulés. Factures. Reçus. Notes écrites à la main. Il en prit une au hasard : paiements incontournables relatifs aux emprunts contractés pour l'achat de la maison, au gaz et à l'électricité, aux produits de première nécessité, aux médicaments, à la maintenance des véhicules, aux réparations, travaux de peinture, de nettoyage, factures du paysagiste. Quelques dépenses inattendues, également : 956 dollars pour H. Spurlea, pour un trajet Los Angeles-Dallas-Brownsville, Texas, à l'automne 1998 ; paiement de 370 dollars à l'ordre de New West Farms, établissement situé à Temecula, pour des « produits dérivés d'autruches et d'émeus » en 1997 ; paiements mensuels de 875 dollars au Schaff Management Group de Newport Beach, pour « stockage », et 585 dollars à un certain Wheeler Greenfield, de Lake Elsinore, pour « loyer ». Il y avait un paiement de 1 235 dollars à l'ordre d'Inland Glass, pour « installation d'un mur de glaces » en 1997 — ce que Hess trouva bizarre car, jusqu'à maintenant, il n'avait pas vu le moindre mur de miroirs au Rose Garden Home.

Que de dépenses, songea Hess. Il faut qu'elle se fasse du fric, dans cet enfer ! Assez pour acheter des « produits dérivés d'autruches et d'émeus » pour nourrir ses patients. Mais pourquoi est-ce qu'elle dépense tellement en « stockage » ? Qu'est-ce qu'elle peut bien conserver ?... des vaches ?

Et Hess de griffonner de nouveau dans son carnet bleu avec des doigts épais, malhabiles, et un sentiment de dégoût grandissant.

La comptabilité créances était un véritable labyrinthe : paiements émanant de particuliers, remboursements d'assurances privées, versements provenant de l'Etat, du comté, du gouvernement fédéral. Certains paiements étaient établis à l'ordre de patients, d'autres au nom de leurs familles, d'autres à l'ordre d'Helena Spurlea, d'autres encore à l'ordre du Rose Garden Home. Impossible de calculer les revenus engrangés par patient. Un examen rapide permit à Hess de se rendre compte qu'un certain A. Bohana, qui était décédé en mars 1996, avait néanmoins touché de sa compagnie d'assurances privée la somme mensuelle de 588 dollars jusqu'en septembre de la même année, payable à l'ordre du Rose Garden Home. Même chose pour M. A. Salott.

Le dossier de janvier de l'année en cours ne contenait pas le moindre papier officiel relatif à l'acquisition par William Wayne d'une machine à embaumer.

Hess inspecta successivement la maison, le garage, le jardin, ne trouvant aucune trace du Porti-Boy, aucun document comptable relatif à l'achat de cet appareil. Il ne trouva pas non plus de murs de glaces, ni la moindre viande d'autruche ou d'émeu dans le freezer. Ni fourgonnette de livraison, ni Cadillac Seville. Juste une vieille camionnette, une épave, posée sur des parpaings. Il n'y avait pas de traces de pneus sur l'asphalte usé de l'allée. Quand il ferait jour, ils examineraient la route.

Merci était debout de l'autre côté de la pièce, face à Wayne, lorsque Hess revint dans la cuisine. Elle avait les bras croisés et d'une main se frottait le menton.

— William a la mémoire qui flanche, Tim.

— On n'a qu'à le foutre en taule, on verra bien s'il la retrouve.

— C'est lui le responsable de cette maison. Et il ne veut pas que les patients meurent de faim. Le médecin, d'après ce qu'il raconte, reste parfois deux ou trois jours sans se montrer. Bouge pas, William. Tim, venez avec moi.

Dans le couloir nauséabond, Hess entendit de nouveau le gémissement. Le visage de Merci était blême sous la lumière blafarde. De là où il se tenait, Hess voyait les pieds de Wayne.

— Il est trop bête, dit Merci.

— Peut-être qu'il simule.

— Je suis convaincue que non.

— Moi de même. Pas de casier. Pas de permis de conduire. Si ça se trouve il ne sait même pas conduire une voiture.

— Il dit tout ignorer de la machine à embaumer. Il a fallu que je lui explique ce que c'était. Il pense que les gens vont au ciel une fois morts. Il dit ne pas savoir où se trouve l'Ortega Highway. Il n'a jamais entendu parler de Jillson, de Kane ou de Stevens. C'est à peine s'il se souvient du médecin qui tient la maison. Spurlee, Surplia, un truc dans ce goût-là.

— Seigneur...

— Pourquoi est-ce qu'il s'est sauvé en nous voyant ?

— Les flingues.

Hess réfléchit.

— On pourrait lui prélever des cheveux et relever ses empreintes.

— C'est déjà fait. Je lui ai offert de l'eau dans un verre propre. Il s'est arraché des cheveux lui-même — et il y a même un bout de peau à l'extrémité. Ce sera du gâteau pour les empreintes génétiques. J'ai mis ça dans une serviette en papier dans le verre.

— On peut lui faire le coup de la garde à vue pendant quarante-huit heures, vu qu'il a résisté quand on l'a interpellé. Le temps de voir venir, de demander à Kamala Petersen de le regarder. Le temps de voir si la mémoire lui revient.

— Ça, ça me paraît difficile. Il ne doit pas avoir grand-chose dans la tête.

— Je crois que tu as raison. Je crois aussi qu'on s'est servi de son nom pour commander un Porti-Boy, pour signer le bon de livraison, et peut-être même qu'on lui a pris son argent pour le payer. Il n'a jamais vu cet appareil de malheur. Peut-être qu'il couvre quelqu'un. Peut-être que quelqu'un l'utilise. Spurlea est propriétaire d'une fourgonnette de livraison.

Merci s'adossa contre le mur, leva la tête.

— Ça ressemble à quoi, le reste de la maison ?

Comment se fait-il que ça pue autant ? Et qu'est-ce que c'est, tous ces gémissements ?

— Prends cinq minutes et va voir par toi-même.

Elle redescendit l'escalier quelques minutes plus tard. Hess vit du désespoir sur son visage, comme lorsqu'elle avait essayé de faire repartir le cœur de Jerry Kirby. Sa voix était basse et tremblait imperceptiblement.

— J'appelle les flics, je fais fermer cette baraque. Demain matin à la première heure, je contacte les services sanitaires. On va embarquer Wayne. On verra bien ce que ça donne. On va voir ce que Kamala pense de lui. S'il couvre quelqu'un pour le Porti-Boy, peut-être qu'il nous dira qui. Je vais m'arranger pour qu'il soit mis dans une cellule individuelle, m'assurer que les autres voyous ne le malmènent pas.

— Bien.

Il regarda de nouveau les pieds de William Wayne, puis Merci, dont les yeux étaient glacials et sombres.

— C'est bien lui qui fait tourner la boîte, Hess. Mais la personne que je veux serrer, c'est cette putain de docteur Slurpee... J'arrive vraiment pas à croire ce que j'ai vu.

— Moi, j'ai eu du mal, aussi.

Merci se retourna et décocha un violent coup de pied dans le mur, où elle fit un trou.

— Heureusement que mes pompes ont des coques en acier... Je suis hors de moi. Appelons le shérif de Riverside.

Sur l'Ortega, le ciel était sombre, les collines plus sombres encore. La route n'était qu'un ruban noir traversé d'une ligne jaune qui serpentait sous la lueur des phares. Hess la fixait, c'était la seule ligne sur terre.

Merci finit par craquer :

— Le pire, c'est qu'aucune des personnes parquées là-dedans n'a fait quoi que ce soit de mal. Si ça se trouve, ils n'ont *jamais* rien fait de mal. William Wayne probablement non plus. Tandis que les fumiers qui sont notre pain quotidien, le Tireur de sacs... ceux-là ne font que le mal. Tout ce qu'ils savent faire, c'est en faire baver aux autres. Malheureusement si on a la malchance de naître handicapé comme les gens qu'on a vus dans cette maison, on se retrouve au Rose Garden Home, à Lake Elsinore. C'est pas juste, Hess. Vous arrêtez pas de me dire qu'il faut que j'essaie de me mettre à la place des autres, de sentir, de penser comme eux... Eh bien, je n'y étais jamais arrivée avant de voir ces gens enfermés dans leurs chambres. C'est la première fois que j'ai pu réellement sentir, renifler, voir, penser ce que d'autres sentaient, reniflaient, voyaient et pensaient. J'ai eu honte d'être un être humain et ça m'a révoltée.

Elle se pencha vers lui et Hess crut qu'elle allait le frapper. Au lieu de cela, elle lui enfonça l'index dans l'épaule.

— Ces gens-là n'ont aucune chance de voir leur état s'améliorer. Et ils n'ont jamais fait de mal à qui que ce soit. Ça me fout en colère et j'ai bien l'intention de rester en rogne aussi longtemps que possible. J'aimerais que le docteur Slurpee ait déjà un casier. Qu'elle écope d'une peine de prison.

Hess hocha la tête.

— Ça c'est pas exclu. En tout cas, tu as eu raison d'appeler la police.

— J'aurais dû attendre que cette salope se pointe et la plomber.

— Garde tes projectiles pour le Tireur de sacs.

— Oh, des projectiles, c'est pas ça qui me manque ! Y en aura pour tout le monde. Mais on a perdu trois heures, Hess, et c'est peut-être ce qui m'énerve le plus.

Merci contemplait l'obscurité et les étoiles tandis qu'ils redescendaient vers le comté d'Orange. Tout ce ciel, songea-t-elle, et si peu de temps. Sa fureur s'était calmée mais elle la sentait prête à repartir. Tant mieux : c'était ce qui la motivait.

Elle se sentait bizarre. Pas dans son état normal. Elle avait le cœur lourd de ne pas avoir réussi à sauver Jerry Kirby. Elle se sentait déstabilisée face à la puissante et soudaine empathie éprouvée pour les pensionnaires du Rose Garden Home. Et il y avait encore autre chose qui la troublait. Une chose fragile comme la petite flamme bleue qui réchauffe doucement une cocotte. Quelque chose qui avait un rapport avec Hess.

Il s'immobilisa près de la voiture de Merci dans le parking du département du shérif, laissa tourner le moteur. Elle consulta sa montre : presque minuit.

— Vous venez chez moi ?

— Bien sûr.

Elle chassa les chats et prépara à boire. Son gros orteil était douloureux. Dans le séjour, elle prit place sur le canapé près de Hess et essaya de laisser l'odeur de l'orangeraie la pénétrer. Sans résultat.

Hess regardait la télé sans toucher à sa boisson.

— Vous passez la nuit là ?

— Non. Je m'en vais dans une minute.

— Pourquoi être venu, alors ?

— Je voulais m'assurer que ça allait. J'avais pas envie que tu démolisses tous les murs.

Elle réfléchit.

— Ça va, je vais bien. Ecoutez, il vaut mieux que vous partiez, effectivement. Quand je suis dans cet état, vaut mieux que je reste seule.

— Je sais.

40

Hess se gara et traversa à pied la bande de sable jusqu'au poste de surveillance de la plage de la 15e Rue. Il sentait l'humidité sur ses joues et ses chevilles. Il grimpa l'escalier étroit et s'assit sur la plate-forme, le dos contre la cabane, pour regarder le Pacifique noir argenté qui ondulait sous le ciel étoilé.

Il commença une prière mais s'endormit. Il s'éveilla d'un rêve dans lequel un énorme oiseau traversait un miroir et émergeait de l'autre côté de la paroi sous la forme d'un Porti-Boy. Sa montre indiquait quatre heures cinquante-quatre du matin.

Il rentra, fit du café, arpenta son appartement, examina sa nouvelle tête dans le miroir de l'armoire à pharmacie de la salle de bains. Profil gauche. Profil droit. Face. Vraiment, ça le changeait bigrement. Le crâne lisse, c'était bien ; mais la couleur était bizarre, cireuse, comme s'il n'avait pas assez de sang dans les veines ou que son sang avait changé de couleur et éclairci. A la limite de l'anémie. La belle Bonnie, si elle m'embaumait, devrait m'injecter une sacrée dose de produit, songea-t-il. Il continua d'examiner son reflet pâle et chauve.

Le miroir ne datait pas d'hier mais il reflétait correctement la réalité, songea Hess. Il ouvrit la porte de l'armoire, essaya de lire le nom du fabricant à l'intérieur, mais l'encre de l'étiquette avait pâli avec les années.

Miroirs, songea-t-il, miroirs et rêve, miroirs et calvitie, mur de miroirs non posés, miroirs pleins de buée dans la salle de bains de Merci, et Colesceau, qu'avait-il dit déjà ? C'est gentil de me renvoyer de l'autre côté du miroir ? C'était « renvoyer » qui gênait Hess. Pourquoi « renvoyer » ?

Parce que Holtz l'avait déjà fait passer par la porte de derrière auparavant.

Mais pourquoi ? La foule déchaînée ne s'était pas trouvée là à le guetter, auparavant.

Encore ce putain de Colesceau, songea-t-il. Enkysté dans mon cerveau comme une tumeur qui ne cesse de grossir. Ce doit être l'âge qui me joue des tours. La sénescence.

Il mit les infos locales à la télé. L'espace d'un moment, il fixa l'écran qui ressemblait aussi à un miroir mais renfermant des images.

A moins de l'éteindre. Car, une fois le poste éteint, on pouvait faire tout ce qu'on voulait devant l'écran sombre et gris et se voir reflété dedans.

Il éteignit et se regarda. Avec la lampe du séjour derrière lui, son reflet était étonnamment fidèle : celui d'un vieil homme chauve avec un visage aux traits comme ciselés. Il distinguait même la perruque sur son support en mousse à l'arrière-plan. Cheveux humains, quatre-vingt-neuf dollars.

Soudain, une idée lui vint. Il sortit de son attaché-case les photos prises par Rick Hjorth ainsi que les agrandissements que lui avait fournis le labo de Gilliam. Il prit la photo du samedi 14 août, *20 h 12*, montrant Colesceau au rez-de-chaussée devant la télé, et la mit de côté. Ce qu'il lui fallait maintenant, c'était un cliché de Colesceau regardant la télé sans image.

Pas de chance. Probable qu'il n'y avait pas assez de lumière, songea Hess, et puis pourquoi est-ce que Colesceau se serait assis devant la télé sans l'allumer ?

Il passa de nouveau les instantanés en revue. Ils montraient ce qu'il avait déjà vu auparavant : Colesceau assis devant son téléviseur dans son appartement, tandis que Ronnie Stevens se faisait charcuter dans un chantier de Main Street, à Santa Ana.

Cette fois, ça suffit, songea-t-il. Ce n'est pas lui.

Hess poussa un soupir et secoua la tête. Cinq heures dix. Machinalement, il étala les photos sur la table du coin-repas, comme s'il s'apprêtait à faire une patience. Il les retourna les unes après les autres pour les étudier. Puis il les regroupa par sujets : clichés d'intérieur de Colesceau pris par l'interstice des stores ; clichés de Colesceau dehors sous son porche ; clichés extérieurs de l'appartement, puis de la rue, montrant le rez-de-chaussée et le premier étage ; les manifestants ; la police ; les médias. Il avait déjà joué à ça auparavant et cela ne l'avait mené nulle part.

Hess regarda de nouveau par la fenêtre. *Les années sont devenues des minutes et voilà ce que nous faisons de nos vies.* Comme pour protester contre le passage du temps, Hess disposa les photos dans l'ordre chronologique : dans un monde de chaos insensé, c'était un acte destiné à mettre un semblant d'ordre. Bien entendu, il avait déjà fait cela, sans en tirer le moindre renseignement. L'option horodatage était utile, mais elle ne lui montrerait pas ce qui n'était pas sur les documents.

Toutefois, alors qu'il examinait de nouveau l'heure, un détail attira son attention. Un détail qu'il avait vu mais auquel il n'avait pas réfléchi, un détail qu'il avait eu sous les yeux mais n'avait pas vraiment remarqué. Une bizarrerie, une question.

Sur le cliché d'extérieur marqué *20 h 21*, les lumières étaient éteintes au rez-de-chaussée et au premier.

Sur le cliché d'intérieur marqué *20 h 22* pris par l'interstice des stores, Colesceau regardait la télé.

Jusqu'à présent, tout va bien, songea Hess.

Puis, sur un extérieur marqué *20 h 25*, la lumière au premier était allumée.

Très bien. Soit il est monté à l'étage, soit il a utilisé un interrupteur au rez-de-chaussée. Pas compliqué.

Sur un autre extérieur, *20 h 25*, la lumière du premier étage était *éteinte de nouveau.*

Bon, très bien.

Mais sur le cliché d'intérieur suivant, *20 h 25* lui aussi, Colesceau regardait la télé.

Pourquoi Hjorth n'avait-il pas pris de photo au moment où Colesceau revenait prendre place dans le canapé ? Une photo du visage de son sujet, ça aurait fait la joie de n'importe quel photographe, non ? Pourquoi avait-il attendu que Colesceau lui tourne le dos et se rasseye ? Il avait déjà photographié l'arrière du crâne de Colesceau trois minutes avant. Pourquoi avoir remis ça ?

Il feuilleta son carnet bleu pour y trouver le numéro de Rick Hjorth et le composa.

Il tomba sur un répondeur, déclina son identité et patienta. Comme il fallait s'y attendre, Hjorth décrocha.

— Dites donc, il est tôt, inspecteur...

— Six heures moins le quart.

— Alors, mes photos, elles vous ont servi ?

— Peut-être. J'aimerais savoir pourquoi vous n'avez pas pris de photo du visage de Colesceau. Quand il a éteint les lumières au premier et est revenu s'asseoir sur le canapé pour regarder la télé. Vous l'avez laissé tourner le dos, s'asseoir. Je sais que vous avez fait fissa pour vous approcher de la fenêtre parce que vos deux clichés extérieurs *et* celui de Colesceau ont été pris tous les trois à vingt heures vingt-cinq. Vous avez été bougrement rapide...

— Pas suffisamment. Je peux pas vous dire quelle heure il était exactement, mais la lumière en haut est restée éteinte presque toute la nuit. Et puis, tout d'un coup, elle s'est allumée et je me suis dit qu'il fallait que je fixe ça sur la pellicule. Et puis ça me plaisait, cette fenêtre éclairée contre le ciel. Après, la lumière s'est éteinte très vite. Ça n'a dû rester allumé qu'une seconde — comme s'il voulait regarder sa montre ou un truc dans ce goût-là. Je me suis dit qu'il avait fini en haut et qu'il allait se recoller devant la télé. Là, j'ai compris que j'avais une chance de le prendre de face. Alors je me suis précipité à la fenêtre pour le photographier par l'interstice du store. Mais il était déjà installé sur le canapé. J'avoue que ça m'a scié. C'est comme s'il n'avait pas bougé.

Comme s'il n'avait pas bougé, songea Hess.

Comme si quelqu'un d'autre que Colesceau avait allumé puis éteint la lumière.

Comme si quelqu'un en haut avait fait une erreur, s'était ressaisi, avait éteint la lumière en toute hâte pendant que Colesceau regardait la télé.

— Merci, dit-il en raccrochant.

De nouveau, il consulta sa montre. Cinq heures quarante-huit.

Hess se leva, son cœur cognant un peu plus vite, l'esprit en alerte. Il regarda la perruque, la toucha. Il s'approcha de la fenêtre, regarda l'océan. Mais ce qu'il voyait, en réalité, c'était l'intérieur de l'appartement de Colesceau : la moquette beige, les murs blancs, le plafond acoustique, les étagères garnies d'œufs peints, la télé, l'escalier menant au premier. Puis le premier étage. Hess se représenta la grande chambre à gauche : le lit étroit de Colesceau, soigneusement bordé avec son couvre-pied marron, le poster de la Shelby Cobra jaune pétant de chez Pratt Automobile au mur, le dessus de la commode encombré de pièces de monnaie, de vieux tickets de cinéma, l'affiche encadrée du château planté au sommet de la montagne. Après quoi, Hess visualisa la chambre d'amis : le crucifix de plastique noir accroché au mur face au lit, avec le Jésus qui, reflété dans la paroi recouverte de glace, lui avait semblé le sauveur le plus solitaire qu'il eût jamais vu.

Des murs de glace. Jésus se reflétant dans la glace. Seul et noir.

Qui est-ce qui se trouve là avec Colesceau ? Qui est-ce qui a éteint la lumière pour lui ? Peut-être que cet ami joue le rôle de Colesceau, de façon que Colesceau puisse sortir. L'idiot, Billy Wayne ?

Et comment Colesceau pouvait-il sortir, comment quelqu'un d'autre pouvait-il entrer avec cette foule massée devant son appartement ?

Un truc que Hess venait de voir le ramena dans sa salle de bains. De nouveau il se regarda dans la glace de l'armoire à pharmacie. Il ouvrit la porte, examina l'étiquette du fabricant. Il referma la porte de l'armoire, regarda reparaître son visage. Il l'ouvrit et le regarda disparaître dans une étagère de crème à raser et de médicaments.

Du verre. Du verre, un trou dans le monde.

« C'est gentil de me renvoyer de l'autre côté du miroir. » Me renvoyer...

Hess eut comme une drôle d'impression, une sorte de flash. Il sortit son carnet bleu. Il y chercha le numéro personnel d'Art Ledbetter, gérant des Quail Creek Apartment Homes, et le composa tout en regardant par la fenêtre. Ledbetter répondit à la seconde sonnerie. Hess s'annonça, dit à Ledbetter qu'il avait juste une question à lui poser.

— Très bien, inspecteur. Allez-y.

— Est-ce qu'il y a dans les chambres d'amis des appartements de Quail Creek des murs recouverts de miroirs ?

— Non, monsieur. Aucun de ces appartements n'en est équipé. On ne met pas non plus de miroirs sur les portes de placard. C'est beaucoup trop cher.

— Un locataire, s'il voulait des glaces, devrait donc les faire installer à ses frais ?

— On ne lui permettrait pas d'en faire poser. Mais évidemment il pourrait toujours le faire à notre insu.

Hess réfléchit. Il songea à son rêve, l'énorme oiseau traversant un miroir et se métamorphosant en arrivant de l'autre côté en un Porti-Boy. Est-ce que cet oiseau était une autruche ? Mets cette idée dans un coin de ta tête.

— Est-ce que vous pourriez me donner le nom et le numéro de téléphone du locataire qui occupe l'appartement directement derrière le 12 Meadowlark ? Voyons, son adresse, ce doit être le... j'ai le plan de la résidence...

— Le 28 Covey Run. Et le locataire est l'un des fantômes que je ne vois pratiquement jamais. Je vous ai parlé d'elle, une femme seule. Il faudrait que je vous rappelle du bureau pour vous communiquer son nom et son numéro car je ne les ai pas ici.

Hess demanda à Art de l'appeler au commissariat ou chez lui dès qu'il aurait le renseignement.

Ensuite il téléphona à New West Farms dans l'espoir qu'il y aurait peut-être quelqu'un à cette heure matinale. Les fermiers ont la réputation d'être des lève-tôt. Mais il tomba sur un répondeur et laissa un message, donnant ses coordonnées et demandant qu'on le rappelle.

Voyons, qu'est-ce que c'est que cette histoire de gros oiseau qui traverse le miroir ?

Et Spurlea qui achète de la viande d'autruche et d'émeu ?

Hess sentait qu'il brûlait maintenant, il savait que la chance était avec lui et il se dit qu'il lui fallait de nouveau faire confiance à son instinct.

Il commençait à comprendre. Il visualisait. Un gros oiseau traversant le miroir, un gros oiseau sortant d'un gros œuf.

Mets cette idée dans un coin de ta tête.

Il téléphona au commissariat et demanda au planton qu'on aille voir s'il n'avait pas reçu de fax. Quelques instants plus tard, le planton rappelait.

— Hess, vous avez un document. Signé. Un bulletin de livraison effectuée par UPS.

— Qui est-ce qui a réceptionné la livraison ?

— William Wayne, on dirait.

— C'est sûr ?

— L'écriture est tout ce qu'il y a de plus lisible.

— On dirait l'écriture d'un enfant de onze ans ?

— Non. Je dirais plutôt que c'est une écriture d'homme, penchée, caractères assez appuyés, quelqu'un qui était pressé. Un adulte.

— Vous pouvez le mettre dans le tiroir du haut de mon bureau ?

— D'accord. Rien d'autre ?

— C'est tout.

— Comment vous vous sentez, ces temps-ci ?

— Mieux, de seconde en seconde.

Hess raccrocha et s'approcha de nouveau de la fenêtre. Derrière lui, l'aube pointait et la première ligne de l'horizon était visible au-dessus de l'océan gris.

Le téléphone sonna.

Le propriétaire de New West Farms lui dit qu'Helena Spurlea n'avait jamais acheté un gramme de viande d'autruche chez lui.

Hess comprit aussitôt pourquoi.

— Elle achète uniquement les œufs, c'est ça ?

— C'est ça. Et pas pour les manger, non, elle les *peint*.

— Vous pouvez me donner l'adresse à laquelle elle se fait livrer ?

Le propriétaire se fit un plaisir de lui communiquer le renseignement.

L'adresse ? C'était celle de Wheeler Greenfield, à Lake Elsinore, comme Hess l'avait subodoré. Evidemment, c'est à ce type qu'elle loue...

Mets cette idée dans un coin de ta tête.

Spurlea est la mère de Colesceau.

Mets cette idée dans un coin de ta tête.

De nouveau, il appela Art Ledbetter.

— Vous me cueillez au vol, inspecteur, j'allais sortir...

— Est-ce que la femme qui loue le 28 Covey Run s'appelle Helena Spurlea ?

— Je l'ignore. Ce n'est pas moi qui touche le loyer, je m'occupe uniquement de la maintenance et de la sécurité...

Hess sentit son cœur cogner dans sa gorge.

— Les chèques de loyer, à qui sont-ils adressés ?
— A Schaff Property Management, Newport Beach.
Des chèques mensuels de 875 dollars pour « stockage » à l'ordre de Schaff...

Hess raccrocha et piocha dans le dossier où il conservait les documents relatifs à Matamoros Colesceau. Au bas de la seconde page du protocole que Colesceau avait signé avec l'Etat de Californie, sur le document où figuraient les modalités de sa liberté conditionnelle et de sa castration chimique, figurait sa signature.

Ecriture penchée, caractères appuyés.

Mère et fils, songea-t-il.

Dans son carnet d'adresses noir, il prit le numéro de téléphone personnel du juge Ernest Alvarez et le composa.

Dix minutes plus tard, il avait obtenu l'autorisation de perquisitionner au domicile de Matamoros Colesceau et d'Helena Spurlea afin de voir s'il n'y découvrirait pas une machine à embaumer de type Porti-Boy, des flacons de solution au formol, un neutraliseur d'alarmes, un Deer Sleigh'R, du chloroforme et une perruque blonde.

41

Dans la demi-lumière grumeleuse d'avant l'aube, assis dans sa fourgonnette, Big Bill Wayne buvait un bloody mary à même le bocal. Il se demanda où était passé le couvercle, probablement quelque part du côté de l'Ortega. Inutile de se ronger les sangs. Il suivit des yeux Trudy Powers et son mari qui descendaient de leur break Volvo, fermaient les portes, se prenaient par la main et traversaient lentement le parc vers la petite butte. Il était cinq heures quatorze.

Trudy avait une bible dans la main droite et son sac à bandoulière à l'épaule, comme la veille. Elle portait une robe blanche, des sandales. Pour la plus grande joie de Big Bill, ses cheveux étaient relevés. Grand, barbu, l'allure d'une cigogne, son mari Jonathan arborait un short, un tee-shirt et une casquette de base-ball.

Colesceau avait dit que Trudy Powers tiendrait parole et effectivement elle avait tenu parole. Il l'avait remerciée de la tarte et avait convenu de prier avec elle le lendemain matin dans le parc, à l'est des Quail Creeks Apartment Homes. Colesceau lui avait dit que le lever du soleil était quelque chose de magnifique là-bas — qu'il s'était souvent levé de bonne heure pour aller le contempler et prier. Bill espérait qu'elle serait fidèle à sa promesse.

Colesceau n'avait en fait jamais prié dans le parc, mais Bill s'y était trouvé à deux reprises, incapable de dormir, cherchant un endroit où « déposer » Lael ou Janet, au cas où elles lui causeraient trop de problèmes. Il avait parcouru la moitié du comté à la recherche de ce genre d'endroit. Et c'était ainsi qu'il avait découvert les arbres de l'Ortega. Et que les corps de ses trois premières tentatives de conservation — de lamentables échecs — avaient atterri au fond du canyon de Black Star, dans un puits de mine, à huit cents mètres de la pancarte qui en interdisait l'entrée. Le puits était si profond qu'il ne les avait pas entendus toucher le fond de l'abîme.

Bill sentait les battements de son cœur s'accélérer. Il s'examina dans le rétroviseur puis sortit, ferma son véhicule et se dirigea vers le parc. Regardant droit devant lui, il vit Trudy et son mari disparaître de l'autre côté d'une petite éminence. L'endroit était idéal parce que les immeubles alentour étaient dissimulés derrière les arbres, donnant aux promeneurs du parc l'illusion de l'intimité. Et dans cette quasi-obscurité, personne ne pouvait voir grand-chose, de toute façon.

Il descendit dans le vallon et remonta la pente. Le parc était désert ; il sentait son matériel dans les poches de son long cache-poussière en jean. Un pour la Cigogne et un pour Trudy.

Il était vraiment très surpris d'être si près du but. Il savait que Colesceau fantasmait là-dessus depuis des mois. Bill avait toujours été attiré par cette idée, mais il n'avait pas eu le moyen de la mettre en œuvre. Toutefois, lorsqu'il comprit ce qu'il lui fallait faire, il comprit également comment il pourrait s'y prendre. Et l'invitation de Trudy à prier avec Colesceau, qu'elle avait glissée dans les Psaumes de la Sainte Bible, était l'ouverture que Bill attendait.

En arrivant au sommet de la colline, il regarda en bas, de l'autre côté du vallon suivant : il vit une table de pique-nique avec des bancs, un barbecue, un pin de Norfolk dressé tout seul au milieu d'une mer d'herbe et un couple, bras dessus bras dessous, tourné vers le ciel de l'est que la lumière lentement éclairait.

Il respira à fond, souffla à fond également. Il baissa la voix :

— Ça va être un matin magnifique, n'est-ce pas ?

Ils pivotèrent tous les deux. Et pour cela se dégagèrent. La Cigogne sourit puis contempla de nouveau le lever du soleil.

Trudy lui jeta un coup d'œil.

— Ça va être très beau, j'en suis sûre. Un nouveau matin de Dieu.

— Ça, c'est bien vrai.

Elle se détourna. Bill regarda un couple de colombes passer dans un bruissement d'ailes. Le ciel derrière les oiseaux était maintenant teinté d'orange. Son cœur battait vite mais régulièrement. Il se sentait jeune et fort, ses mains et ses yeux surtout.

De nouveau, il inspira et expira bien à fond puis il descendit la pente pour les rejoindre. L'herbe était humide et douce sous ses boots et il en humait le parfum. Le ciel changea encore légèrement de couleur : cette fois, il était d'un orange éclatant, chaleureux, fertile.

— C'est la Bible que vous avez là ?

Trudy pivota de nouveau mais la Cigogne continua de fixer l'est.

— On allait prier avec un ami, mais il nous a fait faux bond. Vous voulez vous joindre à nous ?

Elle n'était plus qu'à dix pas, maintenant. Il la voyait qui l'examinait, il voyait l'arrière de la tête de son mari au milieu du ciel de plus en plus lumineux. Elle avait l'air qu'avait décrit Colesceau, celui d'une femme qui se sent investie d'une mission sacrée, avec du doute sur le visage.

— Là où trois d'entre vous sont rassemblés en mon nom, dit-il. C'est bien ça, n'est-ce pas ?

Elle prit le bras de son mari.

— Jonathan ? Ce monsieur aimerait prier avec nous.

— Très bien, dit la Cigogne en se tournant face à Bill. (Ce dernier lui sourit.) Comment vous vous appelez ?

— Big Bill Wayne.

La Cigogne lui tendit la main. Big Bill sortit le pic à glace de sa poche et le planta dans la poitrine de la Cigogne. Bill rassembla toutes ses forces, se raidissant sur ses jambes. Craquements d'os, la pointe du pic s'enfonçant dans la cage thoracique. Il y resta accroché des deux mains, l'espace d'une seconde. Puis il lâcha l'instrument.

La Cigogne parut s'élever vers le ciel, comme manœuvré par des fils. Il se dressa sur la pointe des pieds, bras écartés, le manche se profilant contre le ciel orange et gris. C'est comme s'il essayait de s'envoler, songea Bill. Son bec était grand ouvert, mais rien n'en sortit si ce n'est un bref hoquet. Bill comprit à ses yeux qu'il ne voyait plus rien. La Cigogne s'écroula dans l'herbe avec un bruit étouffé.

Trudy s'était pétrifiée, mains tendues vers son mari, la Bible par terre à ses pieds.

Bill eut l'impression d'avoir attendu toute sa vie pour voir l'expression qui se peignit sur ce visage : impuissance, peur. Ça valait le coup.

Il y eut une soudaine éruption du côté de la Cigogne, une sorte de toux, un éternuement, un vomissement, tout ça en même temps. Ça sentait la fin. La robe blanche de Trudy fut souillée de rouge. Bill agita la main pour nettoyer l'air en face de lui, comme il aurait chassé une mouche importune.

Puis il sortit le derringer et le braqua sur la tempe de Trudy Powers.

— Maintenant, on n'est rien que toi et moi, ma petite chérie.

S'arrachant à ses rêves sans queue ni tête du matin, Merci se redressa pour décrocher le téléphone. Il était six heures vingt-deux, et la voix pressante de Hess la surprit.

— Helena Spurlea est la mère de Colesceau, l'entendit-elle dire à l'autre bout du fil. Colesceau s'est servi de Bill Wayne pour acheter la machine. Helena loue l'appartement qui est derrière celui de son fils. C'est là qu'on trouvera le Porti-Boy et Dieu sait quoi d'autre encore...

Il fallut à Merci deux secondes pour digérer l'information.

— Il nous faudra des mandats de perquisition. Alvarez voudra peut-être...

— Je les ai déjà.

— Attendez-moi, Hess. Je fais aussi vite que possible.

— J'attends déjà.

Merci mit ses deux radios à fond, enfila à la hâte un tee-shirt et son gilet pare-balles, un chemisier lâche, une veste de sport, un pantalon et des grosses bottes. Elle fixa l'arme de cheville par-dessus sa chaussette puis le holster d'épaule avec la pression qui fermait mal et y rangea le H & K. Où était passé l'étui-brassière de chez Bianchi, le cadeau destiné aux représentants des forces de l'ordre « triés sur le volet » ? Elle releva ses cheveux, se coiffa d'une casquette du département du shérif. Elle attrapa le téléphone portable sur la tablette du lavabo et le fourra dans son sac après s'être assurée que sa dague bon marché s'y trouvait toujours.

Elle jeta un coup d'œil au billet que lui avait laissé Hess sur la table de la cuisine la veille. Merde, il avait finalement raison, pour Colesceau ! Son cœur battait à grands coups tandis qu'elle traversait au trot l'allée pour rejoindre sa voiture.

Elle monta dans son véhicule. Elle tournait la clé dans le contact au moment où l'odeur lui emplit les narines et où elle sentit se plaquer sur son visage quelque chose de froid et d'humide.

Dans un premier temps, elle se trouva complètement abasourdie puis elle comprit.

Calant ses boots contre les pédales, elle se raidit, rejetant la tête en arrière. Elle se mit à jouer des coudes, se contorsionnant dans un sens puis dans l'autre. Elle s'interdit d'inspirer mais s'y trouva vite contrainte.

Elle ne songeait qu'à une chose tout en se débattant : faire lâcher prise à son agresseur. Malheureusement, il était plus fort qu'elle, et elle avait beau se démener en tous sens, il la tenait comme un cow-boy de rodéo tient un taureau.

De toute la force de sa volonté, elle ordonna à l'homme de lâcher prise. Elle se concentra de toutes ses forces sur cette pensée : Faites que ses bras faiblissent, faites qu'il me relâche.

Puis elle constata que le toit de l'habitacle de l'Impala était d'une très curieuse couleur gris fumée.

Hess attendait dans sa voiture, à l'entrée des Quail Creek Apartment Homes, que déboule la Chevy de Merci. A sept heures, elle n'était toujours pas là.

S'approchant, il se gara en face de l'appartement de Colesceau. Sept heures cinq. Il ne voulait pas bouleverser leurs plans et Colesceau n'irait nulle part maintenant car Hess le surveillait. Il lut les plaques de la Caddy noire garée devant lui. Il compara les numéros d'immatriculation avec ceux qu'il avait notés dans son carnet bleu : c'étaient ceux d'Helena Spurlea. Il contacta par radio le dispatcher, lui demandant de dire à Rayborn de rallier immédiatement Quail Creek, mais le dispatcher lui apprit qu'elle ne répondait pas au message.

Hess descendit de voiture et s'approcha des manifestants. Il ajusta son chapeau de façon à dissimuler son visage au maximum. Les protestataires n'étaient guère qu'une demi-douzaine, à cette heure matinale. Ils se partageaient des beignets qu'ils piochaient dans un carton, et du café dans des thermos. Le cameraman de CNB était là également, alors que les grands réseaux avaient plié bagage. Hess persuada l'un des buveurs de café de le laisser utiliser son portable. Il passa un coup de fil à Merci, mais n'eut pas de réponse. Rien que la sonnerie insistante. Elle n'est pas chez elle, songea-t-il. Elle n'est pas arrivée au commissariat. Elle n'est pas non plus en route pour le commissariat. Elle n'est pas davantage joignable sur son portable, or elle le trimballe partout avec elle.

Il s'approcha de la fenêtre de l'appartement de Colesceau et colla le nez à l'insterstice du store. La télé était allumée mais il n'y avait personne pour la regarder. Il retourna jusqu'à sa voiture, appela de nouveau le dispatcher ; ce dernier ne put joindre Merci Rayborn. Hess commença alors à s'inquiéter sérieusement. Il était tendu comme une corde de violon, il avait les nerfs à vif. A coup sûr, il y avait quelque chose qui ne tournait pas rond. Sept heures onze. Il lui accorda encore quatre minutes.

Puis encore trois.

Après quoi, il retraversa la rue, dépassa le petit groupe de voisins et demanda au cameraman de CNB de bien vouloir l'accompagner.

C'était un jeune homme d'environ vingt-cinq ans. Il semblait fatigué après cette longue nuit de veille et déçu que son attente se soit révélée infructueuse. Surtout après le cirque de la veille devant le palais de justice. Mark, il s'appelait Mark. Hess le prit à l'écart et lui mit le marché en main : il lui demanda de s'abstenir de filmer les cinq prochaines minutes pour CNB, moyennant quoi il ferait en sorte que Mark soit le premier à pénétrer dans la maison, avant les autres cameramen.

Mark dit d'accord, Hess lui serra la main en le regardant fixement. Le jeune homme détourna les yeux avec un bref hochement de tête.

Hess s'approcha du porche et frappa à la porte. Pas de réponse. Il essaya d'ouvrir, seulement c'était fermé. Il regarda derrière lui Mark qui s'était joint aux manifestants, caméra au côté.

Hess recula, positionna son épaule gauche vers le battant et rassembla ses forces. La porte n'était pas épaisse, mais il lui fallut quand même s'y reprendre à trois fois pour l'ouvrir. Il pénétra à l'intérieur. Il respirait violemment et ses cuisses tremblaient sous l'effort. Il regarda derrière lui le cameraman de CNB, qui était toujours avec les manifestants et l'observait sans bouger, fidèle à sa promesse. Les voisins, immobiles, observaient la scène en silence.

Hess referma la porte derrière lui et s'immobilisa dans l'entrée. Aucun son en provenance du premier étage, aucune réaction d'un dormeur que le bruit de la porte volant en éclats aurait réveillé. Il flottait une vague odeur de nourriture dans l'air. Empilées dans l'évier, les assiettes et les casseroles du dîner de la veille. Il y avait assez de vaisselle pour deux, constata-t-il. Le réfrigérateur bourdonnait. Il examina le séjour et la petite salle de bains du rez-de-chaussée. Il sortit son 45, le chargea et s'engagea dans l'escalier. Sur le palier, il s'arrêta pour écouter le silence. Il s'efforça de ne pas penser à ses jambes qui pesaient une tonne, à l'essoufflement que provoquait la simple montée du petit escalier.

Helena Spurlea était allongée par terre dans la chambre de Colesceau, ses jambes entortillées dans les draps et couvertures. Elle s'était débattue. Sa chemise de nuit n'était plus qu'un chiffon sanglant. Elle était couchée sur le dos, yeux grands ouverts, bouche béante. Hess n'avait jamais vu autant de coups de couteau sur un cadavre. Même pas lorsqu'il avait enquêté en 1969 sur une sanglante affaire de meurtre rituel. Il devait y en avoir soixante-dix ou quatre-vingts ; c'était difficile à dire parce que les blessures étaient très petites. Colesceau avait dû jouer du pic à glace.

Il sortit, traversa le couloir pour se rendre dans la chambre d'amis. Le lit était fait, aucune trace de Colesceau ou de corps, rien qu'il n'eût déjà vu huit jours plus tôt lorsque son instinct lui avait soufflé qu'un truc ne collait pas.

Seule différence avec la semaine d'avant : un panneau de glace avait été retiré d'un mur et posé contre une paroi, révélant le cadre de la glace. Collés au miroir, on pouvait voir deux dispositifs munis de grosses poignées et de ventouses en caoutchouc noir de la taille d'une assiette. *Wood's Power Grips*, lut Hess. Derrière la glace, un grand rectangle avait été découpé dans un panneau d'isolant afin de ménager un passage vers l'autre côté.

Deux têtes en mousse étaient accrochées à un clou du cadre. Elles lui faisaient face. L'une était chauve, l'autre avait des cheveux bruns. Et aussi des sourcils, bruns également. Un flot d'adrénaline parcourut Hess. L'une des têtes en polystyrène était-elle destinée à servir de support à une perruque en cheveux humains et l'autre à regarder la télé ? Par l'ouverture, il avait vue sur l'appartement de derrière. Une odeur vaguement nauséabonde flotta jusqu'à lui, et Hess comprit alors ce qu'il avait été si près de découvrir quelque temps plus tôt.

Il s'engouffra dans le passage reliant les deux appartements. Ce fut le froid qui l'accueillit tout d'abord et le sifflement de la climatisation. La pièce était vide, à l'exception d'un jeu de vêtements de rechange — pantalon, chemise, chaussures — disposés méticuleusement sur le sol de la penderie.

Percevant le bourdonnement assourdi d'une télé, il se dirigea dans cette direction. Son arme braquée devant lui, il s'engagea dans la seconde chambre du premier étage. Ce qui avait jadis été Lael Jillson était allongé sur le lit, en tenue de nuit provocante, devant une émission débat. Hess la reconnut à ses cheveux et à la forme générale de son crâne et de son visage. Sa peau grise semblait avoir la consistance du cuir crispé. Elle portait des lunettes de soleil, comme pour dissimuler une ecchymose.

S'étant rendu au rez-de-chaussée, il tomba nez à nez avec Janet Kane, assise devant le bar de la cuisine, un livre à la main, vêtue d'un chemisier blanc, d'une minijupe noire, de bas et d'escarpins noirs également. Elle croisait les jambes. Et l'une de ses chaussures, en partie ôtée, pendouillait au bout de ses orteils. Ses cheveux étaient relevés. La forme générale de sa tête et de son visage rappelait suffisamment les photos qu'il avait vues d'elle pour que Hess la reconnaisse. Sa peau n'était pas aussi foncée que celle de Lael Jillson mais elle plissait autant, formant comme des vagues figées sur un océan congelé. Elle portait des lunettes de soleil, également.

Veronika Stevens était allongée à plat ventre sur le canapé du séjour, la tête dans ses mains, observant la pièce. Elle portait des sous-vêtements rouges. Elle avait un mollet relevé, comme une pin-up des années quarante. Dans la pénombre du séjour, où les doubles rideaux étaient tirés, elle semblait presque vivante.

Hess resta planté au milieu de ces femmes, son arme au côté, son chapeau dissimulant son crâne nu, les yeux fichés à terre. Il avait honte, il était furieux, mais il avait du mal à croire ce qu'il avait sous les yeux.

Machinalement, il s'approcha des fenêtres, écarta les rideaux et regarda dehors : banlieue du comté d'Orange, citoyens en route pour le boulot. La chaleur paresseuse de l'été s'élevait déjà de la terre. Rien que de banal. Rien de changé. Chacun vaquait à ses occupations.

Colesceau vaquait, lui aussi, comme si de rien n'était, songea-t-il.

Il alla voir dans le garage. Aucun véhicule. Pas de Porti-Boy non plus. Il souleva le drap qui recouvrait un meuble à hauteur de taille et découvrit une table de dissection en aluminium munie de rainures et de trous d'écoulement à chaque extrémité.

Utilisant le téléphone de la cuisine, il demanda à des collègues de se rendre au 12 Meadowlark, au 28 Covey Run et chez Merci Rayborn, à l'orangeraie. Puis il lança un avis de recherche concernant la fourgonnette de Spurlea. Il lut les numéros des plaques d'immatriculation d'une voix claire et nette, mais il sentait son cœur s'emballer.

De retour dans le garage, il actionna la télécommande et attendit. Lorsque la porte fut relevée, il appuya de nouveau sur la télécommande, se baissa pour passer sous le battant qui se fermait et regagna sa voiture en courant. Les manifestants et le cameraman le regardèrent tandis qu'il tournait la clé de contact et démarrait à toute vitesse.

Hess remonta pied au plancher l'allée de Merci et s'arrêta net devant l'Impala. La porte côté conducteur était grande ouverte. Il s'attendait à moitié à voir la jeune femme, mais il n'y avait personne — rien que le bruit de friture de la radio de bord et les chats qui flânaient au soleil matinal sous le porche. Il franchit en trombe la porte d'entrée, traversa la maison au pas de course, mais elle était déserte, ainsi qu'il s'en était douté. Vide, également, le garage.

A l'exception d'un rat qui se sauva à sa vue et du corps nu d'une jeune femme suspendue par les chevilles à l'une des poutres métalliques. Bras ballants, doigts frôlant le sol. Cheveux flottants, nimbés d'or par la clarté émanant de la fenêtre, elle luisait sous la lumière tel un somptueux ornement, tournoyant lentement.

Hess s'approcha pour mieux voir l'objet brillant en acier inoxydable fiché contre sa clavicule. Il le reconnut pour l'avoir vu au département de sciences mortuaires : c'était une canule destinée à ligaturer l'extrémité d'une jugulaire sectionnée et à faire passer du liquide dans l'autre qui était ouverte. Le sol était une mare de sang d'un rouge d'encre et la femme — dont Hess estima qu'elle ressemblait au porte-parole des manifestants qu'il avait vue sur CNB — était blême et sans vie sous la lumière matinale. Son sac à main était posé au milieu du lac macabre.

Hess s'efforça de réfléchir. C'est exprès qu'il l'a laissée ainsi, songea-t-il. S'il s'est donné tout ce mal et s'il l'a laissée dans cet état, c'est pour qu'on la voie. Parce qu'il a embarqué Merci, et que deux, c'est trop pour un seul homme. Il a échangé celle-ci contre Merci, et c'est sur Merci qu'il va exercer ses talents, maintenant.

Où ?

Il lui faut de la tranquillité. Un endroit où la suspendre. Et de l'électricité pour faire fonctionner le Porti-Boy.

De retour dans sa voiture, il appela le dispatcher et demanda qu'on lui passe Brighton. Lorsqu'il eut le shérif au bout du fil, il demanda qu'un hélicoptère survole l'Ortega Highway à la recherche d'une fourgonnette de livraison gris métallisé ou d'un homme se déplaçant à pied ; il demanda à des voitures de patrouille du comté de Riverside de se rendre au Rose Garden Home et à l'ancienne adresse de Lee LaLonde à Lake Elsinore et il demanda que le coroner soit dépêché au domicile de Merci Rayborn.

— Seigneur, Tim. On a un autre homicide sur les bras, à Irvine. Dans ce putain de parc. La nouvelle vient de tomber.

— Ecoutez, est-ce qu'à tout hasard on ne pourrait pas envoyer McNally et ses chiens chez Rayborn ? La piste est fraîche et...

— Ils ne peuvent pas pister quelqu'un dans un véhicule...

— Ils ne peuvent pas pister quelqu'un dans un *chenil*. Ça vaut le coup d'essayer.

— D'accord.

Il resta un moment assis dans sa voiture ; la chaleur matinale entrant par les vitres baissées l'incommodait. Il ôta son chapeau, essuya la sueur sur son crâne. Par la fenêtre poussiéreuse du garage, il distinguait la silhouette pâle de Trudy Powers suspendue en l'air.

Un endroit où la suspendre. De la tranquillité. De l'électricité.

L'Ortega, c'était trop évident, et de toute façon la police s'en occupait. Le Rose Garden Home : Hess avait fait le nécessaire. Chez LaLonde aussi. Colesceau avait pensé que quelqu'un viendrait ici chercher Merci, aussi était-il parti en hâte.

Quelque part, tout près de là. Quelque part où il serait tranquille. Un endroit familier.

Il songea à l'immense atelier de Pratt où l'on amenait « des tas de boue qui en ressortaient comme des bijoux », et il démarra sur-le-champ.

La lourde conduite intérieure s'élança en dérapant dans l'allée, se redressa sur le chemin de terre conduisant à la rue. Les nids-de-poule ne facilitaient pas la conduite. Hess était cramponné au volant comme un capitaine à son gouvernail dans la tempête.

42

La pièce, Merci la voyait à travers les pulsations de la douleur. Monde sens dessus dessous de roues chromées, de pistolets pulvérisateurs, de récipients et de bidons, de tuyaux. Murs recouverts de contreplaqué perforé où étaient accrochés des outils et des affiches de femmes. Sol de béton — juste sous sa tête mais hors de portée de ses doigts — taché de peinture, d'huile, de liquides divers. Le monde à travers un voile rouge.

Lorsqu'elle se tourna vers la droite, elle distingua la calandre, les phares et les pneumatiques d'une fourgonnette de livraison gris métallisé. Mais elle ne put distinguer le dessin des pneus. Près de la fourgonnette, une décapotable luisante jaune et noire qu'elle ne parvint pas à identifier. A condition de contracter ses abdominaux et de raidir les muscles de son cou, elle pouvait apercevoir ses jambes — et jusqu'à ses boots — qui étaient ligotées à l'aide d'une corde orange et attachées à une plate-forme très haut au-dessus du sol.

La douleur était intense. Impossible d'y échapper. C'était comme si on lui avait fait couler du plomb fondu dans la tête. La chair boursouflée de son visage se pressait contre le ruban adhésif qui lui obstruait la bouche. Elle sentait l'adhésif qui s'enfonçait dans ses joues. Si elle arrivait à se redresser à la taille et à relever la tête, la pression cesserait aussi longtemps qu'elle réussirait à se maintenir dans cette position. Mais pas longtemps. Et ça lui pomperait toutes ses forces, surtout avec le gilet pare-balles de deux kilos et demi qui l'empêchait de respirer correctement et qui lui faisait dégouliner de la sueur sur la poitrine et dans les yeux. Etirés au maximum, les muscles de ses aisselles la brûlaient tant ils étaient sollicités. Ses poignets étaient attachés l'un contre l'autre avec de l'adhésif et ses doigts, qui pendaient presque jusqu'au sol, lui donnaient l'impression d'avoir été écorchés, mis à vif puis frottés avec du sel. Ses chevilles la lançaient. Elle n'avait plus de sensations dans les pieds.

Malgré la douleur qui l'engourdissait, elle avait encore dans les narines l'odeur sucrée et étouffante du chloroforme — gaz jadis couramment utilisé comme anesthésique, comme elle l'avait appris en cours de chimie. Le fumier lui en avait fait respirer à deux reprises pendant qu'elle était suspendue à la plate-forme. Cela après lui en avoir mis une première dose sous le nez quand elle était montée dans sa voiture, et Dieu sait combien d'autres tandis qu'il la transportait jusqu'ici.

Son H & K avait disparu — elle avait vu son ravisseur le manipuler près d'un des établis. Son arme de cheville avait disparu aussi. Il avait ri en voyant le derringer et fourré le petit objet dans sa poche. Sa seule arme secrète, c'était la dague italienne *made in China* cachée au fond de son sac à main. Et son téléphone portable. Mais son sac était hors de portée de ses mains tendues — posé sur le sol comme un idéal auquel on aspire le restant de ses jours sans jamais parvenir à l'atteindre. Elle se demanda si elle pourrait réussir à imprimer à son corps un mouvement de pendule, ce qui pourrait peut-être la rapprocher du sac à main.

— On n'a pas beaucoup de temps, dit-il.

Voix calme, accent composite, ouest, sud, un mélange de Texas, d'Arkansas et de Californie. Il y avait aussi une autre influence dans cette voix, et Merci supposa que c'étaient les inflexions roumaines que Matamoros Colesceau avait acquises dans l'enfance.

— J'aime pas me dépêcher, poursuivit-il, parce que tu sais, chérie, c'est le processus qui est important.

Merci n'avait pas de voix. L'adhésif étouffait ses paroles, ne lui laissant pousser que des grognements. Il y avait ce putain de rugissement de son sang dans ses tempes. C'était comme se tenir près d'une chute d'eau.

Et ce qu'elle songeait, c'était : Important pour qui, sac à merde ? Mais même ses propres pensées lui paraissaient faibles et lointaines.

— Mais va pourtant falloir que j'active le mouvement. Faudrait pas que les propriétaires nous trouvent encore ici en rappliquant sur le coup de neuf heures.

Merci le regarda : petit homme rondouillard portant boots, jean serré, chemise bariolée de chanteur de country à larges rayures, gilet de cuir noir. De longs cheveux blonds et une épaisse moustache également blonde qu'elle savait être des postiches et qui avaient l'air parfaitement authentiques. Mais sous ce déguisement elle reconnaissait Colesceau bien qu'elle le vît à l'envers, elle le reconnaissait à son attitude — épaules voûtées pour dissimuler les seins naissants, les yeux tristes et méfiants. Oui, c'était l'homme à qui elle avait parlé quelques jours plus tôt.

Celui qu'elle avait bousculé, méprisé. Celui qu'elle avait traité d'imbécile à la télé.

Celui que Hess comprenait, mais qu'il n'avait réussi ni à lui expliquer ni à s'expliquer.

Il y avait plus perturbant encore que son apparence : l'appareil luisant au-dessus duquel il se tenait. Une machine à embaumer, comme celle qui avait été livrée au Rose Garden Home. Elle se demanda si sa mère était au courant de tout ça.

Elle essaya d'imprimer à son corps un mouvement de balancier pour se rapprocher de son sac. Peut-être réussirait-elle à s'en saisir de ses doigts gonflés de sang, à atteindre la dague et... quoi ? D'abord elle s'efforça de faire ça en douceur puis elle comprit bien vite que prendre ne serait-ce qu'un peu d'élan allait être un sacré travail. Elle plia les jambes, agita sa tête douloureuse. Lorsqu'elle sentit un embryon de mouvement lui parcourir le corps, elle tourna la tête pour le regarder. Il tenait un tuyau à la main et il l'observait.

Elle lui rendit son regard et continua de mobiliser les muscles de ses épaules et de ses mains et de raidir les mollets pour créer le mouvement de balancier. Incroyable, le résultat insignifiant qu'elle obtenait, compte tenu des efforts qu'elle déployait. Il laissa tomber l'extrémité du tuyau et prit une bouteille d'un liquide qu'il se mit à verser dans le récipient de verre fixé sur la machine.

Il fallait qu'elle le retarde suffisamment pour laisser le temps à quelqu'un de la retrouver. Mais comment la retrouverait-on alors qu'elle-même ignorait où elle était séquestrée ?

Un frisson de peur la traversa. Ce fut comme une noyade — pas d'oxygène et le besoin de crier. Elle s'ordonna de rester calme. Calme mais sur le qui-vive. Elle évalua l'ampleur du mouvement de balancier de son corps. Un mètre trente environ. Le sac était encore à un mètre de ses mains. Merci essaya de s'encourager à dépasser sa panique et à refouler une crise de nausée : je t'*ordonne* de rester calme. Je t'*ordonne* de maîtriser la situation. Je t'*ordonne* de t'en sortir.

Mais ça n'était pas commode de respirer quand on avait la bouche bâillonnée avec de l'adhésif.

— Très drôle, dit-il. Tiens bon, chérie. Je vais ralentir le mouvement.

Il vint se placer derrière elle et Merci sentit la corde se tendre, stoppant son élan, la freinant. En elle quelque chose se brisa.

Elle se débattit follement malgré ses poignets ligotés,

dans l'espoir de l'agripper par un bout ou un autre. Tout ce qu'elle voulait, c'était lui faire mal.

Elle entendit un bruit de liquide. Elle tourna la tête — Seigneur, sa tête n'était qu'une boule de douleur qui pulsait — et le vit apparaître. Il brancha une rallonge orange dans une prise murale. Il approcha d'elle l'appareil, le posa sur le béton souillé.

Merci sentit son corps décrire un embryon d'orbite. Il ne lui restait pratiquement plus de forces. Tandis qu'elle tournoyait lentement au bout de la corde, elle s'efforçait de trouver un moyen de retarder Colesceau, de donner à ses collègues le temps de la découvrir.

Elle le regarda approcher, à l'envers, cheveux blonds sur les épaules, boots étincelantes, gilet serré.

— Jolie, la tentative, dit-il. (Il bloqua la corde.) Je ne vois pas ce que vous auriez pu tenter d'autre, ma jolie.

Puis il tendit la main. Il semblait lui offrir un de ces chiffons rouges qui se vendaient par paquets de cinquante. Le chiffon plié avec soin était posé au creux de sa paume.

Elle sentit ses boots lui écraser les doigts. S'il lui marchait dessus de tout son poids, elle risquait d'y perdre une phalange. Mais l'odeur du chloroforme l'agressa et elle ne put se retenir de réagir. La panique l'envahissant, elle lutta comme une perdue pour s'échapper. Elle essaya de libérer ses mains de son poids mais en vain. Elle hurla malgré le ruban adhésif. Elle le sentit qui lui empoignait les cheveux et lui appliquait le chiffon sur le visage. Pour la première fois de sa vie, Merci songea que le ciel était un endroit muni d'une porte qui lui demeurerait éternellement fermée.

Et elle retomba dans le cotonneux néant noir.

Colesceau déplia l'une des grandes couvertures grises qui servaient à protéger les carrosseries fraîchement repeintes et l'étala sur le sol maculé. Puis il allongea

Merci inconsciente dessus. Il découpa son chemisier. Il défit le lourd gilet pare-balles, coupa son soutien-gorge et les mit de côté. Il fit courir ses doigts sur la peau blanche et embrassa les pointes de ses seins, satisfait de les sentir se raidir sous ses dents. Puis il lui ôta ses bottes, son pantalon, son slip. Il avait des gestes efficaces, sans précipitation. Il lui releva les cheveux en une couronne de boucles brunes.

Se redressant, il la contempla. Elle était plus belle qu'il ne l'avait pensé : grande, bien proportionnée, forte mais lisse, semblable à une jument. Des jambes musclées mais bien galbées. Pas très poilues pour une brune. Des gros nichons, comme disaient les Américains. Le contraste de ses grains de beauté avec sa peau était délicieux.

Il regrettait de devoir effectuer simultanément le drainage et l'embaumement — c'était certes ainsi qu'on procédait chez les thanatopracteurs mais, pour Colesceau, c'était expédier ce qui devait être un processus lent, méditatif et souvent érotique. Enfin, une heure et demie, ça devait être suffisant pour mener à terme l'opération. Si nécessaire, il pourrait la charger dans la Shelby Cobra noir et jaune, fourrer le Porti-Boy dans le coffre et prendre une chambre dans un motel pour terminer l'embaumement. Il n'aurait qu'à monter le son de la télé pour couvrir le bruit de la machine. Peut-être même qu'il trouverait un vieux western à regarder.

Il toucha les sillons rouges autour de ses chevilles. Ils auraient tôt fait de disparaître. Les marques autour des poignets également. Mais ce n'était pas prudent de couper le ruban adhésif maintenant. Le bâillon non plus, il ne fallait pas le lui retirer. Il approcha le Porti-Boy et appuya sur la touche *marche* pour le tester. Le moteur ronfla et il l'éteignit.

Parfait, songea-t-il, incision, extériorisation de la carotide, mise en place de la canule. Quand tout serait en fonction, il pourrait commencer à injecter le produit de conservation. Lui injecter l'éternité.

Il sortit le scalpel de sa trousse et appuya du bout des doigts sur la clavicule. Oui, elle était bien là, l'adorable carotide, pulsant tel un serpent contre la pulpe de son doigt.

Quelle drôle d'idée quand même, songea-t-il, se donner tout ce mal pour conserver un flic...

43

Hess prit à gauche dans Palmetto avec la Chevy, traversant à toute allure la zone industrielle de Costa Mesa — chantier de construction navale, distributeur de propane liquide, casse automobile, fabricant de planches de surf, atelier spécialisé dans les motos personnalisées. Çà et là, de gros chiens l'examinaient derrière les clôtures grillagées. Puis il atteignit la façade de brique de Pratt Automobile. Au virage suivant, il tourna rudement à droite et arriva en vue de l'atelier.

C'était là qu'il se trouvait maintenant, derrière deux grandes portes métalliques. Dans chaque battant coulissant était ménagée une porte plus petite, de la taille d'un homme environ. Aucune fourgonnette en vue. Hess se gara de façon à bloquer les deux portes, puis il coupa le moteur et appela le dispatcher pour signaler sa position. Hess dit qu'il n'y avait pas une seule voiture de la police de Costa Mesa dans les parages et le dispatcher lui apprit qu'il y avait un 211 en cours, un vol à main armée, dans le quartier est, et que toutes les voitures disponibles avaient convergé dans cette direction. Il lui apprit également — ce qui était une bonne nouvelle — que les hommes du shérif avaient arrêté une fourgonnette de livraison se dirigeant vers l'est sur l'Ortega Highway, et que Hess devrait se tenir prêt à intervenir.

Il descendit de voiture, mit son chapeau et s'approcha

des portes. Ce qui déclencha aussitôt les réactions des chiens de garde — une vraie meute à en juger par le boucan —, dont les aboiements enveloppèrent Hess dans l'air tiède estival. Il entendait cliqueter et grincer les clôtures métalliques. Impossible d'ouvrir les portes ou de faire coulisser les battants. C'était fermé de l'intérieur, comme il s'y attendait.

Et s'il y avait quelqu'un dedans, on l'aurait entendu.

Il fit le tour du bâtiment et rejoignit la façade. Pas de fourgonnette en vue là non plus. Il y avait cinq places de parking devant le magasin, un carré d'herbe et du lierre roussi près des fenêtres, une manière de terrasse avec du mobilier de jardin. Il inspirait avec difficulté lorsqu'il tourna le coin et il aurait bien voulu que son cœur se calme un peu car il battait la chamade. Hess se dit qu'il ne devait pas trop s'en inquiéter. D'autant qu'il y avait un bout de temps que son cœur avait cessé de lui obéir.

Il s'approcha du bâtiment et, quasiment plié en deux, longea les fenêtres et la façade où s'étalaient les lettres écaillées de la raison sociale : PRATT AUTOMOBILE. Le lierre qu'il écrasa sous ses pas était presque sans feuilles. Il se glissa derrière un banc de fer forgé rouillé, cerné de mégots. Son dos était douloureux et cette position intensifiait encore la douleur. Les portes de devant étaient en verre, renforcées d'un grillage, fermées à clé également. Il approcha ses mains du carreau crasseux et distingua les boiseries sombres du bureau, le comptoir sur lequel était posé l'ordinateur, les rangées d'étagères. A l'extrémité d'une rangée de rayonnages, Hess aperçut une porte munie d'un judas vitré.

Le magasin était plongé dans l'ombre mais de la lumière filtrait par le judas donnant sur l'atelier. Une corde orange oscillait doucement, accrochée dans l'atelier caverneux derrière la vitre.

Le cœur de Hess se mit à battre à coups redoublés, sa vue n'avait jamais été plus perçante. Il ne fit qu'un bond jusqu'au banc de fer forgé et le traîna loin du garage.

Les pieds du banc s'accrochèrent dans le lierre moribond, traçant des sillons dans la terre sèche et dure.

Il lui fallut s'y reprendre à deux fois pour soulever le banc. Pieds plantés dans les mégots, il oscillait sous l'effort.

La fenêtre vola en éclats juste sous le mot PRATT, détruisant la quasi-totalité de l'enseigne. Des tessons triangulaires ourlaient le chambranle. Prenant son 45, Hess en brisa quelques-uns avec la crosse. Puis, posant un pied sur le bas du châssis, il se hissa sur le rebord et atterrit à l'intérieur au milieu des éclats de verre, se coupant un doigt de la main gauche. Titubant au milieu des débris meurtriers, Hess s'efforça de garder l'équilibre. Ayant trouvé l'ouverture du comptoir, il releva violemment la tablette et l'ouvrit.

Puis il se retrouva courant dans l'allée centrale bordée de hautes étagères, bras gauche tendu vers la porte du vaste atelier, le judas paraissant grossir à mesure qu'il en approchait.

Il agrippa la poignée, la manœuvra vivement, franchit la porte. Le bruit du battant se refermant derrière lui résonna dans la salle immense.

Dans sa ligne de mire : une fourgonnette gris métallisé. Une voiture de course jaune. Une corde orange. Merci recroquevillée sur le sol, sous la corde, nue mais vivante. Elle leva la tête et la secoua en le voyant. Sa bouche était bâillonnée et Hess l'entendit hurler contre l'adhésif.

Puis un petit homme à longs cheveux surgit de derrière la voiture de course et lui tira dans l'estomac.

Hess fit feu une fraction de seconde plus tard et l'homme fut projeté à la renverse contre la fourgonnette. Il ressemblait au type de Kamala Petersen, et il portait un épais gilet noir par-dessus sa chemise à rayures bariolées. Les deux coups de feu que Hess tira ensuite parurent clouer sa cible au métal de la carrosserie. Mais on lui répliqua bientôt à deux reprises. Hess s'accroupit, il entendait les balles ricocher autour de lui dans l'atelier.

Alors qu'il s'apprêtait à tirer de nouveau, il ne distingua plus que le véhicule gris métallisé. Il regarda par terre près de la fourgonnette, n'en croyant pas ses yeux : là où il s'était attendu à voir un corps, il n'y avait rien. Puis l'une des portes de l'atelier s'ouvrit, laissant s'engouffrer le soleil, tandis que le petit homme se ruait dehors.

Hess fonça auprès de Merci. Elle n'avait pas l'air dans les vapes, les muscles de son cou se crispaient contre le ruban adhésif. Elle essayait toujours de parler.

— Tout va bien, dit Hess, qui trouva que sa voix manquait de conviction.

A l'aide de son canif, il coupa le ruban qui lui ligotait les poignets. Il eut du mal car ses mains étaient gluantes de sang. Il s'était promis de ne pas regarder le trou qu'il avait dans le ventre et de ne pas y toucher mais, apparemment, il l'avait fait machinalement. Il jeta un coup d'œil à son ventre en remettant le couteau dans sa poche, n'apercevant guère que sa chemise ensanglantée et sa ceinture. En entrant dans le corps, une balle ne fait pas de gros dégâts, juste un trou de la grosseur d'un crayon bien taillé. A la sortie, c'est une autre paire de manches.

Là, il avait l'impression qu'on lui avait balancé un aviron dans l'abdomen, un aviron terminé par un gros clou. Et il lui semblait que son corps essayait de se presser contre l'orifice d'entrée du clou, comme pour combler le vide. Sa chair était manifestement en proie à la plus extrême confusion. Il défit le petit 32 qu'il portait à la cheville dans son holster et le montra à Merci avant de le poser sur la couverture.

Quelques secondes plus tard, Hess était dehors derrière le garage Pratt, cerné par l'aboiement des chiens, regardant sur sa gauche l'allée le long de laquelle courait le Tireur de sacs avec ses longs cheveux blonds luisant sous les rayons du soleil. Il avait cent mètres d'avance. Guère plus. Un début de nausée saisit Hess tandis que le sang tiède trempant ses sous-vêtements dégoulinait dans ses chaussures.

Il s'élança.

Il courait de toute la force de ses jambes.

Il regrettait d'avoir mis ses chaussures noires à bouts renforcés, c'était son gilet pare-balles qu'il aurait dû penser à enfiler. Au lieu de cela, il avait décidé en partant de chez lui ce matin-là de prendre son chapeau mou.

De part et d'autre de l'allée, les chiens furieux se jetaient sur les clôtures métalliques souples et rebondissaient. Il en était si près qu'il entendait claquer leurs crocs. Hess essaya de garder la cadence mais il avalait et recrachait de l'air deux fois plus qu'avant maintenant, et les objets lui apparaissaient comme cernés d'un trait rouge qui lui donnait l'impression d'avancer dans un rêve.

L'important, c'était de continuer à agiter les jambes, de ne pas perdre le Tireur de sacs de vue. *Ne pas le perdre de vue.* Hess n'était plus qu'à soixante mètres derrière lui. Et l'écart se comblait. Encore trente mètres et il pourrait tenter de le plomber. Quinze, et il le descendrait à coup sûr, visant au-dessous du gilet pare-balles. La douleur qui lui traversait le ventre était telle qu'il en louchait.

Hess gardait les yeux rivés sur sa proie. Ses foulées faisaient un bruit mou de chaussettes trempées dans des chaussures trempées. Le colt était glissant et lourd dans sa main. Il songea à changer de main, il songea aussi à le laisser tomber. Il se dit qu'il devait avoir ralenti, car Colesceau lui semblait plus loin maintenant. Rassemblant ses forces, il essaya de lever les genoux pour accélérer.

Le Tireur de sacs disparut sur la droite. Hess le suivit, quelques secondes plus tard. Il traversa un terrain garni de bottes de paille où étaient fixées des cibles de tir à l'arc — pas le moindre archer en vue à cette heure matinale —, puis passa devant une sorte de pavillon en stuc jaune. Hess distinguait tout juste la chemise bariolée et les cheveux longs qui tournaient le coin devant lui.

Puis il traversa une rue déserte et pénétra chez un pépiniériste. Hess aperçut un Japonais trapu — lequel dévisagea Colesceau puis Hess d'un œil stoïque. Il tenait dans les mains un plateau de fleurs.

Derrière la pépinière, le marécage de la Santa Ana River — taillis de bambous et d'herbes folles peuplé de chats retournés à l'état sauvage et d'êtres humains trop démunis pour se payer un toit. Hess regarda Colesceau détaler entre les rangées d'arbres, regarder par-dessus son épaule, enjamber la clôture métallique et passer de l'autre côté. Il semblait être à un kilomètre cinq cents maintenant, mais Hess se dit que c'était la douleur qui, en lui fermant presque les yeux, l'empêchait d'apprécier les distances correctement.

Puis ses jambes se mirent à donner des signes de faiblesse. Son équilibre commença à lui faire défaut et il lui fallut tendre les deux mains en avant comme un funambule pour se maintenir à la verticale. Son arme de plus en plus lourde le déstabilisait considérablement. Pourtant, il ne tomba pas. Un peu déçu, il s'aperçut qu'il avait toujours son chapeau sur la tête : courait-il si vite que ça, finalement ?

Colesceau se dirigeait vers la jungle, cent mètres plus loin.

Puis Hess sentit un mouvement derrière lui, et Merci le dépassa. Elle courait à toute allure et elle tenait quelque chose de brillant et de tout petit à la main.

— Je le tiens, dit-elle en passant.

Elle fonçait.

Hess sentit qu'il ralentissait, que son torse oscillait à la recherche d'un équilibre problématique, puis il vit le sol monter à sa rencontre et tourna la tête de côté de façon à ne pas se briser le nez en tombant.

La tête dans la poussière, il jeta un coup d'œil à la rivière juste à temps pour voir Merci franchir la clôture grillagée.

Hess fut soulagé de constater qu'enfin son chapeau était tombé. Content de voir qu'il tenait toujours son gros automatique dans la main droite. En quelque quarante années de service, il ne s'était jamais fait déposséder de son arme.

Il se mit péniblement à genoux, ramassa son chapeau et se leva. Il rengaina le 45 dans son holster — car dans cette pépinière l'arme semblait particulièrement incongrue. Cherchant un endroit où s'asseoir, il avisa un banc de bois près de roses en pot. Des roses, il y en avait des milliers, des rouges, des jaunes, des blanches, des violettes. Et il y avait aussi une fontaine, avec un dauphin qui crachait de l'eau.

Le banc avait un dossier, il s'y appuya. Il mit son chapeau et en ajusta le bord. Il ne se donna même pas la peine de baisser les yeux pour s'examiner le ventre. Il avait l'impression qu'on lui avait brûlé l'abdomen à l'aide d'une cigarette de la taille d'une bûche.

Il respirait toujours par saccades. Il n'arrivait pas à trouver d'assez d'air.

Il vit le Japonais qui s'avançait vers lui le long de l'allée, son plateau de fleurs toujours dans les mains.

Hess ne se sentait pas vraiment d'humeur à parler. Pourtant, il savait qu'il lui faudrait fournir des explications. Après tout, il avait déboulé, armé, dans une propriété privée et il occupait un banc qui ne lui appartenait pas. Il entendait le lent *flic-flic* du sang heurtant le sol sous le banc.

Hess se redressa et leva le nez. Il croisa les mains sur ses genoux et eut l'impression de les plonger dans une casserole pleine d'un liquide humide et chaud. Il se demanda ce qu'il allait pouvoir raconter. Mais ses pensées fonctionnaient au ralenti, comme dans un rêve, et il n'aurait su dire si elles étaient cohérentes ou non.

Bonjour, je m'appelle Tim Hess...

Il lui sembla que le pépiniériste l'examinait de très loin. Il le vit qui remuait les lèvres. Mais aucun son ne lui parvint. Hess s'efforça alors de lire sur les lèvres de l'autre.

— Vous êtes qui ? Le méchant ou le gentil ?

Très lentement parce qu'il ne pouvait s'y prendre autrement, Hess ôta son chapeau mou. L'heure était aux bonnes manières. Il le posa sur ses genoux et regarda le pépiniériste. Il lui fallut du temps et beaucoup d'énergie pour formuler sa réponse. Il voulait qu'elle soit correcte. Et il finit par énoncer, d'une voix qu'il espéra forte et assurée :

— Je suis un inspecteur... de la police du département du shérif du comté d'Orange. Les voyous, on les arrête. Mais ils reviennent. Encore et encore. Je n'ai accompli que de petites choses. Dont seule une poignée de gens se soucie. Y a pas beaucoup de gens qui se souviendront de moi. J'aimerais avoir des enfants à qui... transmettre des choses. J'ai sauvé trois vies. Trois. Ça, c'est sûr. Et peut-être quelques autres aussi, mais par hasard. Ces trois vies, c'est ma contribution la plus solide. Toute ma vie, j'ai voulu être... utile. Faire un boulot utile. Et que ça se voie. Eboueur ou maçon. Ou médecin. C'est tout ce que j'ai à dire.

Le pépiniériste flottait devant lui tel un mirage. Ses fleurs jetaient des rayons de lumière colorée dans le ciel.

— Vous vouliez être utile ? Vous avez réussi.

— J'ai l'impression que je suis prêt.

— Ne parlez plus. Je vais appeler quelqu'un.

44

La piste sinuait à travers les bambous élancés, aussi ne l'apercevait-elle que par intermittence, loin devant, dans les étroites clairières, jetant un regard par-dessus son épaule avant de disparaître de nouveau dans l'épaisse végétation jaune pâle. Les chats se glissaient entre les troncs. Atteignant une zone dégagée, elle enjamba un feu de camp qu'entouraient trois hommes ébahis en haillons qui la regardèrent passer, bouche bée au milieu d'une barbe crasseuse.

Elle ne savait trop comment elle avait réussi à arriver jusque-là. Les vapeurs du chloroforme ne s'étaient pas encore pleinement dissipées lorsqu'elle avait vu Hess. Elle avait essayé de le prévenir, entendu l'écho des coups de feu, puis vu la lumière du soleil s'engouffrer par la porte tandis que Colesceau prenait la fuite.

Son premier mouvement avait été d'enfiler ses vêtements, avant de ramasser l'arme de Hess et de débouler dans le brillant matin estival. L'air lui perçait les poumons, chaque pas l'aidait à chasser de son système le gaz délétère. S'il s'arrêtait, qu'il se cachait et l'attendait, il pourrait lui tirer dessus au passage. Le sachant, elle essayait de garder les yeux sur les bambous devant elle. Et chaque fois qu'elle le voyait elle songeait à Hess et alors elle accélérait l'allure, s'efforçant de le rattraper. Il avait l'air mal assuré sur ses jambes. Elle regrettait de ne pas avoir son H & K 9 mm.

Colesceau se propulsait le long de la piste. Il n'aurait su dire si ses jambes affaiblies par le traitement hormonal allaient pouvoir le porter encore très loin et il savait que bientôt la jungle allait céder la place au vaste lit asséché de la rivière, où il serait complètement à découvert. Là, il lui faudrait se mettre à tirer. Il était en possession d'une arme de service de la police mais ne savait pour ainsi dire pas s'en servir. S'il avait touché le vieux salopard, c'était un coup de pot. A en juger par le bruit que ça avait fait, il l'avait touché pour de bon.

Le gilet était lourd comme de l'acier autour de sa poitrine et lui écrasait les seins. Mais il lui avait permis de se sauver de ce bâtard de Hess. Maintenant, il aurait bien aimé s'en débarrasser pour pouvoir accélérer l'allure. Jetant de nouveau un coup d'œil par-dessus son épaule, il vit Merci qui se frayait un chemin à travers les bambous. Détail inquiétant, elle gagnait régulièrement du terrain. Or il ne connaissait que trop bien la détermination des femmes en colère. Et en colère, ne l'étaient-elles pas toutes ?

Si près, songea-t-il, j'étais si près du but. Dix secondes encore et il aurait extériorisé et sectionné la carotide, positionné la canule, mis le Porti-Boy en route, et à l'heure qu'il était Merci serait immortelle. Mais à l'instant où il avait entendu la voiture s'arrêter dehors, où quelqu'un avait essayé d'ouvrir les portes du garage, il avait compris que c'était son coéquipier, le vieux type. Le militaire. Il lui avait paru plus judicieux d'enfiler le gilet pare-balles et de neutraliser Hess que d'entamer le processus d'embaumement. S'il avait réussi à commencer, il aurait disposé d'une heure avant l'arrivée de Pratt, de Lydia et de Garry. Quelques secondes, songea-t-il. Et je lui administrais les liquides qui lui auraient permis d'atteindre l'éternité.

Il pensa à sa mère, à son sentiment de libération et de légèreté lorsqu'il en avait eu fini. Pourquoi avait-il attendu si longtemps ? Il songea à Trudy Powers. Quel plaisir il avait éprouvé en voyant son visage lorsqu'il avait frappé la Cigogne. Il songea à Lael, à Janet et à Ronnie : il se sentait léger, maintenant qu'il était débarrassé de leurs exigences, de leurs jeux stupides, de leur égoïste pouvoir.

A travers le fourré devant lui, il distinguait le lit sablonneux de la rivière et il se dit qu'il était temps de prendre une décision. Passé le tournant suivant, il aperçut une petite aire de terrain dégagé au milieu des longues tiges de bambous. Il s'immobilisa, fit demi-tour et courut s'y réfugier. Puis soulevant l'arme à deux mains, il la braqua à hauteur de sa poitrine.

Lorsqu'il fixa le canon il eut l'impression de voir un grand puits noir.

Merci entrevit le lit de la rivière à travers les branches frémissantes et fonça. Scrutant la piste, elle ne distingua rien. Puis elle regarda devant elle sur sa droite et vit un coude qui dépassait des feuillages.

Prenant son élan, elle effectua une glissade magistrale digne d'un bloqueur de base-ball, pieds joints, talons s'enfonçant dans la terre, le 32 bien en main, bras gauche levé pour se protéger le visage. Emportée par son élan, elle se retrouva à un mètre environ de l'homme blond qui se cachait dans les bambous.

Elle fit feu à deux reprises et il tressaillit sous l'impact.

Mon gilet pare-balles.

Il braquait quelque chose dans sa direction.

Elle lui décocha un des fameux coups de pied appris à l'école de police, rien d'élégant mais de l'efficace. Sa botte frappa le poignet du type, déviant l'arme. Elle lâcha le flingue de Hess, se releva tel l'éclair et des deux mains fit pénétrer la dague par-dessus le bord du lourd gilet. Il y eut comme un sifflement. Colesceau écarquilla les yeux. Sa tête fut renvoyée en arrière, une ouverture béante apparut sous son menton. Modifiant sa prise sur le couteau, elle le planta plus haut, et rudement, dans la tempe de son adversaire. Lâchant le stylet, elle lui abattit ses poings sur les mains. Le H & K s'échappa enfin des doigts de Colesceau, avec un craquement, et alla atterrir sur la piste.

L'homme s'affaissa, tomba sur les genoux en portant les mains à son cou.

Il la regarda avec des yeux qui semblaient empreints de tristesse. La perruque avait glissé sur sa tête.

— *Mer... ci*, gargouilla-t-il.

— Pas de quoi, répondit-elle.

C'était à peine si elle entendait le son de sa propre voix bien qu'il n'y eût alentour que le silence.

Colesceau baissant le nez vers le H & K, elle lui décocha un coup de pied dans le front et il partit à la renverse.

Elle récupéra son flingue et, plantée au-dessus de lui, le coucha en joue.

— *Mer... ci.*

— Pas de quoi.

Elle pressa la détente et le visage de Colesceau se convulsa, son crâne perdit sa forme. Mais il avait toujours les yeux braqués sur elle.

— *Mer...*

Elle lui tira de nouveau dessus.

Hess était assis sur un banc près des roses lorsqu'elle le rejoignit. Il avait son chapeau sur les genoux et sa tête pendait confortablement, comme celle d'un homme qui fait une petite sieste. Elle vit le sang qui maculait sa chemise et la petite flaque luisante sous le banc.

Elle s'agenouilla devant lui. Il fixait le sol. Il y avait de l'espoir et de la douceur sur ses traits, mais il ne voyait rien. Ses rides s'étaient comme estompées et il avait la même allure que le soir où il s'était endormi dans le fauteuil près de la fenêtre et où elle avait eu si fort envie de lui toucher les cheveux.

Merci lui effleura la joue. Sentant soudain une présence, elle se releva. Un homme approchait, portant une couverture. C'était celui qu'elle avait dépassé quelques minutes plus tôt, mais il portait un plateau de fleurs alors.

Il s'arrêta en voyant cette grande femme bien bâtie couverte de sang, qui tenait un gros calibre à la main.

— C'est un policier, dit le pépiniériste. Personne ne se souviendra de lui. Mais il a sauvé trois vies.

Elle le considéra.

— Pas trois, quatre. Et vous n'y connaissez rien. Passez-moi cette couverture, s'il vous plaît.

45

Au printemps, Merci emmitoufla le nouveau-né et se rendit au Wedge. Il était tard et la nuit était plutôt fraîche car il y avait eu une tempête, ce qui était plutôt inhabituel pour un mois de mai.

Le bébé avait pleuré pendant presque tout le trajet, ce qui n'avait rien d'étonnant. C'était une petite chose inconsolable : toujours affamé, mal dans sa peau quand il ne dormait pas. Physiquement, il ne payait pas de mine : c'était un longiligne qui n'avait pas un poil de graisse, et dont le crâne s'ornait de rares touffes de cheveux noirs. Ses poumons et sa voix semblaient incroyablement puissants. Il tétait avec avidité et pleurait des heures d'affilée. Merci n'en avait pas cru ses yeux lorsqu'elle l'avait mis au monde après un calvaire de douze heures. A la vue de ce pauvre petit être, elle avait éclaté en sanglots.

Pour Merci, les neuf derniers mois avaient été les plus atroces de sa vie. En enterrant Hess, elle avait eu l'impression de perdre une moitié d'elle-même. La moitié qu'elle préférait. Lorsqu'elle enterra sa mère, six mois plus tard, ce fut pire. Elle ne s'était pas attendue à ce que ce décès la bouleverse à ce point, pourtant cet événement lui rappela qu'il y avait des milliers de choses qu'elle aurait aimé pouvoir dire à sa mère. Consoler son père était impossible car il se cramponnait à Merci avec un désespoir dont elle ne l'aurait pas cru capable. Est-ce que sa mère avait dû supporter ça pendant quarante ans ? Maintenant, c'était à elle de prendre le relais. Il était tout à elle. Il voulait même s'installer chez elle.

Puis il lui fallut demander un congé de maternité. En discutant de celà avec Brighton, elle eut l'impression qu'elle disait adieu à sa carrière. Jamais elle ne serait chef de la criminelle à cinquante ans, jamais elle ne pourrait espérer devenir shérif à cinquante-huit. Finies, pour le moment, les semaines de soixante heures. Peut-être à jamais. Brighton avait hoché la tête, s'était penché vers elle, les coudes sur le bureau, s'efforçant de prendre un air sombre. Mais elle lisait en lui à livre ouvert. Ses ovaires l'avaient trahie, ils avaient réussi là où les manœuvres politiciennes de Chuck Brighton avaient échoué : elle serait bientôt une mère célibataire et sa carrière avait du plomb dans l'aile. Elle n'était peut-être pas brisée ; mais sérieusement compromise, ça oui.

Merci se gara, prit le bébé dans ses bras et marcha jusqu'à la plage. La lune était aux trois quarts pleine et elle distinguait nettement les rochers de la jetée. Les vagues étaient moins furieuses que la veille avec la tempête ; mais elle les voyait néanmoins se former le long des rochers, s'élever sous la clarté de la lune et se briser sur le rivage.

L'océan, la nuit, pouvait être effrayant. Pas aussi effrayant que Colesceau embusqué dans les bambous avec le H & K qu'il lui avait dérobé et l'étincelle du meurtre dans les yeux. Mais presque.

Alors qu'elle prenait pied sur la jetée, Merci sentit toute la force des vagues dans ses jambes. Heureusement qu'elle portait ses chaussures de randonnée, se dit-elle, celles qui avaient des semelles antidérapantes.

Contemplant la nuit noire, elle se força à songer à toutes les choses agréables qui lui étaient arrivées au cours de ces derniers mois, les plus éprouvants de son existence : la citation reçue en janvier pour sa bravoure, la publicité tous azimuts et l'augmentation de salaire que lui avait values la poursuite courageuse du Tireur de sacs. Une suite d'entretiens avec Chuck Brighton, qui était décidé à la laisser à la criminelle. Pas de problème.

Si elle avait obtenu certaines de ces choses agréables, c'était grâce au fait qu'elle avait renoncé à poursuivre Kemp. Brighton ne le lui avait pas dit dans ces termes, mais c'était implicite. Il fallait laisser les plaies cicatriser. Il fallait oublier, tourner la page. Et surtout, il convenait de sauver la face. Elle était heureuse d'en avoir fini avec cette histoire de procès. Les cinq autres plaignantes n'avaient pas désarmé, elles, et Kemp n'était pas encore tiré d'affaire. Elle n'y voyait rien à redire.

Nulle part dans les médias il n'avait été fait mention de ce que Merci n'arrivait pas à se pardonner : à savoir que c'était son propre automatique qui avait tué Hess. On n'avait dit nulle part non plus que l'homme écarté de la liste des suspects par le sergent Rayborn était celui-là même qui avait caché trois cadavres dans l'appartement jouxtant le sien, celui-là même qui avait descendu son coéquipier. Non. Le comité du Grand Jury qui avait enquêté sur les circonstances de la mort de Colesceau avait préféré, en rendant ses conclusions, faire silence là-dessus.

Le public ignorait beaucoup de choses mais Merci savait comment ça s'était passé, et la plupart de ses collègues aussi.

Elle emporterait ce secret dans la tombe.

Il ne lui était pas venu à l'idée de se dire qu'elle avait choisi la bonne tactique compte tenu des circonstances. Compte tenu du fait que nul n'avait jamais raison tout le temps. Que personne n'était jamais assez malin ni assez rapide. Elle culpabilisait trop en pensant à Hess pour se tenir ce genre de discours.

Son souvenir la poursuivait.

Elle s'avança sur les rochers. La brise lui giflait maintenant les joues. Le vent était moins âpre sur le rivage. Elle distinguait la jetée devant elle, la lune et sa clarté argentée de l'autre côté des rochers, les vagues qui enflaient à mesure qu'elle s'approchait, le noir infini du Pacifique alentour. L'océan de Hess, songea-t-elle.

— Voilà ce que ton père aimait, Tim, dit-elle.

Etrange. Cela faisait un drôle d'effet de prononcer ce nom rien que pour elle et son fils. Il y avait dedans quelque chose d'indestructible, de sacré. Le prénom avait acquis une signification différente mais sans pour autant perdre son sens premier.

Immobile, elle contempla les eaux ténébreuses. Les vagues dressaient leur masse liquide. Elle n'en revenait pas qu'elles soient si grosses encore alors que la tempête était terminée. L'horizon ? Impossible de le voir. Comme il était impossible de voir le lendemain. Elle jeta un coup d'œil sur sa droite alors qu'une montagne écumante déferlait le long des rochers. La grosse vague passa devant la lune, la clarté lunaire frappa l'eau au passage puis chevaucha la crête de la déferlante. Jamais elle n'avait rien vu de semblable.

Les larmes lui jaillirent des yeux. Elle versait des pleurs sur Hess, sur elle-même, sur le bébé. Sur Jerry Kirby. Sur les victimes de Colesceau, les patients du Rose Garden Home. Et même sur LaLonde, ce jeune type un peu excentrique qu'on avait exploité sans vergogne.

Mais surtout sur Hess, car elle avait eu l'impression qu'il l'accusait de l'autre côté du fleuve de la mort à toute heure du jour et de la nuit : *toi, toi, toi.*

— Laisse-moi, Hess.

Les vagues ne lui répondirent pas. Tim s'était tu et elle voyait briller une étincelle dans ses yeux — cette fragile galaxie perdue dans la couverture.

— Laisse-moi. Je t'aimais, je t'ai perdu et je suis responsable de ta mort. Jamais je n'oublierai que c'est moi qui t'ai tué. C'est ça que tu veux, Hess ? Tu veux que je le dise ? Si tu savais comme je suis désolée d'avoir causé ta mort.

Elle sanglotait, contemplant l'eau à ses pieds.

Je pourrais descendre du rocher et me perdre dedans, songea-t-elle. Que l'océan de Hess se charge de tout.

Non, je vaux mieux que ça.

Je n'ai pas réussi à sauver ton père, Tim, se dit-elle. Pourtant j'ai fait tout mon possible. J'ai tout tenté. J'ai fait le maximum.

A cette pensée, quelque chose se brisa en elle. Hess — ou ce qu'elle croyait à son propos — se détacha d'elle, s'évanouit dans la nuit. C'est avec tristesse qu'elle vit tout cela disparaître, et avec de nouvelles larmes. Puis même les larmes se tarirent.

Elle fit demi-tour, regardant bien où elle mettait les pieds, serrant Tim contre sa poitrine. Elle le sentait qui agrippait le col de sa veste.

Elle voulait de nouveau contempler les vagues — les vagues qu'avait tant aimées Hess, les vagues qui venaient de lui arracher à jamais une parcelle d'elle-même.

Mais l'écume lui ayant fait détourner le visage, elle ne vit pas la chose qui l'entraînait.

Elle eut l'impression qu'on l'empoignait. Pour la seconde fois de sa vie, un monstre dont elle n'avait pas soupçonné la présence l'attaquait par-derrière. Merci ne songea qu'à une chose : sauver Tim.

Il lui fallait refaire surface, sinon il mourrait. Seulement la vague l'avait fait basculer, et avec le rugissement de l'eau déchaînée qui lui emplissait les oreilles et l'océan qui la pilonnait, la ballottait rudement, impossible de se repérer. Il n'y avait plus ni haut ni bas. Lorsqu'elle se força à ouvrir les yeux, ce fut pour entrevoir un monde informe et noir. Et puis elle réalisa qu'elle était presque à bout de souffle. Elle se dit que si elle arrivait à garder son sang-froid, elle remonterait à la surface où elle retrouverait de l'air, et par là même la vie.

Aussi fit-elle appel à toutes ses forces. Et c'est soutenue par le calme de la volonté qu'elle remonta à la surface, tenant Tim à bout de bras. Elle donna un violent coup de talon pour leur permettre d'échapper à l'abîme liquide. Tim de son côté poussa un hurlement.

Puis Merci sentit qu'on l'attrapait à nouveau par-derrière, elle sentit que son corps était comme emporté — elle se sentit décoller. De plus en plus haut. L'univers disparut. Elle contempla le terrible puits de ténèbres, serra Tim contre elle de toutes ses forces et se laissa aller complètement.

Elle ferma les yeux dans sa chute, étreignant toujours son fils. L'étreindre, c'était à sa portée, et elle n'était pas près de le lâcher. Elle s'excusa de l'avoir laissé mourir comme ça, c'était entièrement sa faute, elle était stupide, obsédée par ses propres problèmes. Mais elle ne relâcha pas sa prise. Rien n'était assez fort, pas même cette vague et cet océan, pour l'obliger à lâcher prise maintenant.

Lorsqu'elle toucha le fond, la vague leur retomba dessus et les pilonna. Une fois. Deux fois. Elle avait perdu tout sens de l'orientation, ses oreilles étaient emplies d'un rugissement sans fin.

Puis elle se retrouva glissant sur le dos sur la plage mouillée. Ses yeux la brûlaient, et Tim serré contre elle hurlait, ses petits poings crispés sur sa veste.

Elle leva la tête vers les étoiles. Elle entendit l'eau refluer à grand bruit autour d'elle, filant rejoindre la mer.

Achevé d'imprimer en août 2000
sur presse Cameron
par **Bussière Camedan Imprimeries**
à Saint-Amand-Montrond (Cher)

N° d'édition : 6837. N° d'impression : 003655/1.
Dépôt légal : août 2000.

Imprimé en France